董晨鹏 著

一个梦想的高度　一个精神的高度　一个历史的高度

冲天

江苏人民出版社

图书在版编目(CIP)数据

冲天 / 董晨鹏著.—南京：江苏人民出版社，2019.3
ISBN 978-7-214-23268-7

Ⅰ.①冲… Ⅱ.①董 Ⅲ.①纪实文学–作品集–中国–当代 Ⅳ.①I25

中国版本图书馆CIP数据核字(2019)第044145号

书　　名	冲天
著　　者	董晨鹏
责任编辑	张晓薇
装帧设计	刘葶葶
出版发行	江苏人民出版社
出版社地址	南京市湖南路1号A楼，邮编：210009
出版社网址	http://www.jspph.com
照　　排	南京紫藤制版印务中心
印　　刷	扬州古籍线装文化有限公司
开　　本	718毫米×1000毫米　1/16
印　　张	20　插页2
字　　数	300千字
版　　次	2019年5月第1版　2019年5月第1次印刷
标准书号	ISBN 978-7-214-23268-7
定　　价	50.00元

（江苏人民出版社图书凡印装错误可向承印厂调换）

目 录

在《海国图志》的叙言中，魏源写下了这样的一段话："是书何以作？曰：为以夷攻夷而作，为师夷长技以制夷而作。"这句石破天惊的话语，就此撕开了中国近代政治思想史的帷幕。

引子 // 001

一般人认为巴玉藻是病逝的……只有沈来秋断言巴玉藻是忧郁而终的，是所处的时代让他这样的人不得不死。
领军人物巴玉藻之逝，意味着近代中国航空事业一个时代的终结。

第一章 奠基 // 011
1 腰刀巷 // 018
2 游学 // 025
3 海军飞机工程处 // 033
4 "甲一"号 // 043
5 飞行家之痛 // 051
6 革命 // 064
7 殒落 // 073

此时，南京政府方才如梦初醒。在拼消耗的战争中，工业制造的落后，将不得不用勇士的鲜血来替代。

陈怀民对两个妹妹说："每次飞机起飞的时候，我都当作是最后的飞行。与日本人作战，我从来没想着回来。"

第二章　勇士 // 083

1　《血报》// 091
2　壮士飞 // 101
3　云端决斗 // 111
4　惊天一撞 // 120
5　哀荣 // 130
6　陈难书 // 140
7　戴四公子 // 146

云铎之问："几十年过去，回忆我们的航空工业，从马尾开始，起步不晚，技术人员，为数逾万，奋发图强精神，赤子爱国之心，绝不后人，何以蹉跎岁月，进步缓慢？"

吴大观之喻："发动机研制数十年发展不正常，就好比我们的飞机有心脏病，供血不足、心动过速、忽快忽慢、心律失调。"

第三章　心脏 // 163

1　皇华亭 // 167
2　长沙临时大学 // 174
3　西南联大 // 180
4　羊场坝 // 186
5　投身革命 // 196
6　第二设计室 // 207
7　606所 // 216
8　最后的涡扇-9 // 225

高强度碳纤维原丝及其生产技术，始终是西方国家对中国严格禁运的技术之一，与这个等级的禁运相提并论的是核武器技术。

他就搞碳纤维，而且还要搞一个"全产业链"的碳纤维的大企业……

第四章　赴火 // 235

1　筑梦 // 244

2　创业简史 // 250

3　大钱村 // 257

4　本色 // 262

5　队伍 // 269

6　向死而生 // 278

7　恒神 // 286

站在镇江新区的旷野上，王礼恒向家乡的政府官员抛出了一个问号："中国的威奇托在哪里？"

中国合金工业打开了一扇新门，张豪也因此成为中国喷射成形技术产业化开篇的第一人。

尾声 // 294

主要参考书目 // 308

后记 // 311

引 子

1841年9月26日,中国古代政治思想的最后一位大家——龚自珍,于镇江丹阳的鸣凤书院,突然病逝,离其天命之年,尚有一岁。

中国的古典政治思想史,就此画上了句号。

这位自号"定庵"的思想家,明确地将他所生活的时代定位为"衰世":

整个中国死气沉沉、庸庸碌碌,皇帝是庸主,朝廷上没有贤明的将相,社会上没有优秀的农、工、商,就连小偷、强盗也都是低能儿,因此,"起视其世,乱亦竟不远矣"!

这是一个民众的奴性和政治麻木,在中国的历史上,登峰造极的时代!

龚自珍对当时中国未来的预测,不幸一语成谶!

这位伟大的思想家,虽然看到了当时中国执政者的无能、官僚的腐败和世风的沦丧,预感到大变将至,但他却仍然把中国的未来,寄托于一位有作为的皇帝——幻想有一位雄才大略的帝王,能够革新朝政,期望通过朝廷的"自改革",来重返中国的治世。

1839年9月12日,在镇江南门虎踞桥南的山川风云雷雨坛上,应道士邀请,龚自珍写下了这样一首青词:

> 九州生气恃风雷,万马齐喑究可哀。
> 我劝天公重抖擞,不拘一格降人才。

他古典的政治理想,注定只能是一种幻想。他能敏锐地洞察世界,却无法找到能够真正解决中国衰世问题的那把钥匙。

站在山川风云雷雨坛上朝西北望去,仅一条江南运河相隔的,是整肃的京口八旗营垒。"我劝天公重抖擞"不到三年,这座令当地百姓畏惧如虎的军营,将会被英国军队劫掠一空。一日之内,被称作"长江锁钥"的京口八旗,这支清政府最精锐的蒙古军队,阵亡官兵252人,伤186人,官兵眷属遇难、殉难者611人,其主帅——正二品的副都统海龄,亦自焚身亡。

京口八旗官兵虽拥有强悍的肌腱和决死的意志,但面对从未见过的武器装备和组织进攻,心理最终因极度恐惧而崩溃。溃散的官兵,鼠窜而出虎踞门,擦肩山川风云雷雨坛,沿着运河,狂奔丹阳而去。

在这支溃逃的京口八旗队伍中,有着巴、云两户人家。朝夕相处的亲朋好友,其肢体被炮火裂成碎片,与轰塌的镇江城垣的断砖、碎瓦、残柱、齑土混杂在了一起。此一惨景,成了这两户人家家族记忆中挥之不去的阴影,让这两户人家的后人不再相信,仅凭弓马就能够保卫家园。

若干年后,巴家一个叫做巴玉藻的年青人,去了英国;云家一个叫做云铎的年青人,去了意大利。

为中国的前途忧心忡忡的,当然不止龚自珍一人。

就在龚自珍病逝的一个多月前,1841年的8月上旬,被道光皇帝遣戍新疆伊犁的林则徐,北上途中,特地在丹阳停楫一宿。林则徐是专门来跟龚自珍告别的。

当初,林则徐南下广州禁烟时,龚自珍特地写了一篇《送钦差大臣侯官林公序》,推心置腹地提出了十条详细的禁烟建议,并愿随同南下。林则徐大为感动,把龚自珍引为知己,但他认为广州禁烟成败难料,请龚自珍暂且静观。

在丹阳的最后一次见面,林则徐和龚自珍两人究竟交谈了什么,已不得而知。但有一点是可以肯定的,林则徐的际遇,已让龚自珍的政治幻想彻底破灭了。心如死灰,是否是龚自珍于49岁的壮年"暴毙"的主要原因呢?

分别的时候,龚自珍赠送给林则徐一方紫色的端砚。

这是一方比常人手掌略大一点的紫端,上面斑斓着星火般的朱砂,刻工古朴,毫无雕凿,背面摹刻有王羲之的《快雪时晴帖》文字:"想安善,未果,为结,力不次"——是否正是两人共同理想的一个无奈的写照?

龚自珍的这方端砚,在林则徐最落寞的时候,始终以友情的晕黄的灯火,温暖着他戈壁深处孤寂的心灵。若干年后,当林则徐再次贵为总督之时,他在这方端砚的背后,《快雪时晴帖》的文字旁边,镌刻下了自己的一首诗:

> 定庵贻我时晴研,相随曾出玉门关。
> 龙沙万里交游少,风雪天山共往还。

此时,林则徐已过花甲。这样的一个老人,最容易忆旧,但也很容易陷入保守和消沉。

事实上,到了伊犁之后,林则徐被安排在粮饷处当差,"终日萧闲,一无所事",最关心的东西,便转为京城的人事变动和自己复出的可能,而对于他以前最关心的世界动向的态度,则明显变得消沉起来:"海邦近事,得了且了,奚暇深考……"

在这位近代中国"开眼看世界第一人"的身上,我们再也看不到有关改革中国现状的建议和行动了。

离开丹阳的当天傍晚,林则徐就泊舟镇江的京口驿。京口驿的皇华亭上,还有一个47岁的中年朋友,在等候着这位56岁的老人。这位朋友,既是林则徐的忘年交,也是龚自珍的挚友,名字叫做魏源。

魏源此时正在镇江督浚丹徒至丹阳的运河,刚刚修改完长诗《京口琴娘曲》。西津渡的江口,正在他的工程辖区之内。

皇华亭南侧的运河上,樯桅林立。其北侧两百米长的街道上,密布着茶馆、酒楼、客栈、商铺、钱庄,人流熙熙攘攘,驿马进进出出,招呼声、吆喝声此起彼伏。

暮色下的皇华亭,是繁华而祥和的。

但两人的相聚,是沉重而忧伤的。

这种沉重和忧伤,竟然就是中国近代政治思想史的第一页。

刚一见面,一老一少,竟是无语相对。直至傍晚酒后,两人方才抚今追昔,深谈到天明。

林则徐把自己随身随带的一批资料赠予魏源。这是他在广州时组织人手翻译的《四洲志》等。从此,他把希望寄托在了魏源这样的年轻人的身上。离开镇江之后,他只字不提与魏源的相见,甚至在魏源的《海国图志》刊印之后,也没有给予任何点评。

但在镇江疏浚徒阳运河的魏源却忘不了此次会面。

面对"舳舻转粟三千里,灯火沿流一万家"的镇江西津,魏源写下了《江口晤林少穆制府》。他记得见面的那一刻是"万感苍茫日,相逢一语无";他记得两人相谈甚深,"与君宵对榻,三度两翻萍";他也知道分别前的滋味是"聚散凭今夕,欢愁并一身";他更记得他应做的事情:"不辞京口月,肝胆醉轮囷。"

"西津江口月初弦,水气昏昏上接天。清渚白沙茫不辨,只应灯火是渔船。"林则徐最后的嘱托,在魏源的心中,岂止是微弱的渔火?

学者魏源不再满足于书斋问学的沉静和安逸。

1842年年底,魏源编撰完成了《海国图志》50卷;1848年,增编为60卷;1852年时,又扩编至100卷。

在《海国图志》的叙言中,魏源写下了这样的一段话:

"是书何以作?曰:为以夷攻夷而作,为师夷长技以制夷而作。"

这句石破天惊的话语,就此撕开了中国近代政治思想史的帷幕。

学者魏源,因此成为一个思想家。

魏源是在中国近代政治思想史上,照下第一缕曙光的人。但这缕照射在中国近代史开篇上的阳光,与同时代先进的思想理论相比,又是那么的软弱无力!

就在魏源把《海国图志》增编为60卷的这一年,1848年的2月21日,一本叫做《共产党宣言》的小册子,已经在英国伦敦第一次以单行本的形式问世。

《共产党宣言》由马克思、恩格斯共同酝酿,马克思独自执笔。

在这本小册子里,写着这样一段话:

"资产阶级使农村屈服于城市的统治……正像它使农村从属于城市一

样,它使未开化和半开化的国家从属于文明的国家,使农民的民族从属于资产阶级的民族,使东方从属于西方。"

这本小册子甚至已宣告了封建社会死亡的不可避免:

"资产阶级赖以形成的生产资料和交换手段,是在封建社会里造成的……一句话,封建的所有制关系,就不再适应已经发展的生产力了。这种关系已经在阻碍生产而不是促进生产了。它变成了束缚生产的桎梏。它必须被炸毁,它已经被炸毁了。"

物质的力量只能靠物质力量来摧毁。人的根本是人本身,没有先进的理论来武装人,来指导实践,就难以产生更强大的物质力量,就很难指望社会发展上的先进性。将被先进的武器批判得头破血流的中国,何时才能掌握更加先进的批判武器呢?

仅仅过了12年,林则徐和魏源彻夜长谈的京口驿,就于1853年的夏天,毁于太平军的战火。辗转流连到1905年,京口驿的残存废墟上,开设了一座叫做"裕和祥"的酱园。后来,从小在酱园里长大的一个叫做吴蔚升的年青人,于1937年的夏天,在日军飞机轰炸镇江的硝烟中,离开了皇华亭……

就在林则徐在镇江与龚自珍、魏源相见不到一年,1842年的7月,长江和京杭运河交汇处的咽喉要地——镇江,其铁瓮般的城墙即被英军猛烈的炮火轰塌。镇江的失守,摧毁了清政府最后一丝残存的抵抗意志,成为鸦片战争的最后一战。

1842年的8月29日,清政府被迫于南京的下关江面,在英舰"康华丽"号上,与英国签署了《南京条约》。这是一个丧权辱国的不平等条约。从此,中国的社会性质开始发生巨大的变化,新的政治思维开始萌发。

衰世的中国病入膏肓,沦为"病夫"。

为了让中国彻底脱掉"东亚病夫"的帽子,无数仁人志士,亦自觉探索富国强兵之策,逡巡于启蒙和救亡,徘徊于民主和科学,彷徨于革命和维新……

无数的中国人,开出了无数的药方:立宪主义、民主改良主义、自由主义、空想社会主义、无政府主义……

这些药方相互碰撞和汇聚,与中国的实际相结合之后,为人们所广泛接受的只剩下了两个：

一个是孙中山的民族民主主义革命——中国须先革命，然后生产力才能得以解放；

一个是康有为、梁启超、张謇等人所倡导的实业救国论——振兴实业即能富强国家，国家富强即可抵御外侮。

1911年的夏天，长沙湘乡驻省中学一个叫做毛泽东的中学生，在学校的墙上，贴上了一纸文章。这是毛泽东第一次发表自己的政见。这位18岁的青年提出，应该建立一个人民的国家，请孙中山当总统，由康有为任国务总理，梁启超任外交部部长。

毛泽东既要革命，又要实业，希望二者能齐头并进。

毛泽东很快又找到了更加先进的批判的武器。

从1920年开始，他一遍又一遍地阅读《共产党宣言》。

历史告诉我们，毛泽东自己的实践是，通过土地革命战争，推翻了压迫在中国人身上的帝国主义、封建主义、官僚资本主义三座大山后，为把中国迅速建设成为一个伟大的社会主义国家，选择了社会主义工业化的道路——通过一个相当长的时期，基本实现中国的工业化。

有一个人，比毛泽东更早地看到了工业化对中国的未来不可或缺的重要意义。

就在毛泽东发表《湖南农民运动考察报告》后不久，1927年的"五一"国际劳动节，那个叫做巴玉藻的年青人，在海军制造研究社的成立大会上，就国与国之间的竞争，说了这样一段话：

"在现代是科学知识，是那上了科学轨道的制造的能力，所以，现在一国的强弱完全是看他的科学知识的高下"，"我们要想海军将来能够在世界上，在国内，立得足，除掉赶紧的走上科学的轨道是没有别的办法的。"

1928年的秋天，巴玉藻又做了一次公开的演讲，明确提出：

"使中国工业化是自救的唯一途径！"

但他没有活过1929年的夏天。

如果他能活到2013年的12月14日，他会在北京的中共中央城镇化工作会议上，听到习近平说的这样一句话：

"城镇化与工业化一道，是现代化的两大引擎。"

1956年11月12日,毛泽东在《人民日报》上发表了《纪念孙中山先生》一文。回顾45年的筚路蓝缕,他在该文中展望:"再过四五十年,就是2001年,也就是进到21世纪的时候,中国的面目更要大变。中国将变为一个强大的社会主义工业国。中国应当这样。"

这位伟大的中华人民共和国的缔造者,精准地预言了中国新时代来临的时间。

就在预言中国21世纪未来的两个多月前,1956年的8月30日,在中国共产党第八次全国代表大会预备会议第一次会议上,毛泽东再一次提到了"东亚病夫"这个词:

> 过去说中国是"老大帝国","东亚病夫",经济落后,文化也落后,又不讲卫生,打球也不行,游水也不行,女人是小脚,男人留辫子,还有太监,中国的月亮也不那么很好,外国的月亮总是比较清爽一点,总而言之,坏事不少。但是,经过这六年的改革,我们把中国的面貌改变了。我们的成绩是谁也否认不了的。

他在预言21世纪的中国时,特地提到了衡量中国工业化程度的两个关键参照物:钢铁产量和美国水准。

他用钢铁产量来说明中国落后、被人瞧不起的原因:

"六亿人口的国家,在地球上只有一个,就是我们。过去人家看我们不起是有理由的。因为你没有什么贡献,钢一年只有几十万吨,还拿在日本人手里。国民党蒋介石专政二十二年,一年只搞到几万吨。"

他承认中国落后美国60年,但他也坚信,再过60年,中国就会赶上美国:

"美国建国只有一百八十年,它的钢在六十年前也只有四百万吨,我们比它落后六十年。假如我们再有五十年、六十年,就完全应该赶过它。这是一种责任。你有那么多人,你有那么一块大地方,资源那么丰富,又听说搞了社会主义,据说是有优越性,结果你搞了五六十年还不能超过美国,你像个什么样子呢?那就要从地球上开除你的球籍!所以,超过美国,不仅有可能,而且完全有必要,完全应该。如果不是这样,那我们中华民族就对不起全世界各民族,我们对人类的贡献就不大。"

钢铁,既是典型的基础材料,也是最基础的工业制造,体现着一个国家的基础工艺水平。一个大国如果连钢铁的问题都得不到解决,很难想象其工业化的速度能够快到哪里,更难以想象其基础零部件的生产能力和水平。

两年之后,一个比毛泽东小四岁的镇江人——周志宏,在上海交通大学兴建了氧气顶吹转炉炼钢实验室。此时,周志宏已经是公认的中国合金钢与铁合金生产的奠基人之一。氧气转炉炼钢技术,解决了低成本的炼钢基本工艺问题,为中国未来迅速成为钢铁大国,奠定了坚实的基础。

但许多人并不知道,早在中国全面抗战爆发之前,周志宏就第一个用铸造法,生产出了中国历史上第一批航空炸弹的壳体。

更不为人所知的是,他利用自己所掌握的金相学的专业知识,指导冶炼出了中国历史上第一批合格的轴承钢。轴承钢是一个国家冶炼水平的标志之一,轴承则被称作"工业的关节"。没有轴承,汽车就不能奔跑,船舶就不能出海,飞机也上不了天……

从某种意义上讲,谁掌握了关键基础材料的核心生产技术,谁掌握了先进基础工艺,谁就掌握了制造业发展的主动权。

弹指之间,一个甲子如流星般飞逝。

2015年3月12日,在中国十二届全国人大三次会议解放军代表团全体会议上,习近平第一次明确提出:

"把军民融合发展上升为国家战略,是我们长期探索经济建设和国防建设协调发展规律的重大成果,是从国家安全和发展战略全局出发作出的重大决策。"

这意味着,经过长期努力,中国已经进入了一个新的时代,形成了发展的新的历史方位。

一年半以后,2016年10月19日上午,习近平来到中国人民解放军装甲兵工程学院,走进展厅,参观第二届军民融合发展高技术成果展。

他在江苏恒神股份公司的展台前停住了脚步。

这竟然是镇江丹阳的一家民营企业。

他笑眯眯地注视着一个身穿黑色西装的光头汉子,汉子的身旁一字整齐地摆放着几只黑亮的碳纤维卷筒。他顺着汉子的手指方向,低头开心地注视着眼前的这一排筒状物。

碳纤维及其复合材料,被称作"新材料之王"。与传统材料相比,除了比重轻外,还具有最高的比模量,是中国飞机制造的关键基础材料之一。

中国的碳纤维的研发几乎与国外保持同步,但长期以来,由于在复合材料产品的设计分析、成型工艺与制造上的落后,国产碳纤维产业化始终处于举步维艰的尴尬状态。光头汉子倾自己的全部财力,通过对"全产业链碳纤维企业"理念的实践,为国产碳纤维及其复合材料的产业化,探索出了一条意义非凡的道路。

询问了几个问题后,习近平语重心长地对光头汉子说:

"你要继续努力啊!"

"我一定会努力的!"光头汉子的回答坚毅而果断,没有一点儿犹豫。

参加此次成果展的中国民企共有五家,恒神是习近平参观的第一个。

习近平微笑着跟光头汉子握手再见。

光头汉子目送习近平远去,眼睛微微发红,有点湿润。

此时,光头汉子肺部的癌细胞已向全身扩散……

第一章 奠基

1914的9月,蜂群般的外国人拥往中国的山东半岛。

这些在中国的外国人找到了一个非常刺激的旅游项目:

第一次世界大战亚洲战场的硝烟——到青岛观看英国和日本联军对德国军队的作战。

外国人的安全问题,突然变成了一个大问题。山东地方政府不堪压力,屡屡向北京政府报告,恳求对外国人前往山东进行约束。北京政府外交部因此专门照会驻京的各国公使,要求严格控制护照的发放,禁止外国人前往交战区游历:

一、业经划定公布之交战区域以内,禁止外人游历,凡请护照者,概不发给;

二、虽系游历中立地带,若通过交战地域,亦应禁止,并不发给护照,倘遇危险,政府不负责任;

三、欲游历他地方者,照通商条约规定仍可发给护照,唯须详记目的地所,经过道路,及往返旅行日数,并所携带之重要物品。

这场战争持续的时间并不长:

从9月5日日英联军正式打响第一枪,到11月7日德军宣布投降,只有两个月零两天。

但这场历时极短的战争,却仍然带给北京政府以巨大震动:

北京政府海军部的军事观察人员,目睹了飞机在此次战争中所发挥的巨大作用。

进攻的一方是日英联军。日军于山东龙口集结62艘军舰和4.5万人的军队,英印军则在威海卫集结了近2 000名武装人员。在日军水上飞机母舰

"若宫丸"号所携带的四架双翼水上飞机的侦察和校射下,联军的炮火总是能够准确地覆盖在德军的堡垒和重点目标上。

防守的一方是德军。不到5 000名德军和武装人员孤守着整个青岛城,没有任何外援。在唯一的一架单翼飞机的侦察下,德军总是能够迅速调遣和集中起优势兵力,抵御住日英联军的猛烈进攻。

5 000人竟然抵抗住了4.5万人长达60多天的攻击。

日英联军很想击落德军的这架飞机,德军当然也很想把日英联军的飞机全部消灭掉。

但双方都没有配置防空武器。

这一年,德国刚刚研制成功世界上第一款投入量产的高射炮。此款高射炮口径为77毫米,装载于四轮炮架上,首次采用了炮盘和控制手轮,属于当时最先进的重型武器,但还处于保密状态,根本不可能布署到它在中国的殖民地青岛。三年之后,1917年,德国方才开发出真正适合前线地面部队携带的防空武器——世界上第一种能够连续射击的20毫米小口径的高射火炮。

日本人则两年前只做过一次概念性的有关高射炮的试验,并没有生产专门的防空武器的计划。面对德国人的飞机,日军还是采取了应急措施,特地改造了一门三八式野炮,将其防盾拆除,安置于一台临时做成的高射炮架上。

这也是日本历史上第一门专门用来对空作战的武器,被称作"临时高射炮"。

1914年10月30日上午,为了保证第二天发起的总攻更加有效,日军用临时高射炮对盘旋在自己上空的德军单翼飞机进行了射击。日军只成功地发射了两发炮弹,临时高射炮就出了故障。

两发炮弹都没有击中敌方飞机,只是在飞机的附近空中爆炸。

单翼机迅速飞离日军阵地,没有再次出现在日军的视野里。此后,德军不再能有效地判断对手的进攻方向,从第二天开始便陷于被动。

11月6日,在青岛德军宣布投降的前一天,这架德国飞机再次升空。不过,这一次并不是飞临日军的上空,而是逃离了青岛。飞机最后因燃油耗尽,迫降于江苏连云港的海州农田。德军飞行员在焚毁飞机后,被中国地方政府官员安全护送到了南京。

鉴于青岛的成功战例,日本专门对临时高射炮进行了完善,于1918年3月正式量产,配置于各军事要塞。

仔细观察青岛日德两军交战经过之后,北京政府得出了这样一个结论:飞机已经成为世界上最先进的战斗武器,为近世军用之最大利器,飞机与军舰的结合,将是未来作战的一个发展趋势,亦是未来战争决胜之武器。

根据这个判断,北京政府决定发展自己的飞机制造业。

但令人诧异的是,北京政府在作出自建飞机决策的同时,却没有决定发展相应的防空武器。直到1935年的春天,南京政府才首次从德国进口了24门高射炮。全面抗战期间,由于高射炮全部靠进口,种类庞杂、数量很少,防空作战效率极低,对日军飞机的威胁微乎其微。无畏的中国士兵,只能一次又一次用步枪、机枪与日机做无奈的搏击。

时为北京政府海军部总长的刘冠雄,奉袁世凯之命,牵头组织选派相关人员前往美国学习。但"巧妇难为无米之炊",当时整个中国最缺的就是钱,而海军部的经费更是奇缺。

就在1914年的7月3日,北京政府刚刚赔偿了辛亥革命时在华外国商人所受的损失,交付给德、英、美、俄、意、奥、荷七国赔款8 000余万元。这笔赔款并不是用政府的财政收入支付的,而是依据跟英、法、德、日、俄五国银团签订的《中国政府1913年善后五厘金币借款》协议交付的。

《中国政府1913年善后五厘金币借款》在历史上亦称"善后大借款",形式上是借款,本质上却是这五国银团联合包销的中国政府在境外发行的公募债券,"债票由银行刻印,费用由中国政府担任,并将中国财政部总长签名字样摹印于上,以省其亲自签押,且将中国政府印信摹刻,加于其上"。

这是用中国政府信用作担保的境外公募债券,完全可以不用采取强制性担保措施,但出于进一步控制中国的需要,相关国家仍然要求北京政府以中国的盐税和关税作担保,北京政府竟然也同意由英国人担任盐务稽查所总办,俄、法两国人担任审计处总办,德国人担任借债局总办,日本人担任长芦盐政局总办,致使中国的盐政管理权实际掌握于列强之手,丧失了中国的主权。因此,袁世凯的善后大借款不仅遭到临时参议院的反对,更被全国上下指责为"卖国"。

起初,美国银团也参与了北京政府"善后大借款"的筹划,但提倡"民族自决"道德原则的美国总统威尔逊,认为此举实在有损于美国"新救世主"的形象,便责令美国银团退出了此次发债活动。

债券最初是以五厘息九七折报临时参议院备案的,袁世凯先斩后奏实际签订的协议却是非常苛刻的五厘息八三五折。债券发行总额为2 500万英镑,实际归北京政府名下的只有2 087.5万英镑。但这笔募集来的钱最后能被北京政府拿到手的只有约900万英镑:

五国银团将这笔巨款首先用来支付庚子赔款,然后用来置换各省地方政府所欠银团借款,再用来支付北京政府即将到期的贷款,再用来支付辛亥革命时在华外国商人的损失赔款,再用来支付南京临时政府所辖军队的遣散费⋯⋯

这到手的900万英镑,袁世凯并没有用来发展中国的经济,而是用来专门对付以孙中山为首的国民党人了。

孙中山当然意识到了这一点,1913年4月26日"善后大借款"的协议刚刚签订,他便于1913年的5月3日通电各国政府和人民:

"今银行团若以巨款借给北京政府,若北京政府竟以此款充与人民宣战之军费,则余一番苦心尽付东流矣⋯⋯故北京政府未得巨款,人民与政府尚有可调和之望,一旦巨款到手,势必促成悲惨之战争。此可预言也。"

孙中山预言的结果非常准确,但他却无法改变这样的结局:

9月1日,南京被北洋军攻克,"二次革命"宣告失败,孙中山、黄兴等人被通缉,相继流亡日本。

经过"二次革命"和向南方不断派遣北洋军队,善后借款已经所剩无几,海军部的费用也相当拮据。但天无绝人之路,美国纽约造船厂正好退还给北京政府海军部一大笔钱,这让刘冠雄的派遣留学生计划很快得以实施。

这块"馅饼"是这样从天上掉下来的:

在美国政府的努力下,早在1910年12月21日,美国海军部代表就和清政府签订了一份造船合同,由纽约造船厂为中国制造一艘 2 600 吨的巡洋舰,清政府将这艘巡洋舰命名为"飞鸿"号。随后,1911 年 10 月 21 日,美国政府授权美国伯利恒钢铁公司在北京与清政府海军部签订了一份帮助清政府重建海军的合作协议。

在这份协议中,中国同意向美国借钱用于购买美国生产的军舰和枪炮,美国则同意帮助中国培训海军人员。但由于美国政府不同意本国的银团参与北京政府的"善后大借款",此份合同一直没有得到实际执行。"飞鸿"号于 1914 年年底造好后,北京政府无力筹资支付余款,纽约造船厂就把军舰转售给了急于对付土耳其的希腊海军,并于 1915 年上半年陆续退回了清政府已经支付的购舰款本息。

袁世凯出任临时大总统后,中美续签了海军合作协议。虽然借款一事无法落实,但有关培训的内容却不受影响。因此,安排人员去美国留学,便成了刘冠雄的第一选择。

1915 年的夏天,从英国阿姆斯壮学院刚刚毕业的巴玉藻、王助等几名年青人,接到了海军部的指令,要求他们立即前往美国,专门学习航空技术。

几乎与此同时,日英联军占领青岛后,停办了"中德合办青岛特别高等专门学堂"(德华大学),这个学校的师生被迫转入德国人在上海创办的"同济德文医工学堂"(同济大学)。这批被迫由青岛前往上海的学生中,有一个预科生叫做沈来秋。

数年之后,沈来秋和巴玉藻、王助等人成了挚友。

1
腰刀巷

冲天

    光绪十八年(1892年)年的六月二十四日(7月17日),永定河堤多处决口,北京到天津之间,一片汪洋。就在这一天,远在江南的镇江京口旗营里,居住在腰刀巷厢红六甲防御署附近的蒙古正红旗六甲的巴姓人家,诞生了一名男婴。

    京口蒙古八旗最早是于顺治元年(1644年)随同顺治皇帝入关驻防于北京的,第二年部分官兵即沿运河南下,驻防江宁(今南京),后为江宁八旗左翼。康熙二十二年(1683年),又一部分蒙古八旗官兵被派驻江宁,后为江宁八旗右翼。乾隆二十八年(1763年),京口汉军八旗被裁撤,驻防江宁的蒙古八旗六、七两甲1 644名官兵奉命驻防镇江,是为京口蒙古八旗之始。

    男婴的父亲叫做巴荣高,字焕庭。从先祖驻防镇江算起,巴家定居镇江一百多年了。时年36岁的巴荣高,已经身为京口都统衙署的印务章京,为从五品官员。当时,京口副都统的品级为正二品,与两江总督品级相同,而江苏巡抚的品级则为从二品,镇江道台的品级正四品,镇江知府的品级从四品,镇江下辖各县的知县品级只有正七品。所以,巴荣高也算得上是仕途得意了。

巴荣高给自己这个最小的儿子取名"玉藻"。

玉藻是古代帝王举行祭祀大典时,所戴冕冠上悬垂下来的12条用彩丝贯穿起来的玉串。以"玉藻"命名,可见巴荣高对这个婴儿所寄予的厚望。

巴荣高在自家门首悬挂起了一根草辫和一副弓箭。

京口八旗的习俗,生女只在门头上挂草辫,生子则除了挂草辫,还要再悬一副弓箭。邻居和亲朋好友瞧见了,就会主动上门来道喜。

左邻右舍纷纷给巴家送来大扎小扎的京江饣齐。

六角峥峥的京江饣齐,原来是八只角,是镇江的特产。它有甜咸两种,甜的美观,咸的脆香。特别是咸饣齐儿,用牛肉汤、鸡汤一泡,再用筷子轻轻一夹,便会裂成百合的形状,吃起来特别美味可口。家里来了客人,临时打个蛋瘪,再泡上咸饣齐儿,亦为上品。

因为美味,加上老少皆宜,特别是"饣齐"谐音"齐",寓意"齐全美满",京江饣齐便成了镇江民间探亲访友、红白大事的必备品。京口八旗的官兵特别喜欢京江饣齐,很快就入乡随俗。但他们亦有忌讳,认为八只角的京江饣齐暗合"八旗",不太吉利,就要求一律改为六角形,这才有了"六角峥峥"的说法。外地人乍见京江饣齐,不知道是什么玩意儿,便按形状称之为"老虎脚爪",亦有按镇江话的读音误作"金刚饣齐"的。

京口八旗沿袭镇江本地的风俗,凡庆贺生子者,都以成扎的京江饣齐为贺礼;庆贺生女者,则以麻油馓子和云片糕为贺礼。

巴家收下的京江饣齐堆成了山。

巴荣高是个出生于乱世的教育奇才。他的许多学生,直接扛来了成麻袋的京江饣齐。

道光年间的鸦片战争,严重挫伤了京口八旗的锐气。十年之后,咸丰三年(1853年)的春天,刚拥有了一批成长起来的生力军的京口八旗,竟然再败于太平军。惊人的一幕再次重演,巴家、云家随同京口八旗官兵,再次鼠窜出虎踞门,经过山川风云雷雨坛,向东溃奔丹阳。

太平军占领镇江前后近五年。直到1857年的冬天,清军重新夺回镇江,京口八旗在镇江周围东奔西跑,竟游击了四年多。巴荣高出生于1856年,快两岁的时候,才第一次回到父亲的出身之地——腰刀巷。

巴荣高这一代的京口八旗子弟,襁褓中就听惯了洋枪洋炮的呼啸声。这枪炮声催生出的,竟然是京口八旗的一股崇尚读书的风气。其中一个重要因素,就是曾两任两江总督并卒于南京的曾国藩,便是读书人出身,而其所率湘军将领,大半为儒生。

自1763年到1883年,一味尚武的京口八旗,整整两个甲子里,没有出过一位文进士。但从1883年这一年出了第一位文进士后,到1905年清政府宣布废止科举考试,短短的21年里,京口八旗竟然涌现出了九位文进士,可谓空前绝后。

这空前绝后的奇迹,正是巴荣高一手缔造的:九位文进士,都直接出自他的门下。

由于性格非常温和,做事十分谨小慎微,虽然也练习过骑射一类的军事技能,但相对羸弱的体质,让巴荣高很小的时候就觉得,自己很难在战场上成为一个真正无敌的巴图鲁。以曾文正公为圭臬,他因此把很多精力放在了语言的学习上,不仅精习汉语,还熟通蒙文和满文。

清代科举考试中,专门有一个翻译科,考满文与汉文互译、满文与蒙文互译。此考试只在八旗内部进行,只有旗人才有资格应试。20岁那年,巴荣高参加童试,结果被取为翻译文生,也就是民间俗称的"秀才"。随即,他便被安排进正红六甲防御署里做事。

第二年,即光绪三年(1877年),京口副都统海英联名江宁将军穆腾阿,奏请朝廷,在镇江设立了专供八旗子弟就读的"敷文书院"。延师课艺时,巴荣高被海英聘为满汉讲习,承担起了教育八旗子弟的职责。由于他教学认真,不惮烦劳,当时江浙一带旗人子弟,应满文考试及中笔帖式(正八品和正七品)者,一半都是他的学生。

巴玉藻出生后,巴荣高把更多的精力用在了敷文书院的发展上。

在京口都统署印务章京任上,巴荣高做了两件对京口八旗子弟的教育影响深远的事情:一件是把镇江驻军的牧马地佃垦生租以筹集教育经费;另一件是筹创了敷文书院的藏书处。

当时,镇江有八旗牧马的草场地21处,合计932亩。这些马场用地都位于英国租界、牌湾、东门外等城市繁华街道和物资集散中心附近。不过,由于镇江一带并不适合大规模的骑兵作战,京口八旗主要用来被动防御,而不是机动进攻,因此,饲养的战马越来越少,不少马场成了闲置的荒地。巴荣高找了几个志同道合者,做了一个把闲置的马场佃垦生租的计划,逐级上报朝廷,最终竟然得到了批准。

光绪二十七年(1901年),清廷调正白旗汉军副都统奇克伸布为京口副都统。奇克伸布,字健亭,宁夏人。甲午之战后,清廷与日本谈判割地赔偿协议时,他曾上书请求朝廷与倭寇决战到底。刚到镇江不久,奇克伸布即视察敷文书院。巴荣高便借机请其拨款,在书院设立藏书处。奇克伸布并没有拒绝,而是爽快地答应了。这样,在巴荣高的张罗下,一个拥有中西书籍近两万册的藏书处建成了。由于藏书处藏书免费供八旗子弟阅读,京口八旗子弟读书之习气因此大振。

光绪二十九年(1903年),清政府酝酿"癸卯学制"。为响应中央政府的教育改革,京口八旗于光绪三十年正月(1904年2月)即根据清廷颁布的《奏定学堂章程》,改扩敷文书院为"官立八旗中学",并附属高等小学堂,算是开始了真正的现代教育。

就在这一年,敷文书院的最后一位文进士——云书,荣列光绪甲辰年(1904年)的恩科三甲。

在巴荣高的亲自教导下,他的长子巴玉润,则于光绪癸卯(1903年)恩科中举,成为敷文书院的最后一位举人。随后,巴玉润即于1905年前往日本东京帝国大学学习法律。归国后,于宣统元年(1909年)赴学部复试,奉旨奖给法科举人,任七品小京官法部行走。辛亥革命之后,巴玉润前往东北,在齐齐哈尔主持《黑龙江时报》,任报馆的总经理。

1911年的8月,在北京刚刚被补授翰林院侍讲的云书,专门给敷文书院的同窗巴玉润送去了九只红蛋——他在镇江的妻子,生下了一个儿子。

给孩子取个什么名字呢?

不久前,云书还被任命了一个新职务——理藩部宪政筹备处编纂科提调。

两个私交甚密的京口八旗子弟,不约而同地想到了政法对中国未来的意义,想到了朝廷颁布政教法令时响起的铿铿朗朗的铎音。

这个孩子因此被叫做"云铎"。

继续留在北京的云书,于1914年5月被北京政府任命为平政院肃政厅16位肃政史之一,负责纠弹违法的行政官吏。1916年肃政厅裁撤后,云书便返回老家镇江,过起舞文弄墨的闲逸生活,一心一意培养云铎了。

京口八旗中学成立后,已觉精力不济的巴荣高,毫不犹豫地把巴玉藻送进了学校。

为了办好这样的一所学校,京口都统署自然是不遗余力。

学校坐落于旗营内的将军巷,教室和校舍借用将军行辕和祠宇,共有房屋75间,规模相当庞大。经费保障更是充足。除了将军府、都统署拨款外,每年还从镇江关税罚款、江南财政局新行要政加价项目下提拨支取费用,京口八旗原用来牧马的西津坊山地的租金也全部归学校使用。因此,这所学校一年的经费开支竟然高达2.4万两白银,而同时期人数众多的镇江府中学堂,一年的经费还不到白银1万两——后者尚不及前者的一半。

京口八旗中学在本质上是一所准军事化的贵族学校,入学的学生一律实行寄宿制。每天黎明闻军号而起,漱洗、出操、晨读,然后才能吃早饭。晚上9点吹号熄灯睡觉。每天都有舍监查铺。每逢星期六下午下课后,学生就可以回家,但必须于第二天,也就是星期天下午4点钟前回到学校,不能按时返校者,都会被视作违反校规而受到惩处。

学校免费供应课本、纸张笔墨、伙食、制服、被褥以及日用物品。每人每月还可以领到零用钱四元。除了统一的制服外,夏天还会发笠帽、凉席、蚊帐等物品。一日三餐虽谈不丰富,丰足却是有保证的。中午和晚上都是四菜一汤,菜为两荤两素。每逢节日会再加上两个菜,端午节会发粽子和咸鸭蛋,中秋节则会发月饼和老菱。

学校里还有一个医务室,安排有一个中医一个西医,为学生诊治疾病。

上完三年的,学生家长几乎是一分钱不用付;如果中途退学,学生在学校期间所发生的一切费用,家长全部要退赔,一分钱不能少。

由于设施齐全、经费充足、师资优秀,即便放在当时的整个中国,这所学校的教育水准也不可谓不精良。但这个学校不收汉人的子弟,只收京口八旗的子弟。为了保证入学率，都统府专门委派差佐，挨家挨户到满蒙家庭进行登记和劝学，凡是家里有年龄在12岁至14岁的男孩的，一律要参加入学考试。

京口八旗中学为三年制，开设的课程有国文、代数、几何、物理、化学、生理、修身、体育、满蒙文、英文等。这些课程不可谓不超前。因此，凡在八旗中学学习优秀者，前往南京考陆师和水师学堂的，没有一个不被录取的。

从一开始，京口八旗中学的教学就具有浓厚的日本色彩。八旗中学的经理（校长）为王宗炎，监督为周盛丙。王宗炎是江苏泰州人，留学于日本，当时为江苏候补知县。周盛丙为湖南人，后来为湖南成章中学（即今衡阳市第八中学）的首任校长。在他们的主持下，八旗中学除了教授学生案头课程外，还非常注重学生的体质，安排有体育课，教练学生骑马、射击，掌握一定的军事技能和常识。

由于对体育特别重视，八旗中学聘任的体育教师陈子祥，也是日本留学生。

陈子祥先世为山东聊城望族，后于清初定居宁波慈溪（今慈城）。陈子祥原名陈明征，1876年出生于慈溪，幼时即由其父定亲宁波鄞县蔡氏。浙江武备学堂于光绪二十一年（1895年）设立后，陈子祥考入第二期储才堂学习（1896年），三年后毕业，1899年前往日本就读日本陆军士官学校的预科学校——东京振武学校。在日本期间，与王宗炎相识。王宗炎就任京口八旗中学经理后，应其邀请，执教于镇江。

京口八旗子弟一向比较崇尚陆战，因此，八旗中学的学生报考军校时，大都会选择江南陆师学堂，唯独巴玉藻，选择的却是江南水师学堂。

巴玉藻之所以选择水师，与陈子祥的影响不无关系。

陈子祥在日本期间，受孙中山领导的兴中会成员影响，对积弱之中国现状深有感触，非常认同兴中会章程中所说的，"方今强邻环列，虎视鹰瞵，久垂涎我中华五金之富，物产之多。蚕食鲸吞，已见效于踵接；瓜分豆剖，实堪虑于目前"。因此，归国后教导学生时，总是试图"切实讲求当今富国强兵之学，化民成俗之经，力为推广，晓谕愚蒙，务使举国之人皆能通晓"。

陈子祥在教授学生军事技能和常识的同时，讲得最多的却是修德养性。他认为，健全之身体固然重要，尚武之精神更重要，如若没有尚武之精神，如何望其钻研学术、适应环境，以求竞争于现世？冲锋格斗，破阵杀敌，以头颅易正义，用热血抗强权，固然是勇士；精研火器，先进科学，创造伟大之建设与事业者，亦为真正之勇士。

陈子祥喜欢跟学生们强调，尚武精神之精髓，在于能以德为心，以礼为行，穷则独善其身，在乡间为安善之民；达则兼善天下，入社会为忠勇之士。无论劳心与劳力，均能感舒适之乐。果如此，国家安有不一吼而跃起之理？

这些道理，对尚未成年的巴玉藻来说，已足够左右他未来人生的发展方向了。

2
游 学

巴玉藻在京口八旗中学只读了两年,就考入了江南水师学堂第五届管轮班。此时,他才刚刚13岁,而同班同学年龄一般都在16岁以上。

巴玉藻在江南水师学堂又只读了两年,便于光绪三十三年(1907年)提早毕业。他的学习成绩实在是太优秀了,由三班直接越升到了一班,提前两年离开了学校。

巴玉藻从江南水师学堂毕业后,直接被分到了福建船政学堂后学堂管轮班做教习。此时,他只有15岁,学生们的年龄几乎都比他这个老师大。他只做了两年的教习,就被选中出国监造军舰并留学。

宣统元年10月16日,筹办海军大臣载洵、海军提督萨镇冰及长江舰队统领吴应科等赴欧洲考察各国海军,在英国订购了"应瑞"号和"肇和"号两艘巡洋舰,并从江南水师学堂、福建船政学堂、广东水师工业学堂、烟台海军学堂等四所重点海军学校中,选拔出了巴玉藻等23名优秀青年技术人才,一同前往英国留学。

在前往欧洲的轮船上,巴玉藻认识了王助、曾贻经、王孝丰等人。

王助、王孝丰和曾贻经是同班同学,刚刚毕业于烟台海军学堂第三届驾驶班。王助是河北南宫人，曾贻经是福建福州人，两人都出生于1893年，比巴玉藻大一岁。

初到英国时，巴玉藻一面在维克斯船厂实习，一面在港口小城巴罗因弗内斯的夜校补习英语。随后不久，1910年，巴玉藻等人便就近考进了纽卡斯尔的阿姆斯壮学院。

当时，清政府订购的"应瑞"号巡洋舰由维克斯在巴罗因弗内斯的船厂建造，而另一首"肇和"号巡洋舰则由另一个城市纽卡斯尔的阿姆斯壮船厂承建。这两艘军舰要到1912年的春天才能够全部舾装完毕。

纽卡斯尔在英国的东边，北海边上的城市；巴罗因弗内斯在英国的西边，爱尔兰海边上的城市。古罗马帝国的长城，就从纽卡斯尔城边上经过，横穿整个英格兰岛。因此，出于监造的需要，巴玉藻等人经常往来于巴罗因弗内斯和纽卡斯尔这两座海滨小城之间。

在纽卡斯尔，所有的中国海军官兵，都不会忘记壮节公邓世昌的事迹，更不会忘记由高邕所撰，却传为光绪皇帝亲挽的一副对联："此日漫挥天下泪，有公足壮海军威！"

1881年和1887年，福建船政学堂的首届毕业生邓世昌，曾两次来到纽卡斯尔，先后接回了"扬威"和"致远"两舰。在1894年9月17日的甲午大东沟海战中，此二舰和邓世昌一道，均沉没于黄海的波涛之下。

纽卡斯尔的阿姆斯壮船厂里，仍然完好保存着"致远"等舰的全套原始设计图纸。"致远"舰排水量2 300吨，航速18.5节；"肇和"舰排水量2 600吨，航速20节。20多年过去了，中国的海军仍然没有强大起来，中国仍然造不出一艘自己的巡洋舰。

穿梭摆渡于两地，巴玉藻等人每一次都要经过月牙般的温德米尔湖。温德米尔湖不仅是英格兰最大的湖泊，也是英格兰最美丽和最浪漫的湖泊。19世纪英国浪漫主义的湖畔派代表诗人华兹华斯（1770—1850年）就曾在温德米尔湖畔居住过。作为英国桂冠诗人，华兹华斯于田园山水之间所写下的诗句"朴素生活，高尚思考"，至今仍为牛津大学基布尔学院的箴言。

华兹华斯的旧居鸽屋，就在温德米尔湖北面的一个小湖格拉斯米尔湖滨。在追寻这位英国浪漫主义诗歌奠基者的足迹时,巴玉藻一行发现,就在温德米尔湖上,竟然有一架飞机滑翔在湖光山色之间。

这架飞机的主人叫做波特。波特是英国著名女童话作家比阿特丽克斯·波特(1866—1943年)的弟弟。当时,比阿特丽克斯·波特靠她所创作的彼特兔故事的版税,在温德米尔湖畔陆续买下了4 000英亩的土地。比她小6岁的弟弟,则把这里当成了水上飞机的飞行基地。

1912年的暑假,在王助的陪同下,巴玉藻找到了波特。当他乘坐波特的"法尔芒"双翼水上飞机飞翔在温德米尔湖的上空时,他不仅更加深刻地领悟了华兹华斯所说的这里是"痛苦世界里安宁的中心"这句话的含义,而且,还被飞机的神秘所吸引,从此与航空结下了不解之缘。

巴玉藻前往温德米尔湖,初衷是为了排遣胸中的痛苦和郁闷。

巴玉藻在英国学习期间,中国爆发了辛亥革命,清政府统治终结,南京临时政府和北京政府先后成立。就在1912年的春夏之交,巴玉藻得到来自家乡的消息,他的父亲巴荣高已经病逝。

武昌起义爆发后,11月7日,驻守镇江的新军南洋第九镇第十八协的三十五、三十六标宣布起义,建立镇江民军,成立了镇江军政府。第二天,京口八旗副都统载穆送出投降文书后,自缢身亡。这一天正好是立冬,所有旗营官兵全部奉载穆之命缴械。

巴荣高因为三个儿子都不在身边,担心待在镇江城里不安全,便带着老母亲乘船过江去苏北。在泰兴境内,避难的人群遇到了土匪,随身携带的钱财被抢掠一空。遭此劫难,巴荣高心伤过度,竟然精神失常,把自己的其他衣物也抛掷路旁,任人拾取。不幸中的万幸,巴荣高还知道护持老母亲,没有让老母亲冻着饿着。疯疯癫癫的巴荣高回到镇江以后,不久便病故了,时年56岁。远在英国的巴玉藻得悉父亲病故后,无法回国奔丧,心中自然是悲恸万分。

除了悲痛外,还有一件令巴玉藻非常烦恼的事情。

1912年的春天,清帝退位后,留英学生大多认为巴玉藻是旗人,必将随清政权的覆灭而结束他的留学生涯,有些人甚至对巴玉藻抱有歧视的态度。巴玉藻虽然不以为然,还用孙中山先生所说的话解释,认为中华民国政府不可能采取民族歧视政策,中断他的学业,但众口铄金、积毁销骨,毕竟仅有他是旗人,心理压力可想而知。

在巴玉藻前往温德米尔湖时,王助始终陪伴在他的身边。王助和巴玉藻的友情,后来一直延续到两人生命的终结。

对自己在英国的经历,巴玉藻有过这样一段叙述:

> 我和我的一位同事王助君对于航空很早就感有兴趣。我们从1910年起就在英国学普通机械。那时,飞机的制造还在很幼稚的时期,而一般学机械的英国青年人,很多都羡慕飞行家的生活。我们那时大概也是受了这个环境的影响,所以,有闲空的时候都欢喜买一点关于航空的书籍杂志看看。到1912年暑假期间,我们在Vickers厂内工作,听见离我们厂所不远,有一个飞行家名叫Potter的在Windermere湖上飞行。他所用的飞机是当时Farman(法尔芒)式那种,幼稚的制造可由这张像片上得一个大概的印象。不过,在那时候,这是个何等神秘的东西呵!我们凑了两镑钱跑到那里,跟这位Potter飞了一次。这就是我们对于航空发生关系的起点。

1915年的春天,巴玉藻、王助等人修完了阿姆斯壮学院的课程,获得了机械工程学士学位。就在此时,他们接到北京政府海军部的命令,要求他们暂缓归国,留在英国待命。巴玉藻因此重新返回维克斯的船厂,继续实习。巴玉藻在维克斯船厂专任绘图计算员一职,他很快就具备了独立完成小型项目或单体构筑物的相关计算和图纸绘制的能力。

几个月之后,巴玉藻再次接到北京政府海军部的命令,要求他从英国坐船前往美国,学习美国的潜艇和飞艇的驾驶和制造技术。

到了美国后,所有的留英学生被要求填报志愿,要么学习飞艇,要么学习潜艇。出于未来归国后发展的考虑,绝大部分人很自然地选择了学习潜艇,而不太愿意选择归国后可能连工作都难有着落的航空制造。这样,在美国愿意学习飞机制造的只剩下四个人——除了巴玉藻和王助外,还有曾贻经和王孝丰。

按照北京政府跟美国相关部门达成的默契,留英的中国学生到美国后,先学习一段时间的潜艇或飞机驾驶技术,然后再进入马萨诸塞州波士顿的麻省理工学院深造,取得硕士学位后便可以回国。

巴玉藻在纽约州水牛城的寇蒂斯飞行学校先学习了飞机驾驶。这次学习,让巴玉藻对航空事业产生了更加浓厚的兴趣。寇蒂斯是一个能从水上飞机的研制和飞行中寻找到乐趣和美的探索者,他本人对水上飞机诗意般的赞美,确实让巴玉藻"入迷、兴奋、充满活力":

"它像一只装有水平帆的小船,随风飘荡;又像一只飞翔的海鸥,掠过水面,朝天空飞去,盘旋直上云霄,最后惊艳地降落在水面。此情此景会让你激动不已,让你觉得,这世上再没有比这更神奇的运动了!"

1915年的秋天,在寇蒂斯飞行学校的一架A-1型双翼单浮筒水上飞机旁,巴玉藻等人拍了一张合影。这款飞机是美国海军于1911年装备的一种飞机,也是世界上第一种获准正式装备的海军飞机。合影上的这几个中国青年学生,将成为中国航空制造工业的真正先驱。

1916年的6月9日,巴玉藻等人完成了在麻省理工学院的课程,各自取得了所学专业的硕士学位。学习舰船制造的人,很快便接到指令,回国去福州船政局担任工务员,而巴玉藻、王助、曾贻经、王孝丰四人,却没有接到任何归国的指示。

这样,一位江南水师学堂的毕业生,三位烟台海军学堂的毕业生,出于生计的需要,不得不自行在美国寻找工作的机会。

非常幸运的是,巴玉藻等人在麻省理工学院有一个共同的老师——杰罗姆·汉萨克(1886—1984年)。

汉萨克是麻省理工航空工程系的创始人,于1912年毕业于美国海军学院,1914年受聘到麻省理工,创建了该学院的第一个风洞。1916年,他以创建风洞为题撰写论文,成为麻省理工历史上第一位航空工程学博士。同年,他在麻省理工为硕士研究生开设了"海军军舰航空学"课程,就此奠定了麻省理工航空工程学科的基础。由于在航空事业上的贡献卓越,他于1941年出任美国航空顾问委员会主席,1969年被授予美国航空航天科学协会荣誉董事长荣衔。

在汉萨克的指导下,巴玉藻和王助两人共同完成了一篇硕士论文,题目叫做《圆筒状物组合体的空气阻力》。如果没有汉萨克建造的风洞,巴玉藻和王助的这项成果是无法完成的。汉萨克是个注重开创性和实验性研究的人。他说:"最开始,没有人懂航空工程学,所以不可能教什么航空工程学原理。但是原理必定会被发现的,这就意味着我们不得不探索有着重重困难的过去,从而掌握大量的事实,我们就会找出它们究竟是什么,怎样建立原理。"[①]这样的一个人,当然会支持自己的学生到工厂去实践和总结。

在汉萨克的推荐下,1916 年的 7 月,成立于 1909 年的著名的寇蒂斯公司聘请巴玉藻担任飞机设计工程师,第二年,通用飞机厂就聘请巴玉藻担任总工程师;寇蒂斯公司同时还聘请曾贻经担任飞机发动机工程师。刚成立仅一年的只有一个车间的太平洋航空制品有限公司(波音公司前身)则聘请王助为工程师,王助因此成为波音历史上的第一位航空工程师。此时,这几家美国的飞机制造企业还处于草创或初期发展阶段,几名航空工程硕士的到来,令它们欣喜若狂。

巴玉藻有过这样一段回忆:"我们那时共有三个人在一起,先学飞,后进学堂,以后又进工厂,共作二年零的工作。在这期间又加入一位曾君贻经,他是专研究机器的(Motor)。我们进厂的时候,适好碰到一个很好的机会……"

这个很好的机会,就是巴玉藻和王助共同为太平洋航空制品有限公司成功设计了 B&W-C 型水上飞机。

在此之前,太平洋航空制品有限公司制造过三架 B&W 型飞机,但都不太理想。王助担任工程师后,很快就发现 B&W 原型机的问题主要出在空气动力方面的计算上,而空气动力的计算和分析,恰恰是他和巴玉藻的专长,他和巴玉藻的论文便是关于多个筒状物的组合在空气中的阻力研究的。

此时的巴玉藻,正在寇蒂斯参与 H-12 双发水上反潜巡逻机的研制工作。就在 1916 年,寇蒂斯刚刚研制成功的 JN-4 型飞机被美国陆军一次性采购了 94 架。这是一款当时世界上最先进的教练机和空中侦察平台,后来

---

① 高晞:《麻省理工的"一等星"》,上海交通大学学报(哲学社会科学版),2012 年第 1 期。

被美、英等国家大量使用,产量超过了6 000架,直到1927年9月才从美国国民警卫队彻底退役。1926年之前,美国90%以上的飞行员都是用JN-4型飞机训练出来的。在熟悉JN-4型飞机后,巴玉藻对H-12双发水上反潜巡逻机的了解,也在迅速深入。

这种木质结构布蒙皮的水上飞机,将成为寇蒂斯水上飞机系列中最出名的一种,创下多项世界纪录。在此基础之上,寇蒂斯将很快于1918年10月生产出三发水上飞机,于1919年4月生产出四发水上飞机,具备了首次飞越大西洋的能力。参与到这种当时世界上最顶级飞机的研制之中,对巴玉藻的影响,无疑是巨大而深远的。

因此,当巴玉藻和王助共同设计波音公司的B&W-C型水上飞机时,从技术上讲,并不是一件非常困难的事情,因为该型飞机基本上沿袭的是寇蒂斯以前设计的思路。

身在纽约的巴玉藻,根据自己在寇蒂斯所掌握的技术,对B&W-C型水上飞机的构型、翼型进行了修正,并和王助一起,根据在麻省理工学院风洞中所获得的对各类筒状物及其组合体的空气系数、阻力系数的研究成果,画出了飞机的埃菲尔极曲线,对飞机的空气动力性能进行了仔细的衡量。

很快,远在西雅图的太平洋航空制品有限公司就制造出了第一架B&W-C型水上飞机。在波音公司公开的资料中,记载着这么一段话:

1916 Nov. 15:William Boeing watches pilot Herb Munter take the Model C, designed by Boeing's first aeronautical engineer Tsu Wong, above Lake Union on its first flight.(1916年11月15日,威廉·波音观看由赫伯·芒特驾驶的B&W-C型水上飞机。这架飞机由波音首位航空工程师王助设计。飞机在联合湖上进行了首次飞行。)

B&W-C型水上飞机很好地借鉴了JN-4型飞机和H-12双发水上反潜巡逻机的研制成果,跟JN-4型一样,也是一款双座教练机,其最高时速、最大航程虽然稍逊于JN-4型,但其飞行稳定性却并不亚于JN-4型,特别是其售价每架仅有1.15万美元,较之每架1.65万元的JN-4型来说,性价比仍然很高,因此,1917年4月,美国海军仍然向波音公司订购了50架

B&W-C型水上飞机。订单上的巨款对于一个仅有28名员工的公司来说,可谓是一笔天文数字。正是这笔订单,成为波音公司发展史上一个重要里程碑,奠定了波音公司做大做强的经济和技术基础。

可以说,没有巴玉藻在寇蒂斯公司的间接"偷艺",便没有波音公司的B&W-C型;没有了王助名义下的B&W-C型,很可能便没有波音公司的未来。

当时,波音公司每周支出的薪酬总额为700美元,人均25美元,支付给王助一人的薪酬则为50.77美元;而巴玉藻在寇蒂斯和通用的薪酬则比王助高得多。不得不承认,即便在当时美国普通民众的眼里,巴玉藻等人都已经算是高收入的成功人士了。但就在B&W-C型水上飞机获得美国海军订单的六个月之后,巴玉藻、王助等人仍然同时返回了中国。

3
海军飞机工程处

巴玉藻从美国回到中国的时间是1917年的11月。此时的中国,刚刚经过府院之争和张勋复辟,北京政府的实际掌控者为皖系军阀领袖段祺瑞。

早在1917年2月,时为北京政府国务总理的段祺瑞,就指示海军部创办一所培养航海和航空制造专门人才的飞潜学校。不过,由于海军总长程璧光正忙于在府院之争中跟随总统黎元洪对付段祺瑞,并介入了护法斗争,因此,飞潜学校的筹建并没有得到推进。

当年7月,程璧光与北京政府决裂,率领海军第一舰队前往广东与孙中山会合,而刘冠雄重掌海军部后,立即启动了飞潜学校的建设计划。经过对天津大沽口、上海高昌庙以及福建马尾等地的调查,8月,刘冠雄决定把校址定在马尾,并指令福州船政局局长陈兆锵兼任校长,负责飞潜学校的具体筹备事宜。12月,北京政府国务会议通过了"福州海军飞潜学校设立案"。

成立一个学校,必须解决校舍、生源和师资的问题。当时,马尾的海军艺术学校新校区刚建成不久,海军部便决定将其作为飞潜学校的校址,并以艺术学校新招的英文班学生为飞潜学校的首届学生。如此操作下来,海军飞潜学校竟然以不可思议的速度挂牌成立了。

教授潜艇船体和轮机制造专业的师资，由于在英美学习潜艇制造技术的留学人员已于上一年就职于船政局，直接调来即可，但教授飞机制造专业的人才国内却没有现成的。因此，刘冠雄很自然地就想到了他当年派到美国学习飞机制造的巴玉藻等人。巴玉藻等人因此奉命回国。

1917年12月，巴玉藻抵达马尾后，很快便规划好了飞潜学校飞机制造专业的课程。飞潜学校设立的专业最初有三个：飞机制造专业（甲班）、船体制造专业（乙班）、轮机制造专业（丙班）。巴玉藻牵头负责飞机制造专业教学管理，开设了航空动力学、飞机设计和制造、航空发动机、航空材料、电机学等课程，由他自己和王助、曾贻经、王孝丰等人分别担任教官。

1918年，海军飞潜学校首次在福州公开招录飞机制造专业的学生，对象为中等学校毕业生或同等学历学生。海军飞潜学校因此成为中国历史上第一所培养大专程度航空工程专业人才的学校。1923年的6月，甲班第一届陈钟新等17名学生得以毕业。飞潜学校为中国培养出了第一批飞机制造专业人才，马尾也因此成为中国航空工业的摇篮。陈钟新后来为福建省立林森高级航空机械商船职业学校的校长，中华人民共和国成立后任武汉河运学院的航海专业教授，1955年病逝于武汉。

不过，由于当时的中国陷于连年军阀混战之中，各派势力均以攫取最大眼前利益为重，这就注定了中国的航空工业建设，将会在一个相当艰难的逆境中挣扎，无法得到迅速发展的机遇。

为中国航空制造业培养人才的海军飞潜学校，勉强维持到1926年的5月，被迫停办。其原因，一是中国的航空工业仍然处于维修阶段，制造业几乎是空白状态，学生毕业后无法统筹分派，无制造单位可去，因此学生必须自谋出路，多数学生毕业即失业；二是欧美各国纷纷向中国推销一战后剩余的飞机库存，以非常低廉的价格打包售后服务，并派遣专业技术工程人员常驻中国，所以培养自己的飞机制造人才便一时显得有些多余，北京政府和海军部都不愿意继续为培养飞机制造人才提供教育经费。

此后，中国自己培养的航空工程人才，将会断档整整十年之久。直到1935年以后，清华大学、南京中央大学、上海交通大学等又陆续创设了航空工程专业，中国自己的航空工程教育才慢慢地得到恢复和发展。

正因为如此,巴玉藻、王助等人成为中国航空工程教育事业的开拓者和奠基者。

巴玉藻等人培养出的飞潜学校飞机制造专业的毕业生,在沉寂了漫长的岁月之后,于全面抗日战争期间,终于担当起了非凡时期的历史重任,成为战时中国飞机制造业的一支不可或缺的骨干力量,在当时中国仅有的成规模的12个飞机制造厂和修理厂中,都可以看到他们忙碌的身影。

投身于航空工程的教育,并不是巴玉藻等人的事业重点,他们的理想是"创造"——创造一个属于中国的真正的飞机制造厂。

这个理想,萌芽于巴玉藻在寇蒂斯担任工程师期间,成熟于为波音公司成功设计 B&W-C 型水上飞机之后。正如巴玉藻回忆的:"所以,在1917年的时候,我们就觉得,我们很可以回去创造起来了。我们建厂的计划,在这个时期中成熟。"

海军部的归国召唤,让他们觉得,这正是一个实现自己的理想,"创造起来"的千载难逢的机遇。

为什么一定要回国"创造起来"?

此时的巴玉藻已经觉得,当年京口八旗中学体育教员陈子祥所教导的那些尚武精神的精髓,虽然可以让个人成为国家的勇士,但却无法让中国彻底摆脱列强的欺凌,唯有整个国家自救自强起来,中国才有希望。

他愿意做一个"创造起来"的开拓者:

> 我们现在应当但凡可能,就应该去办小工厂,不怕一切的机器材料都向外国去买,我们所做的东西只要能够站住足都行。这些东西,如汽车、电机、抽水机,再还有日用五金、木料器皿,都可以买机器、买材料去做,极力设法维持。起首不可太大,以后渐渐地扩充。起头又怕太小,不过,扩充不要知足。所以,我希望国内各种工业大家都去这样做,不久就造成了好多的需要,而国内就实际的工业化了。使中国工业化是自救的唯一途径。

让中国尽快地工业化,使中国得到真正的自救,这才是巴玉藻内心的真正理想。

因此，1917年12月，刚刚归国没几天，巴玉藻便牵头，王助、王孝丰、曾贻经联名，四个人共同向北京政府海军部写去一封信，建议立即设立飞机制造厂，自己制造飞机。海军部批准了巴玉藻等人的"关于议设立飞机制造厂"的建议案，同意在马尾的福州船政局内开办飞机制造工厂——海军飞机工程处，并许诺拨款5万元作为开办费。

这笔巨款其实只是一张空头支票，到巴玉藻去世时也没有兑现。好在海军部还直接给福州船政局发了一封公函，要求船政局暂时代为管辖海军飞机工程处，指示其接济飞机工程处相应的材料，并支付该处人员的工资。

船政局长陈兆锵是个始终耿耿于中国海军建设的军人，非常认同留学回归人员的建议，即海防的发展趋势必定是立体的，没有航空兵的海军谈不上强大，而建立一支强大的航空兵，除了打好航空教育的基础外，还必须打好航空制造的基础。正是立足于这样的思想，1927年5月1日，陈兆锵在马尾参与主持创办了海军制造研究社，出版社刊《制造》，推动了中国海军制造技术的进步。

1918年的元旦，海军飞机工程处在马尾造船厂内正式成立，海军部任命巴玉藻为主任（处长），任命王助、曾贻经、王孝丰为副主任。1月22日，四人同时被北京政府授予二等造械官职位。

中国第一所正规的飞机制造厂，就此正式挂牌。

海军部的5万元开办费迟迟不见踪影，巴玉藻等人又不愿空等下去，便只好把整个飞机制造计划化整为零，分步实施。

计划分成三个实施阶段：第一阶段初步建成飞机制造的车间和工场；第二阶段完成制造飞机的材料试验和准备，做好技术工人的培训；第三阶段则正式试制飞机。

第一阶段的计划，在陈兆锵的全力支持下，很快就顺利完成。

为支持海军飞机工程处，船政局让出了铁胁厂和船厂。巴玉藻便把铁胁厂改造成了木作间和机工间；以船厂为基础，拓展了附近的旷地，建成了飞机机库和飞机装配厂；在临近马江的地段铺设了飞机的滑行水道。

整个第一阶段的改造工程共耗资2.4万元，其中由船政局直接承担拨付

1.9万元，余下的5 000元经费，则是由江南造船所资助的。

远在上海的江南造船所，为什么会资助福州船政局下辖的海军飞机工程处？

早在1916年，陈兆锵由江南造船所所长任上刚调任福州船政局局长不久，奉命拆除由德国建于1884年的"南琛"号巡洋舰。"南琛"号为钢质船体，排水量2 200吨，解体后，共卖得材料款45万元。这笔款项本来是专门用来在马尾船厂建造一艘海军测量船的，结果却被海军部挪用了，其中最大的一笔款项15万元，被挪用给了江南造船所。

此时，在江南造船所接替陈兆锵担任所长的正是海军部总长刘冠雄的三哥刘冠南。刘冠南与陈兆锵为福建船政后学堂第二届管轮班的同班同学，正在策划把江南船坞拓建为长达560米的中国最大的船坞，为建造万吨级船舶作准备。1918年的7月，美国政府紧急向江南造船所订购四艘万吨级运输舰，江南造船所也于1921年12月全部成功交付，标志着中国已具备了建造万吨级船舶的实际能力。

不过，刘冠南同时也是一名讲究宴游的官僚，在建造中国最大船坞的同时，在其弟刘冠雄的支持下，还在上海筹建了一个中国规模最大的海军联欢社。零卖"南琛"号的15万元巨款，就被挪用在了上海海军联欢社的工程上，马尾船厂的那艘海军测量船，自然永远也不可能完工了。因此，两年之后，当陈兆锵婉转地向刘冠南提出海军飞机工程处的经费相当匮乏时，心里多少有些愧疚的刘冠南，还是比较爽气地拿出了5 000元。

车间和工场的场地问题解决了，里面还得有专用加工机械。整理场地的钱已经捉襟见肘，哪里还有钱来购置专用的机械设备？好在船政局原有的造船机械虽然不适合用来制造飞机，但进行一些粗加工还是绰绰有余，至于飞机零部件的精细制作和装配，只能依靠手工。这样，技术工人就成了关键。

第二阶段必须完成制造飞机的材料试验和准备，同时，做好技术工人的培训。

飞潜学校的航空制造人才还在培养之中，远水解不了近渴。巴玉藻便把目光放在了船政局的那些技术熟练的老工人身上。

此时，上海的江南造船所已经成为中国规模最大的造船基地，年平均修造船逾150艘，造船的排水量超万吨。而福州船政局每年修造的船舶仅不到30艘，造船的排水量则更是可怜，仅不到千吨。这样，整个马尾造船厂的工人已从近3 000人萎缩为1 000多人。即便如此，由于业务量不足，这些剩下来的工人一个月也只能做半个月的工，事实上已处于半失业状态。

许多造船的技术工人，有着丰富的加工零件的经验。巴玉藻通过现场考核的方法，首先从船政局挑选了最优秀的机械工、钳工、油漆工和木工四个工种的技术工人约50人，把他们分配在木工、金工、合拢三个车间里，进行专业训练。同时，为了储备人才，他还招收了青年学徒工约30人，进行专门的培训。

为了让工人对飞机制造有一个整体了解，巴玉藻还亲自安排相应的课程，专门系统地为工人们讲解简明飞机原理、发动机原理以及机体结构学等知识。他每天亲自给工人讲课两个小时。他发现，这些船厂的工人非常聪明，只要把图纸给他们，稍稍加以指导，他们就可以把零件加工出来。这批工人很快就成长为中国第一代飞机制造技术工人。

这些技术工人中，有的本身就毕业于马尾海军制造学校。有一个叫做陈立庠(1896—1938年)的，是福建古田大桥人。上完小学后，即进入海军制造学校。他能用法文记笔记。进入飞机工程处后，尤其精于金工的机、钳、锉、铣、刨和木工的木作，参与了巴玉藻设计的所有飞机的木作。在海军飞机工程处迁往上海后，陈立庠于1936年晋升为海军军械少校。全面抗战爆发后，他担任木工股股长。1938年12月3日，随厂迁移到宜昌，在抢修飞机时，被突袭的日机击中肺部而殉职，英年42岁。

技术工人有了，材料的问题就变成头等大事。制造飞机所需的发动机，中国生产不出来，只能进口。钢、铝等飞机所需要的特种金属材料，中国也生产不出来，同样需要从国外购买。一些关键的配材，如翼油、层板、铅片、钢管、钢绳等等，国内都不能生产提供，只能够按需要的量，零星托人从国外采购。其他生产机体所需要的材料，就得靠国内解决了。

当时欧美制造的飞机，主要采用白银枞和胡桃木之类的优质木材来构建机体。如果这些材料也从国外采购的话，不仅费钱，而且费时。巴玉藻决定用国产木材来代替。

机身、机翼及机桴的基本材料除了优质木料外,还需要蒙布、胶水、漆料。如果不能够从国内筛选出这几样必备的基本材料,制作飞机只能是纸上谈兵。因此,第二阶段的工作中,巴玉藻把绝大部分的时间和精力都消耗在了材料的试验上。正如他自己所言:"头大半年的工夫,差不多完全是作一点试验材料的工作。"

在试验过程中,巴玉藻不仅对材料的适用性严格评估,还对材料的经济性进行了思考,甚至对材料的改良方向也做了展望:

"在这时期中,试验了五种闽产的木料,杉木、白梨、楠木、樟木、檫木;两种外国在中国很通行的木料,金山松、柚木;三、四种茧绸,一种亚麻布;几种鱼胶和皮胶;还有煮桐油的方法。这些试验的结果,证明在工业上除掉木料及油漆可以使用外,其余的胶布之类俱须加以科学的改良,方能适应工业的用处。不过,这种改良是要由这些卖者花一点资本去做的。若是国内的工业需要不大,照经济的原理上,这些改良就是不能实现的。

"就是木料和种植上也尚很有可以改良的地方,因为他们虽然够得上制造的需要,但若大批制造的时候,选择的时和价钱就很成问题。不过,现在国内的木材还都是些天然的产品,连种植都不曾成为营业,哪里说得上改良的话呢?

"油漆的品质也很没有标准。它的榨取熬炼的方法也很是不科学的。这种材料的需要现在已是很大。我相信总有化学工业家肯去专门研究关于油漆业上的各种问题,如种植、采取、化学及物理的性情,然后根据科学的研究及土法的经验,寻出它的用法、调和的方法及收干的方法,再至于保管、装置以及运输。如一层层地有系统地研究出来,必可得到很多极有价值的结果,经营出极大的商业来。"

基于严格的物理试验筛选的结果,巴玉藻最终决定分别用不同的国产木材来制造飞机不同的构件:

机身、机翼及机桴,用坚韧程度与国外白银枞相当的杉木;

龙骨等,用坚韧且易于弯曲的白麻栗木;

骨架和框架的加强角片,用纹细质坚的樟木和白梨木;

榆木在飞机的一些部分作硬木用,完全可以代替胡桃木;

保护木质防腐层,采用国产的桐油和生漆,效果比进口的油漆要更好。

  飞机的蒙布,巴玉藻最初选用的也是国产材料。经过严格比较,入选的材料为山东茧绸和江西夏布,强度比较高,质量比较轻。但这两种布料直接做蒙布时,受潮后很容易松弛起皱褶,影响飞机构件的平滑度,增大空气阻力。将这两种国产布料经过化学处理后,虽然完全可以解决松弛起皱褶的问题,但带来了另一个问题——化学处理的费用很高。最后,巴玉藻被迫采用了当时流行的性能较好,价格也相对低廉的爱尔兰麻布。

  为了防止制作飞机构件的木料干裂和变形,巴玉藻还在飞机工程处特制了一台蒸汽烘木炉。他要求所有的木料都必须经过蒸汽烘木炉的处理,经拉力、压力等试验合格后方能使用。

  为了确保飞机部件的质量,巴玉藻对制造出来的零部件采用了当时世界上流行的沙袋加载法,进行受力试验。在做机翼受力试验时,他会将飞机仰置,用每个450克的沙袋,分别放置在机翼的各个部位,做抗扭、抗弯等荷载试验。所用沙袋的总重量,几倍于飞机在空中的受力,以此来检查机翼结构的强度。

  1918年的7月26日,巴玉藻、王助、曾贻经、王孝丰四人被北京政府正式授予一等造械官职位。飞机工程处的运作,也就此迈进了第三阶段——正式试制飞机。

  在200多名技术工人的配合下,试制工作持续了整整一年。在试制过程中,1918年的12月10日,巴玉藻被北京政府破格授予海军造舰中监职位。1919年1月21日,巴玉藻又被北京政府大总统徐世昌授予"七等文虎勋章"。但这些激励对巴玉藻来说,都不算什么,给巴玉藻刺激最深的事件,当属席卷全国的"五四运动"。

  就在巴玉藻被美国通用飞机厂聘任为总工程师后不久,1917年8月14日,北京政府向德国宣战,正式成为第一次世界大战的"参战国"。1919年1月18日,德国战败后,战胜国在巴黎召开了"和平会议"。北京政府和南方的广州军政府联合组成中国代表团,亦以战胜国代表的身份参加巴黎和会。

这也是近代以来,中国人第一次以胜利者的身份站上国际舞台。中国人对在此次和会上收回中国应有的权利充满了期待。

从5月7日开始,飞潜学校、海军制造学校等马尾的海军学校的学生纷纷乘船前往省城福州参加集会,并成为5月14日成立的福州学生联合会的中坚力量。其中部分学生集体栖居于福州的戚公祠,声援抵制日货运动,直到8月中旬方才陆续返回马尾。

在陈兆锵安排人软硬兼施想让参加福州集会运动的学生返回马尾时,巴玉藻却显得有点"超然于物外",从不参加劝阻学生之事。每当有机会跟自己的学生和飞机工程处的工人交流时,他都希望他们能够认清楚日本人压迫中国人的本质,尽全力做好自己手头上的事情。他以制造飞机所需要的漆料为例,来警示大家:

"近几年来,日本人在我国产漆各地大肆收买,国内用的漆差不多都是经过日本人做过中间人的。所以,东西不曾加好,而价钱已贵至二、三倍之多。我们政府若不早早地花一点资本去经营工业,将来国内一件一件的东西都会被外国人占完了。国人只觉得生活加贵而不知道这个生活压迫者是谁,那才叫可怜呢!"

巴玉藻的爱国情怀并不是简单地呈现在抵制日货上,他非常担心中国的经济命脉为列强所控制,他思考的是如何扩大中国国内对工业品的需求,以及如何做大做强中国的工业。他认为中国的工业之所以难以取得迅速的发展,关键不是因为技术上的落后,而是因为没有市场作支撑:

"不是说没有人会造,我不相信任何工业制造有学不会的,而是说没有工业的需要作经济的根据,这些事业是站不住的。"

他一针见血地指出,只有市场的订单才能决定工业产品的出路和命运:

"在欧美工业发达国家,你可以设一个厂专作一件物品,因为要买这一件东西的厂有千百处,你的出品是有出路的。你这厂的一切设备都是为了造这一件东西,那件东西的精良,价钱的便宜是很容易的。这也是没有人不会作的事情。"

如何扩大国产工业品的出路,巴玉藻认为,必须做好中国工业的规划和专业的分工合作:

"一切的工业都必要分工合作,分开的这一部分的工作是任何人都会做的。怎样的合作,怎样使国内工业经济许可这种分工合作,是我国最大的问题,需要全国各界人的合作,而以我们工业界的人的合作为最要。"

在美国游学、工作的经历告诉他,飞机制造要想取得迅速发展,最初必须依赖于政府的订单:如果没有美国陆军部的订单,就没有莱特飞机公司的诞生;如果没有多个国家政府的订单,寇蒂斯公司就不会很快超越莱特飞机公司;如果没有美国海军部的订单,波音公司就不可能迅速完成最初的资本积累……

很自然地,巴玉藻把中国飞机制造的希望,完全寄托在了当时的中国政府身上。

4 "甲一"号

1919年的8月9日,在日本和德国的青岛空战爆发整整五年之后,中国的第一架自制水上飞机终于在马尾全部总装完成。这也是由中国人真正完全自主在国内设计、制造出来的第一架飞机。巴玉藻把这种飞机命名为"甲一"号。

准确地说,甲一号是巴玉藻和王助在为波音公司设计的B＆W-C型水上飞机基础上的改良版:拖进式双桴双翼,100匹马力,空机重836公斤,装油114公升;座舱为串联式双座双操纵系统,机身高3.88米,长9.32米,宽13.7米。

为了确保第一架飞机的制作成功,并在总体性能上能够超越先前设计的B＆W-C型,甲一号的发动机并没有选用波音的合作伙伴美国霍尔-斯科特飞机制造厂的100马力发动机,而是选用了更为先进的寇蒂斯公司的100马力发动机。

为了确保质量安全上的万无一失,在飞机的组装过程中,巴玉藻始终身穿工作服,在车间里和工人一起工作,随时亲自动手解决现场发现的问题。

飞机组装成功了,试车也很顺利,但问题还是出现了——竟然找不到试飞员!

巴玉藻、王助等人虽然学习过飞机驾驶,但也仅仅是勉强会飞而已,毕竟不是专业的飞行员,而第一次试飞时,由于危险性很大,欧美等国早已摒弃了早期由设计者自己充当试飞员的模式,改由经验丰富的专业飞行员来试飞。巴玉藻等人始料未及的是,整个福建,竟然一时还真的找不到一个熟练的中国飞行员。

好在一战结束后,德国空军被迫解散,大量的飞行员流落到世界各地,其中有一些来到了中国沿海的港口城市。巴玉藻幸运地在福州找到了这样的两名德国飞行员:亨克和柏尔司徒曼。

8月29日,亨克和柏尔司徒曼正式试飞甲一号。

试飞获得圆满成功:最大时速126公里,飞行高度3 690米,载重1 063公斤,可飞行距离340公里,可持续飞行时间3小时。

甲一号就此作为中国航空史上一座重要的里程碑而永载史册。

甲一号试飞成功的消息,很快传遍了全国。但非常吊诡的是,北京政府对甲一号的试飞成功,在很长一段时间内都保持了沉默。

第一次世界大战结束以后,欧美各国飞机大量剩余。美国政府把军队中剩余的JN-4型飞机在国内廉价出售,每架竟不到1 000美元。从军队退役的很多飞行员,便驾驶着JN-4,巡回表演于美国的城乡之间,载客飞行一次仅收费5美元左右。短短数年间,美国民间便掀起了航空热,孕育出了一个巨大的商业航空市场。英国人除了在国内和殖民地推销飞机外,还把目光聚焦在了中国人的身上。

在英国政府的努力下,英国的佩治公司、维克斯公司先后跟北京政府签订了销售飞机的合同。在英国驻北京公使的协助下,佩治公司专攻北京政府交通部,维克斯公司则专攻北京政府陆军部。在巨额回扣的诱惑下,交通部和陆军部先后在合同上签了字。

交通部的胆子比较小些,于1919年2月24日,从交通部事业盈余款项中拨款,购买了360马力双引擎佩治型商业飞机、100马力单引擎阿弗罗-504K型教练机各六架,并聘请英国飞行员和机械工程师各两名。当年3月,交通部便挂牌"筹办航空事宜处",准备拟定航空条例草案、航线计划、飞航区域等事宜。当年12月,第一架佩治型商业飞机在北京组装完毕,一批中国官员乘坐此架飞机在北京上空巡游了半个小时,非常满意。

陆军部与维克斯公司的协议草案刚刚拟好,中国的甲一号飞机就试飞成功。双方立即加快了合同签订的进度。陆军部不仅胃口很大,胆子也比交通部的大得多。

陆军部的胆子之所以非常大,是因为陆军部部长靳云鹏当时还身兼北京政府的国务总理。此人在皖、直、奉三系军阀之间游刃有余,一手把持军政大权,一手伸进工商经济,最多时拥有大小企业20多家,资产6500万元。在他的策划下,陆军部以中华民国政府的名义,直接向英国借款180.32万英镑,购买了100架飞机。

陆军部原来的计划是购买双发的由轰炸机改造的客机40架,以及60架阿弗罗-504K型教练机。由于签订合同前,巴玉藻的甲一号教练机已经试飞成功,双方于1919年10月1日签订协议时,便在正式合同上注明是100架双发客机,但另外又签订了一个不公开的附函,约定在12月31日前,陆军部可以将其中的60架改为阿弗罗-504K型教练机。

在靳云鹏的主持下,1919年11月11日,北京政府成立了航空事务处,靳云鹏亲自担任处长,副处长则由陆军部次长担任。延续到1920年8月,北京政府决定撤销交通部的筹办航空事宜处,而由航空事务处统一管理全国的航空行政事宜。1921年2月9日,航空事务处被扩编为航空署,直到1927年7月12日方与海军部、陆军部一同并入军事部。

当时,海军部的总长为萨镇冰,虽然他的孙女萨桂申和王助是伉俪,也希望巴玉藻这帮年轻人把海军飞机工程处做大,但他毕竟不愿与善于玩弄权术的靳云鹏针锋相对,因此,对甲一号的成功也表示了缄默。

此时的巴玉藻等人,还没有看透中国军阀的政治本质。若干年后,当他终于看清楚了他们的真实面目后,感慨万千地说了这么一段话:

> 至于军用,差不多所有的中国军阀都喜买洋货。一则,因为他们不信中国人能造飞机,就造也一定不好;一则,这是更大的原因,因为他们跟前的走狗都是谋想着去买外国军械,可以从中取回扣,而这种回扣的事情,和我们自然是不太方便开口了。

还有一个让北京政府对甲一号试飞成功保持沉默的原因,就是当时福州正好发生了"台江事件"。

五四运动席卷整个中国后,以青年学生为骨干的福州民众的抵制日货运动让日本人非常恼怒,便准备策划事件,迫使福建地方政府承诺"今后不再抵制日货"。1919年11月16日,日本驻闽领事馆安排"敢死队"队员60人,手执棍棒,分成三路,在福州城内针对青年学生寻衅滋事。连续三天,追击殴伤学生近20名,打砸了"顺记菜馆",并反诬福州学生违法劫夺日商货物,造成流血事件。同时,日本派出三艘军舰,于11月21日开抵闽江口。26日,日本水兵登岸,公然在福州城示威游行。

事件发生后,福州军政府无所作为,一味息事宁人,福州各界便以罢课、罢市相抗议,并致电北京政府,要求向日本政府交涉。福州省立二中学生李宗韬愤而引刀立断三指,以血沥书:"提倡国货,坚持到底;积力同心,誓雪国耻!"

几天之内,台江事件便为全中国所知晓,从11月下旬到12月下旬,各大中城市先后举行大规模的群众集会和示威游行,声讨日本侵略者在福州的所作所为。在北京的一次集会上,北京高等师范学校的福建籍学生刘庆平登台演讲时,当场砍断两根左指,以示反日决心。面对国内巨大的压力,北京政府不得不直接跟日本方面进行交涉。12月30日,日本被迫撤走泊于福州的军舰,并同意对事件进行彻查。1920年2月19日,调查报告正式形成,日方同意撤换驻闽领事,形成了如下协议:

一、中日双方互备文道歉;
二、日本给予负伤者1 200元;
三、顺记损失由日本领事赔偿800元;
四、凶犯之惩戒以双方侦察分明时依法办理。

台江事件被视作五四运动的最后一波浪潮,也有人称其为近代中国外交史上的第一次"胜利"。如果这样的"胜利"也算作胜利的话,恰好证明当时积弱的中国,离真正的外交胜利还相距甚远,或者说,还根本不敢奢望更公平、更有尊严的外交结果。

在此背景下，公开宣布在事件发生地试飞成功了甲一号飞机，不可能不对日本人产生强烈的刺激，进而让外界有中国欲升级中日军事对峙的联想，这当然不是北京政府所希望的。

虽然北京政府对甲一号集体沉默，但孙中山领导的飞机队却对其表现出了浓厚的兴趣。

1919年的冬天，听命于孙中山先生的时任援闽粤军飞机队总指挥的杨仙逸(1891—1923年)，从福建漳州悄悄来到了马尾。早在1918年初，为进行护法战争，孙中山就派兵进入福建漳州等地，并于1919年的春天，从美国运回了由华侨捐资购买的寇蒂斯飞机两架，以漳州为基地，成立了援闽粤军飞机队。但当年7月，便有一架坠毁，飞机队仅剩下一架飞机，急需补充。闻听在马尾成功制造了飞机，杨仙逸便前来考察。

杨仙逸是1916年在寇蒂斯飞行学校学的飞行，比巴玉藻等人晚了一年，算是师弟。正是因为这层特殊的关系，杨仙逸顺利得到了一个试飞甲一号的机会。

由于甲一号是B&W-C型的改良版，而杨仙逸从来没有驾驶过非寇蒂斯机型的飞机，因此，试飞时并不很顺手，得出了一个这样的结论：

"飞行高度不过千尺，操作难于就范。"

两个多月后，中日双方就台江事件的善后达成协议。1920年的2月下旬，对甲一号念念不忘的杨仙逸，携同援闽粤军飞机队的蔡司渡再一次来到马尾。蔡司渡与杨仙逸同在寇蒂斯飞行学校学飞行，但他年纪更大些，飞行技术也更为老练。除了寇蒂斯的飞机外，蔡司渡也没有飞过其他型号的飞机。他的运气不算好，起飞不久，因操作不慎，甲一号即产生侧滑，随即失速进入尾旋状态。他的运气又很好，因为高度不算高，坠落于水面，飞机虽然损毁，但命却保住了，甚至奇迹般地只受了一点轻伤。

两个月后，孙中山获悉澳门的法国商人出售六架寇蒂斯水上飞机，便多方筹款，在年内分两批购进，投入了驱逐桂系军阀、重建广州军政府的战争。自此以后，广州军政府在发展空军时便完全把注意力放在了引进美国的飞机上，并在广州建厂，杨仙逸兼任厂长，购进寇蒂斯飞机的发动机和配件，聘请两名美国工程师，先后组装成功飞机多架，以宋庆龄在美国时的学名命名为"乐士文"号。1923年9月20日，杨仙逸改装鱼雷为重型航空炸弹时发生爆炸牺牲，组装飞机的工作便不再持续，而专事修理。

甲一号坠毁后，发动机保存完好。巴玉藻决定用此发动机继续制造甲型飞机一架。此次轻车熟路，只用了三个月的时间，便于1920年的5月组装完毕。巴玉藻将这第二架甲型飞机命名为"甲二"号。甲二的试飞仍然难以找到试飞员。焦头烂额之际，正好有位英国飞行员到福州的洋行办事，答应一试。结果，试飞非常顺利，甲二的性能指标与甲一号的完全相同。

甲一号的坠毁，让巴玉藻等人更加认识到了试飞员的重要性。此时，靳云鹏再度组阁。靳云鹏有两个需要给面子的人：一个是曾做过代理总理的时任海军总长萨镇冰，还有一个是他的前内阁交通总长曾毓隽。王助刚刚做了萨镇冰的孙女婿，王孝丰则于不久前成了曾毓隽的乘龙快婿。借此天时人和，巴玉藻向北京政府请求培养能够从事专职试飞的"飞行家"。1920年10月，北京政府同意由海军飞机工程处副主任王孝丰率队，带领曹明志、吴汝夔、陈泰耀、刘道夷四人，前往菲律宾马尼拉飞行学校学习飞行。这四人均为南苑航空学校1917年的第二届毕业生。

南苑航空学校原本由北京政府陆军部参谋本部管辖，一年前虽改由国务院航空事务处直辖，但实际控制者仍为陆军部。一次性支援海军部四名飞行员，可谓破天荒之举。这是直皖奉三系军阀罕见的一次有关培养军事人才的资源整合协同行为，此前没有，此后也不可能再有。

1921年1月，四人回国，曹明志、吴汝夔被安排在飞潜学校任飞行教官，陈泰耀、刘道夷则任福州船政局航空员。这四个人，既是海军飞机工程处的第一代中国试飞员，也是中国国产飞机的第一代中国专业试飞员。

这一年的春天，在甲二的基础之上，经过改进完善的"甲三"双桴双翼水上飞机组装完成，使用的仍然是那台100马力的寇蒂斯发动机。最早试飞甲三的，就是刚刚归国不久的曹明志和吴汝夔。

他们驾驶着甲三，成功地由水面飞向了蓝天。

这也是中国航空史上，第一次由中国的飞行员真正试飞成功的第一架中国制造的飞机。

甲三水上飞机在海军中作为教练机,一直使用到1931年春天才被废弃。

甲三飞机最耐人寻味的一次飞行,则是由刘道夷完成的。

1921年6月10日,上海交通大学附属小学举行20周年校庆。刘道夷为该校庚午(1910年)级毕业生,他驾驶着甲三飞机,在学校的上空盘旋翱翔,让助手从空中抛撒下漫天飞舞的彩纸。当时,整个学校的上空舞动着的彩纸,如同一群群纷飞的色彩斑斓的蝴蝶,激起了阵阵欢呼声和掌声。这一历史事件,被许多交大人称作"千古未有之奇观"。

是年秋天,时任北京政府大总统徐世昌以"福州船政局试制水上飞机告成,局长陈兆锵督率有方",特"授勋五位";巴玉藻等人则分别"晋授官资"。

时隔两年零两个月,北京政府终于打破沉默,对巴玉藻等人做了充分肯定。

在试制成功甲三号飞机后,巴玉藻又购买了一台美国霍尔-斯科特产的100马力发动机,用以制作"乙一"号飞机。这种发动机,是巴玉藻和王助共同设计的波音B&W-C型水上飞机专用的。乙一属于试验性飞机,跟B&W-C型区别比较大。巴玉藻在甲型飞机的基础之上,在飞机高度不变的前提下,将机身长度缩短了12厘米,机身宽度减少了221厘米。

此时,中国还没有风洞,中国第一座风洞的诞生,还要等到1936年的4月24日。巴玉藻只能根据自己在麻省理工的风洞试验数据和研究成果,来进行新飞机的设计,而新飞机的性能,只能通过实际试飞来验证。

1922年1月,经过曹明志等人对乙一的试飞,巴玉藻发现,该机速度比甲型机每小时提高了4公里,飞行距离增加了20公里,但飞行高度损失了250米。不过,此机的平稳性比较好,飞行十多次,没有发生一次意外。

乙一的成功,奠定了巴玉藻研制飞机的一个基本方向:在发动机功率相同的情况下,如何让飞机更加轻捷,飞得更快、更高、更远?

乙一号作为海军教练机,一直使用到1925年的8月。

在乙一的基础上,巴玉藻对飞机进一步小型化。

发动机仍然是那台旧的霍尔-斯科特产100马力发动机。在速度不变、载重量基本保持的前提下,与甲型飞机相比,高度降了13厘米,机长短了17厘米,机宽缩了220厘米。与此同时,飞行距离则比甲型增加了50公里。这款飞机被编号为"戊一",被命名为"江鹳"号。

沿着甲型机到乙一再到戊一的发展思路,巴玉藻后来又采用功率更大的布里斯托尔飞机公司120马力的发动机,于1927年的1月和4月,先后研制了"戊二"和"戊三"飞机,分别命名为"江凫"号和"江鹭"号。

从甲一号到"江鹭"号,机长从9.32米缩短到了7.94米,机宽从13.7米减少到了10.8米,速度由每小时126公里提高到了165公里,飞行高度由3 690米上升到了4 260米,飞行距离由340公里增加到了500公里。

从技术积累、自主设计,到主要部件的生产、机体的组装,再到不断改进和完善,由甲一号到"江鹭"号,轨迹非常清晰。

这也是中国航空事业真正奠基时的轨迹。

20世纪90年代,与王助有师生之谊的钱学森,在协助有关部门收集巴玉藻的有关资料时,说了这么一句话:

巴玉藻是"中国航空之父"。

5
飞行家之痛

海军飞机工程处在研制过程中，有过近两年的停顿时间。

乙一试飞成功后，一度引起福建省督军李厚基的关注和兴趣。

此时，各地军阀纷纷酝酿成立航空队，李厚基也打算建立起一支自己的飞机队。军政大权集于一身的李厚基并不缺钱，但他没有把钱投向眼皮底下的马尾海军飞机工程处，而是把钱花在了美国人的身上——从美国购买了六架寇蒂斯飞机。不过，他购买飞机是暗中进行的，并没有向北京政府汇报，因此，当这批飞机的组装件于1922年9月10日运到上海中转时，全部被北京政府没收。

在李厚基的飞机被北京政府查获之前，1922年6月，陈炯明叛乱，腹背受敌的北伐军便联合皖系的王永泉等人，转而进逼福州。李厚基无力抵挡，引军退守马尾，随后由海军派军舰护送至上海。李厚基被驱离福建后，北京政府便任命萨镇冰为福建省省长、会办福建军务；孙中山则指示召开福建各界公民大会，推举林森为福建省省长，王永泉为福建总司令。一时之间，北京政府与广州军政府各不相让。

北京政府随即在马尾设立海军警备司令部，统一指挥在马江的舰队和陆战队；与此同时，王永泉与林森不和，不动声色地策划了"倒林拥萨"风潮。为集中力量对付陈炯明，孙中山最后被迫同意林森辞职。

令人眼花缭乱的政治乱局持续了近一年。局势大乱之时，巴玉藻不得不把家人送往上海，自己则独自坚守在海军飞机工程处。巴玉藻之女巴吟轩回忆：

"1922年10月间，福建督军李厚基失败，退兵马尾。当时我全家迁往上海避难，住萨坡赛路永吉里一号。父亲则不放心他的心血结晶——停在厂内的几架飞机，而仍留在马尾。晚间巡逻时和败兵周旋，发馒头等给他们吃，并和他们讲话。这些败兵终于没有给飞机造成什么破坏。事情平定后，父亲才到上海来接我们。那时，钟奇刚在上海出生三个多月。"

1923年2月上旬，巴玉藻到上海跟家人团聚，准备在上海过完春节，再一起返回马尾。杨仙逸正好在上海，听说巴玉藻也在，便特地跑到永吉里，动员巴玉藻去见也住在法租界的孙中山。巴玉藻最初并不想去，禁不住再三劝说，便勉强去了。孙中山对巴玉藻非常器重，显然已经详细了解过他的生平，第一次见面，便直接邀请他去广州，与杨仙逸共同创办飞机制造厂。巴玉藻婉辞后，孙中山并未强求，随后关心起他的生活情况。

当时，永吉里刚刚建成，是一个拥有百余幢砖木建筑的大型新型石库门里弄，区域内还有相互交联的支弄十多条。这种新型石库门里弄的空间更加狭窄，居室进深更加逼仄，楼层高度更加低矮。几乎家家都有个亭子间，亭子间的上面则是晒台。这是典型的上海市井里弄，很少有权贵富绅居住于此。亭子间里租住着大量外地的谋生者和求学者，鱼龙混杂，国共两党及韩国流亡者都喜欢选择此地开展活动。孙中山觉得巴玉藻居住在永吉里实在有点委屈，便决定把上海霞飞路上的一幢花园洋房相赠。

今天，我们已经无法知道孙中山与巴玉藻的谈话内容，但此次见面，对巴玉藻的内心震动巨大，"使他备受鼓励和安慰"。从上海再次回到马尾后，巴玉藻对北京政府的看法就有了很大的改变，称其统治下的中国社会为"黑暗社会"。

这个黑暗社会，很快就让他黯然神伤，陷入沉闷的困境之中。

在完成乙一的制造后，由于海军部和船政局一时提供不了购买新发动机的资金,巴玉藻无法进行下一架飞机的研制。最初答应的5万元早已成了泡影,无钱购买发动机的现实,他似乎也能够坦然面对,但多少有些遗憾:

"我们的飞机只是供给海军的需要。量的一方面,于是就完全看海军当局能筹多少款,做多少事。这实在太少了!"

一时半会做不了飞机,他就想方设法尽量做点别的东西:

"不过,我们的工厂除做飞机外,还有好多什色的工做,飞机栈、落水道、浮坞、滑艇,以及修理兵船上的 Motor 等工作,都常常在我们厂里做。"

在做这些什色工时,无意之中,巴玉藻竟然创下了一个新的世界纪录。

1922年8月10日,一座两层楼高的大房子漂浮在了飞机工程处附近的江面上。水泵嗡嗡地响着,有人开始忙碌着朝房子里灌水,房子便缓慢地下沉,底面被江水完全淹没了。一架编号为"甲三"的飞机,轻轻在江面犁开两道水花,缓缓驶进了大房子里。大房子里又有人开始朝江里排水,慢慢地,大房子又浮高了起来,江水从房子的底部全部流走,飞机稳稳地停在了房子里。鞭炮声和欢呼声响彻云霄。

世界上第一座水上飞机浮动机库就此诞生。

这座集飞机栈和浮坞于一体的水上机库,是巴玉藻和王助合作,两人共同设计,委托上海江南造船所制造的。飞机进出机库时,用水泵把江水注入坞内;停放或维修时,用水泵把水排出即可。浮坞机库长21.5米,宽10.8米,高8.1米,吃水0.86米,可停放一架甲型或乙一飞机,成功解决了水上飞机停置和维修的问题。一旦战争需要,在地面后勤基地缺乏的情况下,就可以将飞机拖行到指定水域进行维修,在水上飞机的靠前机动保障上,具有重大意义。

在飞机不需要修理时,水上机库其实就是一个可供水上飞机自由进出的航空站台。有了这个航空站台,就会大大方便教练飞机的活动。

随后发生的事情,迫使巴玉藻等人不得不去操办另一件事:

在马尾成立航空教练所。

就在1922年的4月25日,飞机工程处的副主任王孝丰,辞职不干了。

王孝丰是牵头负责试飞的,他的去职,直接造成了整个飞机工程处试飞团队的分崩离析。

随同王孝丰离开的,还有试飞员陈泰耀。

陈泰耀是马尾本地人,老家就在船政局西北不远处的青洲。他多少有些故乡情结,家园难舍。但他还是去了北京的南苑航空学校。

一个多月后,1922年6月22日上午6时,驾驶阿弗罗教练机的陈泰耀教练学生在南苑机场降落时,发生机械故障,飞机直接坠落在机场的空地之上。陈泰耀双腿折断,腿部动静脉破裂,血流不止。意外发生时,机场的医生竟然有事外出,不在现场,无法采取急救措施,众人只好安排车辆把他送往东交民巷的法国医院救治。抢救到当晚11时,宣告不治。

陈泰耀因此成为国产飞机第一代中国试飞员中,第一位遇难的。

冲天

王孝丰的出走,让巴玉藻痛彻肺腑,至死都未能够释怀。

此后,凡是迫不得已必须提到王孝丰的名字时,巴玉藻从不以"王君"尊称之,而是直接呼以"一位姓王名孝丰者"。

数年之后,王孝丰去世,巴玉藻的心结还是没有彻底解开。即便提到王孝丰的故去,他仍然会轻描淡写地说上一句:"这人现在死了!"

第三个离开马尾试飞团队的是飞潜学校的吴汝夔。

1923年4月,滇系军阀唐继尧在昆明巫家坝筹设云南航空学校,从法国购买了一批飞机,面向全国延揽人才。恰在此时,因经费无法保障,海军部传出准备将马尾的海军制造学校、海军艺术学校及飞潜学校进行合并的计划。既然飞潜学校要被撤销,不如自己早做打算。吴汝夔便离开马尾,独自前往云南航空学校担任教官。巴玉藻虽然苦劝,但吴汝夔还是决然而去。

吴汝夔西去没几天,剩下的两个人,又同时北上。

1923年5月1日,刚刚补充了一批英国教练机的北京南苑航空教练所,改为国立南苑航空学校,直属北京政府国务院航空署管辖,待遇相当优厚。此时的飞机工程处,为了节省开支,从巴玉藻开始,都是能省则省,甚至连上班时喝的茶叶,也是自掏腰包。在母校义正辞严的召唤之下,飞潜学校的曹明志、船政局的刘道夷二人,不能不同时离开马尾,前往南苑航校担任飞行教官。

至此,由王孝丰带去菲律宾培训的四名试飞员,连同王孝丰本人,全部离开了马尾。

曹明志一直在南苑航校执教。

1925年8月14日的上午8时,驾驶阿弗罗飞机教练学生的他,在降落时发动机突然熄火,从300米的高空坠落而下,飞机撞击在机场西南角的房屋顶上,散成了碎片。救护人员赶到现场时,他的右腿与身体已经分离,头骨破裂,溢出的脑浆与耳朵和鼻孔里流出的鲜血混杂在了一起。

出自马尾的第二位中国试飞员的生命,就此画上了句号。

船政局自身已经窘迫不堪,飞机工程处继续依靠船政局苟延残喘,显然已经难以为继。

1923年的5月,马尾的天是热的,而巴玉藻的心却是冷的。

此时,整个福建已是直系军阀孙传芳的天下,正准备把王永泉的势力驱逐出福建。

1922年的夏天,王孝丰走后不多久,台风便袭击了福州,整个马尾乱成一团,巴玉藻家也是狼藉一片。此时的巴玉藻,在女儿眼里,仍然把飞机看得比家重要:

"家中的屋顶都被吹飞了,我们一家整夜心惊胆战躲在床下,但父亲为了保护飞机,直到次晨风息了才回家。家里虽然屋顶没有了,家具损坏,满屋泥水,但厂内的飞机没有损坏,他感到莫大的快慰。"

那时,巴玉藻的血还是热的。

但仅仅一年不到,刚把全家从上海接到马尾不到三个月,巴玉藻就默默地安排家人打好了铺盖,准备离开马尾,回到上海去:

"那时,父亲早已看透了社会的种种黑幕,深知在北京政府办的工厂中,航空事业,尤其是自制飞机,是很难有发展前途的。所以,他早有打算,准备在万不得已时,自己办汽车、飞机制造厂,集私人的力量来发展我国的航空事业。"

此时,孙中山已经从上海返回广东,杨仙逸刚在广州正式就任大元帅府的航空局局长。

关键时刻,陈兆锵劝阻住了巴玉藻。

这位已年逾花甲的长者,感慨万千:

"事制造者,无所展其能,遂使心灰意冷,致制造一途愈加退化,不亦大可哀哉？"

他决定忍痛割爱，断自己的腕，以求得飞机工程处的发达。

他觉得，飞机工程处只有直接交给海军部管辖，才会有一条活路；只有在马尾直接设立一个航空教练所，才能保住陈泰耀这样的人才不再出走。如此，才能确保巴玉藻等人用而不弃，长有所用。

1923年的6月，船政局呈请海军部，请将飞机工程处划归海军总司令公署管辖。

此时的北京，曹锟刚刚逼迫黎元洪辞去总统，正忙着自己贿选总统的大事，根本无暇关心飞机工程处的死活。好在当时的海军总长李鼎新和海军总司令杜锡珪都是福州人，虽然没有同意陈兆锵的想法，还是设法给飞机工程处提供了两台英国罗尔斯-罗伊斯公司生产的350马力发动机，给了一个研制巡逻机和轰炸机的任务。

陈兆锵硬着头皮继续呈请。拖至9月16日，终于获批。

从这一天开始，飞机工程处成为独立机关，改隶海军总司令公署，仍由巴玉藻任处长。

几天之后，9月20日，杨仙逸罹难于水雷改装航空炸弹的意外爆炸。

两台发动机和杨仙逸之死，暂时熄灭了巴玉藻与北京政府决裂的冲动，他的全部注意力，再次聚焦于新飞机的研制。

他确定了两个方向：一个方向是把发动机悬置于双翼之间，称之为丙型飞机；另一个方向则是传统的做法，把发动机安装于机头，叫做丁型飞机。前者可以有效解决头重尾轻的问题，机身相对会短些，短距起降能力强，但对尾翼的影响比较大，发动机维修起来不太方便，油箱和燃油的输送保障也会遇到比较大的麻烦；后者则风险比较小，但机身需要相对做得长些，对机身材料的强度要求更高。

对巴玉藻来说，他更在乎丙型机的方向——如果试制成功了，将直接为双发大型飞机的研制奠定基础。

在呈请海军司令部直辖飞机工程处的同时，陈兆锵支持巴玉藻直接在马尾筹设了航空教练所。1923年的6月，巴玉藻聘请德国人亨克、柏尔司徒曼，以及俄国人萨芬诺夫做教官。

萨芬诺夫是巴玉藻年初回上海时,在法国租界经朋友推荐认识的。"十月革命"的炮声在给中国送来马克思列宁主义的同时,也给中国送来了大量流亡的旧俄国的职业军人,萨芬诺夫便是其中的一员。当时在上海的白俄,绝大多数生活相当窘迫,女的不少做了妓女,男人能当个保镖、门警,就要感谢上帝了。突然有了一个在中国海军中做飞行教练和试飞员的工作,对萨芬诺夫来说,就是一个意外的惊喜,就是饥肠辘辘时,砰的一声砸在头上散发着肉香的热烘烘的大馅饼。

萨芬诺夫非常珍惜自己的这份工作,他甚至干脆把妻子和岳母也接到了马尾。教练学员时,总是不厌其烦,哪怕喝了点酒,也敢把飞机飞上天。事实上,即便是酒后,驾驶甲三和乙一时,他也从来没有出过事故。他的随和,让学员们更愿意选择跟他飞行,而不是选择比较刻板、严肃的德国教练。

日子过得很快。1924 年的春天,"丙一"组装完成了。这架飞机被命名为"海鹰一"号。

这是一架胖乎乎的飞机,比甲一号要大得多:上下高 5.06 米,前后长 12.3 米,左右宽 17.67 米,重量更是甲一号的两倍多,达到了 1 910 公斤。巨大的发动机,夹在上下翅膀之间,如同老母鸡的背上驮着一只小鸡。

这是一架看上去显得非常憨厚老实的双桴双翼水上飞机。

6 月,"丁一"也组装完成。丁一的功能跟丙一相同,都属于近海巡逻鱼雷攻击机,双桴双翼,360 马力单发动机。如果说丙一看上去像只老母鸡,丁一则如同一只水鸭子,身材显得比较瘦长:高 5.29 米,宽 14.06 米,长度则达到了惊人的 21.95 米,近乎丙一的两倍。

一切进展都很顺利,巴玉藻决定先正式试飞海鹰一号,再试飞丁一。

海军总司令杜锡珪正在福州城里,表示一旦试飞成功,即来马尾慰勉。

为了安全起见,巴玉藻事先特地调用了"威风"号和"祥麟"号两艘汽艇在现场巡逻,防止有闲杂船只误入试飞区域的水面。但就在试飞的前两天,他却突发劳伤寒热,浑身滚烫,面红耳赤,四肢无力,寒战不止。第二天,寒热愈加严重,身上盖了被子还觉得冷,更不用说出门吹风了。

试飞活动不便取消,巴玉藻便只好全权委托王助在现场指挥。

试飞的当天,王助也不敢大意,左检查右检查,弄得在场的技术工人心里也打起了鼓。这些工人建议,是不是把飞机运回厂里再全面检验一次?由于时间拖得太久,不仅围观的老百姓开始起哄,就是负责试飞的萨芬诺夫也有点不耐烦了。

就在不久前的3月7日,替换萨镇冰担任闽督的孙传芳武力驱逐王永泉部,请求海军派飞机支援。杜锡珪下令巴玉藻安排飞机一架,萨芬诺夫因此奉命驾驶乙一号,盘旋于王永泉作战部队的阵地上空侦察,毫发无损。

海鹰一号的水面滑行试验,也是由萨芬诺夫驾驶的,滑行过程显得相当平稳,飞机的各个系统状态良好。

王助终于下了决心,飞就飞吧!

冲天

飞机为单人驾驶舱,机舱则很宽敞,可乘坐四人。萨芬诺夫坐进了驾驶舱,给他做助手的飞潜学校学员黄友人则坐进了机舱。

发动机点火,水面滑行,机头上扬,一刹那,飞机踏浪而起。

围观的人群开始欢呼。

飞机继续爬升,爬到约400米高度时开始转弯。

就在此时,意外发生了。

飞机的尾翼突然断裂,飘向了空中。海鹰一号如同被人猛击一棍的老母鸡,下意识地扑腾了两下,便一头栽向了水面,轰然一声巨响,溅起了一朵巨大的白色水花。

"威风"和"祥麟"两艇立即朝还在水面抽搐的海鹰一号飞驰而去。

王助则呆呆地立在原地,一动不动,一言不发。

坐于机舱中的黄友人,被抛起后重重地撞击在舱壁上,身上多处骨折,经抢救幸免于难;而驾驶舱中的萨芬诺夫,则摔成重伤,随着机头,沉溺在了江水之中。

打捞出水的萨芬诺夫,已经停止了呼吸,从嘴里流出的不是江水,而是血水。

当天傍晚,魂不守舍的王助,好不容易摸进了巴玉藻的家门。当他结结巴巴地把海鹰一号失事的经过刚说完,巴玉藻的全身就已经被汗水湿透,他昏昏沉沉的脑袋竟一下子清醒了。

巴玉藻对王助说,此次事故跟他没有任何关系,让他先回去。

随后,他便起身下床,让人安排汽艇,连夜赶往福州。

他必须在最快、最短的时间内,当面向杜锡珪负荆请罪。

刚吸食过鸦片烟的杜锡珪,精神矍铄。这位海军总司令,早年做舰队司令时,因嗜好鸦片,甚至连海上巡弋和操练也懒得参加,曾被萨镇冰讥讽为"陆军司令"。不过,他虽然鸦片成瘾,但凡逢大事,却并不糊涂。

他的表现完全出乎巴玉藻的预料。

据巴吟轩和巴钟奇回忆:

"杜司令听后,未加罪于父亲,并说此等事在国外亦常发生,是难免的。"

巴玉藻告辞的时候,杜锡珪递给他一张条子。

条子上的内容是,特批1万元抚恤金给萨芬诺夫的家属。

当时,北京政府财政拮据,每月由杜锡珪直接使用的海军经费仅10万元,因军饷不足常导致海军舰艇发生骚乱,甚至出现携舰"独立"事件。用1万元的巨款来抚恤试飞员家属,在很长一段时间内,维持住了外籍试飞团队的稳定。

后来,担任巴玉藻团队试飞员的,除了德国飞行员,最有名的要算是林安和陈神护。

马尾航空教练所设立后的几年里,陆续培养了20多名飞行员。这些飞行员在能够单独飞行后,出国留学了一部分,转行了一部分,去有关军阀空军部队一部分,到其他航空学校一部分,真正留在马尾的没有几个。

因此,1926年之前,试飞主要是由外籍飞行员完成的。从1926年开始,马尾的飞机试飞,才真正由中国人来完成。试飞的中国人主要有两个——林安和陈神护。

林安、陈神护和杨仙逸、蔡司渡等人一样,都是归国华侨。林安是加拿大华侨,陈神护是美国华侨。

早在1919年8月于美国旧金山成立图强飞机有限公司时,杨仙逸、蔡司渡、陈应权等人就立志飞行报国:

"吾国军用之朽窳已无可讳,而飞行之军用尤属缺乏,政府复无力以及此。值此武装和平之时期,果将何以为国?蔡君司渡,陈君应权,心焉忧之……近则思本所学,以饷国人,作育多材,展布飞行事业,以储救国利器。"

倪所谓有志之士非耶？同人不敏，实嘉二子之志，因发起而纠合公司，集款购机，以树其基，徐图扩张，以大其用，期使吾国军界、营业界并开一新纪元，福群利国，胥有赖焉！我爱国之侨胞，其亦有乐于此与！"

杨仙逸和蔡司渡为图强公司的创始人之一，蔡司渡兼公司总飞机师，陈应权为副总飞机师。此三人后来都成为孙中山创办军事航空事业的骨干。

林安、陈神护两人归国稍稍迟些，但其想法与杨仙逸等人相似。归国后的林安直接被任命为广东第二航空队副队长，陈神护则为第二航空队的队员。

在军阀割据的时代，林安、陈神护的命运，始终处于颠沛流离之中：

1922年6月，陈炯明发动武装叛乱，广州航空人员被收编。陈炯明任命陈应权为航空局长，林安为副局长。1923年，经孙中山派人策动，林安和陈应权出走香港。4月，云南航空学校成立，两人被唐继尧聘请入滇，陈应权任飞机队队长，林安任飞行教官，陈神护亦随之到了云南，与来自马尾的吴汝燮成了同僚。

不久，唐继尧又重金聘请法国空军人员为顾问、教官，陈应权和林安、吴汝燮等人一时成为鸡肋，便于1925年春离开了云南。

好马不吃回头草。吴汝燮不好意思再回马尾，而是北上，参加了北京政府中央航空第一队，当了一名空军飞行员，不再做教练。

林安、陈神护则接受吴汝燮的建议，东去马尾找到了巴玉藻，执教于航空教练所。直到1931年春天，马尾海军飞机工程处奉命迁往上海时，林安、陈神护两人方才前往四川，受聘于刘湘的航空队。

林安、陈神护于窘困时投奔海军飞机工程处，不能不说是命运对巴玉藻的眷顾。

在德国飞行员和林安、陈神护等人的试飞下，巴玉藻设计的飞机再也没有出过意外：

1924年6月，350马力的丁一试飞成功；

1925年4月，350马力的丙二试飞成功，但随即在8月27日的台风袭击中，被倒塌的厂棚压坏；

1926年4月，使用乙一原发动机的100马力的戊一"江鹡"号试飞成功——这也是林安第一次在马尾试飞新型机；

1927年1月,使用新购的英国布里斯托尔飞机公司120马力发动机的戊二"江凫"号试飞成功;

1927年9月,同样使用布里斯托尔飞机公司120马力发动机的戊三"江鹭"号试飞成功;

1928年6月,使用原丙一350马力发动机的丁二"海鹰二"号试飞成功。

1928年结束的时候,十年的时间里,巴玉藻充分利用所能得到的七个大小不同的发动机,研制和更新推出了11架飞机。

这一年,除掉解体废弃的,在中国海军中实际应用的共有六架飞机:

甲三、丁一、丁二、戊一、戊二、戊三。

1928年9月,南京国民政府改海军飞机工程处为海军制造飞机处,仍由巴玉藻任处长。

事实上,林安、陈神护都不能算作完全由国内培养起来的试飞员,完全由中国培养起来的国产飞机的第一位专职试飞员,叫做许成榮。

许成榮是福州人,毕业于福建省立一中,是一名素质出众的田径运动员。他憧憬于翱翔蓝天,便于1924年进入海军飞机工程处航空训练所进行训练,迅速成长为一名优秀的飞行员。1926年,马尾的飞潜学校、海军制造学校、海军学校三校合并,马尾的航空训练所亦同时并入,对外称作海军学校航空班或飞潜学校航空班。他考入海军学校,成为第二期航空班的学员,毕业于1931年的夏天。他还是中央航空学校第一期的学生。

许成榮是巴玉藻最寄予厚望的试飞员,也是他一手培养起来的试飞员。

就在从海军学校毕业前一年,1930年的秋天,巴玉藻病逝一年多后,许成榮驾驶由巴玉藻生前主持设计的最后一架飞机——已一"江鸿"号双桴双翼水上飞机,飞行了1 000多公里,飞完了从马尾到武汉的长途航程。

这是海军制造飞机处所造飞机中,航程最长的一次飞行,是我国航空史上一个具有重要意义的里程碑。

"江鸿"号装有一台165马力发动机,是对戊型机的优化,与甲型、乙型机一脉相承。这架飞机的最大时速为177公里,飞行高度为4 800米,能够持续飞行8个小时,飞行距离达到了1 230公里。

这是中国自行设计制造的第一架飞行距离超过1 000公里的飞机。

1931年3月，许成棪从中央航空学校毕业后，仍然担任海军的专职试飞员。此时，海军制造飞机处已由马尾迁到上海的高昌庙。在上海期间，海军规定，只有经许成棪试飞过关的飞机，才能算合格，也才能交货。

1931年10月，许成棪先后试飞成功了庚一"江鹤"号、庚二"江凤"号水陆互换可折合双翼飞机。庚型机结构、技术性能与己型机基本相同。其鲜明的特点是，底部的浮筒与机轮可以互换，既可以在水中，亦可以在陆上起降，已是标准的水陆两栖飞机。最大的特点则是，机身主体框架已经采用钢管焊接，机翼可向后90度转折，便于在更小的空间里停放。

许成棪试飞的，是中国自己设计制造的第一架可折叠翼飞机。

可折叠翼飞机的诞生，为中国飞机的上舰，奠定了坚实的基础。

近两年之后，1933年的7月，上海的海军制造飞机处组装完成了辛一"宁海"号水上侦察机。辛型飞机为庚型飞机的缩微版，把庚型机的双座驾驶舱变成了单座舱，发动机也由165马力换成了130马力，减少了载油量，飞行距离缩短到了450公里。宁海号是海军部特别为2 600吨的中国轻型巡洋舰"宁海"号特别定制的。宁海号巡洋舰是中国国民政府委托日本设计的，在此之前，日本已为这艘军舰配套制造了一架水上侦察机，被命名为"宁海"一号。中国海军使用后，认为宁海一号"不敷遣用"，命令制造飞机处重新制造一架飞机。这才诞生了辛一，也被称作"宁海"二号。

1933年8月6日，在上海高昌庙，许成棪和另一名海军飞行教官何建，分别试飞了宁海二号。多次试飞后，两人都得出了性能宁海二号比宁海一号更好的结论。

1934年10月10日，许成棪驾驶着宁海二号，从高昌庙起飞，直飞南京下关。海军部部长陈绍宽在下关亲自主持了一个轰轰烈烈的接收仪式。中国自行设计制造的第一架舰载机，正式入列。两年后，1936年，英国《简氏飞机年鉴》专门介绍了这架中国飞机。

全面抗战爆发后，海军制造飞机处辗转迁到了成都，划归航空委员会管辖，改组为第八飞机修理厂。

在飞机处搬迁前夕，许成棪离开海军，加入了空军，与日军在天空中展开了面对面的较量。在一次又一次的空中搏杀中，他都幸运地存活了下来，却不幸殉难于飞机的意外事故：

1943年11月14日,时为空军第一路司令部少校的许成荣,由成都飞往湖北恩施。飞机在快到恩施时突然起火坠毁,机上所有人员全部遇难。

完全由中国国内培养的第一位专业试飞员,就此陨落。

许成荣被安葬于重庆汪山公墓第四排第11号墓穴。

相隔一排,在他身后的第六排第128号墓穴中,还安葬着他同一个大队的战友戴荣钜。

戴荣钜是巴玉藻的镇江同乡,他和巴玉藻有一个共同尊敬的对象——陈怀民的父亲陈子祥。

巴玉藻的生命,终结于1929年的6月。

他已没有可能目睹许成荣试飞时的英姿。

在他活着的时候,试飞员的问题,始终是巴玉藻心中最不可触及之痛:

"我这十年中也见过好几个外国的飞行家,他们若没有特别的关系,都很肯承认我们飞机的优点,并且,也曾飞过我们的飞机。中国人反而很少。这是我们最痛心的事情。"

因为痛,他非常羡慕欧美国家的飞机设计师:

"而最占便宜的地方,是他们的飞行家比我们国内的多,并且知识比较的高,对制造家有相当的信仰心。所以,他们虽也常常有出险跌死的事情,而没有一次或一种特别的式样他们不肯或不敢去试验。"

无奈的他,把造成这种状况的原因,归结为不自信,一种中国人对自己的不自信:

"这在中国是大不同了。人们对于制造上的常识很有限,而所有的一点也不过是受的一点外国商人的宣传。所以,他们用那一种洋飞机学的,必定总是说那一种飞机好,但凡有制造上和这一种不同的地方,在他们眼里都是不对,都觉得可怕。他们的眼光也是一样,不信中国人能造飞机。"

6
革命

冲天

　　1926年的夏天,广州国民政府在中国共产党的全力支持下,拉开了北伐的序幕。

　　当年8月下旬,直系浙闽苏皖赣五省联军总司令孙传芳,命令闽军总司令周荫人进袭粤东,对北伐军进行牵制。9月17日,北伐军东路军发表《讨闽宣言》,于10月中旬便攻入福建。随着周荫人部的节节败退,仅剩下张毅的第一军。11月下旬,北伐军已经逼近福州。张毅且战且退,于11月底退至乌龙江南岸,企图占领福州继续抵抗。

　　国共两党都派出代表,与海军总司令杨树庄、海军第一舰队司令兼闽厦海军警备司令陈季良、海军陆战队混成旅旅长林忠取得了联系。闽系海军经过权衡,同意归顺东路军,共同截击张毅。11月28日,林忠率部从厦门赶到福州,协同驻防马尾的第一舰队。

　　11月30日,张毅部北渡乌龙江时,遭到海军军舰的炮击。炮击的同时,海军还派出两架飞机在乌龙江上空助战。飞机为甲三和戊一"江鹢"号,分别由林安和陈神护驾驶。此次助战主要是空中侦察张毅军队的布署情况,提供作战情报。

促膝细谈,渐渐及旧文学、语体文字、胡适之、陈西滢、鲁迅一类的话。我到如今才知道,他除了制造科学之外,很留心于当时正在澎湃的国故学和新文学。这一次长谈的经过,留在我脑中的印象很深,作为我们订交的纪念。"

他俩这一晚回到马尾所乘坐的机船,叫做"祥麟"号。

谢树英的到来,让沈来秋和巴玉藻开始无话不谈,很快变成了密友。

谢树英工作于国民党福建省党部附属党校。一有空,他就跑到马尾拖着巴玉藻和沈来秋喝茶聊天。先是聊革命军的内幕,听得巴玉藻和沈来秋觉得自己很闭塞。

沈来秋说:"通过他的口述,我初步才了解到共产党与国民党之间的既联合又斗争和矛盾尖锐的大略情况。"

后来,又聊起政治,聊历史唯物主义,聊中国的平民革命,聊社会主义大道,聊民主集中制的原则,聊信仰一致、组织一致、行动一致的政治结合的团体……

这样的聊天,自然会让巴玉藻和沈来秋觉得自己对社会的认识非常浅薄。

沈来秋在自己的笔记本上记下了这样的一句话:

"觉得长久呆在海军所属的工程机构将成为政治文盲,实在太无意义了。"

当巴玉藻和沈来秋两人觉得自己"无意义"的时候,谢树英及时地向他们推荐了邓演达最新的一篇文章——1927年2月连载于汉口《民国日报》的《现在大家应该注意的是什么》:

"中国国民革命成功的重要条件,在农民的解放","如果我们的党,不能够把实际的利益给广大的痛苦群众,尤其是给农民群众,革命一定是要失败的","目前我们去解决农民问题,当然不是只把井田式的古典制度很笨的演出来,我们是要一面把土地问题弄个解决,一面把农业的新基础建造起来——农业的工业科学化。"

这样的观点,即便在今天听来,仍然具有非常强烈的革命性和先进性。可以想象,当巴玉藻和沈来秋于90年前突然听到这样的思想时,其心情的激荡、其表情的惊愕。

"农业的工业科学化",让他们醍醐灌顶,立即想到了制造的科学化,而实现制造的科学化,非得要建立起一个学术的团体,方才有希望。

沈来秋后来回忆说:

"我的思想开始有了转变,于是我和当时在马尾飞机工程处的巴玉藻、王助两位工程师和其他几位青年同志发起组织制造研究社,发行《制造》季刊,对于当时旧海军一贯的保守的思想,表示反抗。"

谢树英是个播火者。他把巴玉藻和沈来秋心底深埋的地火点燃以后,就离开了福州。

1927年4月,蒋介石搞"清党"运动,国民党右派一夜之间就翻脸不认人。福州当局枪杀共产党员,驱逐国民党左派,派了几个小混混,半夜用砖头砸碎了党校的窗户玻璃,惊得谢树英跳窗而逃。

谢树英的这段经历,多人都有记述。

沈来秋的叙述是:

"有一天清早,谢济生衣服不整,神色仓皇,只身来到马尾,说明他昨夜在党校里突然遇到袭击,幸而跳窗逃出来的情况。"

巴吟轩和巴钟奇当时虽然年纪尚幼,也有比较清晰的记忆:

"记得一天晚上,父亲书房内来了两位陌生人,男的穿灰色长裤白衬衫,器宇轩昂;女的剪短发,穿白上衣和及膝的黑裙。他们谈笑风生,还唱起《国际歌》。他们是正被福州当局追捕而同来马尾我家躲避的,因为马尾是海军管辖的地区,我家又住在山上,比较安全。后来父亲为他们俩买了船票,帮助他们脱了险。临别时,这两个人还和我们握手,叫钟奇'小工友'。当时,钟奇穿了一套黄色小工装,骑在小三轮车上。后来外祖母、母亲、大姨还时常讲起他们,唱起'旧世界打个落花流水'、'英特纳雄奈尔就一定要实现'……"

从春天到秋天,谢树英在巴玉藻的家里住了整整三个月。

在马尾这个相对安全的空间里,巴玉藻和沈来秋把谢树英这个播火者,当成了自己的家人。若干年后,沈来秋还保存有他们在马尾的两张合影。

这两张照片上的几位年轻人,分别是:谢济生、陈天予、沈来秋、巴玉藻、王助、曾贻经、何君超、陈秀湄、陈淑婉、萨春花。

两张照片背面都有沈来秋的毛笔记事。

一张写:"欢迎陈天予、谢济生于马尾联欢社"。

另一张记:"民十六,谢济生在马尾储材馆,中坐者陈天予女士";钢笔补记:"秀湄、玉藻已成古人。一九五〇年四月志"。

陈天予是随同谢树英一起马尾避难的女同志,陈秀湄是陈兆锵的次女,陈淑婉是曾贻经的夫人,萨春花又名萨闰琛,是王助的夫人。

何君超是研究有机化学的。离开马尾后,任西南联大和武汉大学教授。何君超虽然是学化学的,但古典诗词功底亦很深厚,与巴玉藻情趣相投。他曾写给吴宓一首《解语花·听吴宓教授夜讲〈石头记〉》,也能写出"同倾耳,细领世间情味"和"任繁华如梦,都付流水,怨生罗绮"之类的句子来。

这批年轻人跟谢树英的交情都非同一般。

中华人民共和国成立后,谢树英被任命为中国矿冶研究所所长。1953年,谢树英调北京钢铁学院任教授。1988年8月2日病逝于北京,享年88岁。

个体革命性的解放与一个团结的共同体相结合,就会给未来带来更多的希望。

这批年轻人经过热烈讨论,深刻分析了成立海军制造研究社的时代意义,清晰地勾勒出了海军制造研究社的愿景:

"研究制造学术的团体,是个工作的团体,是个希望的寄托的集合,在一般人觉得没有希望的时候,是不能勉强存在的,所以它的成功直等到今年国民革命的潮流引起了大家的希望的时候,才能实现起来。革命的风云同时给了海军一帖兴奋的良剂,把那没有目的的、飘摇的、沉闷的海军变成革命的海军,变成民众的武力。民众的武力是个极有意义的力量,是有血性的国民都愿意在它里面工作的。一般制造的人,因为要在这个力量里面,尽他一部分的民众工作,感觉到有组织这个制造研究社的必要。所以本社就在大家这热血沸腾、革命呼声高唱入云的里面,得了实现的机会,而有今日的成立。"

他们开始联络创始会员。

此时,萨镇冰和陈兆锵均已赋闲在家。巴玉藻等人便动员德高望重的萨镇冰领衔名誉社员,请陈兆锵担任筹备会议的临时主席。

巴玉藻跟他们解释说,科学团体及设备对一国的存亡有着重要的关系。他认为人类竞争的工具"在现代是科学知识,是那上了科学轨道的制造的能力,所以,现在一国的强弱完全是看他的科学知识的高下","我们要想海军将来能够在世界上,在国内,立得足,除掉赶紧的走上科学的轨道是没有别的办法的"。成立研究社就是"想尽我们一部分的力量,使海军的制造有一点科学的精神",而且"能够在那科学轨道上的制造学问有所贡献"。

沈来秋补充说,研究社的成立,能够给海军带来一种更加实际的作风。他认为关于海军制造上各种问题的研究应"破除一切界限",要扩大研究范围,要研究"相关的科学","不过其中有主要的,有附属的","现在以制造为目标,其余的就都隶属这个目标之下了"。他强调,研究社一旦成立,会以科学的方法进行研究,反对抄袭,反对脱离实际空谈学理,倡导用白话文写论文,摒弃八股文风。

两位已有归隐之意的老人,竟然被这几个年轻人说动了。

有了萨镇冰和陈兆锵这两面大旗,动员其他人参加,自然是事半功倍,进展神速。

马德骥同意作为发起人。他是接替陈兆锵担任福州船政局局长的。

船政局第二号人物工务长袁晋也同意作为发起人。

前后共有71人成为海军制造研究社的发起人。

也有人不以为然,怀疑者有之,反对者有之,讽刺者有之,更有嘲笑者。

巴玉藻等人不为所动,于1927年4月10日,在飞机工程处办事室召开了第一次筹备讨论会。到场的有29个发起人,推举王助、沈来秋等7人为章程起草委员。

一个星期后,4月17日,章程草案分送到了各位发起人手中。

4月24日,海军制造研究会第二次筹备讨论会在马尾海军联欢社来复轩召开,通过了章程草案。经过斟酌,决定在5月1日召开成立大会,其理由是,"五一"是"国际劳动纪念节,纪念芝加哥工人的首先运动","将来年年这个纪念节,大家不忘记世界的伟大纪念日,就不会忘记本社今天成立的盛况。"

成立大会上,用不计名投票方式选出了13名执行委员,组成了海军制造研究社的第一届执行委员会。陈兆锵、马德骥、曾贻经为特务委员,陈大咸、陈钟新为交际委员,沈来秋、巴玉藻为编辑委员。特务委员的任务是,"代表本社对外接洽重要事务。于必要时,得用本社名义,募集基金,或特别捐款"。交际委员主要负责接待、沟通、联络。编辑委员则负责安排社员宣读论文、整理开会讨论记录和编辑《制造》季刊等。

中国最早的全国性学术研究团体之一的海军制造研究社,就这样在历史的竹简上,刻写下了自己的开篇。

沈来秋对制造研究社的成立是如此评价的:

"沉寂的马尾思想界,忽然轰发一声炸弹,制造研究社竟然于十六年(1927)五月一日开成立大会了。这个海军中唯一的学术团体,虽然经过暴力的摧残而终庆诞生者,问华和他一些亲近的朋友,都具有争先向前的勇气。"

谢树英虽然离开了马尾,但巴玉藻却开始系统地思考社会问题,从一个最初热衷于改良的基尔特社会主义者,蜕变成了一个试图反抗现实的科学社会主义者。

十年前,巴玉藻等人的理想是"创造"——创造一个属于中国的真正的飞机制造厂,单纯地认为投身于实业就可以改造中国,进而解决中国的发展问题。半封建半殖民地的中国现实终于告诉他,发展实业没有错,但在军阀割据的中国,选择什么样的道路来发展,其实是个更为关键的问题。

当他重新审视自己的理想时,他的思想更加深邃起来,但同时,他也变得更加苦闷和孤独。

他把《制造》的编辑室设在了自己的办公室里。在他办公室的西隅,给沈来秋安放了一张桌子。这样,两个年轻人的思想,碰撞得越发频繁。

沈来秋终于感觉到了巴玉藻的那种极端的理想主义人格:

"他对于自然科学本来已有深刻的探求,近数年来,对于社会科学又有努力的研究,所以,言论每每高出于俦侪。他的学问和思想,可以说是倾向于极端的理想主义。一方面,具胞与万物的宏度,求宇宙的真理;他方面,抱摧朽拉枯的热情,求社会的至善。"

巴玉藻住山上,沈来秋住山下。巴玉藻经常会带着王助和曾贻经等人,在黄昏时分,到山下沈来秋的寓斋中闲谈。有时,沈来秋也会约上几位好友,在饭后,到山上去找巴玉藻一行。这样的相聚,一定会持续到更深人静。

随着交往的不断深入,沈来秋竟然发现,巴玉藻的情感也极其细腻,怕黄昏,却不怕黑夜:

"有一次,快要上灯的时间,他独自一个人跑到我的寓所来。他说,他最怕是黄昏时候,一个人有似无处安排,必至天大黑了,心神始觉得安定。"

他发现,巴玉藻对文学有着自己独到的看法:

"问华虽然喜欢语体文(白话文),可是不赞成白话诗,对于旧文学中的诗词,却有着特别的爱好。他并且很赏识旧戏曲,曾承认悲壮苍凉的京剧,可以牵引他许多情绪。"

后来,沈来秋还发现巴玉藻特别喜欢登高:

"游山也是他的一种嗜好,总要攀登到山峰最高处,俯瞰江流浦溆,辨识乡村岛屿,以为至乐。这实在是亲近大自然的胸怀。"

除了理想和情感,沈来秋还感受到了巴玉藻平等的民族观念:

"有一次,我和他谈及福州八旗的生计,他告诉我一般旗人和镇江驻防的种种情形。我们相互了解,毫无种族的成见,预备袒着胸膛,走向人生的大道去。所以,言谈之间,没有纤微的芥蒂。"

沈来秋终于形成了对巴玉藻的一个总印象:

"吾友的思想,以与社会主义为近,不肯受任何传统观念的束缚。他的立场为着人类的,他的观点是向着世界的。"

巴玉藻终于在沈来秋的心里,刻下这样两个深深的印记:

制造研究社的一位导师,中国思想界的一个义士。

7
殒 落

1929 年的 6 月 2 日，是个礼拜天。

这一天，离开马尾已有半年的沈来秋，专门跑了一趟马尾，只是为了跟巴玉藻见上一面。

仔细算来，两人竟然已有近一年没有见面了：

"今年夏初，当问华从欧洲参与国际航空展览会回来的时节，那时，我已经离开马尾半年了。总因一水之隔，来往不便，只和他通了一次信。直至他得病的前一星期，我才排脱一切，坚决地要到马尾看他去。先由电话通知他，约在联欢社等我。"

这也是两位挚友生前的最后一次相聚：

"那一晚算是我们阔别一年后初次的快谈。谁料得，也竟成了我们永久不再相见前，最末次的晤面呢？"

海军制造研究社成立后，在巴玉藻和沈来秋的张罗下，很快就于 1927 年的 9 月，出版发行了第一期《制造》。这一期的稿件，都是在巴玉藻的办公室里校对完毕的。

就在《制造》出版的前夕,9月1日,张作霖的北京安国军政府派出海军对上海进行袭扰。巴玉藻奉南京政府命令,安排王助率领林安、陈神护等人,携"江鹳"和"江鹭"两架飞机,驻扎于上海吴淞口西炮台附近,侦察安国军舰队的动向。

1928年1月,为配合南京政府的二次北伐,巴玉藻又奉命把戊三号飞机由马尾运到上海。后来,再次奉命,把甲三和戊二亦运往上海。直到当年6月,二次北伐宣告结束后,巴玉藻等人才得以松弛下来。

在对抗张作霖安国军舰队袭扰上海的过程中,海军飞机工程处研制的飞机,发挥出了无可替代的作用。海军因此于1928年9月在上海成立海军总司令部飞机处,由王助任处长,统筹配置在上海的所有海军飞机的保障和维修。同时,把马尾的海军飞机工程处,更名为海军制造飞机处,仍然由巴玉藻任处长。

在飞机处和制造飞机处分设挂牌之前,1928年的8月,海军总司令部就安排给巴玉藻一个任务:去柏林参加第二届国际航空博览会(ILA),并采购一批设备。

出国之前,巴玉藻想到了《制造》杂志的第二期还没有出版。由于走得匆忙,他已没有时间跟沈来秋见面,便留下一封信,嘱其全权负责编校。

新的政府,给巴玉藻暮气沉沉的心态,带来了新的冲天的希望。不仅他满怀憧憬,沈来秋等人也同样充满了希冀。

"他(巴玉藻)第一次回国时,满怀的热情曾由沸点降至冰点。这在多数留学生都是如此的。后来他维持了可能的温度,过了十二年之久。"对于巴玉藻此次前往欧洲的意义,沈来秋非常清楚:"我本来以为自己归国快满五年了,觉得暮气一天比一天厉害起来。问华此次去国之前,当然也有同样的感慨。可是当他再经一番经历之后,论理应变成一个簇新的人物,所以,我希望他给我们暮气沉沉者一番鼓励。"

在欧洲期间,巴玉藻确实时刻没有闲着。在给沈来秋的信中,他这样写道:

"第二期《制造》还未到。你对我的期望和要求——随时寄一点文字在《制造》上发表——是极正当的。我当然要努力。不过,我现在实是非常的忙。我现在欧洲对于求知的欲望,就好像是偷儿到宝藏库一样,什么都要想拿一点。时间又不多,而每件东西都在玻璃柜子里发光,开开柜子去取,总要用一点时间的。等我觉得拿得几件有价值的东西到手时,我一定就起始努力,来满足你的要求。"

这是一次规模空前的国际航空博览会(ILA),也是德国时隔20年再次举办此类展会。

早在1909年的夏天,德国就在法兰克福举办了世界上第一个国际航空博览会。当时,世界航空的主角是飞艇,但展会的焦点却是怀特兄弟拥有的一架飞机。因为第一次世界大战等各种因素,竟然使得ILA停展近20年后,方才得以恢复。

在柏林的凯撒大道,从1928年的10月7日到28日,总共有19个国家参加了这次世界最高水准的航空博览会。与20年前不一样的是,此次展会的主角成了飞机和航空引擎,飞艇等则成了配角。展会还特地开设了三个室内展厅,集中展示了各国的航空技术以及与航空有关的设备。世界上所有重要的飞机制造企业,悉数在展会上亮相。

此次展会的焦点,则是约150架来自各国的飞机及模型。最吸引人眼球的,是在柏林滕佩尔豪夫机场举行的飞行表演赛。总共有来自世界各地的40架飞机参加飞行表演,却没有一架中国的飞机。显示中国在此次展会上的存在的标志,只是一个模型——巴玉藻带到德国的甲二水上飞机模型。

对巴玉藻而言,到柏林的主要目的并不是展示国产的飞机,而是学习别人的航空技术,把准世界航空事业发展的脉搏,考察最先进的飞机制造工具。因此,22天的航展期间,他没有一天休息或游玩,把所有的时间全部用在了对别人先进技术的消化上。

他白天泡在展会上,对其他国家的飞机进行数据搜集和比对,晚上则绘图和小结,没有一天不忙碌到凌晨。他特别草绘了各种先进的单翼机的图纸,认为单翼机将会成为飞机设计的主流。他不得不夜以继日地工作——中国代表团就只有他一个人,他必须完成其他国家一个庞大的代表团所担负的所有任务。

短短20多天,巴玉藻竟然记下了厚厚两大册的工作日记。

幸亏德国的华侨给予巴玉藻热烈的欢迎和热情的帮助,让他少了许多后顾之忧。

巴玉藻既看到了中国木质飞机与国外的水平相当,也看到了由于材料的制约,当时的中国,几乎没有发展全金属飞机的可能。

航展会上,以德国容克斯公司为代表的飞机制造企业,已把全金属飞机商业化,甚至采用了波纹铝蒙皮、火箭助推和空中加油技术。

巴玉藻自然看到了中国与欧美列强之间存在的巨大差距,尤其是材料工业的落后。

航展结束后,他在柏林举办的一次华侨集会上,对听众谈到了中国在材料生产上的薄弱及其给飞机研制带来的消极影响。他承认:

"他们占便宜的地方是,他们采办材料比我们容易,所以做得比我们快。他们三、五年的发展,就可抵上我们十余年的工作。"

他根本不敢奢望能够在全金属飞机的研制上有所成就,因为他知道,稍稍特别一点的用以制造飞机的材料,中国都得靠进口:

"至于特别的材料,如翼油、层板、铅片、钢管、钢绳等,现在多半是不能希望国内能够自造的。"

巴玉藻不知道的是,此时的美国,他的一个叫做周志宏的镇江同乡,正日夜辛劳于炼钢炉旁和实验室中。在美国比利时裔著名冶金权威苏华教授的亲自指导下,就读于哈佛大学的周志宏,将完成题为《高速冷却对纯金属马氏体组织的形成》的博士论文。这个年轻人,将在他去世的这一年返回中国,并于第二年担任上海炼钢厂的厂长,冶炼出高强度的合金钢,基本满足制造飞机和航空炸弹的需要。

至于铝,直到抗日战争结束时,南京政府控制的区域内,也没有一家能真正生产出大型铝锭的炼铝厂。而中国最早的铝加工生产厂家,则是1932年12月在上海成立的华铝钢精厂(今上海铝材厂),是由瑞士、加拿大和英国商人联合投资的,算是外企。这家钢精厂专门轧制铝片及铝箔,提供给中国的铝器皿工坊。第二年,生产铝制螺丝瓶盖的华昌余记钢精厂等中国企业,才相继引进了铝片轧制设备。

在连特种钢和铝都冶炼不出来的中国,巴玉藻只能把希望寄托在木质飞机的研制上。

事实上，这也是巴玉藻面对德国的华侨，唯一能够理直气壮的地方：

"因为飞机做的很少，所以变换计划、更改制造法都很容易。所以，我们飞机的各部分在这十年中，经了不少次的改良。我们从不肯使我们的出品在制造上落在西洋出品之后。这一层，我自信勉强地做到了。我这二十几天在 ILA 所看到的各国的木质飞机，实在没有什么比我们强的地方，也没有一种的制造方法我们不曾在杂志上看见过，并且讨论过它们的优劣。所以，我敢说，在质的方面是成功的。"

柏林航空博览会结束后，巴玉藻又对英、法等国的飞机制造业做了专门考察。在考察的过程中，根据研制单翼大功率飞机的需要，购买了一批专用机器设备。他抑制不住创造的冲动，还在欧洲期间，就写信给海军总司令杨树庄，希望回国后就能建造一个风洞，同时开展对单翼机的研制。

1929 年的 3 月 8 日，国际妇女节的这一天，在马赛品尝完普罗旺斯的鱼汤，穿过这个港口城市街头大游行的人群，巴玉藻乘上了驶往上海的轮船。他那已逐渐冷却下去的创造的激情，再一次如普罗旺斯的鱼汤般滚烫，再一次如地中海的浪涛般澎湃。

31 天漫长的海上旅程，巴玉藻都在思考着他的单翼飞机，整理和完善着他的单翼机的设计草图。由于始终处于兴奋之中，抵达上海时，在码头迎接他的友人发现，瘦削颀长的巴玉藻，眼睛布满血丝，脸部浮肿而苍白，而他自己却浑然不觉。

他迫不及待地跟友人们述说着他宏大的创造计划，他也急切地想知道国内最新的有关航空方面的重大新闻。

他首先得到了一个好消息：海军部批准了制造单翼飞机的计划。

然后他又得到了一个更好的消息：南京政府将成立中国航空公司。

随后，他得到了一个坏消息：海军部没有经费建造风洞。

最后，他得到了一个更坏的消息：南京政府将延续北京政府的做法，继续大量进口飞机。

重新沸腾着一腔热血的巴玉藻，回到上海第一天，他满怀的热诚，便再一次由沸点骤然降到了冰点。

就在他出国前后,他曾经工作过的寇蒂斯公司,在中国悄悄设立了一个子公司——美国航空开拓公司。当年12月,寇蒂斯公司就与时任南京政府铁道部部长的孙科进行谈判,表示愿意为中国的商业航空发展提供资金,但前提条件是:享有中国全部邮件和旅客运输的垄断权,全部购置美国飞机。

1929年4月15日,南京政府发布命令,公布了《中国航空公司条例》,特命铁道部部长孙科为中国航空公司理事会理事长。两天后,4月17日,孙科就同美国航空开拓公司签订了《航空运输及航空邮务合同》以及《创办及经营飞行学校、工厂、航空运输公司合同》,双方共同出资成立中国航空公司,美方股权60%,中方股权则为40%。

1929年5月1日,中国航空公司宣布正式成立。

1919年,巴玉藻研制成功甲一号时,北京政府奉行的是购买外国飞机的政策。1928年,南京国民政府成立后,奉行的仍然是购买外国飞机的做法。

出国前,巴玉藻满怀激情。

归国后,却遭当头一棒。

他莫名其妙地病了,病因却查找不出。

沈来秋悲怆地说:

"重新又到欧洲装载了满怀的热望回家,又经过一回猛烈的打击,又感触一回时代的残酷,富于情感的问华,精神上应当受了何等的痛苦!他如何能够不病呢?"

巴玉藻是于1929年6月9日颓然病倒的。

病倒之前,他在人生的最后一个暮春里,先后回到了故乡和母校。

故乡镇江的京口八旗军营故地,仍然是蒙古八旗后裔的聚居地。此时,镇江刚刚成为江苏省省会,旧的将军衙门成了省政府,都统署成了省财政厅,他当年读过书的八旗中学旧址,则成了省民政厅。庄严气派,尤超从前。

他拜望了自己的体育老师陈子祥。老师的几个儿子,仅一个叫做陈天民的在家里。此时的陈天民,只有13岁,因为喜欢打架,刚刚辍学在家,父亲正打算送他到江对面的扬州继续就读。我们不知道当时巴玉藻跟这个男孩到底说了什么,但这个男孩后来却把成为一名空中勇士,视作自己的终极追求。

巴玉藻还回到了母校——江南水师学堂。江南水师学堂已终止于1925年。此时的学堂旧址所在地，正是南京政府海军部之所在。

在海军部，巴玉藻在精神上遭到最后一击：

就在年初，1929年的1月，海军总司令部下令在厦门曾厝垵建设一个飞机场和水上飞机下水道，设立海军厦门航空处，从英国阿弗罗公司进口四架教练机，而不用巴玉藻研制的飞机。

在欧洲时，面对华侨，他还多次说过，差不多所有的中国军阀都喜买洋货，他的希望只能寄托在海军身上。

如今，连海军自己都从国外购买教练机了，对巴玉藻而言，情何以堪！

回到马尾虽然是暑气正盛的夏初，但巴玉藻的心却早已是滴水成冰的严冬。

他跟分别已近一年的沈来秋见了面。

两位好友彻夜长谈。这也是他们共同拥有的最后一个长夜。

巴玉藻虽然跟沈来秋详谈了欧洲的现状，尤其是德国的详情，但他给沈来秋的感觉却是：

"他比未出国之前更加消极了！"

沈来秋知道他的苦闷和悲伤，因此，试图用激将法，让自己的挚友振作起来。但对劝说的效果，沈来秋自己也表示怀疑：

"虽然如此，我当晚却曾把他许多无谓的悲观痛驳一番，他面子上似乎见得我所说的也有道理，但是内心里觉得怎么样，是否完全克服，那就不得而知了。"

巴玉藻不再跟沈来秋谈飞机制造，两人最后所谈的话题竟然是儿童的教育。

巴玉藻在谈到儿童教育的问题时，是否想到了家乡那个异常顽皮的孩子陈天民？

沈来秋把巴玉藻的话记了下来：

"他觉得理想最高的教育法未必是最有益于儿童自身的；严格说起来，我们不应当把儿童的幸福，作为我们自己所信仰的教育方法的试验。他主张不要把我们自己没有证实的是非善恶的观念，轻易传染与儿童，让他们也成为理想太高而不合时宜的怪物。"

巴玉藻的话,让已决心改行从事教育事业的沈来秋,内心受到极大的震撼:

"我觉得拼了自己满腔的热血,去鞭策后进的少年,也许真是最大的罪过。但是,我们到底该怎么样呢?只有放开手,让他们走到他们所要走的道上去罢!"

沈来秋后来成为一个教育家,1969年在老家去世,身份为教授、福州市政协委员。

从夜晚谈到天明,沈来秋以为巴玉藻的情绪已经调整过来了:

"这一晚谈论的结果,他有似很愉快的。"

告别的时候,两人还约定,在星期日,也就是6月9日,巴玉藻到福州跟沈来秋继续长谈。

但两人再次相见,便是死别。

1929年6月30日,又是个礼拜天。

真正的夏天来临了,巴玉藻的血液却不再流动。

一般人认为巴玉藻是病逝的,还有人猜测他是被日本人用毒药暗杀的,只有沈来秋断言巴玉藻是忧郁而终的,是所处的时代让他这样的人不得不死:

"这般的努力愈助长他反抗时代的精神,以至于忧郁而死。那些显显赫赫者,也许还议论他不识时务,何苦这样弃易就难呢!但是,今日的世界,原是那一班善于迎合社会心理者的世界呵!"

巴玉藻生命的最后几天里,恹恹于床上的他,不吃也不喝,连家里人都不让近前。甚至当自己的儿女推门进来时,他也会翻过身去,把脸朝里,不愿面对。

没有人知道临终前的巴玉藻,是悲伤还是痛苦,是依依不舍还是百感交集……

巴玉藻病逝后,时任海军飞机处处长的王助正在厦门海军航空处勘察飞机场所,闻听噩耗,立即赶到马尾,哭倒在灵前,痛不欲生。

当时的场景,巴吟轩和巴钟奇终身难忘:

"我们亲见他一身洁白哔叽西装,抚棺痛哭,不顾一贯自尊的身份,在大庭广众之中,滚翻在地,悲痛欲绝,经外祖母及众人力劝方止。"

随后,王助便和曾贻经、何君超一起,前往福州,找到了沈来秋。

当晚,四人乘坐机船赶回马尾,料理巴玉藻后事。

他们乘坐的,竟然还是那艘以前同巴玉藻一起乘坐过的"祥麟"号。

睹物思人,触景生情,沈来秋不能不伤感:

"当晚我们四人一同乘坐祥麟小机船到马尾去,这就是五年前我和问华初次畅谈时所坐的。同样的夏夜的情景,人物可不同了,只剩下我们四个在灯影下商榷那一篇君超所执笔的《问华行述》了。这是何等伤心呵!我追怀往事,对着曾、王二君惨淡的神情,不敢多说别的,只跑到舱面坐着,觉得江风水色依然如昨。念我半年以来,只到马尾两次,第一回是为访问华而来,这一回是为了吊他,以后恐不忍再来了罢!"

巴玉藻的吊唁之日,沈来秋并没有出现,出现在现场的只是他亲手写下的一副挽联。挽联上写道:

> 优者曾不胜,劣者曾不败,辜负真才,天胡此醉?
> 敬之以为师,爱之以为友,摩挲遗影,吾欲无言!

他此时的感触和所抒发的情怀,恍惚之间,让人以为又重新回到了龚自珍和魏源所处的那个年代。

巴玉藻去世的当年年底,曾经痛驳巴玉藻悲观的沈来秋,自己也对当政者失去了信心,离开了海军,专心致志去从事文化教育工作了。他取南宋闽籍词人张元幹"莺唤屏山惊睡起"的词句,把自己的书斋命名为"莺唤轩"。自觉已经"惊睡起"的沈来秋,把中国未来的希望,寄托在了新一代中国人身上。

1929 年的 7 月 17 日,南京政府海军部命令王助兼代海军制造飞机处处长。

9 月,由巴玉藻主持设计的最后两架高级教练机——"江鸿"号和"江雁"

号,终于组装完毕。

遵照挚友的遗嘱,王助承担起了照顾巴家孤儿寡母的重任。

巴玉藻去世时,其四个子女均未成年,还有年老的岳母需要照料。王助便将好友最小的儿子巴钟英收为义子,带在身边抚养。自己去杭州工作后,又在杭州九里松购买了一块地,跟巴家共同建造了一座住宅,打算两家同住。在王助的培养下,巴钟奇和王钟英先后考入中国航空公司。1949年,王钟英前往台湾侍奉王助夫妇,巴钟奇则参加了香港两航起义,返回大陆。

巴玉藻去世后,他在欧洲购买的设备才陆续运抵马尾。验货时,发现竟然多出了一些。原来,按当时惯例,供货方都要向购买人支付一笔佣金,但巴玉藻分文未沾,而是用这笔佣金另购了一批公物。

清楚真相之后,睹物伤情,制造飞机处上下,叹息者有之,涕零者亦有之,王助则更是哀不能言。

领军人物巴玉藻之逝,意味着近代中国航空事业一个时代的终结。

此后,和当年洋务运动中振兴海军的思路一样,中国的航空事业,将再次完全走上购买外国设备和飞机的道路。这条道路将再次告诉所有的中国人,仅靠购买,是永远买不到真正的核心技术,是永远买不来一个真正强大的产业的。

第二章　勇士

1928年11月,北伐战争接近尾声,南京政府初设航空署时,除海军所拥有的几架自制飞机外,编入陆军战斗序列的各型飞机仅有32架,全部是进口飞机,五花八门,机型各异。

也就从此时开始,南京政府拉开了建设和整合中国航空力量的帷幕。

整合和建设的方向主要有三个:

一是指令航空署参照各国空军编制,逐步把全国的飞机队改编成能单独执行作战任务的航空队。因此,到1934年航空署迁往南昌全力"围剿"中国工农红军时,南京政府的中央空军已整编为侦察、驱逐和轰炸共7个航空队,每个航空队下辖3个分队,每个分队拥有3架飞机。

二是建立由中央直接培养飞行员的训练体制。1929年2月28日,在南京中央军官学校正式开班培训飞行员。两年后,1931年将中央军官学校航空班划归航空署,挂牌为军政部航空学校,由南京迁往杭州笕桥。不到一年,1932年9月1日,笕桥军政部航校扩大为中央航空学校,由蒋介石自兼校长,直属南京政府军事委员会。

三是采取与外国飞机公司合资建厂的方式,装配和仿制外国各型飞机。在此思想指导之下,南京政府先后同美国、意大利和德国签订了合同,开办中央杭州飞机制造厂、中央南昌飞机制造厂以及中国航空器材制造公司。到1937年上半年时,与美国合资的中央杭州飞机制造厂已开始批量装配生产飞机,与意大利合资的中央南昌飞机制造厂才刚刚投入使用,跟德国合资的中国航空器材制造公司在江西萍乡的厂房还处于土建阶段。

全面抗战爆发后,美国暂时停止了对中国飞机配件的出口,意大利中止了合同,德国则不再提供制造设备。中国的航空制造,立马陷入了窒息。

此时,南京政府方才如梦初醒。

由于没有重视航空基础工业,中国制造飞机所需要的关键器件和原材料,都不能自给,都需要靠进口。在拼消耗的战争中,工业制造的落后,将不得不用勇士的鲜血来替代,知识青年的热血,最终凝聚成了一句口号,一句不得不向科学技术祭献的口号:"一寸山河一寸血,十万青年十万军。"

1931年春节过后,南京政府下令海军制造飞机处从马尾迁往上海高昌庙,并入江南造船所。此次搬迁,让制造飞机处元气大伤,不仅厂房、设备缺乏,技术工人也流失严重,一切都要从头开始。

海军的飞机研制,事实上已被边缘化。

王助因此愤而辞职,海军部便直接任命曾贻经为处长。

曾贻经回忆说:

"工厂移至上海时,飞机处已成'无龙之首',若让这些熟练工人和技术人员散掉,未免可惜。因此,我个人不得不尽绵薄之力,维持局面。"

在曾贻经的苦心经营下,到1935年秋天时,制造飞机处已经拥有了一座占地7 200多平方米的厂房,并于1935年组装完成了由美国联合公司提供零件的12架弗利特教练机,成为外国飞机的代加工厂。抗战全面爆发后,海军制造飞机处先迁杭州筧桥,再搬湖北宜昌,最后落脚成都,终于被归并于航空委员会,命名为"第八飞机修理厂",彻底沦为中国航空制造业的配角。

中华人民共和国成立后,作为专业人才,曾贻经被安排到海军司令部研究委员会工作。1963年,花甲之年的他退休回到了家乡,三年后,病逝于福州。

辞职离开海军的王助,无法抛弃自己的专业,还是于6月1日接受了南京政府的一个任命,赴杭州就任中国航空公司总工程师,负责上海龙华机场的飞机组装与维修。此时,中国航空公司由于受到中国各界,尤其是航空界和邮务部门的唾骂和集会抗议,已于1930年的夏天进行了改组,孙科辞去了中国航空公司理事长一职,中方控股55%。

1932年的夏天,王助被调入刚刚由南京迁到杭州的航空署,任上校参事。此时的王助,已不再对自己以及中国的航空自主创造抱有激情,开始不遗余力地推动与欧美飞机制造强国的合作。

全面抗战爆发后,随着苏联外援的断绝、海外航运受阻、滇缅公路的被切断,整个中国航空器材的输入,竟然命系于"驼峰航线"一根孤线。为解航空器材严重缺乏的燃眉之急,航空委员会方才于1939年7月7日,在成都成立航空研究所,重新开始自主研制,以期自给自足,逐步摆脱对外国的依赖。王助因此再次肩负起利用国内资源,自行研制航空器材的重任。

航空研究所后来扩充为航空研究院。主持中国航空研究院实际工作的王助,是否再次想到了巴玉藻说的一句话:

"使中国工业化是自救的唯一途径。"

最初向南京政府提交在中国合建飞机制造厂的建议和计划书的,是美国寇蒂斯-莱特公司。王助直接参与了谈判和对建厂计划的修订工作。

1934年2月,南京政府与美国联洲公司正式签约,成立第一家中美合资飞机制造企业。联洲公司是由美国寇蒂斯、道格拉斯、通陆三家飞机制造公司联合成立的。飞机制造厂选址于中央航空学校的隔壁,英文名为 Central Aircraft Manufacturing Company(CAMCO),中文名为"中央杭州飞机制造厂"。制造厂经理由美方派任,监理则由王助担任。开办初期,中央杭州飞机制造厂主要承担紧邻的中央航空学校的10架霍克型战斗机和道格拉斯型飞机的修理任务,很快将组装霍克型战斗机等。

老一代的王助们把中国飞机制造的进步寄托于引进,但新一代的中国科技精英中,仍然有人执着于自行制造。

就在王助任中央杭州飞机制造厂监理的这一年,中国在航空炸弹壳体的铸造上,刚刚取得了重大突破。取得这个重大突破的人,是另一个镇江人,叫做周志宏。

中国航空炸弹的制造始于1922年。当时,北京政府在保定的军械机构首先生产出了12磅的航空炸弹。随后,各地的兵工厂也陆续制造出了一些航空炸弹。这些航空炸弹,要么是生铁铸造的壳体,装填系数很小;要么是用进口材料制造的,成本很高。直到1930年,中国还只能用进口的钢材,制造出最大威力仅为120磅(约54公斤)的航空炸弹。

1930年2月,归国还不到一年的周志宏,被南京政府军政部任命为上海炼钢厂厂长。由于所出的钢价高质低,这座近代中国第一家炼钢企业,仅靠生产少量的军工产品苟延残喘。前任厂长胡庶华，虽然是从德国归来的铁冶金博士，但对特种钢的工业化，却显得一筹莫展，干脆辞职了事。

时年34岁的周志宏，1896年12月28日出生于镇江的丹徒。17岁时，因父亲到扬州当了银行的一名职员，他也随之就读于扬州中学，并于1917年考入北洋大学矿冶系。1923年，前往美国工读于南芝加哥钢厂，两年后，进入美国匹兹堡卡内基理工学院，1926年获得冶金硕士学位，随即进入哈佛大学攻读博士。

在美国期间，周志宏就奠定了自己在国际金属热处理领域的重要地位。1927年，采用水银冷却的方式，他在世界上首次用纯铁（电解铁）相变成马氏体，完成了博士论文《高速冷却对纯金属马氏体组织的形成》。在这篇论文中，他推翻了前人的结论，揭示了纯铁天然扩散相变实现的条件，对马氏体相变机制做出了重要的贡献。马氏体是使金属能够增强变刚的淬火组织形态，了解其物理本质，熟悉其相变的基本规律，对于提高钢料的淬火质量，实现钢材的强韧化，控制钢件的开裂和变形，都具有关键意义。

上任伊始的周志宏，对上海炼钢厂砍下了"三板斧"。

第一板斧，改良设备，改酸性平炉为碱性平炉。他于1930年6月上书兵工署，建议把只能用进口生铁炼钢的酸性平炉，改为可用国产生铁的碱性平炉。其方案于1931年1月7日获得批准，1932年6月动工兴建。1933年1月18日，3吨碱性平炉投入试生产。在动工兴建碱性平炉的同时，他经兵工署商请海军部同意，向海军部借得江南造船所废弃的1吨小电炉一座，进行修复后，用以冶炼优质钢。

第二板斧，改良工艺，严格进行冶炼成分控制和炉后理化检验。他是中国使用金相显微镜检验金属和钢铁产品质量的第一人。他用自己带回国的一架金相显微镜，亲自对产品的金属组织结构和性能变化规律进行研究，迅速冶炼出了高强度的合金钢，质量能够与美国、德国最好的同类产品相媲美。

第三板斧，改良订单，军工关键部件和社会工程两大需求兼顾。由于钢料质量已达当时国际一流水准，上海炼钢厂已经能够承接特种铸件和特大型铸件的订单。

周志宏首先与另一个镇江人茅以升合作,完成了钱塘江大桥桥墩结构件的铸造。

茅以升和周志宏同年,只不过一个年头,一个年尾。两人亦为美国匹兹堡卡内基理工学院的校友,一个为博士,一个为硕士。

茅以升设计的桥墩,有一个关键铸钢结构件需要一次性成型,重达500公斤。当时,中国还无人能够铸造如此特大型的特种铸钢件。为节约成本,茅以升不想从国外进口,便找到了老乡周志宏。

对周志宏来说,这样的铸钢件,实在算不上什么。他在解决了茅以升的难题之后,很快又接下了更大型的铸钢件的订单,铸造出了中国自造轻巡洋舰"逸仙"号的主轴,以及龙潭中国水泥厂的巨型转窑齿轮。前者质量要求极高,需要足够的强度和刚度;后者则属特大件,直径超过5米,一炉3吨优质钢水只能浇铸半只齿轮。

砍完了三板斧,上海炼钢厂的生存问题便得到了彻底解决。

这个当时中国最先进的炼钢企业,1933年,产出了可用于军工制造的特种钢679吨。

这么少的材料,只能用在刀刃上。

因此,1934年的春天,当王助忙着跟美国人合作生产飞机时,周志宏却把精力放在了航空炸弹弹壳的铸造上。

冶炼出的高质量的钢水,为铸造壳体更加轻薄而容积更加庞大的弹体奠定了基础。当年,他就先后成功浇铸出了高装填系数的18公斤、50公斤、280公斤级的炸弹弹壳。

他还用他的钢水,铸造出了一枚800公斤级的炸弹的壳体。

这是中国航空发展史上又一个重要里程碑。

但周志宏的研制显然超出了当时中国空军的需要:

直到两年之后,中国空军才会拥有携弹量超过500公斤的战机。

1935年年初,兵工署即下达指令给周志宏,限在当年5月前分批浇铸完成280公斤、50公斤、18公斤炸弹弹壳3550颗。

任务甫一完成,6月26日,周志宏又接文,要求在两个月内完成18公斤炸弹弹壳1万颗。

仅此两批航空炸弹,即消耗优质钢水366吨。

越南战争中,美国空军摧毁一个坚固的目标需要消耗300颗炸弹,而在二战中,摧毁一个同样坚固的目标,美国空军平均要消耗900颗炸弹。

全面抗战爆发时,包括进口和自制的,整个中国拥有的200公斤以上的炸弹不到90枚。

蒋介石没有算计到的是,一旦与日本人彻底摊牌,小型炸弹能够炸沉日军的战舰吗?

全面抗战爆发后,仅仅一个星期之内,中国空军就已投完了200公斤以上的航空炸弹,剩下的都是50公斤和18公斤的炸弹。

正是因为忽视了对大型炸弹的储备和生产,整个淞沪战役期间,中国空军竟然没有能够击沉一艘日军的军舰。而日本空军的飞机,携带的通常都是250公斤级的炸弹,甚至是800公斤级的鱼雷,炸沉了包括"平海"、"宁海"和"逸仙"三大主力舰在内的11艘中国军舰。

但追剿中国共产党领导的中央红军,上万颗18公斤的炸弹足矣。

周志宏没有想到的是,中国人自己生产的第一批铸钢航空炸弹,首先轰炸的却是中国人自己。

就在周志宏试制航空炸弹弹壳的这一年,已搬迁至杭州笕桥的中央航校新招收的第五期飞行乙班,亦开学于杏花雨杨柳风之中。

那个有名的镇江"皮王"陈天民,竟然也成了飞行乙班的一名学员。

三年之后,陈天民将驾驶着中杭厂组装的飞机,携带着周志宏研制的炸弹,与侵华日军鏖战于中国的蓝天之上。

1
《血报》

为配合对中国东北的侵略和占领,1932年1月28日,日本侵略军又在上海策划发动了攻击中国军队的军事行动,史称"一·二八"事变。但出乎日军意料的是,他们在中国的南方竟然遇到了超出其预演计划的抵抗——中国十九路军浴血奋起,以命相搏,揭开了淞沪抗战的序幕。

此战,日军被迫先后三次从国内增派援军,三次换帅,集结了包括三艘航母在内的军舰80艘、飞机291架,总兵力增至9万人;而中国军队除十九路军外,仅增投了第五军和中央陆军军官学校教导总队,集结飞机32架,总兵力不足5万人。

淞沪战役中,中国空军展开了历史上首次抵御外敌的作战。从2月5日到26日,中日双方前后展开大小空战五次,战损相当。每一次空战,中国空军都是以寡敌众,以少击多。这个尚处于襁褓中的军种,甫一亮相,便要做到视死如归,便要在绝无胜算的决斗中尽量让对方产生痛感。

"一·二八"淞沪抗战爆发后,时为江苏省省会的镇江,指定省立镇江民众教育馆的推广委员会出版股牵头,以《民众教育通讯》编辑部人员为班底,选派专人,专门成立了编辑委员会,编辑出版了一份宣传抗日的报纸。这份临时出版的报纸,报头用鲜艳的红色套印着两个醒目的大字——《血报》。

自1月31日起,《血报》每天出版两次,印成后即配合街头的演讲宣传,在镇江的通衢要道散发张贴,意在激发起民众的抗日救亡意志。

街头的演讲和四处散发张贴的《血报》,让一个寒假中的年青人血脉贲张,难以自已。这个年青人就是陈天民,当时还不满16岁。

陈天民家住镇江大市口附近的白莲巷27—29号。他的父亲便是巴玉藻的体育老师陈子祥。

辛亥革命后,陈子祥应镇江都督林述庆的邀请,在警察局担任要职,负责镇江地方的治安。镇江"光复"后,吃皇粮的京口八旗子弟,生活来源突然断绝,只能自谋出路。有文化的,大多在学校找个工作。没文化有点武艺的,就去当警察。什么特长都没有的,只好去做苦力。近乎一半的京口旗民变卖房产外出谋生,与旗民关系相当密切的陈子祥便陆续在白莲巷和水陆寺巷买下了京口八旗旗民的房产百余间,并一度租赁给陈诚的十八军特务连使用,作为拘禁国民党左派的据点。

早在京口官立八旗中学附属高等小学任教期间,陈子祥就把在老家订的一个娃娃亲——蔡夫人接到了镇江。那时,陈子祥在镇江城里还没有置办房产,只能把蔡夫人安置在丹徒乡下。这位结发的蔡夫人最初没有生育,因此,陈子祥便又娶了吴荷英和魏静诚为夫人。

有意思的是,在吴夫人生下一个儿子后,蔡夫人竟然也怀孕了。蔡夫人只给陈子祥生了一个女儿,叫陈淑文。吴夫人育有一子一女,子名陈天和,女名陈淑贞。魏夫人则生有两子一女,老大即陈天民,女儿叫陈淑芳,小儿子为陈天培。

陈天民于1916年2月25日出生于白莲巷的陈家本宅。受父亲的熏陶和教导,陈天民酷爱国术,很小的时候就练武不辍。他能够向后仰翻,直到后脑勺与脚后跟并齐。

他也很喜欢游泳,上初中的时候,就敢跑到镇江的东码头,身上背个沙袋,从象山游到焦山,横穿长江主航道。

由于武术功底好,陈天民很喜欢打抱不平。不过,他性格上喜欢跟熟人聊天,却不喜欢跟生人接谈,带来的直接后果就是:跟人动手打架成了家常便饭,不知道被人告过多少次状。正因如此,他几乎在任何一个学校都待不长,先后在镇江、安庆、无锡、常州的多所学校就读,属于令家长和老师都很头疼的角色。时人称其为"陈家二少"。

不过,由于父亲的社会关系,陈天民最初就读的都是当时的名校。

他小学最初是在镇江读的江苏省立第九师范学校附属小学,然后被送到安庆的安徽省立第一师范学校附属小学,最后读的是江苏省立南京女子中学实验小学。1934年,省立南京女子中学实验小学被迁到镇江,称作江苏省立镇江实验小学。第九师范学校和江苏省立第六中学于1927年合并为省立镇江中学,陈天民初中读的便是省立镇江中学和扬州中学。

在省立镇江中学读初中的时间虽然不长,但陈天民还是牢牢记住了校歌:

> 壮丽山川古润州,江左人才渊薮。
> 院本南泠,山依北固,一黉弦诵声悠。
> 课士分斋,联班同舍,吾侪于此藏修。
> 击楫祖生,读书萧统,尚友抗志千秋。
> 努力前程,探源学海,顺应江水潮流。

这首校歌最奇特之处在于,它采用的竟然是苏联《青年近卫军》一歌的旋律。《青年近卫军》最初由瞿秋白翻译,名为《少年先锋》,于1926年3月由恽代英的助手李求实辑入《国民革命军歌集》。其曲谱在第二年的秋天,即为省立镇江中学校歌所采用。

初听此歌,人们往往会热血沸腾;初唱此歌,就会更加热血沸腾。

陈天民佩服的是在镇江过江北伐、击楫中流的祖逖,而不是酷爱读书的昭明太子。很显然,一门心思去"探源学海",陈天民根本做不到。读高中时,镇江和扬州的中学就都不愿意接收他了,陈子祥只好把"小霸王"陈天民送到无锡和常州的中学就读。读到最后,所有的公立学校都拒绝接收陈天民,他只能读私立的职业学校。

陈天民中学时代读的最后一个学校叫做"中国工艺学校"。这个学校在常州,就在镇江的东面,名头虽然特别大,但却是私立的。这个于1929年刚刚设立的规模很小的职业学校，很少有人知道，甚至连常州本地人知道的也没几个。因此，只要交足费用，学生缺课也不怎么过问，倒也非常对陈天民的胃口。

小学和中学时代的陈天民，几乎没拿到过什么毕业文凭，他拿得最多的是肄业证书。

谁也没有料到，就是这么一个特别喜欢用拳头来表达自己意见的"小霸王"，几乎已经到了无学可上的地步的"问题"少年，后来竟然会成为中国近代史上一个著名的英雄。

爱跟人动手的陈天民，特别喜欢听民间艺人说书。别人听说书都聚精会神地听，陈天民却喜欢听后当场发表评论。有一次，他和京口八旗子弟敖家驹一起听《说岳全传》，当听到风波亭岳飞父子遇害时，他竟涨红了脸，大骂起秦桧来，并不以为然地说：

"岳飞太呆！如果我是岳飞，管他什么十二道金牌、十三道金牌，先直捣黄龙再说！"

陈天民极其钦佩邓世昌。邓世昌号令自己的战舰撞击日舰的壮举，很是让他心驰神往。他曾多次对自己的发小敖家驹说，他日若有机会，当以邓世昌为师，与敌同归于尽！

1985年7月，镇江纪念抗日战争胜利40周年之际，敖家驹专门写了一篇纪念陈天民的文章。他在文章中写了这样的一段话：

"怀民是从邓世昌用军舰撞日舰事得到启发，并师承它，把这种战术运用于空战的；为后来的中外空战史上，树立了先例。"

心中以邓世昌为师的陈天民，天天听着关于淞沪前线战斗的演讲，天天阅读着《血报》上的消息，他再也坐不住了。此时，正处于春节前夕，南京政府决定于2月5日除夕这一天，增派张治中的第五军前往上海，镇江民众教育馆在街头发起了组织赴上海义勇救护队的活动。陈天民毫不犹豫地报了名。

陈天民回家把打算去上海的事跟父亲汇报后，陈子祥并没有阻拦他，而是立即安排陈天民的大哥陈天和也去报了名，让他陪同弟弟一起去上海。

事实上,此时镇江的抗日氛围已经异常炽烈,一些青年学生不惜以死明志,以死相谏,谁也不敢轻掠其锋芒。

"九一八"事变后,镇江商会因为对偷售日货的商家态度暧昧,招致省立镇江中学学生抗议。刚上高三的学生蒋南翔,当着警察的面,毫无惧色,直接用刀割断了商会的电话。私立镇江中学的校长因给学生放假,变相阻止学生参加抗日活动,亦被省立镇江中学的学生拖着游街示众。铭记着校训、哼唱着"尚友抗志千秋"校歌旋律的蒋南翔,第二年考上了清华大学,直接参与并领导了清华诸多的进步学生运动,迅速成长为中国青年运动的著名领导者。

省立镇江中学学生朱世楷立誓前去东北参加抗日义勇军,因被父亲阻拦,愤而服毒自杀,让抱有绥靖心理的家长们大为震惊。

随后,11月2日,省立镇江中学学生鲍恩琰和薛白两人开始绝食,明言:如果当局不出兵抗日,就不停止绝食。绝食至第七天,两人被强行送往医院。结果,薛白抢救成功,鲍恩琰则因抢救无效而离世。

鲍恩琰的追悼会上,秋风中白茫茫一片舞动着的几百幅挽联,令人触目惊心。把校训定为"一切为民族"的省立镇江校长任中敏,亲自为自己的学生撰写了这样一副挽联:

"寿者勿为夭者惜,绝食其如肉食何?"

在痛惜自己学生夭折的同时,任中敏校长也直接表达了对国民党当局的不满。

几天之后,11月19日,蒋介石在国民党第四次全国代表大会上宣布:

"个人决心北上,竭尽职责,效命党国。"

镇江各界立即对蒋介石的表态做出了回应。11月24日,1万多人在镇江体育场集会,召开了轰轰烈烈的"送蒋北上"大会,强烈要求蒋介石履行诺言,立即北上抗日。从常州跑回镇江的陈天民,也情不自禁地参加了这次集会。

陈天民只要想参加在镇江体育场举办的任何活动,陈子祥都无法阻拦,也没有任何理由能够阻止他参加,因为陈子祥本人就兼任着镇江体育场的场长。

延至12月13日,镇江100多个团体干脆选出近百名代表,成立了江苏

省会各界民众请愿团,由《江声日报》经理兼主编刘煜生为团长,前往南京向国民政府请愿,要求政府答应以下要求:

一是立即宣布对日绝交,召回驻日公使;二是要求蒋介石实践前言,即日北上,以武力收复失地;三是严令张学良戴罪立功;四是撤惩外交部部长顾维钧;五是即日退出国际联盟;六是遵奉总理遗教,组织民族国际。

12月15日,蒋介石以退为进,宣布下野;张学良宣布辞去陆海空军副委员长。直到1932年1月上旬,在洛阳召开的国民党四届二中全会上,蒋介石方才重掌军权,再次上台。

因此,"一·二八"事变爆发后,当曾经在省立镇江中学上过初中的陈天民要求去上海参加抗日活动时,作为父亲的陈子祥不能不支持,也不敢不支持。

需要交代的是,后来再次上台的蒋介石,并没有忘记镇江发生的事情。

蒋校长对任中敏校长还算客气,派人让他辞职了事,并把省立镇江中学改为省立镇江师范学校,禁止再招收普通高中学生,迫使镇江地区的学生有四年时间不得不到附近的南京、扬州、常州、无锡等地上中学;但对笔杆子刘煜生就不那么客气了。

1932年7月26日,接蒋介石的密令,顾祝同勒令《江声日报》停刊,并将刘煜生逮捕,借口其有通共嫌疑,不顾各方反对,于1933年1月21日将其枪杀。

刘煜生遇害后,2月1日,中国民权保障同盟在上海召开大会,主席宋庆龄在会上号召全国新闻界罢工一天,以抗议政府的罪行。副主席蔡元培在会上发表了谴责江苏省政府主席顾祝同等人蹂躏人权的宣言。

后来,复校后的省立镇江中学,仍然沿用"一切为民族"为校训。

2018年12月18日,中共中央授予100名有突出贡献者"改革先锋"奖章。这百人之中,毕业于省立镇江中学的就有两位:吴良镛和于漪。

第二天,12月19日,虚岁90的于漪说了这样一段话:

"镇江中学的校训是'一切为民族',融到了我的血液里,一辈子都忘不掉。那时从文天祥、辛弃疾的诗文中,明做人之理,明报效国家之理,深深感到要把个人命运跟国家命运结合起来,为国家做一点贡献。"

跟着运送麻袋的车皮，陈天和、陈天民兄弟俩去了上海。这批麻袋共有1万多条，是镇江人紧急赶制出来，捐给十九路军构筑街头工事所用。义勇救护队还带着12只指南针，是由镇江亨得利钟表店的青年徒工亲手所制。

陈天民兄弟所在的镇江义勇救护队虽说并不直接参战，但从事的战地救护仍然让他们知道了日军的残暴和冷酷。陈天民在上海目睹了许多被日军飞机炸为废墟的地方，也经常被迫躲避如入无人之境的敌机的扫射，驾机与日军肉搏的决心油然而生。

同在镇江义勇救护队的另一名中学生名字叫伍正弼，比陈天民大一岁，也深有同感。伍正弼的家当时在镇江中营75号，离陈天民家并不太远。

1932年4月26日，镇江义勇救护队和其他江苏各地的义勇组织被改编为十九路军随营学生义勇军第一大队。陈天和、陈天民兄弟俩接受了严格的军事训练，直至6月10日方才毕业。毕业典礼上，蔡廷锴军长亲自颁发了毕业证书，赠予了纪念章。典礼结束后，十九路军调赴福建，随营学生义勇军则宣布解散，各自回归原籍。

陈天民正式参加十九路军随营学生义勇军第一大队的两天前，4月24日，上海各界为美国飞行员肖特（1904—1932年）举行了隆重的追悼大会和公葬典礼。肖特是中国国民政府军政部航空学校美籍教官，于2月27日下午在苏州上空以一搏六，在击落日军长机后，自己亦被日机击中，坠毁于吴县车坊。肖特牺牲后，中国政府特追赠他为空军上尉，并从美国接来他的母亲和弟弟，把他安葬在他在中国第一次升空的地方——虹桥机场。肖特因此成为当时中国家喻户晓的义士。

孤胆英雄肖特的事迹，对陈天民的影响巨大。陈天民弟弟陈天培回忆说："这件事轰动了全国，也激发了怀民哥要当一名保卫祖国领空的飞行勇士的愿望。"

从上海返回镇江家中的陈天民，已经无法安心读书，他已把自己当成了一名真正的战士。让他坐立不安的是，就在他回到镇江后几天，比他大三岁的李岳龙被中央航空学校第二期录取了。

李岳龙祖籍贵州，其祖父到江南做官后便定居镇江。李岳龙的父亲李辛伯因为在省会镇江的植树造林活动中成绩卓著，于1930年7月被调往南京,参与中央模范林区管理局的筹备工作。在父亲的支持下,李岳龙成了中央航空学校录取的第一个来自镇江的学员。

更让陈天民坐立不安的是,镇江民众教育馆正在发起一项募捐活动,号召大家捐钱,为中国的空军买一架"镇江"号战机。

教育馆的馆长名叫祁锡勇,毕业于北京师范大学。这位年轻的馆长,当时已身患肺疾,编印《血报》、街头演讲宣传、组织救护队已经让他像一根绷紧的弦,随时有断裂的可能。他自己并不知道,捐成"镇江"号飞机将是他此生完成的最后一项永载史册的事件。

因操劳和激愤过度,祁锡勇竟于1932年10月咯血而亡,年仅30岁。

祁馆长竟为一架飞机而亡,这让许多镇江的青少年深受刺激。除了陈天民,其中还有一个14岁的富家子弟戴荣钜。因为深知一架飞机的得来不易,1944年的初夏,为了把深受重伤的座机飞回基地,他宁愿放弃跳伞逃生的机会。

陈天民的心早已飞向了蓝天。面对可能的死亡,他不止一次地对敖家驹说:"我一定要报考空军,为国雪耻!我弟兄三个,死了我一个,陈家也不会绝种的!"

1933年的春天,设在杭州笕桥的中央航空学校面向社会公开招收第三期飞行学员。

中央航空学校的录取门槛极高,学生必须具备高级中学毕业以上文化程度,年龄18—24周岁。对体格的要求也非常严格,地区初试合格后,集中南京参加复试。招录的淘汰率超过了95%。

陈天民对自己的体格非常自信,但对自己的年龄则没有把握。在父亲的帮助下,他通过了省会的初试,但在南京复试时却名落孙山。关于陈天民落第的原因,敖家驹是这样解释的:

"应试的学科全合格,可惜在体检中只有一项'对眼睛'的科目,未能及格而落第。主考者用一个手指放在他双眼前一尺左右,要他右眼瞳孔立即转到左角,左眼瞳孔立即转右角而凝视着,这叫'对眼睛'。归来后,他如同入了魔一样,发愤练'对眼睛'。甚至来我家玩,也让我用手指来帮他练习。有道是'有志者事竟成'。不到两月功夫,就练得十分纯熟:我用手指一指,他两眼立即对上;我用手顺着他的头,由左向右转,由右向左转,他的头也跟着转动着,而两眼却对着,一点也不动。"

1933年7月,中央航空学校面向社会招收第四期飞行班学员,心急的陈天民直接跑去了杭州笕桥。结果,被学校赶了回来:年龄还不够,过半年再来吧。

半年之后,1934年的春天,陈天民终于如愿以偿,成为中央航校第五期飞行乙班的一名正式学员。

一起到上海参加过十九路军随营学生义勇军的伍正弼,也被中央航校录取了,只不过被分到了洛阳分校,成了第五期甲班的学生。

抗日战争中,伍正弼在对日军一次又一次的空中搏杀中幸存下来,于1949年去了台湾,曾任台湾空军训练司令部少将副司令。

当陈天民走进杭州笕桥中央航校校门的那一个瞬间,他就对自己的未来有了更深刻的领悟。校园里有一座铭塔,铭塔上的碑文是这样镌铸的:

"我们的身体、飞机和炸弹,当与敌人兵舰阵地同归于尽!"

这既是校训,也是一个中国空军战士坦然直面的归宿。

入伍军训还未结束,校歌就成了陈天民最喜欢哼唱的一首歌。

校歌是前一年学校花了3 000元奖金征集而来,表达出了每一个航校学生抗日救亡、保家卫国的心声:

得遂凌云愿,空际任回旋,报国怀壮志,正好乘风飞去,长空万里,复我旧河山。努力,努力! 莫偷闲苟安,民族兴亡责任,待吾肩。须具有牺牲精神,凭展双翼一冲天。

国是人民的国,为国即为民,怀中有民,即胸有天下。陈天民因此把自己的名字改为"陈怀民"。

国家遭受的苦难,赋予了一个刚满18周岁的青年人太多太多的历史责任感,他不得不骤然成熟起来。

航空学校的学生陈怀民正在努力学习,立志为抗日献身的时候,航校的老校长蒋介石却正忙着集中近百万精锐之师,对山区里中国的红色政权进行第五次"围剿"。蒋校长号召蒋军将士,要学愚公移山的精神,每天挖山不止,挖掉中国共产党和中国工农红军这两座大山,"以完成此革命最后之任务"。

蒋校长"剿匪"的愚公移山运动,持续到1936年12月12日便戛然而止。这一天发生的重大事件,在中国历史上被称作"西安事变"。

"西安事变"让蒋校长的"革命最后之任务"永远没有机会完成了。日本投降前的两个月,毛泽东在中国共产党第七次代表大会闭幕式上也讲到了愚公移山的故事。这次,轮到毛泽东号召共产党人以愚公精神来挖山了:

"现在也有两座压在中国人民头上的大山,一座叫做帝国主义,一座叫做封建主义。中国共产党早就下了决心,要挖掉这两座山。"

从1932年5月,直到1936年12月,蒋校长把绝大部分的时间和精力、财力用在了对付中国共产党的身上。然而,就在这短短的四年时间内,日本的航空工业取得了突破性发展,走上了自行研制的道路。

1934年,日本的三菱飞机株式会社和三菱造船株式会社合并,组成了三菱重工业株式会社,开始了96式舰载战斗机和96式陆上远程轰炸机的研制。96式舰载战斗机于1935年2月4日首飞成功;几个月后,96式陆上攻击机也研制成功。这两种飞机,将会成为日本全面侵华战争中的主力战机。

从1937年开始,三菱重工将开始研制另一款重要的战机——零式战斗机。这款日本最知名的战斗机,将于1940年投入侵华战争,数量将会达到惊人的10 430架,让中国空军付出极为惨重的代价。

2
壮士飞

陈怀民在笕桥接受了一年半的飞行课程教育。

入伍训练结束后,他就进入本科学习。航校的本科教育分初、中、高三阶段。初级主要学习驾驶,中级主要学习编队和实弹射击,高级则分为三个组,分别学习侦察、轰炸和驱逐。

1935年的暑假,学习完中级课程后,陈怀民回了一趟镇江老家。不知是有意还是无意,他的此次返乡之旅,竟轰动了整个镇江城。

陈怀民是开着摩托车从杭州回镇江的。20世纪30年代,中国还不能生产摩托车,骑辆自行车就已经让很多人羡慕,进口的摩托车主要用来装备空军和陆军的装甲、机械化部队。陈怀民驾驶的便是从德国进口的"春达浦"摩托车。

那时,蒋介石采用的是简单引进的策略来发展中国的军事工业:军用摩托车进口自德国,飞机制造引进的则是美国的生产设施、技术、材料和零件。

在笕桥建设中央航空学校的时候,南京政府还同时布局了一个中国和美国合资的飞机制造厂——中央杭州飞机制造厂,一边培养飞行员,一边制造飞机。

名为合资,本质上却是个大杂烩:维修和组装美国寇蒂斯公司的霍克战斗机和雪莱克截击机,维修和组装美国诺斯罗普公司的诺斯罗普-2EC轰炸机,维修和组装美国道格拉斯公司的道格拉斯侦察机、轰炸机。

在专业分工越来越细化的时代,试图用一个厂制造出所有类型的飞机,这样的决策,很值得深思。更值得深思的是,把所有的鸡蛋都放进一个篮子里,一旦遇到了碰瓷的,这些鸡蛋能够保住吗?

中杭飞机制造厂位于航校跑道的西侧,和航校相隔不到百米。制造厂的总经理为美国人,监理则为王助。制造厂于1934年的8月正式投产运营。根据规划,每年维修、组装飞机的能力为60架。

从1934年8月开工到1937年8月西迁的三年中,中杭厂共计修理、组装各类飞机235架,速度达到了平均4天一架,大大超过了设计能力。除了承担航校的飞机维修任务外,中杭厂共为中国空军组装了霍克-3战斗机60架,诺斯罗普轻型轰炸机30架,以及雪莱克截击机20架。这些飞机,将成为中国全面抗战初期的主力战机。

战争期间,中杭飞机制造厂始终为日本侵略军的重点轰炸对象。先由杭州迁武汉,再由汉口迁往云南瑞丽,1942年5月在日军的轰炸和进逼下,被迫自行炸毁而解散。

2016年6月29日,93岁的镇江润州区和平路街道桃园第一社区离休干部何以范举拳宣誓,成为镇江历史上最年长的中共新党员。这位鲐背之年的老者对陈怀民返乡一事,至今记忆犹新:

"我记得我大概十一岁左右的样子,暑假期间,陈怀民回来,就是他骑了个摩托车回来,我就坐在他后面,就从白莲巷这个地方出发,走大市口兜了一圈。他家出个飞行员,我们是非常佩服的。"

连续几天,陈怀民骑着"春达浦",带着熟悉和不熟悉的大人小孩,把大市口附近的大街小巷几乎兜了个遍。当陈家二少的"春达浦"轰鸣着经过大市口附近的蛤蟆院时,惊动了一个正在家里过暑假的17岁的中学生。这个中学生就是戴荣钜,正上着初中三年级。

戴荣钜家住蛤蟆院16号,出生于1918年7月10日。他的父亲时任镇江私立弘仁医院(今镇江第四人民医院)院长,叫做戴棣龄。前后四进的16

号大宅,即为戴棣龄所有。

戴棣龄,字秋季,出生于镇江的望族,于光绪三十年(1904年)考入日本长崎医学专门学校,宣统二年(1910年)回国,先后任南京军医学堂教员、北京军医学校校长、河北大学医科教授,其间曾再度赴日深造,获得博士学位。他对日本感情颇深,曾在1923年参加了中国红十字会医疗队对日本关东大地震的救援工作。1927年方才担任弘仁医院院长一职。

戴棣龄育有子女八人,戴荣钜为其第四子,人称"戴四公子"。戴四公子风度翩翩,从不缺少女孩子爱慕的目光。他的父亲在医院里开办了一个护士学校,每次当他走进父亲的医院时,姑娘们的目光总会追随着他四处游走。习惯了女孩子渴慕眼光的戴四公子,却很难得到男孩子们的拥戴,陈家二少的行为举止,他虽然并不欣赏,但却觉得日后如果也能有机会驾驶飞机,将今生不虚。

就在戴四公子站在自家门口冷眼望着陈家二少的"春达浦"扬长而去,盘算有朝一日也开个飞机玩玩的时候,在镇江城的北面,皇华亭的王家大宅里,有一个叫做吴蔚升的高中一年级学生,也在跟着家里人议论着陈家二少的"现世宝"行为。

这个勤奋但成绩总是中不溜秋的年青人,学习什么总比别人要慢一拍。他并没有想着将来自己能够跟陈家二少一样开着辆"春达浦"到处兜风,更不指望驾驶飞机了,他的想法只是:自己能不能去造一架飞机呢?

此时,谁也没有意识到,若干年后,吴蔚升会被尊称为"中国航空发动机之父"。

从镇江返回杭州,陈怀民便进入高级阶段的驱逐组学习。高级阶段分组时,可以自愿选择。相对而言,驾驶侦察机和轰炸机,危险要少一些。驱逐机就是战斗机,承担的最主要任务就是通过直接的空中格斗,歼灭敌机,牢牢掌握制空权,保证己方重点目标的完好。

在中央航校期间,除一如既往地处友讲义气外,陈怀民不再喜欢随便动手打架,而是变得更加内敛,给人的印象是:"美丰仪而性格刚毅沉默,锐于立功。"

他不变的仍然是那种不服输的坚韧和倔强。

1936年的1月，陈怀民于乙班毕业。他在航校学习的时间为一年半。这一年半的军校学习时间，不算长，也不算短。

为什么不算短？

因为历史后来残酷地给1945年以前的中国空军战士计算出了他们从中央航校毕业以后的生命周期：

三分之一殉职或阵亡，殉职或阵亡人员的平均存活时间为6个月。

陈怀民毕业于1936年的1月，牺牲于1938年的春天，间隔时间长达27个月，算是"长寿者"。

笕桥中央航校的毕业典礼上，拉着这样的两条横幅：

"风云际会壮士飞，誓死报国不生还！"

两年半之后，陈怀民用自己的惊天一撞，为这两句话增添了一幅横批："虽死犹生！"

从航校毕业后，陈怀民被分配到空军教导大队第三队任准尉见习员，驻防南昌青云谱三家店机场，主要学习和强化低空飞行的攻击战术。三家店机场于1935年刚刚建成，为当时全中国最大的机场，也是中国空军教导总队所在地。所有从笕桥中央航校毕业的驱逐机飞行员，都需要在这个机场，由教导总队副总队长高志航亲自指导，再集中训练半年。

在南昌建设当时全中国最大的机场，主要是由两个原因决定的：一是蒋介石把挖掉中国共产党和中国工农红军这两座大山，视作"革命最后之任务"；二是中央航校建设伊始，蒋校长就亲自手谕，"我视本校教育之成败，为中国革命最后之成败"。因此，南昌便顺理成章地成为用"中国革命最后之成败"来完成"革命最后之任务"的首选之地。

蒋介石的目的非常明确：在"剿共"期间，让空军配合地面部队作战，无役不从，由此从实战中获取经验。被毛泽东称为"飞将军"的红三军军长、井冈山"三骁将"之一的黄公略，便是第一个死于国民党空军飞机扫射的中共高级将领。

历史的事实就是如此残酷：对日抗战中最早一批的中国空军勇士，他们娴熟的作战经验，在某种程度上恰恰是由中国工农红军将士的鲜血浇灌出来的。

半年之后,陈怀民正式成为由高志航亲自担任队长的第四大队少尉队员。

当时,整个中国的飞机为600多架,编入中国空军战斗序列的为9个大队及5个直属中队、4个运输机队,共计31个中队305架飞机。9个大队中,侦察大队2个、轰炸大队3个、攻击大队1个,驱逐大队只有3个。驱逐大队中,除了第三大队驻守镇江的句容,拱卫首都南京外,其他两个大队,即第四和第五大队,全都驻扎于南昌。

陈怀民为第四大队第23中队飞行员,驻扎于南昌附近的吉安。由于岁数最小,加上帅气逼人,陈怀民因此得了一个"美少年"的绰号。

"七七事变"爆发后,中国成立了空军前敌总指挥部,拟定了《冀北作战计划》,准备以空军主力奇袭天津、丰台等处的日军基地。陈怀民因此随同被任命为驱逐司令的高志航,驾机移驻河南周家口机场。

在转场周家口之前,陈怀民在江西曾巧遇李岳龙。此时的李岳龙,仍然身为少尉。

原来,李岳龙在第二期高级阶段学习时,上的是侦察班,因此,1934年2月毕业后,成了空军轰炸机第八大队的少尉本级队员。第八大队当时是中国唯一的一个重型轰炸机部队,其驻地正好也是南昌。1937年6月,中国空军第30中队——"马丁中队"成军时,李岳龙被选中。"七七事变"爆发的第二天,李岳龙即随部队由上海虹桥机场撤至南昌,展开训练。

这是陈怀民和李岳龙这两位年青空军战士的最后一次邂逅。

中国空军的冀北作战计划还没有展开,日本的军舰就大量在上海集结,并借8月9日两名日本海军陆战队队员强闯虹桥机场被击毙事件,迅速增兵上海。

早在1937年7月11日,日本陆军参谋本部就与海军军令部订立了一份《陆海军航空协定》,计划在开战之初,一举歼灭中国空军主力,夺取制空权;同时明确,在策应地面部队和舰艇作战时,华北以陆军航空队为主,华南以海军航空队为主,华中则由陆、海军航空队共同作战。为此,第一阶段,日本陆军航空队投入240架飞机,海军航空队投入220架飞机,集结的飞机总数达到460架,已远远超过中国空军的305架。

面对强敌,中国空军前敌总指挥部仍然决定集中优势兵力,协助陆军,争取歼灭盘踞在上海的侵华日军。8月13日下午,根据《空军作战命令第一号》,中国空军各大队主力纷纷南下,驻扎周家口的第四大队则直飞航校所在地的笕桥机场。

这样,中日两国的空军,从战争伊始,其战略部署和作战方针就完全不同:

中国空军试图在战争初期尽量避免与日本空军决战,而是集中力量打击日本海军,阻止其在中国沿海登陆,最终把上海的日本陆军赶下大海;日本空军则企图迅速歼灭中国空军,把夺取战场制空权作为第一任务,从第一天起便集中兵力,急袭中国空军基地,以取得先发制人的胜利。

8月14日下午,面对从头一天开始上海方面就一直没有停歇的台风雨,第四大队仍然强行起飞。陈怀民驾驶着霍克-3,也飞行在这支冒着暴雨前进的队伍之中。

霍克-3驱逐机的座舱是半封闭的,因此,当飞机抵达目的地时,所有的飞行员都被雨水浇透了全身。由于逆着风雨飞行,油料消耗极大,第21、第23两个中队飞到笕桥时,部分战机的油料已经所剩无几。

飞机刚落地,就接到警报,有日机奔袭笕桥机场。陈怀民等人顾不得加油和换掉湿衣服,立即再次升空。

此时,淞沪会战已经拉开帷幕,转场扬州的中国空军第五大队于8月14日上午轰炸了长江上的日本军舰和上海日军的多个目标,日军下午也安排飞机空袭上海附近的机场。由于受台风影响,14日下午,日军只有从台北松山机场起飞的第一联合航空队鹿屋航空队的18架96式陆攻机,分别奔袭广德和笕桥机场。

9架96式陆攻机在广德上空遭到第22中队9架霍克-3的拦截,被击伤一架后,日机迅速飞回。击伤的飞机在基隆附近海面迫降。

另外9架96式陆攻机,则在笕桥上空被陈怀民等人驾驶的18架霍克-3包围。经半小时激战,被击落两架,重伤一架。击伤的一架在台北松山机场降落时损毁。

这是一场群殴式的混战。在单打独斗中,面对缠斗性能较好的霍克-3,防御性能强大的96式,仍然稍稍处于下风。

混战以日机的撤离而告终。第四大队首战告捷,取得了4∶0的战果。

第二天,中共中央主席毛泽东写道:"所有前线军队,不论陆军、空军和地方部队,都进行了英勇的抗战,表示了中华民族的英勇气概。"

两年后,1940年11月,国民党政府为激励中国军队抗击日寇的士气,定8月14日为"空军节"。

随后的两天,日本第一联合航空队持续发起了对中国机场的袭击。

8月15日,20架木更津航空队的96式陆攻机,从日本九州长崎西部的大村基地出发,每机携带60公斤炸弹1枚,奔袭南京。

第一次执行轰炸中国首都任务的木更津航空队,还没有得到鹿屋航空队首战遇挫的消息。他们制定的计划是:凭着中攻机队高性能的优势和猛烈的防御火力,即便遇到中国空军的拦截,在其强大的火力面前,中国空军的驱逐机队将会很快分崩离析;随后,他们可以在千米高度,轻松地投下炸弹,把机场设施和跑道上的飞机一概炸碎,然后安全返航,举杯互贺首次出征顺利。

结果让木更津航空队大为沮丧:他们在南京空域连续遭到中国空军第三、第四和第五驱逐机大队的截击,先后被击落4架,只有16机返航济州岛基地。

同日,14架鹿屋航空队的95式偷袭江西南昌。此时的南昌,所有的战机已经全部南下,鹿屋航空队没有遇到任何空中的阻击,扔完炸弹后,全队安然返航。

8月16日,鹿屋航空队领机新田少佐率领6机袭击句容机场。结果,包括新田在内的2机被击落,1机迫降济州岛,只有3机返回台北。鹿屋航空队另一组袭击扬州机场的7架飞机,1架故障折返,1架被击落。

作战仅三天,鹿屋航空队就损失5组机员,18架96式仅剩10架完好;木更津航空队则损失4组机员,20架飞机仅剩8架能够飞行。日本海军部根本没有想到,仅仅三天,第一联合航空队就损失机员65名,占其总数的23%;38架96式则损失12架,占总数的32%。实战损耗远超其计划和想象,让日本海军部对中国空军的斗志和实力不得不刮目相看。

因此,自16日后,日军颁布命令,严禁96式陆攻机单机或低空作战,要求集中编队互相掩护,并采用夜间袭击方式。

这三天,陈怀民作为僚机,参加了所有的空中战斗,在出色完成掩护长机任务的同时,其作战经验也得到惊人的积累和丰富。他将很快成长为一名真正的空中勇士,与日机在云端展开真正的决斗。

由于鹿屋航空队损失惨重,日本海军紧急抽调本州大凑航空队的全体中下级官佐补充鹿屋航空队。同时,加紧对第一联合航空队飞机的补充:在木更津基地接受训练的机组人员,每当三菱有新机出厂时,便由一名尉官率领6名机组人员前往名古屋接机飞回木更津,再搭载必要的武器。这些新机迅即被编组,随即飞往台湾或济州岛,进入战斗序列。三菱则开足马力,以每月7—8架的速度,源源不断地为侵华日军壮大着战争机器。

按照当时欧、美、日等国家的惯例,战争期间,为了保持空军的战斗力不至于下降,每月飞机的补充量为参战总数的15%,提供的飞机维修材料和零件为参战飞机总数的25%。日本的工业基础,维持这样的供应绰绰有余。与之相反,中国空军则是每损失一架飞机,在战斗力的总量上就真正减少了一架。再加上中国空军的飞机属于"万国造",维修材料和零件的通用性极差,飞机的维修成本极高。

中日双方心里都非常清楚,如果没有外援,中国空军将会迅速流尽最后一滴血。因此,开战当日,日本便宣布封锁中国的海岸。这样,中国的海上通道只有一条,便是通过法属印度支那,辗转入境。很快,美国于9月禁止本国商船向中国运送武器,法国政府于10月中旬宣布取消中国军需物资在印度支那的过境权。这样,中国的海上物资通道事实上已被彻底掐断。

当时,中国空军中能够匹敌并击落日本96式的,只有霍克-3战斗机。霍克-3之所以能够屡屡击落96式,在于其装备有一挺12.7毫米(0.5英寸)口径的机枪,这挺机枪远比当时其他飞机所装7.62毫米(0.3英寸)机枪杀伤力大得多。如果说96式的油箱被0.3英寸的枪弹击中还有生存机会,但如果被0.5英寸的枪弹击中,则十之八九会立即燃烧,生存的几率微乎其微。

在个人素质方面,中国空军飞行员总体上要略高于日军飞行员。因此,在霍克-3能够得到及时补充的情况下,日军取得空中优势将会是一个非常漫长的过程。但出于经济利益的需要,美国却帮助日本轻而易举地实现了这一优势。

"七七事变"后,1937年7月16日,美国国务卿赫尔发表声明说:"中日之间的武装冲突,对和平和世界进步事业将是一个重大打击。"明显回避了对日本侵略行为的批评。

由于并不想失去日本这个亚洲最重要的贸易伙伴,8月23日,针对中日之间的战争,赫尔进一步发表声明说:"我们不想评判争端的是非,我们呼吁各方不要诉诸战争。"

三个星期后,9月14日,美国总统罗斯福宣称,在亚洲"没有合法的国与国之间的战争",美国政府已规定美国商船不准向中国或日本输送武器弹药,且任何国家商船,不允许悬挂美国国旗向中日两国港口输送军事物资。

这个表面上的中立政策,在美国国内也被抨击为没有任何道德感,它实质上是对日本侵略行为明目张胆的支持:日本的海军掌握着中日间的制海权,日本强大的船队仍然保证着美国物资的畅通无阻,而中国却再难以从美国输入大量的武器和战略物资。

历史事实也证明了这一点:

罗斯福的声明刚发表不久,日本军舰就立即扣留了美国的"维其达"号,而这艘美国的轮船上,正载有运往中国的19架飞机。

美国实际上中止了对中国抗日物资的供应,事实上成了日本对中国进行经济封锁的帮凶:

"七七事变"后的一年内,日本消耗的全部军事战略物资中,92%竟来自于美国。1937年12月12日,日军的飞机炸沉了停泊于南京江面的美国军舰"帕内"号,造成美方70多人死亡,但美国仍然表现出惊人的自控力,一如既往地对日本提供贷款和出售战略物资,维护与日本的贸易。

1937年至1939年,美国对亚洲输出物资的一半给了日本,日本占美国总输出的8%。同期,日本输入的美国物资,占其总输入的34%,其中军用物资占比为80%。1938年,苏联提供给中国1亿美元贷款用于购买苏联的武器,而美国则给日本提供了1.25亿美元的贷款,用于购买美国的机床等战略物资,进一步加强日本的战争机器。

此外，美国虽未承认伪满洲国政权，却源源不断地把军用物资输入"满洲国"：1931—1936年，美国输入伪满洲国的军用物资为1.89亿美元，但1937年一年却猛增到1.6亿美元，1938年更是达到了惊人的1.7亿美元。

美国对中国的间接军事扼杀，将会一直持续到1941年的12月8日。这一天，由于日本袭击了美国的珍珠港，美国对日本宣战，正式加入第二次世界大战。

1938年8月，陶行知离开美国回国，在临别演说上说了这样一段话："我回国参加抗战去了。如果有一天我被日本炸弹炸死，请你们不要忘记，我身体的百分之五十四是被你们美国炸死的。"

在美国间接的对中国的军事和经济封锁中，无法得到补充的中国空军，在迅速地衰落下去。

无法得到美国的支持，中国政府只能把目光转向苏联。

在得到苏联的援助之前，陈怀民他们将驾驶着越来越少的东拼西凑的霍克-3，继续艰难地鏖战在中国的领空。

3
云端决斗

淞沪会战,中国投入的陆军部队虽然比日军地面部队多得多,但火力和机动性与日军相比,却差距巨大。再加上海军实力悬殊,进攻日军的中国地面部队非但不能得到海军的掩护,相反,却受到日本海军炮火的遏制和打击。在此条件下,真正能协同陆军的,就只有中国的空军。

会战初期,局部占优的中国空军,确实让日军承受了巨大的心理压力。但很快,1937年的9月7日,随着日本96式舰载战斗机正式部署到上海日资公大纱厂内的临时机场,中国空军的局部优势就被迅速打破。这种全金属单翼战斗机,不仅速度快,而且具有良好的格斗能力。由其护航的日本96式陆攻机群,开始成为中国空军的真正劲敌。

9月19日上午8点半,12架96式舰载战斗机掩护着33架96式陆攻机以及侦察机,飞到了南京城的上空。第四大队、第五大队18架飞机全部升空,加上句容机场起飞的3架飞机,总共有21架驱逐机展开了对日机的截击。

面对96式陆攻,双翼的霍克-3利用自己的缠斗性能和大口径的枪弹,单打独斗时还能稍占上风,但与先进自己一代的单翼96式舰载战斗机对阵,则没有任何优势。

陈怀民驾驶的霍克-3最高升限8 410米,最快时速360公里,机身重1 884公斤;日军的96式舰载机最高升限9 830米,最快时速436公里,机身重1 075公斤。在速度、爬高、灵活性上,霍克-3都比不上96式舰载机。

此战的结果,没有任何悬念:中方被直接击落5架,日方只被直接击落1架。

此前的每一次空战,日本空军的战损都大于中国空军;但从9月19日开始,几乎每一次空战,中国空军的战损都会高于日军。这样的局面,将会一直持续到苏联出售给中国的飞机成军之后。

陈怀民很快就击伤了一架96式陆攻机,但自己也被一架96式舰载机死死咬住。他虽然跟对方进行了顽强的格斗,整个机身仍然被对方打得千疮百孔。最后,座舱被击碎,面部负伤,鲜血迷住了双眼,只好忍痛跳伞。

降落过程中,他竟然被悬挂在了一棵树上。待挣扎着落到地面时,人就昏迷过去了。

关于此次跳伞遇救的经历,陈怀民于1937年10月中旬回镇江探亲时,曾对隔壁的发小敖家驹谈起过。敖家驹的回忆是这样的:

"他忍痛跳伞,昏迷在浦口高旺镇的田里。如果不是身上配有中国飞行员的标志,差一点被当地农民当作日军而击毙。后来他被护送到芜湖野鸡山医院治疗,备受各界的慰劳,连宋美龄也亲自去慰问过。"

比陈怀民小两岁的敖家驹,此时正担任着镇江民众组织委员会指挥下的第四壮丁训练队的队副。陈怀民回家前不久,敖家驹刚刚协助镇江军警,逮捕了为日本空军作指引的汉奸蒋孝忠。

当时镇江著名的西医除了戴棣龄,还有一个叫做蒋怀仁。蒋怀仁开有怀仁诊所,其次子蒋孝忠一度从学于小码头行医的日本人大井弘。大井弘系日本间谍,在日军夜间空袭时,安排蒋孝忠发射信号弹,以作指引。蒋孝忠被捕后,他便从镇江销声匿迹,直到日军占领镇江,方才再次现身,策划并组织了镇江的伪自治组织。

逮捕蒋孝忠的经过,敖家驹是这样描述的:

9月下旬某日深夜,我忽然接到电话,要我立即到保安司令部开会……去搜查、逮捕汉奸蒋孝忠……保安司令部还安排特务连长同一名中尉副官一齐前往。由宪兵排长带队,辖区巡官带路,直奔蒋孝忠住宅而来。由辖区巡官敲门,声称查户口。只听得蒋孝忠下楼之声,一边还咕咕叽叽:"半夜三更,查的什么户口?闹得人睡觉都不得安!"开门一见该地巡官与我,他吃了一惊,惊讶地问我:"敖教官,同他们半夜三更来我家何事?"我说:"你自己的事,自己明白。"带队的宪兵排长已知他是蒋孝忠无误,即率员进门上楼搜查,共搜出发报机一部,信号枪一支,信号弹多发。立即将他逮捕。后据搜查人员告知我:收发报是放于墙壁的一个洞内,外用一轴山水画掩着;于其自来水管后有地线通至地下;信号枪放在箱子内。自侦破此案后,敌机再来,就不再有人发射信号弹了。

敖家驹不无自豪地告诉陈怀民,两天前,蒋孝忠才被枪决。陈怀民听了,也大感欣慰,就取出一张自己身着空军军服的照片,让敖家驹欣赏。敖家驹很是羡慕,便开口跟陈怀民索要这张照片以作留念。出乎敖家驹意料,陈怀民并没有把这张戎装照给他:

他却说:"你太幼稚了!镇江肯定要放弃的。一旦敌军在你家查到这张照片,你家人要被害,房子要被烧,还是不要穿军装的照片吧!"说着就从皮夹子里拿出一张穿西装的二寸半身照片,并签了名,赠我做纪念。可惜,这张相片后来在"文革"中被抄去了。现在这张穿空军服装的照片,是他姐姐陈去疾在"文革"中冒险放在毛主席照片镜框背面而保存下来的。

此次回镇江探亲,上午到家,傍晚离开,陈怀民只在白莲巷的家中停留了大半天。9月19日的南京空战,在陈怀民的脸上留下了一道伤口。敖家驹清楚地记得:"我见他从左眉起曲折至右眼下,有一道S形的伤疤。"

由于担心陈怀民将来有个三长两短,其母魏夫人曾劝他按照镇江当地习俗,先找个女孩子订婚,也算对陈家有个交代:

> 其母对他说:"汝既以身许国,自当以杀敌为先;惟空中作战易致不测,为宗祀计,宜先觅一女友订婚。"他婉辞曰:"我正在作战,如有爱人,定要减少勇气,此事仍需暂缓。"

陈怀民二妈吴荷英是敖家驹母亲的姑妈,陈怀民因此喊敖家驹母亲为姐姐。在敖家驹家中,敖家驹母亲受陈怀民母亲魏夫人之托,亦曾跟陈怀民谈论过个人婚姻问题:

> 在畅谈中,我母亲问他:"有无意中人?"他笑着说:"姐姐,日军未灭,何以家为!"……当天傍晚,我依依不舍地送他到西火车站赴宁归队。谁知这次会见,竟成了永别!

从 9 月下旬开始,上海的中国军队已由攻势作战转入对日军的防御作战,南京政府开始修整首都地区的工事并修订防御作战计划。出于对家人安全的考虑,陈怀民还是委婉地建议父亲早作安排。

此时,陈怀民的大姐陈淑文因怀有身孕正好在娘家。在父亲的安排下,她陪同母亲蔡夫人于当月便去了浙江鄞县鄞江村鄞江桥,避难于母亲的老家钟家潭。她们后来从鄞县辗转奉化、常山,于 1940 年抵达江西上饶,再迁建阳;于 1943 年至广西桂林,直到 1943 年 5 月才在湖南安乡得以与陈家人重逢。

一个多月后,镇江沦陷前夕,陈子祥率领吴、魏两位夫人及其子女,坐船到了汉口。陈子祥通过在武汉的关系,把家暂时安顿在了汉口前花楼笃安里 10 号。在汉口,他们见到了已经随部队驻扎于孝感的陈怀民。

此时,陈怀民的座机已经变成了苏联的伊-152 双翼机。

自伤好归队后,陈怀民其实已无机可驾。支撑到 10 月 22 日,中国空军只剩下 81 架可以作战的飞机。这意味着,中国空军已无实力展开大规模空战,对地面部队的支援仅具象征意义了。这同时还意味着,如果没有新飞机补充,陈怀民将失去再次与日军空中格斗的机会。

事实上,南京"九·一九"空战过后仅两天,9 月 21 日,陈怀民所在的第四大队就接到命令,把所有剩余的霍克-3飞机全部交给第五大队,全体人员前往兰州待命,准备接收苏联的飞机。战至10月12日,驱逐司令高志航也离开南京亲自北上接机。

自日本于1937年8月14日宣布封锁中国海岸后,英、法、比利时、意大利等国都先后取消了与中国政府签订的对华武器销售协议,美国也间接地对中国进行了军用物资的封锁。意味深长的是,"七七事变"之后的半年内,提供给中国军火最多的国家竟然是德国。德国提供的军火中,还有10架攻击机。但好景不长,1938年2月,德国宣布承认伪满洲国,随即下令禁止军火运往中国,并撤回了军事顾问团。

就在美国等西方国家拒绝援助中国的同时,苏联作为当时世界上唯一的社会主义国家,面对德国和日本的压力,在"七七事变"之后,为了借助中国的有效抵抗来拖住日本,使其无力发动对苏联远东地区的侵犯,主动向中国伸出了援助之手。

美国为了同日本的贸易,拒绝向中国提供军火;苏联为了让中国拖住日本,主动向中国提供军事装备。二者的目的在本质上是一致的:都是为了国家利益。因此,四年之后,在1941年,同样是为了国家利益,二者的身份将会发生惊人的逆转:苏联停止提供中国军援,而美国却开始向中国大量运送武器弹药。

1937年8月21日,中苏两国在南京签订了《中苏互不侵犯条约》后,中国政府便请求苏联提供驱逐机和轰炸机。9月15日,苏联同意向中国提供战斗机和轰炸机。当年10月22日,从苏联阿拉木图经兰州到汉口的航线正式开通,苏联第一批志愿航空队员进入中国。此后,700余名苏联志愿航空队员采用轮换形式进入中国,捐躯者200多人。

陈怀民在兰州与第四大队的战友会合后,开始接受苏联教官的训练。最早参加训练的是第一、第二大队。随着驱逐机的到来,陈怀民所在的第四大队也在兰州东郊拱星墩机场开始了训练。

陈怀民所在的第23中队将全部换装伊-152双翼机。来自苏联的飞机均由国民政府通过苏联的贷款购进,每一架伊-152双翼机单价为3.5万美元,年息3%,与后来英国、美国提供给中国的年息6.5%的贷款相比,可谓相当优惠。不过,当时的中国政府还债时支付不了现款,只能以钨、锑、锡等金属和农产品来加以偿还。

在兰州等待苏联战机期间,陈怀民得到了李岳龙殉职的消息。

淞沪会战期间,陈怀民所在的第四大队和李岳龙所在的第八大队曾多次并肩作战。不过,李岳龙所在的第30中队却命途多舛:

江西训练期间,李岳龙所在中队的一架马丁轰炸机就失事损毁。1937年8月14日,奉命参加淞沪会战时,又有一架马丁轰炸机起飞后不久即在江西临川坠毁,仅剩下4架马丁机抵达南京。10月初,第三架马丁机在训练中失事损坏。

10月13日晚,李岳龙所在机组驾驶3004号马丁轰炸机,与其他两架马丁机一起,从汉口转场到南京机场。经过准备,李岳龙机组于第二天夜袭了上海的日军阵地。安全返回后,为了进一步扩大战果,3004号载弹后,于15日凌晨3点50分再次起飞。不料,由于装载的炸弹过重,离地不到两分钟,飞机便下沉碰地,触发炸弹,机组人员全部殉职。同时起飞的另一架马丁轰炸机也同样因载弹过重而坠毁,仅有一名机组人员侥幸跳伞生存。

一个星期之后,10月22日,李岳龙所在第30中队的最后一架马丁机,在轰炸上海日军阵地时,被高射炮击中左发动机,靠右发动机飞返南京时,坠毁于孝陵卫附近。

至此,李岳龙所在的第八大队第30中队,全军覆灭,番号被取消。

就在"七七事变"爆发之前,李岳龙曾回镇江探过一次亲。探亲期间,他遵照母亲王氏夫人的要求,娶张氏为妻。张氏为其生有一子,也算是烈士有后。

陈怀民在兰州的训练至12月15日方才告一段落。当时,飞行进行改装训练,至少要一个月的时间,否则,很难把飞机的性能充分发挥出来。日本最早一批改飞零式战斗机的12名精心挑选出来的飞行员,从1938年6月28日开始,强化训练至8月19日,方才第一次在中国战场执行护航任务,训练时间超过了50天。

但南京保卫战的压力,显然不可能让中国的空军从容地训练备战。11月22日,为了引导苏联志愿队的飞行员,第四大队大队长高志航驾着苏联飞机,从兰州飞往南京,在周家口机场转场时遭到日机的空袭,以身殉职。随后,12月1日,第四大队副大队长乐以琴亦驾驶苏联飞机从兰州飞往南京,于12月3日在栖霞山上空阵亡。

南京沦陷的第二天,1937年12月13日,国民政府军事委员会在武昌拟定了第三期作战计划,将空军主力的残余后撤到汉口、武昌一线,南昌空域则不得不依赖苏联志愿队对日本的飞机进行空中截击。

1938年1月,李桂丹任第四大队大队长,吕基淳升任陈怀民所在的第23中队中队长。此时,国民政府已经命名第四大队为"志航大队"。2月初,第四大队进驻襄阳强化训练,进行武汉会战前的作战准备。在此之前,陈怀民和第四大队的骨干队员,曾先后四次从兰州往南方转场苏联的新机。强化训练结束以后,2月14日,第四大队传达到汉口的作战计划。2月17日,陈怀民所在的第23中队由襄阳进驻武汉西北的孝感机场。第二天,整个第四大队就迎来了第一次武汉大空战的洗礼。

2月18日上午10时许,日海军航空队分别从南京、芜湖出动由27架96式陆攻机和96式舰载战斗机组成的大型编队,沿长江西飞,直奔武汉。

在此之前,武汉已经建立了比较严密的防空预警网。但18日当天上午,笼罩在武汉地区上空的乌云层层叠叠,对监视飞机非常不利。由于观察哨心理压力过大,空袭预警网报出了好几个虚警。飞行员们多次上下发动飞机,既紧张,又疲乏。

12点45分,陈怀民刚刚在战机旁吃午饭,凄厉的警报声就再次响起。这一次,日军飞机真的飞来了。在中队长吕基淳的率领下,陈怀民等人驾驶的8架伊-152战机,一架紧接着一架,从孝感机场腾空而起,直奔东南方向的武汉。

20分钟后,第23中队飞抵武汉上空时,第22中队的11架伊-152已经与日海军第12、第13两个航空队的12架96式舰载战斗机混战成一片。

经过近两个月的改装训练,第四大队的飞行员们驾驶苏联飞机没有任何问题,但客观上,还远未达到驾轻就熟的地步。这样,中日双方的飞机性能虽然基本相匹敌,但在一对一的较量中仍然会落下风。

第22中队的11架战机由李桂丹大队长亲自率领,于下午1点从汉口机场升空,3分钟后,便与日军机群相遇。短兵相接中,王怡少尉第一个阵亡,随后大队长李桂丹的飞机亦被击毁,紧接着第22中队又有巴正清、刘志汉、李鹏翔、武亭纯的4架飞机被击落,郑少愚的战机亦严重受损退出战斗。短短数分钟之内,第22中队仅剩下4架战机。

再持续几分钟,第22中队很可能全军覆没。就在关键时刻,第23中队的8架战机及时加入了战斗。此前,在与日军的搏斗中,第22中队只击落了1架96式舰载战斗机。如此一来,中日双方由原来的11对12,变成了12对11。但即便是12对11,第四大队仍然讨不到任何便宜。

日机的战术配合非常默契,11架战机总会自动分成4个紧密协作的战斗小队,迅速地分割包围一架中国战机,将其击毁后,再立即分割包围另一架中国战机。面对这种群狼战术,注重缠斗单挑的中国空军飞行员一时之间很难招架得住。曾单独击落4架日机的第23中队中队长吕基淳,虽然个人技术出众,但在骤然受到围攻之下,也坠机殉国。

第23中队如果沿袭第22中队的战法,重蹈第22中队的覆辙在所难免。中队长吕基淳的战机被击落后,陈怀民等人决然改变了战法,以决死的姿态迎敌,与日机迎头相遇时绝不主动横滚脱离,而是直接撞去。这种同归于尽的打法,竟然让日机的群狼战术威力大减,双方一时陷入胶着状态。

从第22中队与日机交火到第23中队与日机打成平手,前后也就10分钟的时间。此时,从汉口机场比第22中队晚起飞10分钟的第21中队10架伊-16战机已经蜂拥而至,正好插在日军机群的背部,形成二打一的局面。

日军群狼战术开始土崩瓦解,被迫陷入一对一的决斗状态。决斗场面只持续了两分钟便以日机的全面撤退而告终。结果不言而喻:被击落的包括第12航空队编队指挥官金子隆司在内的日机为11架,中国空军则战损9架。

此战,陈怀民继吕基淳之后遭到日军三机编队的围攻,虽全力反击,但座机发动机被击中起火爆燃,只好弃机跳伞。降落过程中,遭到日机的扫射,腿部被子弹擦伤,只好四肢不动,下垂装死。结果,落地时腿部又因撞击,造成挫伤。

"二·一八"空战一次击落日机11架,可谓抗战以来的空前大捷,也是自南京失守以后,中国空军在空战中第一次取得的可称辉煌的胜仗,包括中共在内的武汉各界,因此举行了一系列的"庆祝空捷,追悼国殇"活动,中国民众的抗战热情愈发高涨。武汉的中共机关报《新华日报》于2月20日发表了题为《庆祝空军胜利》的评论:

> 前日敌机侵袭武汉,我国空军,奋勇迎战,把敌机打落11架,这不仅是武汉防空的一大胜利,同时也是中国整个军事上的一个伟大胜利。这个事实表明中国军民抗战到底的勇气与牺牲决心,也是以劣势的军事技术战胜敌人优越武力的信号。

2月18日在武汉遭到重大挫折后,在两个多月的时间里,日本空军竟然再没有大规模地轰炸过武汉。其原因,除了暂避中国空军锋芒外,还因为中日双方已经会战于徐州一线,特别是中国军队取得台儿庄大捷后,日军航空兵的主要战力都集结于津浦路一线。

在汉口协和医院养伤的陈怀民,也难得有了跟家人经常见面的机会。协和医院在汉口的后花楼,离陈怀民父母居住的地方并不太远。

4
惊天一撞

陈怀民一家寄居的汉口前花楼笃安里，是个繁华之所在，当时各种小有名气的店铺在这里都设有店面，其街景被竹枝词唱作："前花楼接后花楼，直出歆生大路头。车马如梭人似织，夜深歌吹未曾休。"

陈怀民的父亲陈子祥租住的笃安里10号，是座二层砖木结构的小楼。除大姐陈淑文陪同大妈蔡夫人已去浙江避难外，家里其他人都到了武汉：二妈吴夫人及大哥陈天和、大妹陈淑贞，母亲魏夫人及小妹陈淑芳、弟弟陈天培。楼上楼下，倒也一时住满了人。

此时，陈怀民同父同母的弟弟陈天培才刚刚10岁，还属于儿童；小妹陈淑芳正值妙龄。同父异母的大妹陈淑贞跟他岁数则最为接近，刚刚20岁。

陈淑芳比陈淑贞只小一岁，虽然跟陈怀民是同父同母，但陈怀民对她却并不太亲近。陈淑芳中学毕业后，坚持要去日本留学，虽然如愿以偿，却让陈怀民非常反感。"七七事变"后，陈淑芳虽然按家人的要求立即回国，不过陈怀民始终对这位小妹非常冷淡。相反，他对同父异母的大妹陈淑贞却关爱有加。

陈淑贞上完中学，想离二哥陈怀民近一些，就于1935年报考了杭州的浙江省警官学校。警官学校位于杭州南面的上仓桥,离东北郊的笕桥并不太近。但大妹的到来仍然让陈怀民非常开心,只要有闲暇日,他就会开着摩托车到上仓桥的警校,跟陈淑贞见上一面。这样,虽然同在杭州上学的时间只有短短的几个月,兄妹俩的感情却愈加深厚。

1936年的5月,毕业后离开杭州不多久的陈怀民,从南昌教导队有机会再次返回笕桥航校时,特地专门去警官学校探望了陈淑贞。他送给妹妹一件特殊的礼物——中央航空学校的毕业纪念手链。手链是铜质的,中间是一块椭圆形标志牌,标志牌的正面是中央航空学校的双翼校徽,背面则刻着"毕业纪念"和"1936年5月天民赠"的字样。

陈怀民在手链标志牌上的留名并不是在航校所改的"怀民",而是以前的"天民"。这是一种兄妹之情的真实流露。陈淑贞非常喜欢这根手链。让她意想不到的是,仅仅过了三个月,浙江警官学校就与北平高等警官学校合并,迁往南京,升格为中央警官学校。她以为是这根手链带来的运气,因此更加珍惜,把其视作自己的幸运物。

陈怀民于1937年8月转场笕桥作战时,陈淑贞正在南京。10月,当陈怀民伤愈回镇江探亲时,刚刚毕业的陈淑贞恰好被选调到宋美龄身边,投身于"新生活运动"妇女指导委员会的女大学生组织工作。当陈怀民前往兰州时,陈淑贞则跟随宋美龄辗转于庐山和武汉。因此,自杭州分别后,兄妹俩还没有见过面。

在武汉,陈淑贞首先得以跟家人团聚。此时,宋美龄住在武昌珞珈山的听松庐,陈淑贞也不能经常过江到汉口看望父母。要不是在"二·一八"空战中腿部负伤,陈怀民因此留在武汉养伤,一家人还真的没有多少机会能够团圆。

整个农历的二月,陈怀民前后回家至少两次。

1938年3月3日是农历二月初二,镇江人的习俗是这一天大人小孩要剃头,家家要接女儿回家,所谓"二月二,龙抬头,家家接活猴,接得家来吹笛子,接不家来捏鼻子"。因此,腿伤初愈的陈怀民,一大早就在武汉街头好好理了个发。自上一年10月离开镇江后,陈怀民就再也没有跟全家人团聚过。

他给家里人都准备了礼物,带给陈淑贞的则是一副棕色皮手套。这副皮手套是陈怀民在航校时曾经戴过的,陈淑贞在杭州见到就很喜欢。此次回家,陈怀民专门把这副皮手套送给了她。

这副手套和两年前收到的手链,陈淑贞一直珍藏在身边,直到1986年的11月,当她认为已有更好的呵护者出现时,方才捐赠给南京的抗日航空烈士纪念馆。如今,这副皮手套和铜质手链就静静地陈列在一号馆的展厅里,无声地跟每一个默默到来的参观者交流着一种刻骨铭心的家国情怀。即便参观者寥寥无几,但它们仍然顽强地守候在那里,守护着一个民族永远不该遗忘的历史细节。

在笃安里的家中,父亲和兄妹告诉陈怀民,他离开镇江不多久,10月13日,日本人的飞机就第一次轰炸了镇江的城区,把租界和江边大华饭店炸了,断手断脚都挂在了树上。自那天以后,日本飞机轰炸就成了家常便饭。西火车站的站房被炸了,粮米仓被炸了,美孚石油公司被炸了,澡堂子华清池被炸了,江绸业集中的越城被炸了,江边花园被炸了,义渡码头被炸了,拖板桥被炸了,商业最集中的五条街被炸了,运河里的100多条船被炸了,穆源小学被炸了,镇江师范被炸了,他读过书的镇江中学也被炸了……

这次回家,陈怀民的话不多,只是默默听着家人的诉说。只有当家里人跟他兴奋地讲起"二·一八"大捷时,他的脸上方才有了一点笑容。

一个星期之后的3月9日是农历二月八。这一天,陈怀民再次回到家中。二月八按照镇江人的规矩,家家户户都要吃馄饨,俗谚谓:"二月八,吃了馄饨病不发。"虽然是寄居武汉,武汉人也没有这个风俗,但陈家人还是早早就做了准备,买来面粉,擀好了皮子,做好了鲜肉馅,熬好了筒子骨汤。

此次回家,陈怀民吃了整整两大三横碗的骨头汤馄饨。家里人都跟他开玩笑,说这两大碗馄饨下肚,腿上的伤会好得更快。趁着他比较开心,两个妹妹跟他说起了悄悄话,说不知道有多少姑娘想跟飞行员交往了,问他何时能把嫂子娶进门。他收敛起笑容,对两个妹妹说了这样一段话:

"每次飞机起飞的时候,我都当作是最后的飞行。与日本人作战,我从来没想着回来。"

陈怀民于3月中旬伤愈归队,返回孝感基地。经过短暂恢复性训练后,他于4月上旬再度出征。

4月初，台儿庄战役进入胶着状态。4月4日，中国空军集中第三、第四大队的23架飞机对中国陆军进行了支援，陈怀民驾机向台儿庄东北的日军司令部和炮兵阵地进行了轰炸和机枪扫射。此次支援行动非常顺利，陈怀民等人也全部得以平安返航。此次突袭作战，当陈怀民一行的飞机飞到日军阵地上空时，日军还以为是自己的飞机前来助战，纷纷跑出来欢呼，结果损失惨重。

休整了几天，4月9日，台儿庄战役结束后，为追歼退却的日军，第23中队再次由孝感起飞，转场河南归德（今商丘）机场。10日，陈怀民所在中队会同其他部队的27架驱逐机，掩护从周家口机场起飞的中国轰炸机群，打击了撤退到鲁南峄县、枣庄一线的日军。

执行完任务，返航至归德东面虞城马牧集上空时，中国空军编队遭到设伏于此的日本陆军航空第64战队的攻击。攻击他们的是17架中岛97式战斗机。该机与日本海军三菱96式舰载机几乎同时量产，是日本陆军的主力战机，首先装备的就是第64战队。该战斗机特别适合近距离缠斗，其机动格斗性能比96式舰载机还要略高一筹。不过，该机也有弱点，就是航程偏短。

此次空战持续时间并不太长，日机被击落2架，而中国空军则被击落4架飞机，受伤8架。陈怀民第23中队的战友孙金鉴的伊-152被击落，在跳伞降落过程中遭到日机的围攻扫射，生死未卜。由于油弹两竭，在轰炸机群安全远离后，中国空军主动撤离了战场。

陈怀民并不知道，跳伞的孙金鉴并没有像他一样幸运，最后被当地民众找到时，竟然身中7弹。陈怀民更不会知道，当孙金鉴的尸骸被辗转运到武汉时，会跟另一个烈士的遗体并排安放在一起，而这另一个烈士便是他本人。

台儿庄大捷后，徐州会战进入中日双方再次集结地面军队的阶段，陈怀民驾机先是转场孝感，随即又转场汉口王家墩机场休整，他因此抽空回了一趟家。4月17日是个星期日，回到汉口家中的陈怀民，因伤风感冒，胃口相当不好。母亲魏夫人舍不得他，特地为他炖了一砂锅老母鸡汤。喝完鸡汤，母亲劝他在家住一晚再走。陈怀民坚决不肯，说当夜还要值班，不能误事。

若干年后,魏夫人仍然念念不忘的是,她想不到那个礼拜天的那顿鸡汤,竟然是她给儿子喝的最后一顿鸡汤,她应该让天民多喝一点的。

4月20日,日本一架双座侦察机在孝感上空侦察时被击落,从机上搜查到一本飞行员的笔记本。根据笔记本上的零星内容,中国情报人员分析出,日本海军航空队已拟有"天长节"当天针对武汉的空袭计划。因此,中国军方决定,把第四大队所有飞机集结到武汉,把第三、第五大队的一部分飞机集结到王家墩机场,把南昌的45架苏联志愿飞行队的飞机转场到孝感。

4月28日,陈怀民最后一次回到汉口笃安里的家中。

陈怀民留给父母最后的印象特别温暖。他告诉父母,部队马上要执行一个重要任务,过两天他会再次回来看他们。他很开心,话也特别多,跟前几次回来都不一样。他给母亲留下一块大洋,跟魏夫人说,过几天才关饷,先拿着,自己买点茶食吃吃。临出门的时候,还跟父亲说,不要老待在家里,没事就去天一茶园喝喝茶,听听戏。

1957年,魏夫人去北京跟当教师的亲生女儿陈淑芳生活,陈子祥则带着孙子陈德返回镇江,跟蔡夫人所生的大女儿陈淑文一家一起居住。此时,陈淑文的小儿子赵涵安已经11岁。赵涵安跟外公生活了整整四年,直到陈子祥于1961年在镇江病逝。

外公留给赵涵安最深的印象,就是一个始终坐得笔挺的白发老人,双手撑着一根拐杖,总是跟他一遍又一遍地讲述二舅陈怀民的故事,讲述二舅最后一次回到汉口家里的情景。

"天长节"是日本天皇的诞辰,也就是4月29日。

下午2点45分,日本海军第二联合航空队28架96式舰载战斗机,护航着第13航空队的18架96式陆攻轰炸机,进入了武汉空域。46架日机立即遭到严阵以待的64架中国空军和苏联志愿飞行队战机的拦截和包围。

这是一场规模空前的大空战。110架飞机厮杀于武汉三镇的上空,一时铁羽蔽空,马达震天,硝烟弥漫,弹道闪亮纵横,射击声此起彼伏,不绝于耳。

武汉的两百万民众,竟不顾安危,纷纷跑出家门,甚至站上屋顶,爬上树梢,观看这难得一见的百机大战场面。老舍先生在《八方风雨》一文中是这样回忆的:

"我们都在高处看望。看着敌机被我机打伤,曳着黑烟逃窜,走着走着,一团红光,敌机打几个翻身,落了下去;有多么兴奋,痛快呀! 一架敌机差不多就在我们的头上,被我们两架驱逐机截住,它就好象要孵窝的母鸡似的,有人捉它,它就爬下不动那样,老老实实的被击落。"

陈怀民所在的伊-152机群,首先在武汉东北与护航的日军96式舰载战斗机陷入了缠斗,并成功地把96式舰战机群与96式陆攻分离开来。96式陆攻投弹返航时,在孝感与黄冈一线被苏联志愿队飞机拦截包围,在伊-16的打击下,一架接一架地坠落于地面。

当中国空军在空中奋战时,"全武汉军民,莫不仰望天空,为之焦急感愤,欢呼顿足,至于零涕"。

就在武汉民众的呐喊助战声中,就在睽睽万目之上,世界空战史上最难忘的一幕发生了:

空战持续到第五分钟,一架中国空军的伊-152,在击落一架日机后,立即遭到5架96式舰战的围攻。在以一敌五的格斗中,伊-152始终被弹雨所笼罩,无法挣脱。就在大家都在为这架中国飞机的命运担心焦急之时,谁也没有预料到,伊-152竟然不再躲避弹雨,而是突然以最快的速度,向离其最近的一架日机撞击上去。一团火光过后,两团火焰同时翻滚着,从空中坠落下来。

肉弹袭敌的苍天一撞! 前无先例的惊天一撞!

地面上目睹此一场面的人,几乎都被惊呆了。惊愕感愤之余,很多人都情不自禁地流下了泪水。其中就有一个名为段奇章的少女。

豆蔻年华的段奇章,观战时并不知道那是陈怀民的飞机,只是特别紧张和担心,不时跳起来为以一敌五的伊-152鼓劲、叫好。当陈怀民的飞机与敌机相撞后,她知道中国的勇士肯定殉国了。第二天,当她从报纸上知道前一天的中国勇士就是陈怀民时,她便向家人宣布,陈怀民就是自己心爱的男人,他就是自己心中永恒的丈夫。为了这个承诺,段奇章从少女到老年直至去世,竟然终身未嫁。

陈怀民与敌同归于尽的英雄壮举,极大地震撼了日军飞行员,也使仍在空中作战的中国空军战士,愈加视死如归,英勇无比。

此次史无前例的空中大搏杀,持续了整整半个小时。鏖战的结果,中国空军伤亡5人,损失战斗机12架;日本空军则被击落21架,其中96式舰战11架,96式陆攻10架,伤亡50人,被俘2人。从黄冈、梁子湖、东湖、青山、洪山,到武昌东郊、徐家棚、刘家庙、豹子澥、汉口,都散布有日机的残骸。

此次空战,因此成为中国自抗战以来,击落日机最多的一次战斗。

"四·二九"空战结束的当天傍晚,中央社向武汉各大报社传送了一条新闻稿,题为《壮烈无比之肉弹》:

"与敌机猛击而同归于尽之我军青年战士,究属谁氏?以时间匆促,虽经记者多方探询,一时仍难查明。然队员陈怀民迄今未归,夕阳西坠,而空际仍无翼声,则此壮烈无比之肉弹,果非陈氏,而陈氏亦不归来,壮哉吾战士,烈者吾英雄!"

第二天,4月30日,当新出版的《武汉日报》送到笃安里10号时,一直提心吊胆的陈家人,无不泪流满面。街头巷尾庆祝胜利游行的欢呼声,在陈家人听来,既是那样的近,又是那样的远。他们应该为"四·二九"大捷高兴,但他们却又不能不悲伤!

1985年的8月21日,陈天培专门写了一篇《怀念我的哥哥陈怀民》的文字。在这篇文字中,陈天培写道:

"空战以后,我们全家都十分焦急,不知怀民哥是否参战。直至4月30日武汉报纸上登出了陈怀民空战未归的消息,我们才知道,29日空战与敌机相撞的飞行员竟是我们日夜为之担心的怀民哥。"

而早在"四·二九"空战结束的第二个月,与陈怀民感情最深的陈淑贞也写过一段文字,非常细腻地叙述了全家人期盼陈怀民平安归来的复杂心情:

"四·二九"之夕,全家正是如往常一样的,期待着二哥天民带着空前胜利的微笑回来。年老慈爱的母亲,倚门凝望着街头行人。夕阳西下,将近黄昏了,天边返映着紫红色的云霞。渐渐地,夜深了,街头静寂冷清了。可是二哥的影子,如似一阵吹过去的风,好似滑面掠过去的燕子,使我们望穿了秋水,再也不降临到我们的跟前来。直到次日清晨,二哥还是杳无消息。

但"活要见人,死要见尸",在没有见到陈怀民的遗体之前,陈家人仍然抱着一丝丝希望,希望突然会有一个陈怀民归队的消息传来,希望突然会有一个陈怀民负伤被救的消息传来。此时,沉浸在悲伤之中的陈家人还没有意识到,陈怀民的惊天一撞,对当时整个中华民族的抗日救亡,在精神上意味着什么;对殊死捍卫国家独立的中国军民所产生的心理影响,又意味着什么。

在东方古老的哲学里,物质可以泯灭,唯有精神能够永垂不朽。中国人知道,日本人当然也明白。

肉体可以灰飞烟灭,但精神却永远不可战胜。

这就是一种英雄气概。

陈怀民的这种杀身成仁、义薄云天的壮举,在视死如归上,让中华魂一举超越了"武士道"。以自己的奋然捐躯向危难中的国人及时提供民族精神的陈怀民,因此成为民族的脊梁。

就在4月30日,冯玉祥将军赋诗一首,并感慨于陈怀民的壮烈:

尚有飞将因机伤,猛冲敌机同落地;
舍身成仁同归尽,壮烈牺牲神鬼泣。

同一天,中共机关报《新华日报》在武汉发表题为《庆祝空军再次大捷》的评论:

全国的民众,应向英勇的空军将士致崇高的敬礼!我们飞将军的奋勇建功,消灭了许多敌机,鼓励了前后方的军民,更坚定抗战的信心,使第二期抗战能够更顺利地发展。同时,我们更应为英勇牺牲的将士默哀。今天我们应以庆祝"二一八"空军大捷的热烈,来庆祝这空前的空战大捷……

为了对陈怀民的家人表示慰问,国民政府航空委员会特地派出五名代表前往笃安里陈家进行抚慰。陈子祥虽很伤感,但仍保有军人风骨。

他对前来抚慰的代表说了这样几句话:

"怀民之死,颇得其所;惜其为国,尽力太少!"

言罢,潸然泪下。在场代表无不为之动容。

著名教育家黄炎培在镇江办职业教育时,曾与陈子祥相识,对陈怀民亦有一面之缘。论辈分情谊,黄炎培也算得上是陈怀民的世叔。1938年5月24日,听冷御秋说着陈怀民的故事,望着窗外的蓝天白云,花甲之年的黄炎培突然间就老泪纵横,忍不住于汉口写下了《悼空军斗士镇江陈怀民》一联:

> 运高空几千尺翻腾机巧,其智若勇,超群绝伦;
> 凭最后一刹那壮烈心灵,虽死犹生,有我无敌。

当时,冷御秋正居住在汉口云樵路(今黄石路)东山里1号,几乎日日与黄炎培见面,而冷御秋和陈子祥都为当时镇江名人,私谊亦深。东山里离笃安里并不太远,黄炎培便请冷御秋把挽联转交陈家。

陈怀民是在长江武汉段下游青山峡天兴洲的上空撞击日机牺牲的。被撞毁的日机残骸找到了,陈怀民自己座机的残骸找到了,阵亡的日军飞行员高桥宪一的尸体也找到了,但陈怀民的遗体却一直没有找到。数千武汉军民在长江两岸拉网式搜寻了多次,仍然一无所获。因此,悼念陈怀民的公祭活动迟迟难以举行。

5月31日,陈淑贞痛感于哥哥的牺牲,以"陈难"为笔名,动笔给高桥宪一的妻子写信时,陈怀民的遗体仍然没有找到。此时,陈子祥和魏夫人最大的心愿,就是能够找到哪怕是儿子身上的一点残片:

"现在他们所希求的,就是获得儿子的尸体。老人们寻遍了青山一带的田野,再在附近长江里打捞,即或是尸体的片断吧,一块肉,一块骨头,他们都会认识,都希望有。可是除了我国飞机的碎片和贵国的飞机的翅膀外,什么也找不到。"

直到6月3日上午,在坠机地点下游十几公里远的新洲阳逻江面,正在打鱼的渔民发现了起伏在波涛之中的烈士遗体。遗体双腿完好,但已无右肢,左肢幸存。令所有在场者惊奇的是,遗体竟然面目如生。渔民们并不认识陈怀民,但当有人摘下其左手上的手表,看到表盖上所刻的"陈怀民"三个字时,方才明白了一切,众人当即挥泪不止。

"入土为安",是中国人的传统习俗,人死后得以安葬,死者方得以安息,生者也才得以心安。如果因种种原因,逝者不能得到及时的安葬,对死者未免残忍,对生者也是一种心理上的折磨。陈怀民的壮举已经家喻户晓,公祭陈怀民对激发中国军民的战斗意志和牺牲精神的重大意义自然不言而喻。因此,发现烈士遗体在武汉三镇引起的轰动,并不亚于陈怀民于"四·二九"肉弹击敌所引起的轰动。

时为湘粤两省交界处南岭煤矿股份有限公司总经理的田策卫,对陈怀民遗体被找到一事,额手称庆,并发表了这样的感叹:

"其遗骸经三十余日盛暑而不腐,而迹获不违全民追悼之期,此天有以助烈士也!"

岂止天有以助于烈士?天有以助于的还有不屈不挠、前赴后继的中华民族!

5
哀 荣

1938年6月3日当天,陈怀民遗体就被殡殓并移梓汉口总商会礼堂(今中山大道949号)。随即,国民政府决定于6月5日举行公祭典礼。

与陈怀民并列公祭仪式的还有孙金鉴、张效贤、杨慎贤三位烈士。

孙金鉴是陈怀民一个中队的战友。他比陈怀民大一岁,但在中央航校却低陈怀民一期。4月10日与陈怀民在归德虞城马牧集上空共同作战的孙金鉴,跳伞后被日机围住扫射,身中7弹,被河南当地民众殡殓后,专车辗转送到武汉。其父孙心甫得到消息,从老家山东夏津单人赴汉口,参加儿子的公祭。

张效贤是陈怀民中央航校第五期乙班的同班同学,安徽合肥人,比陈怀民还大3岁。毕业后,张效贤被分至第21中队,与陈怀民同属于第四大队。5月31日中午,武汉上空再次爆发百机大战,中国空军的49架战机阻击日军的54架飞机。结果,击落日机12架,自己战损2架。其中,张效贤在长岭冈上空追击日机时,因机械故障,飞机突然失速坠地,不幸殉职。由于其亲属无人在武汉及其附近,因此,并无亲人赶来致祭。

杨慎贤1912年出生,广东梅县人,中央航空学校第4期飞行科毕业,时任第四大队第22中队分队长。5月13日,日军由河南孟津附近欲南渡黄河,中国守军扼河固守,杨慎贤奉命率队扫射渡河的日军。执行任务完毕,返航降落驻马店机场时,因燃油耗尽,迫降失败,机毁人亡。遗体运到武汉后,因其系华侨,赶来料理后事的仅有其堂兄杨楷贤。

并不是所有牺牲的中国飞行员都能获得中央政府公祭的哀荣的。国民政府在武汉期间,仅为牺牲的空军烈士举行过两次公祭。

第一次是2月20日为"二·一八"空战中牺牲的烈士所举行。尊享公祭待遇的烈士有五位:第四大队大队长李桂丹,第四大队第23中队中队长吕基淳,第四大队第22中队巴清正、王怡以及李鹏翔。第二次便是公祭陈怀民等四名烈士。

很显然,并列公祭的这三名烈士都具有代表性:张效贤代表着第四大队第21中队,杨慎贤代表着第四大队第22中队,孙金鉴代表着第四大队第23中队。

四名烈士中,最具有典型榜样意义的,无疑是陈怀民——他已是当时整个中国空军捐躯报国精神的象征。

6月4日傍晚,汉口总商会礼堂门前已经扎好了一座由白色布幔装饰的素彩牌坊。礼堂上方的正中,悬挂着陈怀民等四人的黑白遗像。陈怀民居中右座,杨慎贤居中左座,张效贤和孙金鉴位列两侧。

陈怀民等人的遗像下面,端正地陈放着一块金黄色的匾额。这块巨幅匾额由湖北省民众抗敌救援会所赠,上面刻着四个正楷大字:"报国同心。"遗像的左右两侧,则悬挂着蒋介石的一副挽联:

搏斗太空,非成功即成仁,无负十年教训;
死生常事,惟为国不为己,永怀万古云霄!

此联口吻更接近于航校的老校长,字里行间,流露出一种对学生的怜惜之意。

礼堂四周的墙壁上,则密密麻麻悬满了国共两党党政军长官、各机关团体的挽联和祭幛。墙脚处则摆满了大大小小的花圈。

中国共产党所送两块巨大的祭幛，对称悬挂于两侧。右侧为中共中央驻武汉办事的祭幛，上写"捐躯报国"四个黑色大字，下面则陈列着中共代表陈绍禹（王明）、周恩来、秦邦宪（博古）等人所献的花圈；左侧则为第十八路军献上的写有"精忠神勇"四字的祭幛，下摆朱德、彭德怀等人所送的花圈。

国民党军政要员的挽联，则依序排列。

监察院院长于右任的挽联是："英风得天地，壮气作山河。"

行政院院长孔祥熙的挽联为："壮志挟风雷，方向云霄生羽翰；长空惊霹雳，遽骑箕尾作光芒。"

军事委员会总参谋长何应钦挽联："名留豹皮，魂骑箕尾；凌霄毛羽，贯日精诚。"

副总参谋长白崇禧的挽联："联袂骑箕，名垂竹帛；精忠贯日，气作山河。"

湖北省主席、武汉卫戍总司令部总司令陈诚，其所撰挽联则是专门祭奠陈怀民的：

> 海外播英名，御气排云，争显龙城飞将勇；
> 天空奋神武，粉身报国，何须马革裹尸还。

陈诚撰写此联时，特别感慨于陈怀民的与敌相撞，不惜粉身碎骨。

行政院副院长张群的挽联："报国矢精忠，一死能同山岳重；杀身成大勇，九霄犹望虎罴飞。"

行政院政务处长蒋廷黻的挽联："高冢葬衣冠，一士不归符夙志；横身殉豹虎，三良同尽有余悲。"

蒋廷黻撰写此联稍稍早了些，其时陈怀民的遗骸还没有找到，这才有了"一士不归""葬衣冠"的说法。等到挽联悬挂上墙，众人发现内容有些不妥时，已来不及找到蒋廷黻并让他重新撰写了。也正因为如此，这副挽联反而显得更加醒目，凸显了陈怀民"宁为玉碎，不为瓦全"的英勇无畏。

此外，墙壁上还挂有黄埔军校副校长李济琛、第三集团军总司令孙桐萱、陕西省主席孙蔚如等国民政府军政要人的挽联。孙桐萱、孙蔚如等人之所以敬献挽联，是因为此四名烈士都曾驾机支援过其负责的战区的作战。

一眼望去，整个汉口总商会礼堂，俨然已是挽联如云，花圈似海。

6月5日上午8时，公祭陈怀民等四烈士的悼念活动正式拉开了帷幕。

从8时至9时，首先是各烈士的亲属进行家祭。

孙金鉴仅老父孙心甫一人在场落泪，杨慎贤也只有堂兄杨楷贤一人在现场给他烧几沓纸钱，张效贤则孤零零的没有一个亲人陪伴。

正因为如此，陈怀民的家人在家祭时，强忍着没有一味地痛哭不已，生怕冷落了另外三位烈士。这种克制和压抑，只会带给亲人心灵以更深的痛楚。也正是这种刻骨铭心的痛楚，让陈怀民的两个妹妹从这一天起，双双正式改了自己的名字。陈淑贞视二哥的牺牲为一场大难，因此改名为"陈难"；陈淑芳则以为家门不幸，实乃国家落后所造成，唯有更加奋发，因此改名为"陈竞"。

陈怀民的姐姐陈淑文正陪同母亲蔡夫人避难于浙江，闻听弟弟的噩耗后，常于半夜哭醒过来。学医的她认为中国仍然没有摆脱"东亚病夫"的体魄，必须强健其身体，文明其精神，去除种种病根，方能真正争雄于世，便改名为"陈去疾"。

由此，"陈淑文""陈淑贞""陈淑芳"这三个名字均成了历史。

上午9时整，国民政府航空委员会主任钱大钧率领在武汉的空军将士，集体向烈士致祭。

空军致祭仪式由政治部主任蒋坚忍主持，钱大钧亲自致悼词。钱大钧悲愤地表示："我们要继承烈士未完成的事业，抱成仁的决心继续与敌人搏斗，完成复兴民族的大业。"

航空委员会率领空军将士祭奠烈士后，陈怀民之兄陈天和代表烈士家属致答词。陈天和相信，他的弟弟陈怀民等烈士的血，将灌注到每个民众的脉管里，四万万五千万同胞的血，将一定会因烈士们所流的热血而沸腾。

随后，从10时至11时，由在鄂的党政军和各机关的代表致祭。

孔祥熙的祭文为：

"行政院长孔祥熙，谨以香花之仪，致祭于空军四烈士慎贤、效贤、怀民、金鉴先生之灵曰：强寇怙凶，毒焰四煽，于渊于天，无所不偏；维我空军，连翻应战，猛若虎罴，捷同雷电；伟哉四君，一时之选，万里长空，奋飞无倦；或殉殷郊，或沉楚甸，志决身歼，出无反面；人孰不死，死义则善，我陈谋词，哀极欲眩！尚飨！"

当时，国共两党凡在武汉的军政要员，基本上都亲临汉口总商会礼堂悼念。

当在鄂的党政军和各机关的代表在汉口总商会依次致祭时，上午10时，航空委员会和武汉各同业公会、汉口市商会等团体，开始为陈怀民出殡。陈怀民的灵车上覆满了五月的鲜花，为其执绋的则为航空委员会的代表和武汉各行各业的代表。

送殡队伍的最前列，是步履沉重的航空委员会的军乐队，边走边奏哀乐。陈怀民灵车后面紧跟着的是悲痛不已的陈家人及陈家的亲朋好友。这群人的后面，则依次抬列着陈怀民、杨慎贤、张效贤、孙金鉴四位烈士的遗像亭。逶迤在遗像亭后面的，是手执花圈步行送殡的男女学生队伍。学生队伍的后面，就是自发为陈怀民送行的武汉市民。

陈怀民的灵车自汉口总商会出发，经过中山路、江汉路，最后抵达中山公园。灵车所到之处，哀乐声中，道路两侧的武汉民众，没有一个不情绪悲壮、泪流满面。

在中山公园，陈怀民的灵柩被抬上了航空委员会的汽车，随后被运往江苏会馆（今汉口前进五路111号），厝灵于此。

陈怀民初葬于青山，后移葬于武昌卓刀泉。

卓刀泉因关羽以刀卓地，水涌成泉而闻名。陈怀民安息于此，当可含笑。

从下午2时至5时，则是各学校和民众团体代表在汉口总商会集中致祭的时间。

中国青年党创始人曾琦联袂左舜生等人，送上了这样一副挽联：

"健翮羡凌云，扶摇直上九千里；同胞应继志，浩荡长征三岛夷。"

很多民众，特别是一些女孩子，三五成群而来，默默致祭而去。她们边鞠躬边流泪。段奇章也在其中。

终身未嫁的段奇章，后来特别喜欢听这样的一首空军歌曲：

铁鸟威鸣震大荒,为君亲换征裳,叮咛无限记心房。柔情千缕摇曳白云乡,天马行空声势壮,逍遥山色湖光,鹏程万里任飞扬,人间天上,比翼羡鸳鸯。

陈怀民是她心中永远的笕桥英雄,亦是她精神上永远不会失去的亲密爱人,虽然他已遥不可及。

6月5日到现场致祭的身份最高者为国民政府军事委员会委员长蒋介石。下午5时刚过,蒋介石夫妇亲临致祭。祭毕,由宋美龄亲自向烈士家属发放了抚恤金,并致以慰问。

6月5日下午,前来汉口总商会参加公祭的武汉军民,超过了两万人。

除了蒋介石夫妇外,下午的致祭者中,最引人瞩目的要算一位巾帼英雄。

这位巾帼英雄叫做杨惠敏,是陈怀民的镇江同乡。此时,杨惠敏已闻名全国,其事迹并为世界众多国家所报道。

下午3点,黄炎培率领江苏旅鄂各界代表,来到汉口总商会,集体公祭陈怀民,并亲自担任主祭。代表中,有江问渔、冷御秋、孙亚夫、胡厥文、刘季平、李公朴、成庆生、杨兆龙、王洞若等一大批江苏籍的社会名人和青年才俊。杨惠敏作为江苏童子军的代表,亦随同致祭。

杨惠敏出生于1915年3月6日,家住镇江丹徒西麓的西湾村。由于父亲是镇江润州中学看守传达室的校工,她因此随父亲进了城。若干年后,她的儿子朱复轰对母亲是这样评价的:

"这个出生在镇江的乡下姑娘,趁着外公在洋学堂当校工,学了几句英语,充满活力的她对外界充满了好奇。"

当时,润州中学不招女生,清一色的男生。男生们课余时间常同小惠敏嬉戏,并教她些知识,但他们从未料到她会成为全国闻名的巾帼英雄。看着杨惠敏成长的润中男生中,许多人后来也成了中国的名人,其中有著名民主人士李公朴、作家叶灵凤、中国面粉大王杨管北、香港中业学院院长成庆生、国际著名法学家杨兆龙、中科院院士戴安邦、物理学家束星北、香料植物专家焦启源、话剧表演艺术家戴涯、金融家徐国懋等。

杨惠敏比陈怀民大一岁。少年时代,假小子杨惠敏是镇江有名的"皮王",因为游泳好,很为同样喜欢游泳的"小霸王"陈怀民所佩服,两人因此关系很好,称得上是青梅竹马。但因家庭条件悬殊,陈怀民从来不敢把杨惠敏带回家。

1929年,润州中学自动解散后,杨惠敏的父亲回家种地,她便去上海投奔姐姐和姐夫,在上海美的糖果公司做工。"八·一三"淞沪抗战爆发后,杨惠敏加入上海童子军战地服务团,成为中国童子军战时服务团第41号队员。最初,杨惠敏分在前线救护组。白天,她在医院里护理伤兵,写家书、讲故事、缝补衣服,晚上则去商行劝募。10月,杨惠敏开始担任难民服务队的小队长,率领两女四男六名童子军,在公共租界苏州河畔厦门路东端的尼姑庵里为1000多名难民服务。

10月27日,四行仓库保卫战爆发,第88师第524团团长谢晋元中校率领该团第一营死守与上海公共租界仅有一河之隔的四行仓库,对日军形成强大牵制。当天夜里,杨惠敏孤身一人越过苏州河,为"八百壮士"献上了一面国旗,并带回了壮士们的名单。

第二天下午,谢晋元派人找到杨惠敏,她又陪同这名战士到上海市商会取走一面更大的国旗。这面国旗傍晚即飘扬于四行仓库的上空。半夜,杨惠敏再次做向导,和其他童子军战时服务团的队友一道,向"八百壮士"献上了第三面国旗,也是最大的一面国旗。

三面国旗飘扬于四行仓库的上空,"八百壮士"和献旗女英雄杨惠敏的事迹一时传遍了整个中国,不仅极大地激励了中国军民抗敌的决心,也震撼了很多国家的民众。后来,美国媒体甚至把杨惠敏称作"中国的圣女贞德"。

上海沦陷后,杨惠敏一度坚持留在上海国际俘虏营为"八百壮士"服务。后来,面对日军的悬赏通缉,杨惠敏被迫乘坐英军的游艇逃往浙江金华,随同逃难的人流辗转至江西南昌,再次投身于伤兵的救护服务工作。

在江西,杨惠敏巧遇来自镇江的戴棣龄院长。不久,便在戴院长的陪同下,于1938年3月2日来到汉口。此时,镇江的弘仁医院已被日军飞机炸为一片瓦砾。戴棣龄后来离开武汉,取道广州、香港,坐船前往上海,在另一个镇江人严惠宇的帮助下,在上海开设了弘仁诊所,直到抗战胜利后,方才回到镇江重建弘仁医院。

当杨惠敏抵达汉口的时候,码头上挤满了人,欢呼声此起彼伏。杨惠敏晚年回忆这个场景时写道:"人们手持小型纸质国旗,掀起一片欢呼,似是在庆祝什么节日,热闹非凡。我问戴院长这是怎么回事?他告诉我说:'他们是来欢迎你杨惠敏小姐呢!你难道还不晓得?'"

在汉口,杨惠敏被安排住在五族街(今中山大道合作路至黄兴路段)的基督教女青年会,并很快得到了宋美龄的接见。蒋介石甚至也安排了接见杨惠敏的时间,只是因为她睡过了头,误了汉口到武昌的轮渡船,才最终没有见成。在宋美龄的亲自关心下,空军政治部主任蒋坚忍把杨惠敏安排到空军俱乐部,负责管理图书。

就在汉口空军俱乐部服务期间,4月中旬,杨惠敏得以与转场王家墩机场短暂休整的陈天民意外重逢。重逢之后,她方才得知,陈天民已改名为陈怀民,已经成了一名令她羡慕不已的空军战士。

从五族街的基督教女青年会,到前花楼笃安里10号,距离并不太远,但如同当年在镇江一样,陈怀民仍然没有把杨惠敏带回家中与父母和家人见上一面。其原因,在于两个人的地位已经反转:杨惠敏已是全国家喻户晓的巾帼英雄,而陈怀民只是一名普通的少尉飞行员。

当年杨惠敏在青少年心目中地位之崇高,从比她大两岁的国学大师程千帆先生的一段话中可以领略:

"在1940年的2月,我就到了中央技艺专科学校去教语文。那几年中我什么论文都没有写。我在那里教全校的语文,一共五个班,每班两个小时,共十个小时。这个学校虽小,却有一个很有名的女学生,名叫杨惠敏。上海沦陷时,谢晋元的一团部队退守四行仓库,坚决不投降。但是没有国旗,不能表示还没有沦陷的意思。这个杨惠敏,一个小女孩子,就在半夜里冒着危险从苏州河游过去,把国旗带在身边,送给他们,又安全地游了回来。第二天一早,就有国旗竖起来了,全国人民都欢欣鼓舞。我在技专的时候,这个女孩子也考到这所学校,后来宋美龄还接见过她。这么一所不起眼的学校,有这么个学生却很有名。"

从现有的材料来看,也许正是杨惠敏身上炫目的光环给陈怀民带来的巨大心理压力,他们两人的感情更多的仍然是友情的性质,并没有发展成真正的恋人关系。但陈怀民的牺牲,对杨惠敏来说,无疑是痛彻肺腑的。她在

晚年回忆他的牺牲时,依然是泪流满面:

> 陈怀民在汉口一次大规模空战中,他驾机出战,凭着他的勇敢,向敌机猛撞,结果壮烈殉国,使敌人从此认识了我国空军的大无畏精神。对于陈怀民的英勇事迹,当时全国报纸曾有翔实报道,而在我来说,我却感到很伤心!

两人都没有意识到,此次重逢带来的欢乐,将很快会画上句号。

4月28日,既是陈怀民与家人见面的最后日子,也是杨惠敏与陈怀民今生相见的最后日子。他对她说,明天他将执行飞行任务,他从来都不认为日本人会比自己更勇敢。她则告诉他,俱乐部下个月就会被改成新生社,除了书报室,还会有弹子房和食堂,都会被放在一起,下次再到汉口休整时,就会大大不同了。

空军新生社汉口分社于1938年5月29日正式落成开幕,但陈怀民却永远不会再来。

陈怀民牺牲后,一方面,陈家人并不知道陈怀民与杨惠敏之间的特殊关系,自然不会也不可能告诉她如何料理后事;另一方面,杨惠敏毕竟不是陈怀民真正的亲属,空军政治部也不好直接跟她交代追悼会的详细情况。因此,便有了这样的一种特殊安排:

就在5月29日这一天,以参加开幕活动为由,汉口空军新生社的总干事刘大作,特地请来了陈怀民的哥哥陈天和。刘大作为陶行知所创办的南京晓庄师范的毕业生,与当时在武汉的江苏籍人士关系相当密切,而正在武汉从事生活教育和战时教育活动的江苏籍的王洞若、刘季平等人,都是刘大作晓庄师范的师兄。

在担任汉口空军新生社总干事一职之前,刘大作曾担任过广东大埔县大麻中学的校长。一个当过校长的人,自然知道在杨惠敏的面前,跟陈天和聊些什么。

刘大作和陈天和当天谈话的内容,恰好被前来观摩的《大公报》记者所了解,并刊登出来:

记者并承该社总干事刘大作介绍,与来宾陈天和君晤谈。陈君系"四二九"捣毁敌机因而殉国之陈怀民烈士兄长,闻陈烈士殉国消息后,即由前方赶来武汉。连日在距武昌十余里之青山峡寻觅陈烈士忠骸,迄未得获,仅于附近湖中捞得飞机破碎铁片。陈烈士忠骸想系由二机七八百公斤相撞之巨力毁为灰尘。现航委会政治部拟于青山峡临江一面为陈烈士置衣冠塚,并定于下月5日在市商会为之开会追悼云。

不能不说这样的安排,确实是一种委婉曲折且苦心刻意的计划。

杨惠敏没有参加陈家的家祭,也没有参加上午的执绋、送殡,甚至空军政治部的集体追悼,而是选择了下午,默默地去向陈怀民做最后的告别。

向陈怀民最后告别时,一向为女中丈夫装扮的杨惠敏,脱下了她那身标志性的童子军男装,特地穿上了一身女童子军服装。这个粗线条的大女孩,以前从来没有穿过裙子,6月5日这一天,却破天荒地穿上了一条长裙。

这件长裙是中国童子军的创始人严家麟先生安排人在汉口定制好之后,专门赠送给杨惠敏的。这是一条藏青色的哔叽料子的长裙,充分衬托出杨惠敏女性的修长和妩媚。她并不想在公祭仪式上引起人们的关注,但仍然有许多人认出了她。从众多政要跟她所拍的合照中,我们可以清晰地看到一个美丽女孩的身影,身材是那么的秀颀,左胸前佩戴着一朵白花,神情又是那么的憔悴和感伤。

她欲说还休:"陈怀民是我儿时的朋友……"但她还是把她最美丽的身影,呈现给了她唯一公开承认的"儿时的朋友"。

一个月后,杨惠敏作为中国青年的代表,前往美国参加第二届世界青年和平大会。

当她在美国宣讲中国人的不屈斗志时,1938年8月13日,为纪念"八·一三"抗战一周年,激励人们保卫大武汉的热情,汉口市政府决定正式收回日租界,改为汉口第四特别区,并将原日租界内的燮昌路和小路命名为"陈怀民路"。

6

陈难书

冲天

被陈怀民撞毁的是一架日本的 96 式舰载战斗机,飞行员叫做高桥宪一,是日本海军第二联合航空队第 12 航空队第二分队的二等航空兵,是日海军航空兵"红武士"。在清理高桥宪一的遗物时,发现了一张年轻秀美的女子的相片和一封家书。

信的内容是这样的:

宪一君:

不知怎的老是放心不下,想接到你的来信……

那一个星期的大凑生活,虽然高兴地过着,可是依然没有多大意思。我甚至有时想到不做飞行士的妻子才好。做了飞行士的妻子,总是过着孤凄的日子。所以我时而快乐,时而悲痛,内心深处尽是在哀泣着!如果说女人是可怜的,我想是说对了。有时一想到已经有许多人无辜地牺牲,不再回到这个世界上来,而你还健在的事,固然能自己安慰自己。不过,过了三、四天,依然心灰意冷了!……

回到家里以后,心常常静不下来,什么事情也做不好,时刻都想念着你……此时,除了想念你外,我没有旁的事情。家里的人无限挂念着你,所以,希望你好好保重身体。光是死并不是名誉的事,我是祈求着你十分小心地去履行你的职责!

  看护孩子的保姆,她每每替孩子洗过澡以后,就很关心地把他们放进温暖的被窝里去。孩子总是睡得烂熟的。这两个孩子,每天是在大笑中过日子……

写信人叫做美惠子,写信的时间是1938年4月19日。

美惠子是高桥宪一新婚不久的妻子。也就是说,刚收到美惠子的家书,高桥宪一就阵亡了。

美惠子的信被抄录给了陈家。沉浸在丧子之痛中的魏夫人感同身受,越发悲伤,整日泪流不止。陈淑贞和陈淑芳姊妹俩,读了信之后,想到哥哥的牺牲,也是泣不成声,哭一阵,想一阵;想一阵,再哭一阵。

痛定思痛,怀着女人的同理心,陈淑贞决定给美惠子写一封信,写一封致日本所有遭受到战争伤害、恐惧战争、渴望和平的异国姐妹的信。

边写边流泪,边流泪边写。断断续续,花了近一个月的时间,痛哭了无数回,1938年的5月31日,陈淑贞终于写完了给美惠子的信。

这是一封让男人的心灵不能不震撼的长信:

高桥夫人美惠子女士:

  当你接到这突如其来的信,看到陌生异国人的名字时,你将感到不安与惊异吧?愿你平静一下激动的心。这儿,我将带给你一些你时刻总挂念着的消息——高桥君的遭遇和下落,和我们从这些惨痛的经过中所获得的宝贵教训。

  4月29日——贵国的天长节,中日两国在武汉的空战是多么惊心动魄的一幕啊!在武汉下游十余公里江面青山峡,二万尺的上空,一架中国飞机在五六架敌机围困中,以最生动敏捷的姿态,将一架银色机击落了。可是,这架中国飞机,转眼被围击而中伤,吐出屡屡白烟,摇摇欲坠。在危急的关头,那中国战机迅速地掉转机头,向着一架最精悍的银色飞机冲撞过去。一缕耀眼的光芒,天地顿然为之沉寂。武汉几十万同胞,被这卫国的空军勇士激动而洒泪了……

相撞的勇士们究竟是谁?就是他们两个!在高桥一件血衣袋里面,有完整的一封缠绵悱恻的信,和一张端庄的你的照片……

你不要误解我失掉了胞兄的心境,使我设身处地的想到你失去高桥先生的心境,想到中日人民竟如此地凄惨地牺牲于贵国军阀的错误政策之下,我不能不告诉你这个真实!我们的母亲,她只有感伤地望着漫不经心的江水和惨淡的月色,让惨痛的回忆敲打着她那年老将断的心弦。然而,青春多情的你,片片的樱花也会引动相思。你也许能够从悲惨的遭遇中,想想人类的命运吧?

由于我自己强烈的哀伤,我就常常思念到你。关怀到你的一切,比关怀任何人更厉害。只要你相信我说的每一句话,都是从心坎深处发出的自然之声,我就感到满意了。我想到你的孤苦,想到你整天笑着生活的两个孩子,和你此后残缺凄苦的生涯,我恨不能立即到贵国去亲自见到你,和你共度友爱的生活。我决不会因为你们国内的军阀对我们的侵略而仇恨你。我深深的了解你们被那疯狂的军阀压迫的痛苦。不但我是这么想,我们全中国人都是这么想,这拿中国当局优先俘虏的事实可以证实的……

怀民哥坚决地猛撞高桥君的飞机,这不是发泄他对高桥的私仇,他和高桥君并没有私人的仇恨,他们只是代表着,两种不同力量而粉碎他们自己。他虽久已抱了为国牺牲,为正义奋斗的决心,而这事变的迅速到临,却给予我的刺激太大了。

我现在以什么来安慰你呢?……目前我能向你说的:即是任何国家,若不抑制他疯狂的侵略野心,这些悲剧是永不会休止的。贵国如果再一贯地向中国作不断的侵略,我同你也许都有会面沙场,互为肉弹的一天……

如果这恐怖的世界,残暴的烧杀,烽火延绵到世界每个角落,不消说我们会再次演出同归于尽的悲剧,即使是地球都有毁灭的一天。既然这样,你应该以爱护全人类、救自己救人类的热忱,来防止自己国内军阀的跋扈。我们要使这两个国家以及全世界所有的国家,从侵略战争的悲惨命运里解放出来。

我还得告诉你,我是厌恶战争的,但我们中国为抵抗暴力而战,这种战争是维护正义和人道的战争,是值得歌颂的战争。这意义完全和贵国不同。如果贵国军阀对于中国的残暴行为和强占中国领土的野心一天不停止,我们每一个中国人,不分男女老少都将参加到更猛烈、更强化的斗争中去。即使粉身碎骨,也决不至于有一丝一毫的怨恨,也决没有一个人会屈服。

　　末了,我要告诉你,我家里的父母和大哥都非常深切地关怀你,像关怀他们的儿女兄妹一般,不带一点怨恨。我盼望有一天,让我们的双手互相友爱地握着,心和心相印连,沉浸在新鲜的年轻人的热情里。我们有理由为这个信念而努力,使我们的心灵永远地合在一起……

这封由一个失去兄长的20岁女子写给另一个失去丈夫的20岁女子的书信,迅速传阅到了当时在武汉三厅工作的郁达夫手中。就在5月15日,郁达夫刚刚于武汉《文艺》复刊号上发表了一首誓扫倭寇的《感时》诗:"明月清风庚亮楼,山河举目涕新流。一成有待收斯地,三户无妨复楚仇。"

众人请郁达夫把此信稍稍润饰一下。郁达夫把信默默阅完后,仅改动了几个错别字,便把笔丢在桌上,叹了一口气:"心灵之作,不必修改,还是保持少女的纯真吧!"

1938年6月5日,公祭陈怀民的这一天,陈淑贞的《致美惠子女士的信》公开发表在了《武汉日报》上,署名"陈难"。

此后,每年的4月29日,陈难和家人都会在陈怀民的遗像前敬上一炷香。每当此时,她总会不由自主地想到那个跟她同样不幸的美惠子的命运。

抗日战争胜利后,根据美惠子信中所留下的"黑泽尻"这个地名,陈难托人打听,但始终没有确切消息。一年一年下来,不知不觉间,能否跟美惠子联系上,倒变成了她的一个心病。

49年过去了。

1987年4月29日,又是陈怀民抗战殉难纪念日。这一天,已届古稀之年的陈难,在湖南长沙识字里已经定居多年。她抑制不住自己内心的激动,提笔给不知道是否还在人间的美惠子写了第二封信:

美惠子女士：

您意想不到世界上有这样一个人——她每年的"四·二九"都在思念您、关心您。她以深沉的心情悼念着死者，牵挂着幸存的人。

美惠子女士，人与人之间，夫妇、兄弟、朋友之间的"相互信赖"，是感情融和的天然保障。如果没有这四个字，一切都缺乏了根基。你与我之间的"相互信赖"不是今日开始，而是从1938年4月29日以后，就已建立了，也就是亦已在"相互信赖"了……

贵国的日中友好21世纪委员会的香山健一先生带着他的妻子和女儿，在机场上迎接我国首席委员王兆国时，就开门见山地说：我经历过战争的年代，因此我十分珍视日中友好。但孩子们没有经历过战争的年代，我要从小就培养孩子们对日中友好的感情，使日中友好世世代代传下去。

而我们呢，美惠子女士，我们只凭自己本身的惨痛的经历，对"和平"的献礼难道还能落后于任何一个人吗？

回忆过去，我在1938年给你的信上，我盼望有一天让我们的双手互相友爱地握着，心和心相印着，沉浸在新鲜的年轻人的热情里。我们有理由可以为着这个信念而努力！

现在，我依然热切地希望你能来中国，和我携手漫步于当年空战后的武汉青山脚下、天星洲边，以此安慰昔日两机相撞而同归于尽的灵魂，好让他们永远地安息。

但这无疑是一封无法投寄出去的信。陈难不停地到处打听美惠子的下落，总觉得会有可能联系上美惠子，寄出这封信去，了结自己越来越沉重的心病。

陈难对美惠子半个世纪不能释怀的关切，扣动了许多人的心弦，相关单位和亲朋好友，都自觉加入了寻找美惠子的队伍之中。

在无数个寻找美惠子的渠道中，有一个终于有了明确的反馈：

1990年8月，生活在长沙的陈难，偶然得悉《湖南日报》社的一位记者，曾于1984年参加中国新闻代表团访问过日本，并跟东京的一位随团翻译大原由利子女士仍然保持着联系。陈难便找到了这位记者，请其给大原由利子写了一封信，帮助寻找美惠子的下落。

收到来自中国的求援信后，大原由利子找到了日本《朝日新闻》社的记者清水胜彦先生,请他帮忙查找高桥宪一家的住址。清水胜彦是一位对中国非常熟悉的日本记者,他很快便通过关系确定了高桥宪一的原籍。随后,大原由利子委托自己的堂哥铃木静二,前往高桥宪一的原籍探访美惠子。

铃木静二虽然找到了高桥宪一的原籍,但半个世纪过去了,沧海桑田,高桥宪一家的房屋所在地已经变成了一片田野。向当地人打探,也无人说得清美惠子后来究竟去了哪里。

好在铃木静二是名医生,他通过自己的医生联络网发出寻找信息,最终找到了美惠子的下落,并知道了她的故事:

高桥宪一和美惠子新婚不久便被派到中国,两人并没有小孩。美惠子在给高桥宪一的信中所提到的两个孩子,是高桥的两个尚未成年的弟弟。高桥宪一阵亡后,美惠子改嫁他人,离开了高桥家。美惠子的第二任丈夫已经去世,但跟她育有一个儿子。

由于日本当局的信息封锁,美惠子并没有看到当年陈难写给她的信。当同样已是古稀之年的美惠子听说陈难跟她之间的所有一切之后,特别是听说陈难寻找她长达半个世纪之久,竟也激动得泣不成声,泪流满面。

美惠子恳请铃木静二转达她对陈难的感激之情。她对铃木静二说:"我年事已高,手也不灵便,没法亲笔回信了。请你无论如何为我回个音,谢谢这位中国知音。"

1990年的10月下旬,陈难收到了大原由利子从东京给她的来信。
陈难泪如泉涌——终于找到美惠子了!
11月1日,情不自禁,她提笔给美惠子写下了第三封信:

美惠子女士:
   ……尽管我们俩国籍不同,远隔海洋,但我们的心是相通的。让我们像亲姐妹一样,为中日两国人民世代友好做出贡献!

"天下和平,则灾害不生。"
"与人和者,谓之人乐;与天和者,谓之天乐。"
和平,是幸福而美好的!

7
戴四公子

冲大

　　但和平不是天上掉下来的馅饼,更不是别人的施舍。天下虽安,忘战必危,能战方能止戈。为了捍卫民族的尊严和独立,无数中华儿女抛头颅、洒热血,前赴后继,即便是出身富贵,锦衣玉食,他们也决不苟且,决不遁逃。

　　镇江沦陷之前,大量从上海运来的伤员,都集中于镇江的七里甸临时后方医院救治,戴棣龄院长除了把弘仁医院的全部病房改为重伤员病房外,还派出20多名医护人员支援后方医院。1938年11月23日,随着苏州、无锡等城市的失守,镇江的伤兵医院也开始往安徽撤退。

　　七里甸伤兵医院离开镇江时,弘仁医院九名由戴棣龄培养起来的年青医护人员,决定不做亡国奴,跟随伤兵到后方去。送别自己学生的时候,戴院长噙着泪花,说了这样一段话:

　　"你们都是热血青年,深爱我们伟大中华。你们在弘仁医院已初步学到了一些医术,正好用它为国效力。你们都读过法国作家都德写普法战争的名篇《最后一课》。我和大家的这次谈话,也是最后一课。祝大家一路顺风!医院的药品器械,可以多带一些去,也好在旅途中为伤病同胞抢救治疗……"

　　九名年青人全都大哭而去。

弘仁医院被日机炸毁后,戴家人为防不测,也分成两路:一路避难于苏北,一路逃难于西南。戴荣钜便由镇江到武汉,再由武汉到湖南,最后落脚于贵州。

1939年,戴荣钜从贵州铜仁国立第三中学毕业后,考入西南联大地质物理气象学系。在西南联大,他遇到了扬州中学的同学吴蔚升。

戴荣钜出生于1918年7月10日,比吴蔚升要小近两岁。但由于吴蔚升多读过一年小学,在扬州中学上学时,戴荣钜仅比吴蔚升低一级。不过,由于逃难,耽搁了一年中学的课程,到西南联大时,戴荣钜比吴蔚升就低了两届。即便如此,两个镇江人在西南联大再次成为同学,还是保持了很密切的联系。

两个镇江籍的年青人,在交往中,竟然双双重新燃起了对航空事业的热情。

1940年的暑假过后,吴蔚升从西南联大的机械系转学航空学系。戴荣钜则以陈怀民为榜样,于1941年9月直接报考空军,被录取为空军军官学校第15期驱逐科学员。

第15期学员先后共有三班,戴荣钜为第二班学员。和戴荣钜同时考入第15期的,还有他的镇江同乡马宗骏,以及一个叫做何祖璜的广东大浦人。马宗骏比戴荣钜大一岁,何祖璜则比戴荣钜小一岁。后来,何祖璜、马宗骏与戴荣钜先后都分在了中美混合联队第五大队第17中队。

戴荣钜于1942年元月开始在云南昆明的巫家坝接受训练。此时,原在杭州笕桥的中央航空学校迁移到巫家坝后,已经改名为"空军军官学校"。正在西南联大读航空系的吴蔚升,经常跑过来找戴荣钜玩:

"那时日本飞机轰炸很厉害,简直拿它没有办法。我有一个同学是飞行员,我常常到他那个坐落在郊区巫家坝机场的航校去看飞机,这个航校就是国民党的中国空军杭州笕桥航校,因为战乱迁到昆明的。"

1942年的8月,戴荣钜跟吴蔚升在昆明做了最后的告别:他将成为第五批中国留美飞行生,前往美国;而刚刚毕业的吴蔚升将携带新婚宴尔的妻子,去贵州大定航空发动机厂报到。这是一次永别。此后,两人的人生轨迹将不再有交集。

戴荣钜所在的第15期二班，入学时有182人，到办理赴美受训手续时，已被淘汰到只剩下三分之一，随同第一班留下的人员，共计98人，编为第五批赴美飞行生，即"美国空军飞行学校43-Ⅰ班"。这批人在美国又被淘汰掉三分之一，最终能够从美国结业的，只有63人。

此时，苏联人已经停止了对中国的支援，而美国人却180度大转弯，承担起了支援中国以支持英国势力在亚洲继续存在的重任。

苏联支援中国的抗日战争，最初源于对1936年11月25日的《日德防共协定》的战略反制。苏联把《日德防共协定》解释为对苏联进行夹攻的德日军事联盟，因此，在战略上立即采取了对策。对策之一就是将其工业的中心区选定在领土中央部位的乌拉尔及西伯利亚西部，并在五年计划内调整完毕；另一个战略对策就是充分利用中日之间的冲突来拖住和消耗日本，认为如果中日陷入了全面战争，日本将无法协同德国完成对苏联的夹攻。历史证明，斯大林的这两个战略布置，都获得了惊人的成功。

为了共同瓜分波兰，苏联和德国于1939年8月23日在莫斯科签订了《德苏互不侵犯条约》；而为了遏制德国，英国人针锋相对，和波兰于8月25日在伦敦签订了《英波互助协定》。8月31日，德国进攻波兰。9月3日，英国和法国对德国宣战，但却没有对苏联宣战。第二次世界大战就此全面爆发。

在德国进攻波兰的同时，苏联军队也侵入了波兰。9月28日，德国和苏联签订《德苏边境及友好条约》，沿立陶宛西部边境南下至波兰中部直到普克威那一线，西部归德国，东部归苏联。这条德国和苏联的新边境，于1940年8月31日公布于世。

在与德国酝酿瓜分波兰的同时，苏联对日本的挑衅则毫不手软。1939年秋天，苏联和日本发生诺门坎冲突，在一望无际的草原上，现代化的苏联机械化部队，一举击溃日本第六军，日军第23师团全军覆灭。9月15日，日军与苏联达成停战协定，接受了苏联的条件。

由于欧洲战争的爆发，英国对日本采取了妥协的政策，丘吉尔同意封锁援助中国的缅甸公路3个月。封锁缅甸公路，是当时世界上的一个重大事件,在英、美两国国内都引起巨大反响,招致中国对英国政府的严重抗议。

1940年的6月22日,只经过两个月的战争,法国就宣布向德国投降。这一方面让日本更加坚定地站在了德国一方,另一方面也让美国政府觉得,必须要在欧洲支持英国,以拖住德国,在亚洲支持中国,以抗衡日本。日本的判断是,德国必胜,英帝国必败,英国在亚洲的殖民地将归德国所有。德国则在轰炸英国本土的战略未能达到预期效果之后,劝说日本先向英国在东南亚的殖民地进攻,配合德国即将展开的对英登陆作战,获得瓜分英国殖民地的权力。1940年9月27日,德、日、意三国正式在柏林签署三国同盟条约,轴心国集团正式成形。

此时的苏联,在确知日本将采取南下战略后,开始转向"中立",停止了对中国的军事援助,撤出了志愿航空队。由于决定建立立足于南下扩张的"大东亚共荣圈",日本认为有必要缓和与苏联之间的关系,实现"北守南进"的战略转型。这样,1941年4月13日,苏联和日本签订了《日苏中立条约》,即《苏日互不侵犯条约》。此条约为日本南下攫取西方各国在亚洲、太平洋地区的势力范围扫清了障碍,苏联也因此彻底解除了其东部的战略压力。因此,签订《日苏中立条约》的日本外相松冈离开莫斯科时,斯大林突然出现在火车站为松冈送行。斯大林拥抱着松冈说:"我也是亚洲人。"

此时的中国,对斯大林来说,已暂时没有太大的战略价值;但对美国人来说,则已是遏制日本迅速扩张的最后一张王牌。

为了打好这张亚洲的王牌,1941年7月23日,美国总统罗斯福批准了美国政府提出的《中国短期空军发展计划》,同意中国可以用租借款中的5300万美元购买美国飞机,并在美国培训中国的空军。

由于担心遭到日本人的袭击,戴荣钜等人的赴美之旅是艰辛而漫长的。他们于1942年9月先由昆明沿驼峰航线,飞往印度的加尔各答,然后穿越整个印度,抵达港口城市孟买。

驼峰航线是中国民航与美国陆军航空兵空运部队共同开辟的一条空中补给线,由中国航空公司于1942年的2月,首次穿越喜马拉雅山试航成功。

通过这条航线,1942年5月至1945年9月,中国航空公司向外出口了近2.5万吨的钨、锡等换汇物资,接送了中国空军学员、改装新机人员等近

3.35万人次。

在加尔各答，前来迎接戴荣钜这批出国人员的中国官员，就是出身于京口正白旗的云铎。

云书亲自启蒙云铎至1927年，然后才送他到南京金陵附中求学。上完高中，云铎考取了金陵大学电机工程系。大学快毕业时，他又考取了庚子赔款公费留学，远赴意大利都灵大学，深造航空空气动力学。随后，又入罗马大学，攻读航空研究班。1938年学成归国时，中国的抗战已经如火如荼。

云铎不愿意回到已被日军占领的家乡镇江。日军占领镇江后，多次登门邀请他父亲担任伪职。有一次被逼急了，云书只好躲进江边沙洲的芦苇荡中，前后藏了三天四夜。因受风寒，云书一度高烧不止。即便如此，云书还是托人告诉云铎，绝不可出来为伪政权工作，否则就是汉奸。

回国后的云铎去了重庆，被分配到国民政府航空委员会，先是主管美制组装飞机的试飞，后来便主管中央杭州飞机厂和美军志愿队事务。此时，杭州飞机厂已经迁至中缅边境的垒允（即今雷允）。

太平洋战争爆发后，日军进攻缅甸，中国对外海上交通被切断，大量运往中国的物资被迫转口印度，中国空军急需的物资和教练机也只能卸货于印度的各个港口。1941年12月，云铎突然接到通知，被任命为航空委员会的全权代表，立即前往印度，设法处理内运抗战急需的军用物资。

1942年2月，云铎乘坐新开航的中国航空公司的飞机，从昆明飞往印度的加尔各答。这是云铎第一次飞越驼峰地区。就在加尔各答，云铎利用空座舱装设加油箱的办法，成功地解决了教练机航程短的问题。两批用于中国空军更新换代的教练机，顺利飞越了驼峰地区，降落于云南保山机场。

随着东南亚战局的变化发展，云铎赴印使命亦逐步开展，由刚开始的单纯处理军用战略物资的转口，转为保证驼峰航线的畅通。他因此被任命为中国航委会驻加尔各答办事处专员。

就在加尔各答，云铎遇到了来自家乡的戴荣钜。

对于接待戴荣钜等人的经过，云铎有着非常详细的描述：

接到这批年青的空军战士，云铎立即给他们换装，购用市场通行的英式咔叽布黄色军便服，佩以中国空军标志。接着把他们带到租借的招待所，安排好膳宿。在招待所里,云铎不厌其烦地告诉他们,从加尔各答乘火车到孟买,路上长达20小时。印度铁路的习惯,车上不提供饮水,沿途自购饮料,大站停车等待时,可去车站餐厅吃快餐……

云铎把戴荣钜这批战士一直送到了孟买。当时,战时航讯,包括船名、航期、航线都是绝对保密的,只有在启航前两小时,美英军方才会通知云铎。云铎必须在两个小时内,把有关人员送到港口,送到指定的船上。

在孟买,戴荣钜于11月坐上了英国的"斯特灵城堡"号轮船,穿过印度洋,驻往南非的德班港。德班港有另一艘英国的军舰在等待着他们。这艘英国军舰名叫"奥瑟灵城堡"号,在绕过非洲南部后,横渡大西洋,于1943年元旦方才驶抵美国的纽约。从纽约,戴荣钜一行人乘坐火车,由东向西几乎横穿整个美国,终于到了受训目的地——亚利桑那州的凤凰城美国空军训练中心。

戴荣钜先是学习各级飞行训练,于1943年10月1日拿到毕业证书后,又到卢克空军基地专门接受了三个月的战斗技术训练,算是准尉见习期。由于受训期间的闲暇时间并不多,放假时,戴荣钜并不愿进城,而是喜欢留守在岗位上,"整理整理,写写信,亦颇舒服"。

他在给家人的信中,诉说了自己抵达美国以后的心情:

"在美国虽物质享受较佳,然精神终不愉也";"我们在此受训平均每人(不失事)之教育费,约美金十万。如失事赔偿照算。如此数万万美金的贷借,需要多少桶桐油、钨砂、生丝、茶叶来抵还哪!""毛主任训话说:'中国空军的建设全在你们身上……'使我觉得非常惭愧,到如今还是不学无术,更觉得责任重大,非努力奋发不可。"

上个世纪,我们国家自己勒紧裤腰带,给予了当时世界上许多亚非拉国家以无偿援助。但抗战时,苏联和美国对中国的"援助",却并不是无偿的,都是需要还本付息或以物相抵的。前往美国受训的戴荣钜等人深深了解这一点,所以,心理负担异常沉重。

与当初苏联的目的一样,出于让中国尽量消耗日本的需要,美国终于开始实质性地对华租借援助。由于明确知晓日本的战略是南下,必定会对英国的缅甸、印度殖民地区构成威胁,因此,美国最初对中国的援助主要在于扩充和完善云南与缅甸之间的交通线,主要目的是把中国军队迅速机动到缅甸和印度,确保英国军队的安全;次要目的则是保障美国军队的物资需要。

就对华租借援助而言,美国国务院发布的《美国与中国的关系》白皮书是这样叙述的:

"对华租借援助,从1941年开始。它的目标,特别着重在滇缅公路的改善,因为这是唯一动脉,可以输送物资到未被占领的中国地区去的。"但事实上,中国租借于美国的这些物资,都消耗在了滇缅公路上了:"第一批运送的租借物资,主要的是应用于滇缅公路的卡车、零件、汽油、滑油以及发展公路的材料。"还有一部分费用则浪费在了缅甸铁路上:"在滇缅公路运输量扩充的时候,靠着租借法案的援助,又在计划开辟进入中国的第二条路线。1941年中,有1500万美元的租借款项拨给中国,用以修建从缅甸进入中国的铁路。中国政府在1938年已经开始动工建筑这条铁路,它可以使经由缅甸海口仰光运往中国的物资大量增加的。但是,日本在缅甸军事行动的成功,阻止了这个计划的完成。"

在缅甸被日军侵占后,空运成了对中国地区物资供应的唯一有效途径。在空运的同时,美国把租借给中国的很大一部分钱,花在了另一条公路的开筑上。美国国务院亦承认,这条公路直到1945年初才通车,对中国已意义不大了:"同时,在租借法案下,并设法开辟新的陆地供应线,1943年底,美国工程师在建筑雷多公路从印度的阿萨姆,穿过缅甸到中国。(这条公路后来改名为史迪威公路,终于在1945年初通车。)印度成了作战的供应基地,而该区作战目标,在乎驱逐缅甸日军和重开经过该区对华供应的大陆运输线。"

事实上,在日本战败之前,对华供应的大陆运输线基本上没有实现,但中国远征军却确确实实在缅甸展开了对日军的多次作战,并确保了印度的安全。1941年12月23日,中英双方在重庆签订《共同防御滇缅路协定》。当月26日,中国就编组远征军赴缅甸,支援英军对日作战。

即便是著名的驼峰航线,运进中国供中国人使用的物资都是中国花钱买来的。但中国人使用的只是其中极小的一部分,美国国务院承认,大部分物资是运给美国人使用的:"但是这里应该说明,在这个时期,空运到华物资的大部,系供美国在华作战部队使用的。运输的一部分,系由中国航空公司的飞机担任。它的运输机队的一部分飞机,是通过租借法案而供给中国的。"普通的中国人只知道美国向中国运送了多少物资,却很少有人知道这些物资都到哪里去了,真正给中国人使用的物资,是无偿的还是租借的。

在军事援助方面,很少有人知道,陈纳德的"飞虎队"其实是中国政府花钱组成并支付高额工资的:"由于蒋介石委员长于1941年8月1日发表的命令,美国志愿队(即飞虎队),在陈纳德少将指挥之下,正式成立,作为中国空军部队的一个单位。"

帮助中国训练空军,同样需要中国自己掏钱:

"在华创建空军训练基地,遭遇的困难甚多。因此就发展了一计划,利用租借法案款项,在美国训练中国飞行员,以实现上述的建议。1941年10月,第一批学生50名到了美国,在亚利桑那州霆鸟机场学习美国空军训练驾驶员的标准课程,另外几批的中国驾驶员,在战争期间也到了美国受训。美国军部并在印度训练中国航空人员。训练中国航空人员的计划和对日的军事,有很重要的影响。1943年11月,属于中国空军的'中美混合大队'宣布成立。这个大队由中美飞行员和地面机械人员联合组成,并有战斗机和轰炸机配备,组成了一个确有实力的中国空军的核心。嗣后中国人员渐有了经验,美国人员就逐渐撤退。"

美国还借了一些钱给中国政府。这些信用借款,一部分用来购买各种美国的工业和农业产品以及偿付服务费用,还有一部分则用来购买美国的黄金和偿付美国的贷款:

"从1938年12月13日起,到1940年11月30日为止,进出口银行给予四次信用贷款,总数达12000万美元。依照这四次信用贷款的协定,中国将以大部分的出产品,诸如桐油、锡、钨、钨砂和锑,售给美国以偿还贷款。到了1949年6月30日,这项信用贷款已经差不多全部偿清了。"

用政府贷借在美国受训的戴荣钜,认真地观察美国,并看到了美国的先进之处:"美国空军教育实为伟大。每月单LUKE FIELD(指美国卢克空军基地)一处,即可毕业400—500名,(美国)全国如LUKE者不知凡几。"

他也开始深刻地反思中国为什么会落后:"来美国后真乃是'触目惊心',中国落后何只二百年。自己思虑结果,得到结论是:中国民性太差,苟且、偷安、敷衍、塞责,以全部精神、智力,不用在作事,而用在'人事',以何应付,以何取巧,世风日下,道德毁败,岂能不有今日!"

但他却对中国未来满怀憧憬：

> 如果中国人全是傻瓜，埋头苦干，一心一德，群策群力，中国五十年后即可略见楷模。现在看看中国多么苦，（自来）水都没有，更谈不上轻重工业。发育在美国机翼底下的中国空军，还能不卧薪尝胆，闻鸡起舞？

1943年10月1日，戴荣钜在亚利桑那的威廉姆斯空军基地接受毕业检阅。对于此次毕业典礼，戴荣钜是这样记录的：

"十月一日晨，于Williams机场受检阅，有中、英、美毕业生，观众数千，盛况一时。通过检阅台时，英国学生甩手，中国学生正步，美国学生随便之齐步。各色不同，为国际不同，同时检阅之盛举，此尚为第一次（我想）。毛主任亲临主持，徐总领长亦在，检阅后举行典礼，最后授毕业证章（中美飞鹰）及毕业证书。洋Cadet（军官生）由其家属为其佩带飞鹰，我们这一群寄居国外的可怜儿，只好同病相怜了。从今以后，便是我事业的开始。现在可以说是打定了立世的基础。"

在美国受训期间，戴荣钜的二哥戴荣钤正好也被派到美国得克萨斯州航空医校公费学习。戴荣钤受父亲的影响，专攻传染病，当时亦服役于航空委员会。兄弟二人在美国联系上了以后，戴荣钜原本以为二哥会赶来参加他的毕业典礼，但由于戴荣钤没请到假，二人终究没能见上一面。

这个著名的传染病专家始终难以相信，错过一次跟四弟见面的机会，竟然今生就再没有第二次机会。戴荣钤后来去了台湾，成为台北空军医务处处长。他的父亲则留在了大陆，成了共产党领导下的镇江医士学校的校长。他还是没有料到，自他去台湾以后，父子两人至死也没有重逢的机会了。

毕业典礼结束后，1943年的10月10日，戴荣钜写信给戴荣钤，对其未能代表家属见证自己毕业，多少流露出了一些遗憾：

"自入航校以来已经将要两年，现在能安全毕业，自心当甚欣慰。预测你会于十月一日来Phoenix，可以痛饮一次，可是你并没有来，因为你们也是军事管理，无个人自由也。况且，相隔又太远，时间又不允许，奈何！也许我们会再有机会晤面的。"

就在此封信中,对二哥关心的个人问题,戴荣钜也表明了个人的看法:

至于婚姻问题,弟颇淡视了。因为空军者生命,有如蜉蝣,何必制造小寡妇,欠下一笔风流债也不好还,还是打光棍算啦,少麻烦!

事实上,就在美国受训期间,在一次飞行训练中,一位四川籍的同学驾驶飞机时失控,突然撞在戴荣钜所驾飞机的发动机上。结果,这名同学机毁人亡,而戴荣钜飞机的发动机则被撞弯,勉强降落成功。稍稍偏差一点,戴荣钜亦将葬身于美国。

不过,对于自己能够驾驶当时世界上最先进的战斗机之一的P-40驱逐机,戴荣钜还是显得相当兴奋。他告诉二哥:

"(十月)九日起开始飞P-40,一千二百马力之大飞机,我也能飞翔自如,我自己都不会想到!今生不虚!"

同时,他也对P-40的不足之处进行了点评:

"P-40,弟已飞三次,颇好,平飞200 Miles/Hours,俯冲可至350 Miles/Hours,不过太重一点,不留神就要摔人了!"

1944年1月,戴荣钜在美国完成了所有的受训科目,重新返回美国的东部,从佛罗里达州的迈阿密乘坐飞机,途经巴西、非洲北部,最后飞到印度的卡拉奇(印巴分治后,属巴基斯坦)。

在印度,戴荣钜没有再见到云铎。此时,云铎虽然仍在印度,但已不再负责他们的具体接待工作,而是接受中国航委会的安排,成了驻印工作全面考察专员。

1943年上半年,由于飞机和汽油奇缺,昆明空军军官学校初级班只好迁至印度的拉合尔。当年7月,云铎即奉命担任昆明空军军官学校拉合尔分校修理厂厂长。两个月后,回重庆述职,随即再度奉派赴印。

在卡拉奇,接收完飞机后,戴荣钜和何祖璜都被编入了第五大队第17中队,经多次转场后,驻扎于湖南的芷江机场。此时,已是1944年的4月,正是湖南的春天。

第17中队与镇江颇有渊源。最初,第17中队隶属于驻地句容的第三大队,在南京沦陷前,方才转归第五大队。1938年2月,第五大队驻防广州,换装英国"斗士"战斗机。在飞机消耗殆尽后,第17中队于1938年10月前往兰州,换装苏制战斗机,并承担防空任务。但进入1941年后,第五大队伤亡惨重,半年不到便毁机32架,损伤12架,于7月1日被航委会取消番号,改称"无名大队",每名队员均于胸前佩戴一布条,上书一鲜艳的红色"耻"字。

航委会之所以震怒,是因为1941年4月13日,苏联与日本签订了互不侵犯条约,苏联开始从中国撤回志愿航空队,中国不能再得到苏联的任何援助了。中国只能被迫向其他国家寻找飞机。

"无名大队"的称号一直持续到两年之后。

早在1937年的10月,中国就在武汉组建了一支由法国、美国、德国、荷兰等国籍飞行员所组成的空军"外员队",即中国空军第14中队。第14中队于1938年3月解散后,中国随后又于1938年6月在昆明组建了以法国籍飞行员为核心的中国空军第41中队,但很快于当年10月即撤销番号。1941年4月15日,在美国政府的默认下,中国通过美国的中央飞机制造公司招聘"高级训练和教育单位"的飞行员和地勤人员,着手组建中国空军美国志愿队,即著名的"飞虎队",由陈纳德担任指挥官。

截至1941年10月18日,中国已从美国招聘了289名地勤人员和飞行员。中国政府给出的月工资是:地勤人员150—400美元,飞行员600美元,中队长750美元,每击落一架日机奖励500美元。此外,提供住房,每月另加30美元的膳食津贴,一年给假30天。

但在1942年的3月29日,在重庆召开的会议上,美国史迪威将军明确告诉蒋介石,如果4月30日之前中国空军美国志愿队不同意改编为美国陆军航空队,美国将中止对中国的援助,直到中国同意为止。蒋介石被迫同意7月4日为中国空军美国志愿队的正式解散日。

美国收编的条件也很苛刻,只愿意承担中国为"飞虎队"购买飞机和器械的费用:"该志愿空军编入美国空军之日,美国政府同意对中国政府所购器材,予以适当信用,并对租借法案下为该志愿军所购一切应有及组织之器材之账目予以取消,以为报偿。"[①]

[①] 美国驻华军事代表团团长马格鲁德:《美国陆军航空队收编中国空军美国志愿队之要求》。

"飞虎队"原来是属于中国空军的,地面上的相关机场和保障手段自然由中国承担;但"飞虎队"被美国收编后,美国仍然要求中国提供同样条件的保障,费用则将来再说:"中国政府同意对美国之军事行动予以协助,使得应用或为之改善一切可能之军事设备,例如飞行场、根据地、交通区域内之设施、有线无线电、警报网等。此项建设及设备之改善与维持所需费用,应以谈判适当决定之。"①

中国空军"飞虎队"改编为美国第十航空队第23战斗机大队,亦称驻华航空特遣队。1943年3月10日,第23战斗机大队扩编为美国陆军第14航空队,仍由陈纳德任司令。扩编后的第14航空队吸收了大量在美国训练的中国空军战士,最终达到了拥有500架战机的规模。

从1943年6月下旬开始,中国和美国共同实施"莲计划",在印度的卡拉奇建立作战飞行训练中心,中国派出第一、第三、第五三个大队进行轮训。第五大队番号自此恢复。

1943年10月,以受训的三个大队为基础,在桂林成立了中美航空混合联队司令部。混合联队各级都设有中、美双方指挥官。中美混合联队虽然属于中国空军序列,但作战中却直接归美国第14航空队指挥。到1944年夏天,中美混合联队已经拥有100多架战斗机和60架轰炸机。

戴荣钜驻防湖南芷江基地时,正好是侵华日军《一号作战计划》付诸实施之时。

日军一号作战计划的目的在于:"击败敌军,占领并确保湘桂、粤汉及京汉铁路南部沿线的要冲,以捣毁敌空军之主要基地,制止敌军空袭帝国本土以及破坏海上交通等企图,同时捣毁重庆政权继续抗战的意图。"

在《一号作战计划》中,日军又把作战分为两大部分,即京汉作战和湘桂作战。湘桂作战的目的在于彻底打通粤汉线和湘桂线,建立一条贯穿整个中国南北的陆上交通线,确保从中国掠夺的战略物资能够运往南方,支持太平洋战场的作战。同时,占领中美空军在中国东南地区的基地,解除日益严

---

① 美国驻华军事代表团团长马格鲁德:《美国陆军航空队收编中国空军美国志愿队之要求》。

重的对日本本土的空中威胁。

1944年5月25日,集结了168架各类飞机的日军,开始轰炸长沙,揭开了长(沙)衡(阳)会战的序幕。从5月底到9月初,这场中国抗战史上交战时间最长的城市攻防战,将创下敌我双方伤亡最多的记录。

素有"滇黔门户、全楚咽喉"之称的芷江,此时已成为中国空军最重要的前进基地之一。集结此处的中国空军的181架战斗机和轰炸机,承担的主要任务是:打击日军的后勤补给线,动摇日军地面部队的作战,抢夺制空权。

这个湘西小城,将于1945年8月21日,因接受侵华日军的乞降,而驰誉世界。

1944年的6月8日,戴荣钜等人执行了对日军辎重船队的攻击任务,炸沉90余艘大小船只;10日,再次攻击长沙丁字湾的日军汽艇,炸沉23艘。

1944年6月16日,日军集中四个师团兵力强攻长沙城,第四次长沙保卫战爆发。当天,戴荣钜随同第五大队出发,掩护轰炸机群,执行对围攻长沙日军的攻击任务。

6月18日上午,日军已经攻入长沙城。为了支援仍在苦苦支撑的中国守军,第五大队出动了12架P-40N战斗机,掩护4架轰炸机,出击长沙外围的日军炮兵阵地。当机群飞临长沙城上空时,正好与日军第25、第48两个战队的28架中岛一式战斗机不期而遇。

一场空中大混战的结果,日机被击落3架,戴荣钜的战机亦被日机所重伤。战机摇摇欲坠,他完全可以弃机跳伞。但他并没有跳伞,而是选择驾机继续飞行。他知道这架飞机是靠借贷美国,用不知道多少桐油、钨砂、生丝、茶叶换来的。他希望能够把这架飞机飞回芷江的基地。

重伤的飞机在他的努力下,从长沙飞到了安化,竟然又飞行了半个小时。再飞不到半个小时,他就能抵达芷江了。但他却永远也飞不到芷江了。飞机最终坠落于安化的雪峰山中。他把飞机看得比自己的生命还值钱,他宁愿与战机共存亡。

从4月于印度的卡拉奇归国,到6月殉国,戴荣钜的生命旅程只有两个月。他因此不幸成为第15期二班的第一位烈士。

牺牲后的戴荣钜,跟他的镇江同乡陈怀民一样,被追赠为中尉,时年26岁。他的遗体被当地民众寻找到后,于第二年的春天,辗转运到了重庆,被安葬于汪山(今南山)空军烈士公墓之中,墓穴序号为第128号。

国民政府在陪都重庆期间,每年的3月29日,都会在汪山举行公祭公葬典礼。1945年春天,重庆空军烈士公葬公祭典礼烈士名单中,除了戴荣钜外,还有着另外两位烈士:何祖璜和孙长龄。何祖璜的墓穴序号为第114号,孙长龄的墓穴序号为第74号。

何祖璜和戴荣钜都是第15期二班赴美受训生,回国后同被分在第17中队,又是同舍,是互托后事的战友。

何祖璜祖籍广东大埔湖寮双坑村,于1921年3月12日出生于上海。避难于昆明后,考入云南大学工学院土木系,随即从军,与大他三岁的戴荣钜相识,互以兄弟相称。

戴荣钜牺牲后,与戴家联系、接待的事宜,均由何祖璜一手操持。

戴荣钜殉国两个月后,何祖璜在芷江的基地,给戴荣钜的三哥戴荣钺写了一封回信:

荣钺先生雅鉴:

　　来函诵悉。如先生能来芷将令弟遗物领去,将较之托人带交为妥。前将令弟遗下现款一万元寄上,想已妥收。未知何日能来芷?返贵阳时,余当代为找航空站便车送返,可节省一部分用费。由贵阳来此,且较不易找车,或你可往站上询问,想该处站长能代为设法。

　　专此。

　　附上向大队长函一纸。

祖璜
八月二十日

向冠生大队长信是一封唁慰函:

荣钺先生伟鉴:

　　查自抗战军兴,群情奋发。令弟荣钜爱国热忱,投效空军,服务本大队,其志殊为可嘉。不幸于本年六月随队出发,在长沙空战,壮烈殉

国,实深痛惜!除报请航委会从优抚恤外,特函唁慰。希转达尊翁勿以过哀为盼!

很难想象这封如此体贴、如此早熟、如此冷静的信,竟出自一位只有23岁的年青人之手。一个挣扎在苦难中的国家,究竟生产出了多少这样不该如此早慧的儿女呢?

这是何祖璜留在这个世界上的最后一封信。

何祖璜并没有等到跟戴荣钺见面的那一天,他也无法亲自把戴荣钜的遗物交给戴荣钺了。

就在戴荣钺从贵阳赶往芷江的途中,1944年9月8日,何祖璜在驾机攻击湖南衡阳洞口一带的永丰日军阵地时,战机中弹受伤,发生故障。他做了和戴荣钜一样的选择——坚持驾机返航。结果,飞到离基地不远处的湖南洪江时,不幸人机坠入江中,为国捐躯,时年23岁。

两个月后,11月1日,第15期三班的马宗骏前来芷江第17中队报到。他并没有见到镇江的同乡戴荣钜。马宗骏在镇江的家是城内斜桥街4号,离陈怀民和戴荣钜的家都不太远。他在避难于武汉时,曾目睹到陈怀民壮烈撞击日机,同归于尽的惨烈场面。戴荣钜、何祖璜等同学的殉国,让他明白了一个道理:

"在美国受训时安全第一,飞机其次,不行就跳伞。如果在国内,非在不得已的情况下,绝不能跳伞逃生,否则是不会被人原谅的。因为人有的是,飞机我们就不会做嘛!"

马宗骏是幸运的,他等到了荣归故里的那一刻。

但他也是伤感的。1947年11月22日,他被邀请回镇江参加了一个表彰慰问镇江籍空军战士和家属的活动。他看到现场陈列的三块牌匾,百感交集。牌匾均为木制,蓝底白字。赠送陈怀民家的牌匾上刻着"名垂简史",赠送戴荣钜家的上书"汗青照耀",赠送孙长龄家的则铭为"梓里传芳"。

1964年,马宗骏正式退役,于1985年离开台湾,定居于美国的休斯敦。

三年前,第五大队第17中队一名叫做"三爷"的战友——林恒,于1941年3月14日在成都空战中,被日本最先进的零式战斗机击落,血洒长空,也是年仅23岁。

林恒的姐姐林徽因正患病于宜宾的李庄,前往成都第17中队料理林恒后事的是他的姐夫梁思成。

早在1938年的12月,逃难到湘西晃县(今湖南新晃)的一个阴雨绵绵的夜晚,在一座轧轧作响的木楼里,梁思成和林徽因夫妇邂逅了20多名笕桥航校第七期的学员。后来,在昆明,梁思成和林徽因成了这批亲人都不在身旁的年青人的"名誉家长"。其中最年长的一个叫做林耀,他几乎所有的事情都会告知林徽因,林徽因也因此把他视作亲弟弟一般。

林耀祖籍广东鹤山,移居于澳门,生于1913年9月6日。戴荣钜牺牲的那次飞行,林耀刚刚因战功,由第五大队第17中队的副队长升为第29中队的队长,但他仍然率领第17中队执行了那次任务。

因为和林徽因及林恒的关系,林耀对第17中队的感情非同一般。对戴荣钜的牺牲,林耀非常认真地写了一份证明材料报请航委会。随后,他给林徽因写了一封信。但自此之后,林徽因就再也收不到林耀的信函了。

1944年的6月26日,戴荣钜牺牲后的第八天,林耀率领第五大队的11架战机从芷江起飞,攻击益阳沿湘江一带的日军运输船只,并与护航的日本空军发生空战。一个星期以前的一幕几乎重现:日机被击落3架,中国空军阵亡1人。阵亡者恰恰正是林耀。

林耀的战机中弹起火,他选择了弃机跳伞。但不幸的是,降落伞因故障未能打开,他从高空直接坠落于湖南湘乡仙女乡的地面。

久未得到林耀来函的林徽因,终于在秋天得到了林耀确切的消息。林耀是她在那个雨夜所认识的20多位年青空军战士中,最后一个凋零的。

就在这个秋天,仍在病中的林徽因,为林恒写下了一首哀婉的诗——《哭三弟恒》:

> 弟弟,我没有适合时代的语言,
> 来哀悼你的死;
> 它是时代向你的要求,
> 简单的,你给了。
> 这冷酷简单的壮烈是时代的诗。

这沉默的光荣是你。

啊,弟弟,不要伤心,
你已做到你们所能做的,
别说是谁误了你,是时代无法衡量,
中国还要上前,黑夜在等天亮。

她岂是哭林恒一个人?她是在哭同林恒一样献出生命和未来一切的"你"——所有的弟弟们!

但共和国永远不会忘记曾为中国的独立牺牲了自己的英雄儿女。

2018年4月27日,习近平签署了第五号主席令,正式公布了《中华人民共和国英雄烈士保护法》:

"国家和人民永远尊崇、铭记英雄烈士为国家、人民和民族作出的牺牲和贡献。近代以来,为了争取民族独立和人民解放,实现国家富强和人民幸福,促进世界和平和人类进步而毕生奋斗、英勇献身的英雄烈士,功勋彪炳史册,精神永垂不朽。"

第三章 心脏

有这么一位镇江人，几乎一生都在打一口井：

他在航空发动机领域坚守了68年，直到生命终结。

中华人民共和国成立后，他组建了第一支航空动力设计研制队伍，筹建了第一个航空发动机设计室和试验基地，主持研制了第一个喷气发动机型号，成功改型了第一个涡轮喷气发动机，组织改型了第一个涡轮风扇发动机，编制了第一部航空发动机标准规范，培养了数代航空发动机人才……

同时，他还在打着另一口井：

1961年，他曾两次给组织打报告，要求把自己的工资降下来。组织上当然没有批准，他便决定把自己的一部分工资作为党费上缴。从1963年开始，他就每月多交党费100元。多交党费，前后整整持续了46年。

2009年元旦刚过，按照惯例，他再一次多交了党费：

"新的一年来到，又是我每年'多交党费'的时候。我真诚地怀着无比崇敬的心情，交出第46年'多交党费'4000元。这一点绵薄之力，仅能表达我对党忠诚热爱的心意。并请转交中央组织部。"

临终前，他将自己10万元的积蓄作为党费，一次性交给了党组织。

他把个人工资总收入的三分之一，都用于缴纳党费，用于各项救灾捐款。

这个镇江人，就是吴大观。

2009年3月18日，吴大观病逝于北京，享年93岁。

8月12日上午，吴大观先进事迹首场报告会在北京人民大会堂举行。

报告会开始前，时任中共中央政治局常委、中央书记处书记、国家副主席习近平专门会见了吴大观事迹报告团的成员们。

习近平感慨地说了这么一段话：

  吴大观同志入党60年来,把自己的人生与国家的前途、民族的命运紧紧联系在一起,为祖国的航空发动机事业殚精竭虑,作出了杰出贡献。他一生严格自律,清正廉洁,克己奉公,奋发进取,在他身上集中体现了爱党与爱国、理想与现实、做事与做人的统一,充分展示了中国共产党人的先进性。

  时隔四年不到,2013年4月28日,已身为中共中央总书记、国家主席、中央军委主席的习近平,来到中华全国总工会机关,在同全国劳动模范代表座谈时,再一次提到了吴大观。这一次,他在吴大观姓名的前面加上了一个定语:"中国航空发动机之父"。

  习近平说,在改革开放历史新时期,"中国航空发动机之父"吴大观等一大批劳动模范和先进工作者,干一行、爱一行、专一行、精一行,带动群众锐意进取、积极投身改革开放和社会主义现代化建设,为国家和人民建立了杰出功勋。

1
皇华亭

吴姓虽然是镇江的大姓，但吴大观的父亲却出身于镇江东门外一户农民的家庭。

20世纪初，镇江仍然是长江上的银码头。镇江东乡很多穷苦人家的子弟，除了刻苦攻读外，把进城当学徒也视作一个将来能够出人头地的路径。

吴大观的父亲吴翼飞很小的时候就进城投靠新河街上的吴氏宗亲，跟着学做煤炭生意。当时，新河街上做生意的吴氏人家很多，涉足的主要为煤铁五金业、木业、桐油业、米业、杂货业等。现在，新河街102号的吴家大院仍然居住着众多的吴氏后人。

进城没几年，吴翼飞便在煤栈林立的东荷花塘自立门户，专心做煤炭生意。

正因为父亲是进城做煤炭生意的，所以，吴大观一直说自己"出生于江苏镇江县农村小商人家庭"，倒也非常贴合。

1914年，吴大观的父亲迎娶了裕和祥酱园老板王继先的妹妹为妻。

裕和祥酱园位于镇江的上河边和小盛家巷交会处的皇华亭5号，处于当时镇江西津最繁华的地段，也是历史上京口驿的旧址所在地。酱园最初是由王继先的父亲经营的。王继先的父亲病逝归葬江对过的江都头桥沙洲老家后,酱园就一直由王继先本人掌柜。

1912年,王继先对酱园进行了扩建,铺面加上作坊,建筑面积超过了600平方米,雇佣工人近20人,在当时的镇江城算得上是名列三甲的大酱园。

一个农民的儿子能够娶有名的酱园老板的妹妹为妻,不能不说是高攀。

1916年11月13日,皇华亭三阳巷的吴家,生下了一个小男孩。吴家按"光增诒翼,蔚启人文"的家谱字序,给这个小男孩取名叫做"吴蔚升"。吴蔚升后来在投奔解放区的路上,因担心被国民党发现,就把自己改名为"吴大观"。

"吴大观"这个符号自此伴随着他,直到生命的终结。

吴大观的父亲一辈子都没有做到"光增诒翼",但吴大观却真正做到了"蔚启人文"。

吴大观2岁之前,一直由居住在皇华亭5号后面王家大宅里的外婆李氏呵护,并不由身为农民的爷爷和奶奶照料。事实上,地主出身的吴大观的母亲,在内心里并不太瞧得起自己的婆家,大事小事基本上都跟娘家商量解决。但自李氏于1918年去世后,吴大观的生活就开始发生了变化。

随着两个妹妹一个弟弟的出生,吴大观的母亲与父亲之间的冲突也变得越来越尖锐。

1926年春节前,就是王继先在老家头桥修好王家祠堂的第二年,因为夫妻关系长期紧张,吴大观的父亲竟然抛妻别子,离家出走,跑到南京下关一带做生意,不再回镇江了。此时,吴大观的弟弟尚在襁褓之中。

吴大观母亲的个性也极强,并不呼天号地,而是直接携带着吴大观等四名子女,离开镇江,返回老家江都头桥沙洲居住。

对于父母之间的这种冲突,以及给自己造成的伤害,吴大观本人是这样描述的:

"我父母的出身是不同的。母亲的家是一个地主家庭,相比之下,父亲的家境要贫寒得多,是一个穷人家庭,这也造成后来父母长期不和。在这样的家庭里,孩子就很不幸了。在我的记忆里,父亲长期在外,做煤炭生意,一年回不了一次家。我的母亲一人带着四个孩子,生活的艰难可想而知。我是老大,童年体弱多病,从小缺乏母爱,这是由于父亲总不回家,父母之间没有感情,母亲对父亲的愤懑经常就会宣泄在孩子身上。对我们几个孩子来说,父爱当然更谈不到了。"

随同母亲在头桥居住的吴大观,很自然地把头桥视作了心目中的另一个老家,难以忘怀。

在头桥沙洲期间,吴大观就读于舅父王继先在老家所创设的头桥小学。他体谅到母亲的艰辛,开始帮着做家务。

跟随母亲在老家沙洲生活的日子,与在镇江的童年时光相比,确实要艰苦很多:

"从很小的时候开始,我就要帮助母亲做家务。我记得,那时的冬天非常冷,我和母亲一起从池塘里抬水,为了减轻我的负担,母亲把水桶尽量往自己一边移,到家以后,母亲被水溅湿的衣裤都结成了冰。每天放学回来,我要帮母亲烧火。南方的那种灶火,我很会烧的。母亲做饭时要求火大一些、火压一压……,我就按照要求调整火头。现在每当看到电影、电视里有这样的镜头,我就会想起那个时候的情景。"

和别的孩子不同的是,自9岁从镇江城到江都的沙洲乡下,至15岁时离开母亲的老家再回到镇江城里,吴大观在头桥整整读了六年的小学。加上在镇江读的一年书,他实际上比别的孩子多读了一年小学。

一个事实是:吴大观小时候并不是一个天分很高的孩子。

他自己也从来不忌讳这一点:

> 我的身体原来比较弱,受过伤。在上小学的时候,腿就不好,是寒腿,天一凉就酸痛。还有是"痄腮",每年都要犯那么一两次。那时家境贫寒,没有钱治病,是用土方医治。就是舅舅店铺里的账房先生用墨汁在我红肿的腮帮子上画一画,如果化脓了,就用纸捻穿进去,把脓血带出来。在这样的环境下,我的身体很弱,脑子也受到影响,经常会出现手脑不一的现象,就是脑子里想着要写的东西,到了手底下写的不是自己想要写的,而自己浑然不知。我在学校里的考试成绩上不去,原因就在这里,常常是写错字、丢字。还是在美国学习的时候,在宾夕法尼亚

的威廉斯堡市的莱康明航空发动机厂,在那里我考出了自己一生中最高的一个考试分数——94分。

也正因为有了这段不一般的经历,吴大观牢牢地记住了两个成语:"笨鸟先飞"和"勤能补拙"。

也许是觉得自己一个人带着四个孩子实在是不容易,学校放寒暑假期间,母亲仍然会让吴大观回到镇江,居住在皇华亭的王家大宅里。

吴大观回忆说:"舅舅对我们家非常照顾,经常接济我们家。父亲要隔很久才给家里寄一次钱,常常会青黄不接,这些时候,舅舅的帮助就更显得难得。"

皇华亭的王家大宅紧邻裕和祥酱园。吴大观对王家大宅里发生的一切,始终很难忘记:

> 我的舅舅是做酱园生意的,他的家庭经济状况要好得多。舅舅家有四个儿子、两个女儿。他的三个儿子都上了大学。大表哥上的是北京的大学,二表哥上的是南京东南大学,五表哥上的是上海光华大学。五表哥多才多艺,会篆刻、画画。可惜我没有学到他的才艺。
>
> 他家里的人都不愿意做官。我的二表哥从东南大学毕业,在就业时,有两个选择,一个是在县里当县长,一个是到立法院做职员。他回到家里和父母讨论,我的舅妈斩钉截铁地说了一句话,"为官不仁、无官不贪,我家老二不干。"此话一出,事情就决定了,我的表哥去立法院做了一个职员。我当时在场,舅妈这句话给我留下了极深的印象。
>
> 舅舅家的家风很好,全家人都不近烟酒,更不用说沾染旧社会的商人常有的"吃、喝、嫖、赌"那样一些坏习气了。我始终没有搞明白的是,为什么舅舅一家不像乡下许多人那样信佛,他们家从不拜菩萨、不讲迷信。

吴大观说,从舅舅一家人身上,他学到了很多东西:

"在他的宅院门上,有一副对联,我现在还记得很清楚,也影响了我的一生。上联是'传家有道唯忠厚',下联是'处世无奇但率真'。舅舅可以说是一丝不苟地按照这个对联的说法来治家的。"

他对自己少年时代的成长过程,做了这样的一个小结:

"我从小受到的教育和家庭环境的熏陶,对我的一生影响很大。母亲的自尊要强、舅舅的诚实宽厚、舅妈的爱憎分明、表哥们的好学上进都对我有直接的影响。我觉得,在那样一个贫寒、艰苦的环境里成长,有舅舅那样的一些人起着表率作用,对一个人形成诚实、正直的品格,培养爱心和敢于奋斗的精神都有很大的好处。"

他也因此说:"在我的一生中,舅舅对我的影响很大。"

忠厚传家、率真处世的王继先,在军阀混战、土匪横行的世道,却很难始终做到独善其身。

1928年年初,王继先由三儿子陪同,从镇江回江洲老家过年。结果,父子俩在头桥一起被土匪绑票至上海。40多天后,家人方得以11 000元大洋的巨款将二人赎回。丈夫和儿子平安回到皇华亭后,吴大观的舅母林氏特地带着孙辈,专门去镇江最好的凌烟阁照相馆拍了照,以作纪念。

经此一劫,吴大观舅父一家基本不再回老家头桥,即便偶尔回一趟,也是行色匆匆,不敢久居。吴大观一家的日子因此过得更加拮据。

1929年,王继先位于西津大口门附近(即后来的中华路151号)的裕和祥分店扩建重开,吴大观随母亲回镇江吃喜酒。所有的孩子都希望全家能够重新搬回镇江居住,但吴大观的母亲仍然坚持要回老家。因为吴大观的父亲带给她的伤害,她不仅恨这个镇江的男人,连带着也不太喜欢镇江这个地方。

又过了两年,1931年的夏天,江苏遭遇百年一遇的大水,头桥沙洲被淹,已经无法住人。吴大观的母亲只好携带全家再次返回皇华亭,住进了王家大宅。

王继先腾出两间房给妹妹全家居住,但各房点灯各房亮,日常吃穿用的开销还得吴大观的母亲自己解决。一个母亲带着四个儿女,日子过得自然不可能宽裕。

这一年,吴大观已上完小学,准备就读扬州中学。吴大观的母亲并没有什么收入来源,无力承担他上中学的所有费用。要强的母亲不愿跟自己的哥哥开口要钱,而是让吴大观自己去舅舅房里"借"钱:

> 我能够上扬州中学,是靠舅舅的帮助。当时的扬州中学的学费是十块钱——现大洋,另加三块钱饭费。但父亲寄回的钱不够交学费。我母亲没有别的办法,只能向舅舅求助。母亲很要强,尽管是她的亲哥哥,还是很不愿意亲自向舅舅开口,于是要我去向舅舅借钱。她教给我,给舅舅做一碗淡菜烧肉,送过去,同时告诉舅舅,我要去扬州中学上学了。舅舅关心我,肯定会问,你还缺什么吗?我就告诉舅舅,还缺4块钱,舅舅自然就会给我解决这个学费问题。我按照母亲的办法,舅舅果然给我凑足了上学的费用。在舅舅一家人的帮助下,我上完了中学。

以前镇江普通人家的规矩,不逢年过节,家里没有大事,就不动荤。有求于人,则送上两包茶食或一碗红烧肉。受礼的人一看,便心知肚明。

由于自1926年9岁起就随母亲居住在老家头桥,小学上的是头桥小学,中学上的是扬州中学,很多人都以为吴大观是理所当然的扬州人。对于这个善意的误会,吴大观自己也专门作了叙述:

"我的母校——扬州中学开建校100周年纪念会时,说要建一个实验室,我捐了一笔款,在介绍时把我说成了扬州江都人。实际上,1931年长江发大水,家乡遭了水灾。这以后,我的家从头桥镇搬到了镇江城里,所以我还应该算是镇江人。"

就在"九·一八"事变发生的这一年重新回到出生地的吴大观,再次跨过长江,前往扬州求学。深知家境窘困的吴大观,自然而然地就学会了节俭:

"在扬州中学,我的生活很拮据。富人家的孩子花钱大手大脚,吃饭时还经常要家里送来肉、菜。我只能吃学校的饭菜,但觉得已经比家里的好多了。我吃得很俭省,经常就用酱油泡稀饭,这样,每个学期下来,学校还可以退回一块多我省下的钱。我觉得,母亲让我自己去找舅舅借钱,是要我知道钱来之不易。所以当我把省下的钱交给母亲的时候,能感到她也为自己的儿子懂得节俭而欣慰。"

在扬州中学读书期间,吴大观产生了对航空的兴趣:

要说起我是怎样对航空感兴趣的？这中间还有一个过程。

还是在中学的时候，我就听到过这样的故事。1927年，美国的一位飞行员查尔斯·林白驾驶一架飞机，从美国纽约到法国巴黎，独自驾机飞越了大西洋，成为名扬四海的一个英雄。1929年，我们中国发大水，那次大水也是很厉害的，这个林白驾驶他的飞机，到中国来救灾。还是1929年，美国的一位海军中校名字叫伯德，乘飞机飞越了南极，轰动世界。从那时起，我就有了"飞机"这样一个概念，还有一个就是"英雄"的概念。

后来知道孙中山先生提出了"航空救国"。那时，我们中国也有很多很出名的飞行员，在国内搞一些飞行，搞一些飞行表演。所以，我在中学的时候，就有了这样一个认识。

吴大观对飞机产生兴趣，还有一个原因，就是镇江出了一个他引以为豪的名人巴玉藻：

"我是镇江人。镇江是长江上的一个码头，对面就是扬州。在历史上出了不少名人。远的不说，近代的有飞机制造专家巴玉藻，就是和王助在一起搞航空、制造飞机的。他们是比我们长一辈的中国航空工业的创始人，是第一代出国学习航空科技的留学生。"

在镇江、扬州两地之间的摆渡式的中学学习生活，一直持续到1937年。

这一年夏天，"卢沟桥事变"震惊中外。就在日本拉开全面侵华帷幕的时候，吴大观结束了他的中学学业，准备报考清华大学。

2
长沙临时大学

冲天

1937年的7月29日,北平陷落。同一天,清华园亦被日军侵占。

7月30日,日军炮火将南开大学三分之二的校舍摧毁。

8月28日,南京国民政府教育部分别授函南开大学校长张伯苓、清华大学校长梅贻琦和北京大学校长蒋梦麟,指定三人为长沙临时大学筹备委员会委员,三校在长沙合并,组成长沙临时大学。

事实上,从7月29日至8月28日这漫长的一个月时间内,清华大学的师生已经纷纷南迁,正常的新生考试录取工作早已无法进行。但在镇江的吴大观并不清楚这一切,还在按照原来的计划准备着应试:

"当时的考试办法是从北京把考试卷子运到上海,在上海组织考试。原定的考试时间是8月10日,我们几个同学于8月6、7号到达上海。当时,我的大表哥在上海的金城银行做襄理,我住在他那里。就在等待考试的那几天,局势已经紧张起来。"

8月11日,京沪警备司令张治中抵达上海;8月12日,由张治中任总司令的第九集团军成立;8月13日夜,"八·一三事变"爆发。

1932年"一·二八"淞沪抗战时,张治中曾与蔡廷锴率领的十九路军在上海并肩作战。"八·一三事变"前夕，蔡廷锴已从国外返回国内，上海亦盛传蔡、张两将军将再次联袂抗日，因此，当张治中的部队开进上海市区时，很多上海市民都以为是十九路军回来了。

若干年之后，当吴大观回忆这段经历的时候，仍然坚持以为自己当年在上海见到的就是蔡廷锴将军本人：

"我还记得，表哥曾带我到黄浦江码头和上海市民一起欢迎蔡廷锴将军带领十九路军部队从福建到上海。表哥很兴奋地对我讲，见到蔡廷锴将军是很难得的。我记得，挤在欢迎的人群中，看到蔡廷锴将军身材高大，面容清癯但神采奕奕。他的到来给了正处于战乱前夕的上海人民群众很大的喜悦。"

精心准备的上海迎考，迎来的却是一场战争。

吴大观只能在混乱中，跟着逃难的人流，返回了镇江：

"临到考期，有告示贴出，说是由于京沪铁路不通，卷子没有运到，考试撤销了。紧跟着就是'八一三'——8月13日，中国军队抗击侵华日军进攻上海的战争打起来了。表哥给了我路费，要我们几个同学赶快回家。我们在混乱中，从车窗爬进火车，走嘉沪线到了嘉定，然后又坐到苏州的火车，逃难回了老家镇江。"

吴大观人虽然回到了皇华亭的家里，但心里却还总是惦念着上学的事情。

好在镇江是江苏省的省会，又紧邻着首都南京，虽然南北战火不断，消息还算灵通。9月初，清华南京的同学会，在镇江的报纸上刊登了有关长沙临时大学开学的通知：

"后来报纸上登出，清华、北大、南开等三所大学在长沙组织了一个大学——长沙临时大学，可以去报名。我们几个同学写了一封信给长沙临时大学。扬州中学在旧社会就已经比较有名了，考清华、交大等名牌大学，被录取的学生比较多。学校看我们是扬州中学的毕业生，答复是你们来，不用考试，可以保送，只要学校写一个证明就行。于是我和两个同学，带着扬州中学的证明到了长沙。我就这样上了长沙临时大学。"

吴大观之所以选择长沙临时大学，还有一个非常重要的原因，就是他舅舅的小儿子,他的五表哥正在湘潭的下摄司参与中央钢铁厂的筹建工作。当时,几乎所有的人都认为,中央钢铁厂所在的地方是很安全的,战火绝对不会蔓延到那里。

自8月16日起,就有日军的飞机不停地袭扰镇江,狂轰滥炸。

9月19日上午,镇江城上空更是展开了历史上规模最大、最激烈的一场空战。日军空袭南京的45架战斗机、轰炸机机群,被中国的21架驱逐机所拦截。

那个秋季,空中弹飞如雨,从镇江到南京,近20架飞机坠落。从镇江城南的官塘桥到城西的唐驾庄,散布着5具日机的残骸。

吴大观并不知道,被击落的敌机中,有一架是由陈怀民打下的。

就在日军飞机的轰鸣声中,吴大观离开了皇华亭,离开了镇江。

10月25日,长沙临时大学开学。11月1日,学生正式上课。就在正式开课的这一天,日军飞机侵入长沙空域,扔下了一批炸弹。

吴大观本以为在湖南可以安心读他的大学,但很快,长沙的形势也变得相当严峻起来。

1937年11月30日,日军开始进攻镇江。12月8日,镇江城沦陷。

在此之前,11月20日,南京国民政府已经发表了《国民政府移驻重庆宣言》。

12月13日,南京陷落,日本侵略军疯狂屠戮了30万手无寸铁的中国平民,举国震惊,世界震惊。

为保存好国家的文化种子,1937年12月,国民政府教育部要求长沙临时大学于第一学期结束后,即迁往昆明。

当月31日,中共中央军事委员会副主席周恩来在武汉大学做了《现阶段青年运动的性质和任务》的著名演讲,号召青年到军队里去,到战地服务去,到乡村中去,到被敌人占领了的地方去,做抗战的支柱,努力去争取抗战的最后的胜利,努力去争取独立的自由的幸福的新中国的来临!

这样,长沙临时大学学生便立即面临着非常现实的抉择:继续读书或立即抗战。

1938年1月上旬,长沙临时大学在校园里布告:

"本校为保存文化决迁昆明开学,诸生如有愿离校参加各种国防工作者,本校当尽力介绍。愿随同前往者,每人津贴路费20元,此后课程设备等方面,当力求充实,以副有志向学诸生之厚望。"

这份布告没有明确告诉学生们究竟应该选择哪条路,学校把选择的权利留给了学生自己。

学校请来了政界名流给大家做形势报告。

湖南省主席张治中演讲说:"假如有人感觉生命危险,要想找一条安全之路,我将对他说,最安全之路莫如跳入湘江。"

从武汉专程过来的国民政府军事委员会政治部主任陈诚,苦口婆心地对大家讲:"你们是国家最后的希望,是国宝,倘国之大器,皆化炮灰,将来国家形势必定更加严峻。"

原中华苏维埃临时中央政府教育部代部长、毛泽东的老师徐特立动员大家:"在民族危机深重的关键时刻,每一个不愿做亡国奴的青年,都应该拿起枪杆子,到革命队伍中去,参加抗日。"

1月20日,长沙临时大学作出即日开始放寒假,下学期在昆明上课的决议。

一个月后,1 400多名学生中,800多人选择继续读书,600多人选择立即抗战。

选择立即抗战的学生,一部分直接去了当时的革命圣地——延安。

吴大观心里本来是非常赞同徐特立的报告的,打算立即投身抗日救亡。不过,就在寒假期间,他接到二表哥的一封来信,说全家30余口已从镇江逃难到了湘潭,要他抽空见上一面。这一见面,让吴大观改变了主意。

二表哥告诉吴大观,王家一部分人将随同老五的中央钢铁厂筹备委员会转往湘西,其他人则前往广州,然后去香港,最后从香港坐船去上海,找到老三,避居于租界,等战争结束后,再返回镇江。

立足于安全逃难的二表哥,当年官都不愿意做,自然是竭力劝说吴大观还是先把书读好,把书读好了,再去抗日救国也不迟。

吴大观非常详细地叙述了自己思想上的这个转变过程:

在那个时候，我面前有两个出路，一个是参加抗日，另一个就是跟学校到昆明。当时，徐特立从延安返回长沙，是共产党驻湘代表，在长沙的影响很大。他到我们大学作报告，那时长沙临时大学借用的是长沙师范学校的房子，徐特立是在学校礼堂里作的报告，我去听了。徐特立身着八路军的土布军装，很朴素。他在报告里讲到国、内外的形势，宣传共产党的抗日主张，讲一口湖南话。他号召大家、鼓动青年参加抗日。我听了他的报告很受鼓舞，当时就想，自己应该参加抗日。

那时，我的家乡已经沦陷，我的二表哥带着表姐租船顺长江而上，逃难到了湘潭。我去他们的住处探望他们的时候，对表哥讲了我的想法。表哥劝我还是去上学，并给了我20元现大洋。他对我说，学到知识，将来可以更好地为国家做点工作。

我的一位同学也听了徐特立的报告，和我有同样的想法，也想参加抗日。我把表哥的意思讲给他，讲我们去读书也是为了将来报效国家，学好本领将来可以更好地抗日救国。他说："我去不了，没有钱。"他的家是地主，其实要比我的家庭富裕多了。只是由于战乱，失去了联系。我对他说："我有一口饭，就有你一口饭；我有一口汤，就有你一口汤。我的表哥给了我一点钱，一路上我们两个人用。"就这样，这个同学和我一起到了昆明。

1938年的2月19日，长沙临时大学全体师生在韭菜园召开誓师大会，开始了西迁昆明的旅程。

学校计划的西迁路线有三条：

之一，由一部分师生组成"湘、黔、滇旅行团"，坐船沿湘江到常德，步行经湘西到贵州，再西行进入云南，最后到昆明。这是一条最艰难、费时最长的路线。

之二，由长沙乘长途汽车，经广西南宁、镇南关到达越南的同登，再改乘火车经河内、老街抵达云南蒙自。这是一条比较快捷的路线，但需要一定的经济基础。

之三，由长沙乘火车经广州去香港，再坐海轮到越南的海防，最后改乘火车进入云南境内。这是一条最舒适，但也是最费钱的路线。

有表哥给的 20 元,加上学校补贴的 20 元路费,还有平时每个月发放的 16 元生活费,吴大观选择了第三条路。

吴大观他们到了广州,借住在岭南大学的校舍。

在广州停留的几天里,正好碰上电影院上演《悲惨世界》。

这是根据法国著名作家雨果的同名小说改编的一部电影。吴大观把这部电影连着看了两遍。看完之后,他仍觉得意犹未尽,就又买了一本小说。

他说:"我印象最深的是电影里的那一句话——'人生是施与不是索取'。我觉得这句话非常重要,一个人到社会上来,不是要这个、要那个,而是要有所贡献。这句话我记了一辈子,也始终在努力去按照这句话做。"

此时,吴大观仍随身带着一件黑色的棉大衣。这件大衣是长沙临时大学所发,在长沙的潮冷天气中很是实用,白天可以穿着御寒,晚上则可以当被子盖。即使广州的天气很热,他也舍不得丢掉这件棉大衣。

到了昆明,吴大观终于发现,四季如春的昆明,根本就用不着穿棉衣,即便是冬天,穿一件毛衣,也足以保暖了。

1938 年 4 月 2 日,教育部发电,西迁昆明的国立长沙临时大学改称"国立西南联合大学"。

5 月 4 日,这个中国历史上有着特殊意义的日子,西南联大正式开学了。

开学的这一天,吴大观脚穿一双新买的皮鞋,但却光着脚,没有穿袜子。至于为什么不穿袜子,吴大观本人解释的原因是:一是舍不得;二是昆明天气适宜,一年四季基本上可以光脚,当地人当时就没有穿袜子的习惯。

3

西南联大

冲天

从长沙西迁到昆明后,学校的生活变得日益艰苦起来。由于童年就随同母亲在老家过过相对贫寒的日子,吴大观很快便适应了环境。那双皮鞋,直到大学毕业,他仍然穿着:

"皮鞋后跟是有钉子的,穿久了,皮子磨掉了,走路时间一长,钉子就从鞋底窜了出来,把后脚跟都扎出了血。所以我经常走走就要停下来,找个石头把钉子敲回去。但后来时间久了,我发现自己的后脚掌居然形成了一个凹坑,好像就是为躲避这个钉子的。你看,人的生命力的自适应能力有多强。"

穿着上必须节俭,用的方面,也丝毫浪费不得,否则,就会被视作大爷作派:

念书的时候,有过这样一件事。那是在大学一年级时,作化学试验。

那时候很简单,两个人一组,一个小盘子,还有酒精灯、试管,旁边放着火柴盒,里面有三根火柴。做试验就用这三根火柴。

我那次做完试验,把没有用完的火柴连盒子一起,很随便地扔进了垃圾桶里。

在我们把试验器具送还管理员的时候,管理员问我,火柴呢?火柴盒呢?

我当时并没有在意,只说了一句,你要那玩意干什么?

我没有想到,这样的一句话犯了一个大错误,我们的管理员向我们的化学老师报告了。

老师把我叫去,问我:"你发什么大爷脾气?"

我是南方人,"大爷"这两个字我弄不懂是什么意思。

这位老师就是南开大学的化学系主任,叫杨石先,是西南联大的化学系主任,后来做了教务长。解放以后,他还担任过南开大学的校长,是我国著名的化学家。现在他已经去世了。

我从杨老师的态度、表情看出,这"大爷"肯定不是一个好的意思。于是,我马上认错。但说实在的,我并不明白错在什么地方。

杨老师接着说:"火柴、火柴盒怎么扔掉了?你不知道现在国家正是抗战时期?这么艰难,火柴这么来之不易,而你怎么会如此随便地就把它扔掉了?下次你再扔掉,我就停止你的化学试验!"

这下我才知道是化学试验的事情。我连忙检查,并说我马上把火柴找回来,下次绝不会再扔了。

在那个时候,像杨石先先生那样的大科学家,对几根火柴都是很珍惜的。

吃、穿、用三件大事,只有吃的方面,学校方面还是基本有保障的:

"学校贷款每个月给你十六或十八元钱,交十二元伙食费,留下几块钱零用。我们有时很羡慕外面拉洋车的车夫,他们白天辛苦一天,到了晚上,可以把洋车一停,进到小餐馆里面,端着小酒杯喝点酒,要个炒猪肝、炒干巴吃。我们穷学生即使要解馋,也只能要个炒白菜,如果要个鸡蛋就是很了不起了。像洋车夫那么吃,我们吃不起。"

好虽然谈不上,但能够吃饱,在抗战那样艰难的日子里,应该知足了。

知足的吴大观,开始刻苦攻读。当然,读书的环境都是因陋就简的:

"那时候在昆明念大学,可不像在现在的学校,根本不可能有现在这个条件。我们工学院是在城南,借用了当地的两个会馆,一个是全蜀会馆,一个是彝西会馆。我们那时候是流亡学生,教室就在会馆里面,老师在讲台上讲课,后面就是会馆供的菩萨像。我们的宿舍是盐行的房子,用那种煤油桶外包装用的木箱子,六个箱子拼一个床,两个箱子就是一个桌子。你住在宿舍里,八个箱子就可以了。箱子是空的,里面可以放一些书和衣服,真是很艰苦的。"

一个人只要下了决心苦读,再苦的条件下,也能够把书读进去:

"我们上晚自习,图书馆是在一个大房间里,上面挂一盏汽灯。这个房间太小,学生多,经常就没有地方了。怎么办呢?我们就到外面的茶馆里面,花一个铜子儿,要一碗茶。这一碗茶,就可以让你在这里看一个晚上的书。茶馆里熙熙攘攘,吵得很。但我们就是能静下心来读书、写作业。这个本领我到现在还保留着,在家里,小保姆看电视,我可以照样工作、读书,不受干扰。"

吴大观最初读的是工学院的机械工程学系。机械系的教授大多是从海外归来的,但就是这些"海归",给学生授课时,教着教着,就会做起了抗日形势报告:

"我的老师中有一位是刘仙洲,他是清华大学很有名的教授,是教我们机械原理的。他给我印象最深的一次是在二年级。刘先生从香港过来,他把工学院的学生集合起来,给我们作报告,讲抗日的形势。他讲得非常有激情,讲得我们热血沸腾、深受鼓舞。他说,我们念书是为什么呢?是为了抗日救国。"

虽然热血沸腾,吴大观还是一门心思读他的书。

很快,吴大观的心思就被另外一件事情占用了很多——他认识了一位中学的女同学。

这位女同学是吴大观在扬州中学读初中时的同学,名字叫做华允娥。初中时,学校是男女同校不同班,两人并不认识。华允娥初中毕业后,去外地读了师范,后来在苏北当了小学教师。日军侵袭苏北时,华允娥随同家人也辗转到了昆明,在西南联大找了份工作。昆明的扬州中学同学聚会时,一见钟情的两人,迅速确定了恋爱关系。

不过,昆明虽然是大后方,但真的想安安心心地谈个恋爱也不太容易。很多时候,浪漫的气氛还没有酝酿开来,敌人的飞机就过来扔炸弹了。

日军第一次轰炸昆明,是1938年的9月28日。此后,平均每七天昆明就会响起一次防空警报,平均每12天就会有一次炸弹呼啸着从天而降,平均每天有两人被炸死炸伤。

在日复一日的日本飞机的轰炸下,吴大观中学时代所萌发的对航空的兴趣,竟然被深深地激发、壮大起来:

在躲避轰炸的日子里,吴大观有了一个爱好,开始研究昆虫的飞行:

"我还有一个爱好,就是喜欢研究昆虫的翅膀,总是爱琢磨,这个翅膀怎么会有双层的、有单层的?昆明的天气好,蝴蝶、苍蝇、蚊子、蜜蜂……各式各样的昆虫,很多。那时我们为躲避日本鬼子轰炸,都是在山坡上、旷野间,根本没有防空洞。我们躲避空袭时,总要提着一个兜,带着书本、计算尺,在田野里看书,因为警报过后还要上课、考试。就在田野里,我看到一种鸟,飞着飞着就可以翅膀扑动着停在空中不动。那个鸟的个头比喜鹊还要大许多,我很好奇,感到很奇怪,以后再也没有看到过这种鸟。我有这个爱好,自己收集了一些昆虫的翅膀,觉得很有意思,觉得这其中一定有道理,就用一个日记本夹起来。一个很漂亮的日记本,没有记日记,就夹着这些翅膀,还编上号,1号、2号、3号……这个本子现在已经没有了,'文化大革命'时期被搞丢了。"

非常时期,得有非常之人,养成非常之性格。

1938年12月2日,西南联大发布校训布告,把"刚毅坚卓"四个字定为校训,要求学生做一个无私无畏的人,做一个艰苦卓绝的人,做一个可杀而不可辱的人……

哼唱着西南联大校歌,想着仍在逃难中的镇江的亲人,吴大观常常是潸然泪下:

"千秋耻,终当雪;中业兴,须人杰。便一成三户,壮怀难折……"

1940年7月,吴大观在西南联大已经读完了三年级。他不想再在机械系读下去。几种力量逼迫着他,驱使着他转去工学院的航空学系:"既有个人兴趣和爱好的原因,又加上日本鬼子轰炸,老百姓受苦啊!所以,我想上航空系的愿望很强烈。"

吴大观拿着在机械系三年学习的成绩单,直接找到了西南联大航空系的系主任王德荣。王德荣毕业于英国伦敦大学,后来曾参与北京航空学院的筹建。

吴大观对王德荣说,我要转学到航空系,来学航空。

王德荣接过吴大观的成绩单,看了看,一言不发。

吴大观提出,他可以在航空系三年级多念一年再毕业。

王德荣还是没有表态。

回去后,吴大观不死心,找出那本夹有大量昆虫翅膀的日记本,带着,再一次拜访王德荣。

他把日记本呈给王德荣说:"王先生,请你看看这个,这是我收集的。"

王德荣把本子接了过去,只看了几眼,便笑了起来,连声说:"好、好、好,行、行、行,你就来吧!"

此时,西南联大的另一首校歌传唱正酣:

"西山沧沧,滇水茫茫,这已不是渤海太行,这已不是衡岳潇湘。同学们,莫忘记失掉的家乡,莫辜负伟大的时代,莫耽误宝贵的辰光。赶紧学习,赶紧准备,抗战、建国,都要我们担当!同学们,要利用宝贵的时光,要创造伟大的时代,要恢复失掉的家乡。"

在吴大观转学航空学系期间,西南联大的教授们,给他留下了非常深刻的印象:

"那个时候,从国外回来的教授,都要通过越南来到昆明。西南联合大学里的教授,一半以上都是从英国、美国留学回来的。但他们并没有西装革履,而都是一领长衫,像朱自清先生那样。他们薪水很少,很清苦的。让我敬佩的是,他们为了国家,为了抗日,毅然决然地放弃国外优越的环境,受聘在国内这样一所教学和研究条件都很差的学校教书,甘愿过清贫的生活。"

特别是一位金希武教授,更是让吴大观明白了资料、情报和信息与科学技术研究之间的重大关系。金希武是回族人,留美归国后,执教于清华大学机械工程学系,后被西南联大聘为航空研究所教授,是中国高级制造工艺的先驱,也是中国公差与技术测量专业的奠基者。

金希武的方法论,让吴大观受用终身:

"他教我们发动机设计、制造,给我们介绍了国外发动机方面的很多新知识,包括欧洲大战中打下来的德国发动机是怎么回事。他总是跟我们说,这些东西,现在是很新的、先进的,但以后会有更新的东西出来。他反复告诫我们,一定要注意阅读一些科学技术方面有影响的杂志、刊物,随时了解和掌握国外科学技术的发展情况。他的这些话也是影响了我一辈子。不仅我自己一直注意看书、看杂志,后来我到沈阳第二研究所主持技术工作,是副所长,也非常注重抓图书馆、档案馆和技术情报室这三件事。我记得,当时在六院范围内还开过现场会,介绍二所这方面的工作。我在二所做的这些工作,现在的同志也觉得是很有意义的。"

1942 年 7 月,吴大观从西南联大航空学系毕业后,所操办的第一件大事,便是结婚。

如今看来,这既是一场简朴的婚礼,也是一场热闹的婚礼:

"我们的婚礼,是清华大学的校长梅贻琦先生做证婚人。在那时,大学的教授、校长都没有什么架子。因为我的爱人是清华大学的职员,跟梅贻琦先生的家属很熟悉,他知道华小姐要结婚了,很关心,于是我去请他来做证婚人。两位主婚人,一位是著名的社会学家潘光旦,他的腿有残疾,行走不便;还有一位是生物学教授陈桢,他和夫人都是扬州人,和我爱人算是同乡。"

就在西南联大工学院附近的一个小餐馆里,置办了一些小点心、茶水,正面摆一张台子,中间坐着梅贻琦,两边坐着潘光旦和陈桢。新婚的吴大观夫妇向证婚人、主婚人和来宾鞠躬,主婚人、来宾代表讲话,参加婚礼的沈元等一帮同学好友纷纷在一块红绸布上签上自己的名字,算是送给新人最好的礼物。

成家之后,便是立业。吴大观开始考虑自己未来的职业:

"当时摆在自己面前的有两个选择,一个是可以做买卖。我的有些同学就是做买卖,有一点钱,搞一个汽车,跑滇缅路,贩一批货,就可以发国难财、赚大钱。另一个,就是到大定,去搞航空发动机。"

吴大观的选择是——去贵州大定,参加中国历史上第一座航空发动机制造厂的建设。

4
羊场坝

冲天

大定航空发动机制造厂对外的称呼叫做"云发机器制造公司",对内则为"中国第一航空发动机制造厂"。

工厂筹建于1939年11月。国民政府航空委员会建厂的初衷,是为了改变一个令人相当难堪的被动局面:当时中国的航空发动机全部依赖进口,中国还造不出一台自己的航空发动机。

工厂最初选址昆明附近的安宁,后来因为越南被日军所占,昆明又不断遭到轰炸,遂于1941年元旦正式迁往贵州大定的羊场坝。

工厂的主要负责人和技术骨干,都是留学归国的专家,发动机的制造专利权、全部图纸购自美国莱特航空发动机制造厂,相关生产设备也都花巨资购自美国。

1941年夏天,工厂从西南联大和西迁贵州的浙江大学招募应届毕业生20多名充当技术员。吴大观属于第二批招募的西南联大应届毕业生。

从1942年8月到1944年10月,吴大观在羊场坝做了两年多的技术员,完全熟悉了活塞式发动机的工艺流程:

"那里有从美国运来的各种机床,学习的条件很好。给我安排的工作在设计科,负责接收从美国来的资料——工艺规程、技术图纸。有点像我们现在的技术资料室,我一个人主管。这个工作很好,在学校里只接受了一些书本知识,在这里可以接触到大量的在实践中有用的东西。虽然设计资料不很详细,但工艺资料是全套的,可以学到很多东西。那时搞的都是活塞式发动机,还没有喷气发动机呢!"

当时,大定航空发动机制造厂的设计规模是年产300台赛克隆G105型1 050马力航空发动机。为实现这个目标,计划分成三步走:

第一阶段,购买美国生产好了的散件,在工厂里先进行总装,按美国提供的工艺规程自行装配、测试;第二阶段,购买美国生产的锻件、毛坯,用进口的美国机床,自己加工成合格的零件,再装配成整机;第三阶段,完全自己铸造和加工零件进行总装。

从1943年开始装配,经过三年的试制,到1946年为止,大定航空发动机制造厂总共总装出了32台发动机,经过试车,被美国方面鉴定为合格。

这32台航空发动机中,一半完全为第一阶段产品,还有一半为不完全的第二阶段产品——主要零件为散件,部分配件为工厂加工的来自美国的铸件、锻件。

这个中国历史上的第一个航空发动机制造厂,事实上仍然是一个进口散件的组装厂。

发动机产品的生产一般分为四类:自主创新,测绘仿制,技术转让,散件组装。从散件组装迈入技术转让阶段时,首先要解决的是工艺关,其次还必须解决材料关。当时的历史条件下,中国的工业基础还不可能解决材料上的问题,即便如此,大定厂在工艺上的技术和经验积累,仍然是史无前例的。

羊场坝两年多的时间里,吴大观夫妇有了第一个孩子。除了带孩子,其余的时间他几乎全用于潜心研究。

在大定厂,在民族危难的时候,任何一个有血性的中国人,在随时随刻都有可能遭到日机轰炸的形势下,不可能不奋发图强。

从毕节通往贵阳郊外的清镇公路,横穿大定厂厂区,工厂专门将通过厂区的这段路命名为"高志航路"。正是在大定厂,吴大观了解到"志航大队"的"肉弹勇士"陈怀民,不仅是他的镇江同乡,更是他所熟知的那个"陈家二少"。每天经过以抗日英雄命名的道路，无论你是否愿意，你都得接受一种心灵上的洗礼。

领袖人物的期望，同样也会带来一种压力和动力。1943年3月19日至21日，蒋介石专门视察了大定的航空发动机厂。

就在来大定厂之前的一个月，1943年的3月10日，蒋介石刚刚出版了他的新著——《中国之命运》。

他在这本书中得出这样一个结论：

"简单的说：中国的命运，完全寄托于中国国民党。如果中国国民党没有了，或是失败了，那中国的国家就无所寄托，不仅不能列在世界上四强之一，而且就要受世界各国的处分。从此世界地图上面，亦将不见中华民国的名词了。"

归根结底一句话：没有国民党就没有中国的未来。

后来，中国共产党帮助蒋介石给出了正确的历史答案：

没有共产党，就没有新中国。

1949年之后，在世界地图上面出现的是：中华人民共和国。

坚信中国的未来完全寄托于国民党的蒋介石，自然不能不考虑中国的空军建设和重工业的建设，而强大的空军和重工业，都不能没有发动机。

蒋介石选定大定的航空发动机制造厂进行视察，不可谓不具有特别的象征意义。

蒋介石于19日上午由贵阳出发，于当天傍晚6点多钟抵达羊场坝。

一路上，道路崎岖不堪，尘土飞扬，灰头灰脸的蒋介石到大定厂的第一件事，就是洗了一把澡。洗完澡，跟厂长们一起吃了一顿饭，然后就直接去了集体宿舍。

吴大观回忆说：

"工厂有一个集体宿舍，离蒋介石住处比较远，要翻过一个小山包。我的同事告诉我，就在那天晚上8点钟以后，蒋介石没有带随从人员，一个人跑到青年官佐的集体宿舍看大家，见面就问：你们睡觉了吗？"

从青年集体宿舍回到住地，蒋介石的心情非常好，在日记中写道：

"月白风轻,心焉乐之!"

后来又写道:

"我为国家辛劳,实亦为青年而辛劳。望我青年皆能实行党的主义,服从我的命令,为建国革命之干部也!"

第二天上午,蒋介石专门接见了包括吴大观在内的30多个大定厂的军官。其场景,吴大观自然是记忆犹新:

"我们是官佐,有三十几个,要穿军装、挂武装带,我那时的军衔是少尉。我们这些官佐一大早就在蒋介石住的一个石头砌成的小楼前面集合、站队,排成两行,我个子高,排在前面第二个位置。蒋介石出来了,披着黑色大氅,和他在一起的有他的儿子蒋纬国,还有一位是戴安国。蒋介石站在那里,拿着名册,一个一个地点名,那次他没有讲什么话,好像只是说了一句'大家辛苦了',就解散了。"

这天上午,羊场坝起了大雾,非常潮冷,点名时蒋介石竟受了寒,喷嚏不断。点名一结束,他便返回住处,喝了一杯药茶。随后,于10点钟视察了乌鸦洞的厂区。下午,他抽空去了一趟大定县城,跟当地党政主要人员见了一面后,随即返回大定厂。下午5时,前往清虚洞的厂区,给大定厂全体职工训话,跟大家聚餐:

> 把全厂的人员,包括家属在内,都集中起来,我爱人也去了。我记得他讲,你们现在这个厂小,但将来你们要领导几千人、几万人的大工厂。接下来,他和大家在这里聚餐,吃了一顿晚饭。我记得,在他训话的时候,站在队列里、隔我两三个人的一位叫黄光耀,是湖南人,他刚听了三四分钟,就"啪"地一声晕倒在前面,两个人赶快把他架起来送走了,可能是太紧张了吧!

不得不承认,蒋介石那一天的讲话确实具有极大的鼓动性。

他对吴大观他们说:

"总理主张'航空救国',他的意思就是说,挽救国家一定要建立空军,但只要建立空军,就必须我们自己能制造飞机。我们发动机制造厂的成立就是为了要担负这个使命。换言之,本厂就是我们建立中国空军的基础。一定要使我们的空军由飞机的制造成功,其力量能够一天天的发展,一天天的强大,然后才能达成本厂的任务。所以,今后各位的工作有无成绩,直接关系于空军的成败,间接的更是关系于国家的兴亡。"

用孙中山先生的话来号召大家,在当时可谓所向披靡。

晚年的吴大观,仍然承认中山先生对他的深刻影响:

"在旧社会,我们受到孙中山的影响,受过'三民主义'的教育。孙中山讲过一句话,我很受教育,就是'我们要做大事,不要做大官',这句话深深地记在我的脑子里面。从那时候起,我就选择了'爱国要救国,要读书,要做大事,要为人民做事情,不做大官'的人生道路。"

蒋介石告诉吴大观他们:

"我们以后要建国,必须要建设重工业,而重工业最重要的部门就是发动机。所以,今后不仅飞机的制造要由本厂负责,就是一般重工业的建设,亦当以本厂为中心。换言之,今后国家重工业建设的成败,就是由你们各位来担负重要的责任。只要发动机制造成功,那我们一切的工业就有了基础……"

当晚,蒋介石的心情仍然是非常好。他在日记中写道:

"月朗气清,借以伤风不敢玩纳为憾耳。"

第三天上午,蒋介石一行由大定厂俱乐部出发,返回贵阳。

离开俱乐部之前,大家请求蒋介石给大定厂题个词。

蒋介石沉默良久,以他军人的直率,留下了一个大大的问号:

"我们发动机何日可以完全自制?"

这个问号,深深烙在了大定厂很多人的心里。

大定厂把这个题词做成灯伞,在厂区里到处悬挂。

若干年后,大定厂刻有这个问号的合金铭牌被辗转运到了台湾,成为汉翔航空工业股份有限公司的财产。但时至今日,这个问号仍然在拷问着汉翔的每一个员工。

不能否认,当年很多专业技术人员,就是奔着蒋介石的这个问号投身于大定厂的:

"我印象最深的是,这样一个小工厂,国外回来的留学生有八位,包括厂长李柏龄。副厂长戴安国从德国回来,他是蒋介石的干儿子;总工程师李耀滋是MIT毕业的;还有钱学渠,他是钱学森的堂兄,是搞机械加工的;张汝梅是搞工具设计、制造的,曹有诚是搞冶金的,程嘉垕是搞铸造的,梁守槃搞飞机发动机。这些人都是美国、欧洲留学回来的,不少是MIT的硕士、博士。在那个时候,这些人抱着发展中国航空工业、航空救国的信念,在那么一个艰苦的地方,兢兢业业,不辞劳苦,也真是不简单呀!"

吴大观感叹地说:

"在选址时,总工程师李耀滋深入到大定这个不毛之地,找到了乌鸦洞,是为了躲避日本鬼子对昆明的狂轰滥炸。那样的艰苦没有让这些人退却,相反,他们坚持下来,在这里造出了中国航空工业的第一台发动机。"

正是在大定厂期间,吴大观的世界观、价值观和人生观基本成形:

"作为一个中国人,我们这一代注定是要吃苦受难的。我的家庭出身,我小的时候接受的教育,我年轻的时候看到雨果的书,受到的那些影响,我接触到的那些人——我舅舅一家,我在扬州中学、长沙临时大学、西南联合大学,包括后来在大定工厂接触到的人……他们都对我有着影响。而这些影响综合在一起,就形成了我的这样一种生活态度。说大一点,就是我的人生观、价值观。"

正因为有了强烈的历史责任感,面对工作和生活中的艰难,吴大观都能够从容不迫地面对。他白天接收资料、校对图样;下班后,就把有关的资料、图样带回家,晚上继续来看、抄和学习。

后来,即便女儿出生了,家庭琐事纷扰,但他带图回家的习惯依旧没有改变:

"晚上,她们母女睡在床上,我就把图样铺在地板上校对,看完后第二天再带回去。就这样前后用了两年时间,我潜心研究美国莱特公司的活塞式发动机整套技术资料,可以说是较全面地掌握了当时世界上比较先进的航空发动机工艺技术。"

但吴大观等人的这种潜心研究,还远远谈不上什么创新,更多的只是努力学习和了解美国人的技术而已。

既然是美国的发动机制造技术,直接去美国接受培训,效果当然更好些。在国民政府航空委员会的安排下,经过筛选,吴大观于1944年10月被派往美国学习。

吴大观等人得以去美国培训,是中国政府根据美国的《租借法案》,借的美国政府的钱,但中国政府必须以桐油、钨、锡、锑等战略物资以及美军基地后勤服务、机场建设和保卫、入缅甸和印度作战兵力提供、战略通道保障、情报提供等来加以偿还。

事实上,从1941年到1945年,美国租借给中国的只有15.48亿美元,仅占美国对外租借总额的3.2%。虽然是亚洲的日本袭击了美国的珍珠港,但美国执行的仍然是"欧洲第一"的战略,仍然希望中国与日本相互之间能够多消耗一些潜在的实力。因此,同一时期,美国给苏联的租借总额为112.6亿美元,占美国对外租借总额的23.2%,是中国的7倍以上;租借给英国的则达到了惊人的313.8亿美元,占美国对外租借总额的64.65%,更是中国的20倍以上;即便是本土已被德国占领的法国,其抵抗组织和海外殖民地所得到的美国的租借总额,也达到了32.23亿美元,比中国整整多出了1倍。

这样的中国,在一些美国人的心目中,当然很难得到真正的尊重。

在抵达学习目的地之前,接连发生的几件事,很自然地激发起了吴大观的民族自尊心:

> 在去美国的途中,美国大兵常常会跟我们恶作剧。在舰上,我们每个人都必须穿救生衣,救生衣上有个带子,他们经常会趁我们不注意把带子系在床头的扶手上。该吃饭了,我们一站起来,带子就拽住我们。那些美国兵在旁边哈哈大笑,就这样捉弄我们。当时,我们英语口语不是很好,向他们借个火,他们就挖苦我们,"你们讲的是什么话呀?借什么火啊?"这些当然都是一些小事,但我感到很受歧视,作为一个中国人,自尊心接受不了。
>
> 我们去美国时,一路上,从印度坐船到洛杉矶上岸,然后坐火车到华盛顿,从重庆算起,途中走了一个多月。头发长了,我去理发,理发馆里面有个长凳子,我就坐在上面。我前面有五六个人,轮到我的时候,理发师不叫我,而叫我后面的人,我问他怎么不叫我,他就是不理你,真是受屈辱啊!作为一个中国人,怎么受得了这个?一气之下,我起身就

走了。

当时是第二次世界大战期间,美国的物资供应也很紧张,没有黄油,是用植物油代替的,是假黄油时代。吃饭的时候,我说了一句:"今天我们要是能吃到真黄油就好了,就高兴了。"旁边桌子的一个美国人搭茬说,"要吃真黄油滚回你们中国去吃。"本来就是假的黄油,还这样蛮横无理。

一个国家不强盛就会被人家看不起,在美国,这一点留给我的印象很深。

发愤立志,才能奋发图强。

吴大观先是在美国宾夕法尼亚州威廉斯堡的莱康明航空发动机厂做试验工程师,用大半年的时间,学习零部件制图和试验、发动机设计性能计算和整机试车,基本掌握了活塞式发动机设计的全过程。

从熟悉发动机的工艺流程到掌握发动机的设计全过程,对吴大观来说,这是一个质的飞跃。

在美国的最后半年,吴大观是在康涅狄格州的普·惠航空发动机公司度过的。

此时,普·惠公司已成为美国最大的活塞式发动机制造商,刚刚同英国罗·罗公司签订了仿制尼恩发动机的协议。普·惠仿制的英国发动机,于1948年便获得了成功。以此为起点,普·惠公司正式迈入了喷气式发动机的生产时代。

早在1939年的8月27日,德国制造的第一架喷气式飞机就已翱翔蓝天。这也是世界上第一架喷气式飞机。一年零九个月之后,1941年5月15日,英国第一架喷气式飞机也升了空。从1941年9月起,美国便开始引进英国技术仿制喷气式发动机。第二次世界大战快结束的时候,美国又通过"回形针行动"计划,把大批纳粹科学家转移到美国,获得了德国喷气式发动机的所有关键技术。

吴大观目睹了普·惠公司第一代喷气式发动机的研发起步:

"在那里看到的除活塞式发动机,还有喷气发动机,当时研制航空涡轮发动机在美国尚属起步阶段,这引起了我的极大兴趣。那时美国搞的发动机和苏联以后给我们的 BK-1 是一样的,这些发动机技术都是从英国、德国搞来的。在车间里,我见到喷气发动机离心压气机叶轮和涡轮部件,就想知道他们在加工什么玩意?后来才知道是喷气发动机——燃气涡轮喷气发动机。除了在工厂里学习,我还注意翻翻杂志、看看书,这样搞了半年多,自己对喷气发动机有了一点了解。"

就是凭着这一点对喷气发动机的了解,十年之后,吴大观竟然承担起了设计中国历史上第一台喷气教练机发动机的重任。

1947 年 3 月,吴大观终于从美国回到了上海,准备前往广州,参加大定航空发动机制造厂广州分厂的筹建工作。广州分厂初创于 1946 年 11 月,将生产战斗机用喷气式发动机。

此时,吴大观的母亲已寓居在上海。

从镇江逃难到湘潭后,中央钢铁厂筹备委员会很快迁往湘西,一部分王氏族人便于 1938 年秋南下广州,在香港短暂停留后,乘船回上海,寓居于租界内。珍珠港事变后,日军侵入上海租界,吴大观的舅舅返回镇江,吴大观的母亲则继续住在上海,由吴大观在金城银行担任襄理的大表哥照顾。1952 年公私合营后,吴大观的大表哥从金城银行退职,吴大观和弟弟、妹妹们都住在北京,他的母亲便于 1955 年也到了北京,直至去世。

在上海跟母亲见面后,就在动身去广州的前夕,吴大观 4 岁的女儿得了白喉,不幸夭折。

夫妇二人在广州待了不到三个月,还没有彻底从丧女之痛中恢复过来,就得到消息,说广州分厂的筹建工作宣告终止,大家需要自谋出路。

抱着一腔热血正准备施展身手大干一番的吴大观,被当头浇了一盆冷水。他被命运再一次抛到了十字路口,不得不再次思考自己的未来:

"那时,国民党已经分崩离析,根本没有能力再继续建厂,大家只有自己找出路。我们这些人因为从国外回来,总还有个牌子,可以在上海的一些外国公司找到工作,工资还要高出其他公司的很多,所以我们当中有一些人就在那些公司里就业了。那么,我该往哪里去呢?"

有人给彷徨之中的吴大观写了一封信,邀请他前往北平教书。

给他写信的这个人叫做董寿莘,比吴大观小一岁,却比吴大观早一年从西南联大毕业,早一年进入大定航空发动机制造厂担任技术员。他和吴大观同时去美国培训,也同时归国,对吴大观的情况相当了解。

董寿莘的夫人叫做李铿,是一名中共地下党员。李铿的哥哥虽然是大定厂的总工程师,但她却早在 1938 年就加入了中国共产党。在夫人的影响之下,董寿莘不仅信仰共产主义,而且成了革命的积极分子。他在广州只待了一个月,就去了清华大学。

在给吴大观写信后,董寿莘很快将于 1848 年 5 月成为正式的中共地下党员,并接受保护校产、迎接解放的任务。

1947 年的 10 月,吴大观借口父亲病重,打了一个报告,离开了广州。

此时,中国人民解放军已经全面渡过黄河,中共中央刚刚在西柏坡通过了《中国土地法大纲》,宣告将按农村人口平均分配土地,"废除封建性及半封建性剥削的土地制度,实行耕者有其田的土地制度"。

中国的命运正经历着一个战略转折。

吴大观的命运,也将很快迎来一个重大转折。

5

投身革命

冲天

吴大观是只身一人来到北平的。

他的夫人正有孕在身,路过南京时,留在了她父母的家里。

吴大观担任了北京大学工学院的讲师,开始讲授航空发动机设计、发动机齿轮设计、机械原理和工程画(机械制图)四门课程。

到北大没多久,吴大观的思想就发生了比较大的变化,热衷于参加一些政治活动:

"我住在学校集体宿舍里,晚上,电灯不好,有时候还要点油灯,看书很费眼睛,所以,有了空闲时间去其他同事的房间聊天,谈论抗日、时局等。这些同事中有宋硕、李学智、赵树林、樊恭然等。后来我才知道,原来他们都是共产党的地下党员。就这样,我被学校里党的地下组织注意到了,他们可能觉得我这个人还有点道道。我跟着他们参加罢课、罢教、反内战、反饥饿活动,逐步发展到他们选我担任教联会的主席。"

吴大观之所以对国民党很失望,关键还在于国民党的内战,已经搞得国统区民不聊生,通货膨胀如脱缰的野马,生活一天不如一天:

"那时我是专任讲师,通货膨胀很厉害,发工资是拿麻袋装的。"

1948年,是中国形势发生翻天覆地变化的一年,也是两种命运在中国决战的一年。

8月19日,华北人民政府已经在石家庄宣告成立。当时身在北京的人,几乎没有几个人认为北平能够避免被解放军占领的命运。

面对未来,北大师生之间展开了一次又一次的交锋,往东往西,截然相反:

> 我记得有一次北大在沙滩开会,是胡适先生主持的,那个时候,他是北京大学的校长。他先讲话,意思是看到时局的发展,肯定北平(北京)要落在共产党的手中,动员大家坐飞机跑,随他一起南下。我们就反对,说我们这样一个有名的大学,应该继承北大"民主与科学"的光荣传统,应该继续在这里干下去。在那次会议上,我代表教师上台发言,声明我们爱国,要留下来。说起来,胡适还是有点雅量的,没有找特务把我抓起来。

人是一切社会关系的总和。

这个世界,在客观上从来就没有真正存在过无问西东、无关立场的立德立言。

胡适如此,吴大观如此,每一个中国人亦如此。

政治上比较活跃的吴大观很快就感受到了压力:

"到了1948年的暑假,我就得到消息,说北平公安局的黑名单上有了我的名字。"

就在吴大观开始为自己的安危担忧的时候,北京大学的一位中共地下党员出现在了他的面前。这位地下党员叫做袁永厚,当时的身份是助教。袁永厚是邓稼先的密友,而邓稼先也是教联会的主席。

袁永厚安排吴大观前往解放区,事先经过了周密的安排:

> 袁永厚问我:"吴先生,想不想去解放区啊?"

我一听非常高兴,立即答应去。

之后就作了两个多月的准备工作,化妆、准备身份证等。

经过一段时间准备,我找了个借口,讲自己的妈妈有病,要回上海探望。我向学校请了假,离开了学校。那时,我的一个弟弟,原来在贵州念医大,到了北京我这里,也找不到工作。我和自己的爱人、孩子,还有这个弟弟,一家四口人通过地下党,由北平坐火车到天津,在地下组织安排的地方住了一个晚上。

我装扮成从沈阳逃难回来,做照相馆生意的。因为别的我也不会装,只会照相,这样还实在一点。

然后就坐火车,那时的火车只能通到唐官屯车站,到了那以后,换乘两个轮子的马车,晚上就住在大车店。再过一条河,就是解放区了,那个高兴啊!

后来到沧州住了一个晚上。为了安全,把我的名字改了,我的名字原来叫吴蔚升,这时改成为吴大观。

从美国回到上海的时候,吴蔚升曾在爱好字画的大表哥家里看到一部书画鉴藏家吴升的《大观录》,印象非常深刻,在奔向解放区改名的时候,就很自然地想到了"大观"这个名字。

在地下党组织的安排下,吴大观一家顺利地从沧县到了泊镇。此时的泊镇,已被冀中解放区第八专区所实际控制。那些从北京投奔而来的民主人士,包括教师、教授、青年知识分子,在这里学会的第一首歌便是《解放区的天是明朗的天》。

从泊镇到石家庄,已经都是解放区,一路上遇到的尽是脸上洋溢着欢快笑容的人群。更让吴大观激动的是,1948年的11月,在石家庄,他们全家直接被安排住进了华北人民政府交际处,并受到了聂荣臻的接见:

"接待我的是聂荣臻,现在大家叫他聂帅,那时叫聂司令。他设宴招待我、我爱人和孩子。给我印象最深的是他的一句话,我一直都记得很清楚。他问我,吴先生原来是做什么的啊?我告诉他,我原来是干航空发动机的,在贵州,后来到美国去学习……我告诉他,我看国民党没有希望,不可能搞飞机、发动机。我说我唯一的希望就是投奔共产党、投靠解放区,希望将来造飞机、造发动机。我记得,在向聂荣臻同志说了自己的想法以后,聂司令非常高兴,他大声地对我说:'吴先生,很好啊!没问题,你将来大有作为。'他的话给了我很大鼓励。那天,吃的是火锅、羊肉,大吃了一顿,吃得非常开心。"

吃完了羊肉火锅,党组织也开始着手对吴大观的培养和锻炼。

吴大观被华北人民政府安排到了公营企业部。这是一个国营工矿业管理机构,主要管理国营工矿业的生产建设事宜。

1948年12月,吴大观被派到石景山,进行接管工作的培训。1949年3月,吴大观进了北平城,开始对矿冶研究所的接管工作。

随后,组织上开始给他挑担子,并把他作为重点发展对象。

1949年10月,吴大观被调入新设立的中央人民政府重工业部计划司技术科。之后不到一个月,他就加入了中国共产党。他的入党介绍人之一为新中国汽车工业创始人之一的孟少农。参加中国共产党的当月,重工业部成立航空工业局筹备组,吴大观被任命为筹备组的组长,孟少龙则是汽车筹备组的组长。

筹备组成立后,第一要务自然是联系专家:

"我带了几个人,去南京搞接收航空技术人员的工作,接管国民党的很多搞航空的人员。那些人我也不认识,包括国民党航空局的副局长等。我们接管的人当中有一位是后来到南航的张阿舟。"

王助一生有两个非常著名的学生:一个是钱学森,另一个便是张阿舟。

张阿舟和吴大观算是老乡,镇江丹阳人,曾受教于王助,当时刚从英国学成归国。他后来成为中国著名的航空工程学家,是新中国首架飞机初教5试制的特等功臣。初教5试制成功后,便被调到南京专门从事航空教育,先后任南京航空学院副院长、院学术委员会主任,是中国飞机结构强度理论和试验研究的开拓者之一。

在南航沉潜于教书育人的张阿舟,桃李满天下。他的学生中,最知名的也有两个,一个是赵淳生院士,一个是胡海岩院士。

2009年9月20日,张阿舟病逝于南京,时年90岁。他留下了一个遗愿:把南航结构动力学的研究机构——振动工程研究所,办成真正的国家重点实验室。

早在上个世纪 80 年代,胡海岩等人就曾自认为南航振动工程所是中国振动研究领域实力最强的单位。得知弟子们的想法后,张阿舟在研究所的一次学术报告会反问他们:"我们做出了什么国际上广泛认可的成果?我们的哪些成就可以载入科学技术发展史册?"经此一问,胡海岩等人颇受震动,自此之后,丝毫不敢自满。

2010 年 11 月,中国准备设立"机械结构强度与振动国家重点实验室"。时为北京理工大学校长的胡海岩得知消息后,立即告知大师兄赵淳生。为了完成恩师的遗愿,在申报的关键时刻,正在美国访问的赵淳生,于 2011 年春天,中断访问,飞回国内,亲自参加了答辩。

他眼含热泪,近乎恳求:"在南航建立'机械结构强度与振动国家重点实验室'是我多年来的梦想,也是已故的我国知名振动专家张阿舟教授的遗愿。如果专家和领导们能圆我这个梦的话,我会更加努力工作,张阿舟教授也会含笑于九泉。"

"机械结构强度与振动国家重点实验室"是南航目前唯一的国家重点实验室。实验室宣传自己的公开材料中有这样一段文字:

"张阿舟教授、范绪箕教授、陶宝祺院士是实验室的奠基人。实验室在国内率先开展飞行器结构动力学与控制研究,开辟了飞行器智能材料与结构研究领域,开拓了我国压电精密驱动与控制研究领域,是国内最早从事飞行器结构强度研究的单位之一,在国内最早建立了纳米力学博士点和硕士点。目前,实验室的研究方向为:结构动力学与控制、机械结构强度、振动利用与精密驱动、微纳系统力学和智能材料与结构……实验室已成为我国航空航天结构力学与控制领域具有代表性的学术研究机构,并具有广泛的国际学术影响。"

在中国大飞机的研制过程中,机械结构强度与振动国家重点实验室发挥了不可替代的作用。早在 2011 年 3 月 15 日,实验室就成功完成 C919 发动机吊挂静力试验,为 C919 的研制成功打响了第一炮。

除了张阿舟外,吴大观还找到了另一个镇江人——云铎。

从印度归国后,云铎到成都担任空军第三飞机制造厂厂长。这个制造厂的基础主要是由第八修理厂调来的原海军制造飞机处的人员和设备,机床虽然陈旧，但人员素质却不差。就是这个海军制造飞机处的老班底，1942年至1945年，在钢管奇缺的情况下，竟然采用木结构，生产出了15架双翼木质教练机、30架高级舱式滑翔机。

抗战胜利后，云铎奉命调查并接收日本在台湾的陆军工厂和航空工厂，对这些工厂、设备和人员进行了整合，于1946年4月把成都飞机三厂迁到了台中。海军制造飞机处的血脉由此在台湾得到了延续。

在台湾期间，1947年，云铎主持仿制了波音公司的PT－17型初级教练机，成功后定名为初教－1型。这仍然是一架普通构造的双翼机，使用的是木质螺旋桨，机身有焊接钢管的骨架，机翼有木梁和木肋，技术含量最高的地方，是前后缘都包起了铝皮，副翼采用了铆接铝合金骨架。

至1949年，初教－1共批量生产了104架，全部供国民党空军航空学校使用。

此时的云铎，已经36岁。身在台中的他，面对中国的内战，从巴玉藻想到了自己，进而想到了中国航空工业的未来，发出了著名的云铎之问：

几十年过去，回忆我们的航空工业，从马尾开始，起步不晚，技术人员，为数逾万，奋发图强精神，赤子爱国之心，绝不后人，何以蹉跎岁月，进步缓慢？

因为此问，他被怀疑为政治上倾共，于1948年底被当局解除实职，派往国外考察。

就在美国考察期间，云铎偶然读到了一本书。这本书的名字叫做《红星照耀中国》。他把这本书读了一遍又一遍。

从美国归来途经香港时，云铎决心已下，不愿再回台湾。他有意滞留香港，并向一特殊友人透露了自己的想法。结果，由刘亚楼、常乾坤等人悉心安排，云铎躲过特务的监视，携家眷秘密登上了北上的轮船，于1949年12月到达天津。

云铎后来曾任南京宏光空降装备厂总工程师，主持了我国第一具仿苏联救生降落伞的研制。再后来，云铎同张阿舟一样，被调入南京航空学院，任航空机械工程系第一任主任。

1982年7月,古稀之年的云铎成为一名中共党员。1985年,他被授予"江苏省优秀教育工作者"称号;1986年,被南京航空学院评为中共优秀党员。

2009年中华人民共和国成立60周年阅兵,虚龄99岁的云铎坐在电视机前,看完了全部实况转播。当看到151架大小飞机,排着12个空中梯队,陆续飞过天安门广场时,他笑着向家人竖起了大拇指。

两个月后,11月28日,云铎走完了他全部的人生旅程。

在吴大观的联系下,相继加入航空工业局筹备小组的人员还有王士倬、沈一龙、李兆林、郑际睿、刘谋佶、陈耀华等。当时,进入筹备组但仍留在南京工作的还有徐舜寿、黄玉珊等人。徐舜寿后来创建了新中国的第一个飞机设计室,是中国著名的飞机设计师。

在北京筹备组的技术人员,平时都在北京灯市口的中国工程师学会北京分会会址办公,同时认真学习社会发展史和联共党史。

吴大观找来的这些专家,后来都在中国现代航空史上留下了自己的印记,为中国航空事业的发展做出了不可磨灭的贡献,成为中华人民共和国航空事业的奠基人和开拓者。

1951年4月18日,航空工业局正式设立,办公地址设在沈阳。原筹备组的人员一分为二,吴大观和徐舜寿等解放前参加革命的人去了沈阳,原国民政府航空委员会的人员则继续留在北京参加重工业部发起的"忠诚与老实"的学习运动,办理脱离国民党党籍的手续。

从1951年7月开始,中国聘请的102名苏联专家陆续来到航空工业局。苏联专家认为解放前国民政府航空委员会留下来的烂摊子没有什么价值,主张重起炉灶,旧的技术人员一律不用。航空工业局不能不尊重苏联专家的意见,但又觉得把好不容易聚集起来的这些人遣散了实在可惜,就于9月在沈阳召开了一个会议,决定在南京、北京、哈尔滨和汉口创办四所航空工业专科学校。

两个月后,1951年的11月,王士倬和沈一龙被派去汉口的311厂,参加汉口航空工业学校的筹创工作。后来,郑际睿、陈耀华等人去了南京。筹备组的其他成员也大多进了其他的学校。新中国的航空工业专科教育,由此奠定了坚实的基础。

北京一别,吴大观与王士倬等人竟然就是永别。

10月30日,中国和苏联签署了《关于苏维埃社会主义共和国联盟给予中华人民共和国在组织修理飞机、发动机和组织飞机修理厂方面技术援助的协定》,苏联同意向中国派遣专家、顾问,援建6个修理厂及其所需的技术资料、设备、工具、材料和配套件。

这六大厂分别为沈阳的112厂（飞机制造）、410厂（发动机制造），哈尔滨的120厂（发动机制造）、122厂（飞机制造），南昌的320厂（飞机制造），株洲的331厂（发动机制造）。沈阳主攻战斗机及其发动机,哈尔滨主攻轰炸机及其发动机,南昌和株洲主攻教练机及其发动机。

最初的计划,第一阶段主要配合空军,以修理为主,然后在规模发展到一定程度后,再转向制造。事实上,这六大厂,将会在短短的几年内,快速完成人民共和国航空工业由修理到仿制,再由仿制到研制的跨越式发展。

这种跨越式的发展,是通过直接引进技术和设备实现的,让中国在很短的时间内就建立起了一个与当时国防需要相适应的航空工业体系。但由于这个体系并没有相应厚实的基础科研、技术积累和人才教育的全面支撑,也为将来进一步的发展埋下了众多隐患。

在沈阳期间,航空工业局最主要的任务就是统一负责所有飞机的修理工作:

"那时在沈阳,没有别的工作,最主要的工作是抗美援朝,朝鲜战场上的飞机下来就要修理。那时,正是抗美援朝战争紧张的时候,修理任务繁重,局机关的人下到工厂组织生产。我去了111厂,了解发动机维修和零备件生产、制造情况。"

吴大观说:"那时很紧张啊！试车台日夜不停地试车,扰民！老百姓有意见,群众反映小孩睡不着觉,鸭子生不了蛋。"

一年后,1952年4月8日,航空工业局从沈阳迁到北京。四个月后,8月15日,航空工业由重工业部划归第二机械工业部领导,被称作"四局"。四局设有第一生产处和第二生产处,第一生产处管飞机,第二生产处管发动机。这两个处,分别由徐舜寿、吴大观担任处长。

徐舜寿出生于1917年8月21日,祖籍浙江吴兴,出生于上海,而上海在1928年之前属于江苏,因此,他和吴大观也算是半个老乡。

徐舜寿受他哥哥徐迟和姐夫伍修权的影响,于1949年春天进入解放区,随军南下,抵达南京,于当年9月任华东军区航空工程研究室飞机组副组长,年底加入中国共产党。徐舜寿比吴大观小一岁,入党时间也只晚一个月。

从南京的相遇开始,徐舜寿和吴大观的友谊,一直延续到他们生命的终结,一直延续在中国的历史上。

1953年11月25日,苏联同意向中国移交米格-17歼击机的制造特许权。四局分别向112厂、410厂下达了试制米格-17和苏联BK-1φ发动机的命令。

1954年7月3日,张阿舟等人参与的初教5首飞成功。这是新中国生产的第一架飞机。初教5是一种由南昌320厂参照苏联雅克-18教练机仿制的初级教练机,使用的还是活塞式发动机。由于意义重大,国家主席毛泽东特地签署了给320厂的嘉勉信。

320厂的成功,让吴大观和徐舜寿两人激动了很久。此时,112厂和410厂的建设已经拉开了序幕,两人都把目光聚焦在了沈阳正在仿制的更先进的飞机和发动机上。第一生产处和第二生产处都派出了精兵强将,驻扎在厂里。

两年之后,1956年6月,仿制BK-1φ发动机的涡喷5发动机在410厂通过了试车鉴定。一个月后,1956年7月19日,112厂仿制米格-17的56式战斗机(后称歼-5),配装着涡喷5发动机,也在东北腾空而起。

这是中国生产的第一架喷气式战斗机,新中国也因此成为当时世界上少数几个能批量生产喷气飞机的国家之一。

但当时中国的这种批量生产,在本质上只能算是苏联扩散工厂的生产。当时苏联航空工业的管理体制是:设计局负责设计,主生产厂进行生产,生产过程中可以提出建议;扩散生产厂严格按图纸和要求进行生产,不能做任何更改。当时由苏联援建的中国六大航空工业骨干工厂,就相当于苏联主生产厂的扩散厂。

仿制而不能自主设计,命根子仍然握在别人的手里。因此,中国航空工业骨干工厂如果不想永远成为苏联的扩散厂,就必须有机会生产制造中国人自己设计的飞机。

歼-5和涡喷5的成功制造,无疑激发起了徐舜寿和吴大观这两个年轻处长的专业激情:

"我那时想得最多的是,我们应该自己设计发动机,不能满足仿制成功。徐舜寿当时是第一生产处处长,我是第二生产处处长。我们两人商量,飞机、发动机都仿制出来了,接下来应该搞自己的。我们开始想自己设计飞机、发动机了。"

1956年6月,苏联航空工业部拒绝了援建中国航空发动机研究院等科研机构的要求,二机部因此决定走自力更生的道路。在苏联专家的建议下,四局决定先立足于批生产厂,依靠工厂的帮助,率先建设一批专业设计室。为保持设计室的独立性,避免设计室成为工厂的附庸,设计室在建制上属于工厂,但在业务上则由四局直接领导。这样的体制当时叫做"局属厂管",机构放在厂里,但决策权在局里。

两个年轻处长开始主动请缨:

"我与徐舜寿等同志商议,北京没有厂,怎么办?就想到把飞机放在112,发动机放在410,这是由于这两个厂刚仿制成功飞机和发动机,制造问题可以解决。于是我们按照这个想法给航空工业局打报告,请求我们应该走自行设计、自己制造飞机和发动机的路子,并建立空气动力研究和航空发动机研究机构。航空工业局很快采纳了我们的这些建议。"

1956年8月2日,四局发布《关于成立飞机、发动机设计室的命令》,决定在112厂和410厂分别建立飞机和发动机设计室,任命徐舜寿为飞机设计室主任设计师,虞光裕为发动机设计室主任设计师。随即,又任命吴大观为发动机设计室主任,虞光裕为发动机设计室副主任。当年10月,四局第一设计室——飞机设计室在112厂成立;11月2日,四局第二设计室——发动机设计室在410厂装配厂房的三楼正式成立。

航空燃气涡轮发动机被称作高端制造业皇冠上的一颗明珠,仿制就已相当艰辛,自主研制的话,其技术上的困难更是难以想象。当年的吴大观,满怀一腔热血,自以为身负屠龙之技,无所畏惧:

"我为什么敢干呢?还有一个原因,就是因为我们在西南联大的梁守槃老师,1942年我们同行到大定航空发动机厂的,他那时在搞导弹。我就想,他没有学过导弹,他能干;我没有学喷气发动机,也应该能干,应该向梁老师学习。于是,就与徐舜寿一起下定决心,干!"

但晚年的他,回忆起这段往事,难免感慨万千:

> 在当时,各方面的条件都不具备。这里我要强调的是,虽然搞喷气飞机是第一次,也是比较难的,但不管怎么样它还是一个飞机,机翼、机身还是有原来的基础。而我们这个动力,是从活塞发动机到喷气发动机,是包括原理、结构在内的革命性的改变,是一个天大的变化,比搞飞机的风险要大。当时我考虑这个任务的时候,感到很大压力,很担心完不成这个任务。我是学活塞式发动机的,在美国学的也是活塞式发动机,对喷气发动机,不懂啊!就是苏联的涡喷5、涡喷6,摸了一下,你就想搞发动机设计?说它是一个革命,现在也可以说是一个创新,是一个大的创新。我们现在提科学发展观,在现在看起来,这个创新、当时这样做不太符合科学发展观。但是,为什么这样做?就是想我们中国人能不能设计自己的飞机、搞自己的喷气发动机,这里面有很大的风险,需要作一个尝试。

他对自己当年的举止做了这样一个结论:

"现在想起来,那时真是有点无知,很幼稚,幼稚得可笑,根本不知道发展航空发动机这个河水的深浅。但有一条,热情很高,总想着现在是大好时光,要是能够把中国自己的飞机造出来多好、多伟大,但没有经验。"

奉命二赴沈阳创建中国历史上第一个航空发动机研究室的吴大观,在410厂,非常幸运地遇到了另一个镇江人——虞光裕。

6
第二设计室

虞光裕是金坛人。他所处的那个时代,金坛还属于镇江专区。直到他去世的第 14 年,他的家乡才被划出镇江地区。因此,他和吴大观当时都属于地道的镇江人。

虞光裕比吴大观小两岁,出生于 1918 年 8 月 23 日。他毕业于中央大学航空工程系,曾先后在美国和英国的飞机工厂做设计员,1949 年 8 月归国,随后被分配到上海的华东军区航空工程研究室飞机组。此时,吴大观还不知道虞光裕,并没有把他吸收进航空工业局筹备组。

朝鲜战争爆发后,虞光裕主动要求到沈阳工作。当时维修飞机发动机的专业技术人员奇缺,虞光裕虽然是学飞机的,组织上还是把他安排到了发动机维修厂——111 厂。从此,在苏联专家的指导下,虞光裕边学边干,虽然是半路出家,但也很快就熟悉了发动机的相关专业知识。

航空工业局在沈阳办公后,吴大观蹲点的厂就是 111 厂。两个镇江人从此开始有了交往。

第二设计室在 410 厂成立后,虞光裕和吴大观这两个镇江人再次战斗在了一起。

此时,虞光裕已经身为410厂的技术科科长,刚刚参加完涡喷5发动机的仿制工程,对喷气发动机的制造流程和工艺,已经了如指掌。这样一个有着丰富生产经验的人与吴大观搭档,即便在今天看来,也仍然是一种珠联璧合的绝配。

不久前,沈阳已有一座低速风洞,但最大风速只有每小时180公里。如果自行设计超音速战斗机,必须要有空气动力研究试验的基本手段——超音速风洞。1957年3月5日,吴大观和徐舜寿联名向部、局领导提出书面报告,建议航空科学研究围绕空气动力这个重点,在"二五"期间建设一座口径较大的低速风洞和较大的跨音速风洞,以适应新飞机研制的需要。

当时,中国还不能自行研制超音速风洞,图纸还是从苏联引进的。1958年7月6日,空气动力研究院在沈阳飞机厂成立。因为建制没有被上级正式批准,后来改名为112厂空气动力研究室。研究院成立后,即开始建设超音速FL-1风洞。1960年2月20日,超音速风洞正式投入使用。这也是我国的第一座超音速风洞。

正因为如此,徐舜寿主持设计制造的中国第一种喷气式飞机,时速超过了800公里,其最后的风洞试验,仍然是在苏联完成的。

风洞代表着一个国家在空气动力学乃至航空航天方面的基础水平,但风洞体系的建设不仅涉及技术的发展水平,还涉及经济的发展水平。作为国家重器,风洞代表着一个国家的科研实力,一代风洞技术直接决定了一代飞行器研制水平的高度。

今天,中国已经研制和拥有了世界上第一座可复现飞行条件的高超声速风洞——JF12,引领着国际先进风洞实验技术的发展。

这种追赶和超越的背后,除了一代又一代奋斗者的努力之外,还和一个国家综合国力的提升,紧紧地联系在一起。

在哈军工的低速风洞做了两个月的模型试验后,1957年1月4日,第一设计室正式向四局呈报了《歼教1型喷气歼击教练机草图设计书》。三个月后,4月5日,航空工业局发出了《关于开展歼教1型飞机设计和制造的决定》,明确由第一设计室承担飞机的设计任务,由第二设计室承担飞机发动机的设计任务。12月,设计室开始设计生产图纸,并于第二年的3月全部完成。

第二设计室的发动机是为第一设计室的飞机配套的。因此,吴大观领导的第一台喷气式发动机的设计工作,是于1957年的3月下旬才正式全面铺开。徐舜寿向吴大观提出的要求是:配套歼教1的喷发1A发动机,推力为1 200千克。

那么,如何确定第一台发动机的选型方案?该怎样起步?设计人员从哪里来?试验设备又怎样解决?吴大观只能边思考边探索:

"由于这是首次设计喷气发动机,既缺乏实践经验和技术储备,又没有现成的试验设备,一切都得重新设计,技术风险确实很大。我与当时设计室副主任虞光裕同志研究决定,要寻找既有创新又符合我国国情、力所能及的方案。结果选定工厂刚仿制成功的涡喷5(苏联 BK－1)和苏联 РД－45发动机为原准机,采用相似定律进行缩型设计。这是一条风险小、把握大的捷径。1957年3月,设计工作全面铺开。现在看来,发动机型号方案的选择,走什么途径,风险大小,是设计新发动机能否成功的首要环节。"

吴大观和虞光裕明确了方向之后,紧接着就重点抓起了队伍建设。早在上任伊始,第二设计室的人才引进和培养工作就紧锣密鼓地展开了:

"设计发动机要有设计人员,从哪里来?首先从沈阳航空发动机厂设计科和航空工业局选调了一些技术人员,但是还不够。后来又从哈尔滨航空发动机厂调来一些人。国家还分配了一批新毕业生,他们多数来自南京航空工业专科学校,因为发展航空工业就提前毕业了,只学了两年半的课程。到1957年上半年,总共调来设计人员100名左右。在这些设计人员中,有一半以上是学活塞式发动机、发动机制造和装配修理专业的,对喷气发动机设计理论和设计方法都很生疏。我们于1956年10月向北京航空学院求援,请该院四系开设航空发动机设计速成班,主要学习喷气发动机原理和叶片机原理两门主要课程。我们送去的20多人,于1957年4月回到沈阳参加喷发1发动机设计,从而解决了燃眉之急。现在,他们多数已成为发动机研制工作的主要领导和技术骨干。"

人才被不断地充实进了总体、压气机、燃烧室、涡轮、附件和强度六个小组之中。

在喷发 1A 的研制过程中,吴大观最为担心的,其实还是新发动机的部件怎样通过试验的问题。试验必须解决两个问题:一个是部件功能是否能够达到设计要求,一个是部件的制造质量能否得到保证。

为了保证部件试验过关,吴大观可谓使出了浑身的解数:

> 在喷发 1A 发动机研制中,最伤脑筋的问题是没有试验设备。喷发 1A 发动机虽然是以涡喷 5 为原准机进行缩型,可以省去一些部件试验,但有些重要部件仍需经过试验才能进行研制,否则设计成功的可能性就不大。譬如,单管式燃烧室 9 个火焰筒,按相似准则缩小后,仍沿用原型机上的喷嘴,在缩型后的火焰筒内能否点着火和正常工作,这是燃烧室设计成功的要害问题。此外,涡轮叶片缩型后,能否达到涡轮设计的功率,这也是一个要害问题。当时我们还想进行离心压气机的试验和涡轮模型试验,但是得不到相应的试验设备。就是必不可少的火焰筒单管试验器和叶栅吹风试验器也无处可寻。这些试验设备只有靠自己设计制造,没有其他路可走。

> 在喷发 1A 设计工作开始的同时,测试传感器的研制、试验设备的设计和制造也紧张地展开了。我们得到航空工业局油江副局长的批准和沈阳航空发动机厂的大力支持,在工厂抽调 10 多台设备、10 多名老工人组建了试制车间。又抽调了几位技术人员成立测试传感器设计小组,负责研制试验用的压力、温度测量传感器和高温热电偶,并进行电子测量仪器的研究。为了测量部件强度,开始设计、试制应变片、水银引电器及滑环引电器等。为了便于测试技术人员学习电子学知识,我把自己从美国带回国的 6 真空管长短波收音机拿出来,供他们装拆练习。我还拿出从苏联买回来的幻灯机,供他们对"压力排"照相底片进行判读,从而提高压力测量的精度。当时我们只能因陋就简,在土洋结合的条件下,克服困难,起步做测试工作。在不到一年的时间里,测试小组和试制车间的工人师傅就试制出了温度传感器和定向定位用多点测压靶子,用于单管燃烧室和叶栅风洞试验,初步解决了喷发 1A 发动机的火焰筒和涡轮叶栅两项最关键的试验。

> 这里值得特别提出的是,在喷发 1A 设计图样发出前几个月,工厂

非标准设备的设计人员就设计出了单管燃烧室试验器和叶栅风洞,并由工厂组织加工力量,抢时间、赶进度,将其制造出来,解决了喷发1A发动机研制中的一大难题。这两台试验设备都靠近工厂空气压缩机站,可以利用工厂生产用气源,节省了研制费用和建设气源的时间。白天试验空气不够用,就改在深夜利用工厂停产的时间来作。这两个试验设备的建设经验,后来被很多厂、所效仿。

从1957年11月下旬开始,喷发1A的研制由设计阶段进入了全面制造阶段,主战场也由设计室转移到了410厂。

当时,410厂的材料、生产设备和技术、工人队伍,已经完全可以胜任这一任务。吴大观说:"研制喷发1A发动机可以充分利用涡喷5发动机的生产技术以及部分锻、铸件毛料和工艺装备,以缩短研制周期。更重要的是,这里有一支生产工人队伍,是试制新机的雄厚基础。"

试制工作进展到1958年的3月,就在410厂的全体员工正在大干快上的时候,出现了一个意想不到的情况:空军认为发动机的推力不够,要求由1 200千克增加到1 600千克。这意味着发动机的直径必须相应增大。

中国航发研制史上最富于戏剧性的一幕发生了:由于喷发1A本来就是以涡喷5为原准机的缩型,因此,再进行相应的放大就可以了;但却直接给410厂造成了大麻烦。

吴大观回忆说:"由于当时机匣、离心压气机、燃烧室、涡轮转子等部件已在加工,有几个车间的人员情绪产生了一些波动。莫文祥厂长亲自深入车间进行动员,使试制工作得以继续进行。"

工人们的情绪刚刚平伏,上级就又开始不断传递压力了:

1958年4月,国家军工产品鉴定委员会正式批准研制歼教1飞机,并要求在1959年实现首飞。不久,在全国"大跃进"气氛的影响下,要求首飞的时间被提前到了1958年年底。但很快,首飞时间再一次被更改,要求争取作为标志性成果,向"十一"国庆献礼。

我们不得不承认,那个时代的工人阶级,确实拥有一种新中国主人翁的自豪感和高昂的革命热情,确实拥有一种为自己的航空事业赴汤蹈火的强烈愿望和献身精神!

结果,在410厂全体职工的共同努力下,吴大观他们克服了一个又一个的困难,经过210天的奋战,终于在1958年6月把四台新发动机试制出来了。

经过20小时的持久试车,这四台发动机竟然没有任何问题。欢呼声在410厂此起彼伏,所有的人都激动不已。

四台发动机被运往112厂。

1958年7月23日,第一架单发双座的歼教1飞机顺利完成总装下线。这标志着中国航空工业已经由修理仿制,正式跨入了自行研制的发展阶段。

7月26日,装有喷发1A的歼教1由空军英雄于振武在沈阳机场试飞成功。8月4日,国防委员会副主席叶剑英元帅和空军司令员刘亚楼上将等亲临沈阳祝捷大会,观看歼教1的飞行表演。9月5日和10日,中央首长两次对从沈阳飞到北京沙河机场的歼教1进行了校阅。但中央经过权衡,最后并没有让歼教1参加当年国庆节的献礼,而是安排在国庆之后,在北京南苑机场进行汇报表演和内部展览。

11月中旬,结束北京展览活动的两架歼教1返回沈阳。结果,飞到一半,其中一架出了问题,只好迫降在秦皇岛附近的绥中机场。事故让吴大观惊出了一身冷汗:

"为什么呢?发生了机械故障,我们的涡轮叶片的叶尖后缘掉了一块,出了问题。现在想起来真是后怕,如果真的把飞机摔下来,后果是不堪设想的,我们这几个人也就成为历史的罪人了。"

这种问题,显然不是设计上的问题,而是当时中国航空制造业生产水平上的问题。

航空燃气涡轮机主要由进气道、压气机、燃烧室、涡轮、喷管五大部分构成。航发中工作环境最恶劣的是高压涡轮叶片,也是最核心、最难研制的部件之一。在同样尺寸下,燃气进口温度越高,推力越大。因此,涡轮工作的实际温度都是超过叶片材料本身所承载的温度。高温下,材料会发生氧化、腐蚀现象,会在离心应力作用下发生蠕变现象;材料工作时间长了还会产生疲劳。氧化、腐蚀、蠕变和疲劳都会导致叶片断裂。

为了解决抗氧化、抗蠕变等等问题,除了研发承载温度更高的高温合金材料外,还得发展更先进的叶片冷却技术、热障涂层技术,这又对结构设计、材料研发、铸造工艺和设备提出了更高的要求。发展到现在,对航发高压涡轮叶片的铸造本身就已经是一门技术非常高深的精密行业了。

由于中国整个航空工业基础的薄弱,涡轮质量问题将会在一个很长的时期内困扰着中国的航发设计者们。

作为一款中级教练机,歼教1及其配置的喷发1A发动机,甫一出世,即已进入先进行列。不过,喷发1A——中国第一台自行设计的喷气发动机,随着歼教1服役机会的丧失,最终并没有得到定型生产,可谓生不逢时。

就在歼教1和喷发1A的研制过程中,1957年的10月15日,中苏两国签订协议,苏联同意向中国出售米格-19飞机的制造技术,同意提供全套的技术资料、样机和部分散装件、成品附件。1958年7月,苏联把米格-19的图纸向中国全部移交完毕。12月17日,第一架组装的原型机在沈阳出厂,19日首飞成功。第二年的4月26日,国家鉴定委员会正式通过鉴定验收。这款飞机当时被称作"东风-103",后来被称作"歼-6"。这也是世界上第一代进入批量生产的超音速战斗机。

随着歼-6的定型生产,使用涡喷5的歼-5在未来也不可能成为中国空军的主力战机了,更加落后的抗美援朝期间大量装备的上千架米格-15歼击机,就成为空军基础训练的首选。1958年,空军为适应航校、部队训练需要,最终确定,将米格-15歼击机改装成乌米格-15双座教练机。当年11月,完成首架改装;第二年,即开始批量改装。

这意味着,歼教1及其配置的喷发1A发动机,不可能再得到空军的订货。生不逢时的喷发1A,却永远在中国航空事业的发展史上留下了浓墨重彩的一笔:

形成了中国航空喷气发动机的研发程序,摸索出一套设计、生产的协作模式,积累了大量的设计、计算和试验资料,拥有了初步的测试手段,锻炼出了中国第一代航空喷发研发团队。

米格-19的引进,给第一设计室提供了一个新的追赶参照系。徐舜寿和吴大观开始酝酿性能相似的超音速飞机及其发动机的研制计划。这个计划被称作"东风104"。不过,随着"大跃进"形势的发展,有关方面向徐舜寿和吴大观提出,要超越世界先进水平,把东风104的指标调整为1.8马赫,升限2万米,重新命名为"东风107"。很快,为了实现性能超过米格-19,压倒美国主力机的要求,东风107的速度指标再一次调整为2马赫。

应该讲,如果集中资源全力支持徐舜寿和吴大观,东风107是完全有可能变成现实的。但这个计划却因为"东风113"方案的横空出世而夭折。

东风113是由哈尔滨军事工程学院空军工程系的师生于1958年国庆前夕提出的一个方案。这个系的师生以当时世界上最先进的战斗机为压制目标,经过计算,认为他们可以设计制造出一架速度达到2.5马赫,高度达到2.5万米的飞机,并计划向国庆十周年献礼。

这个显然是纸上谈兵的"双25"方案,竟然在北京得到了支持。

但当哈军工拿着"双25"方案跟有关工厂沟通时,工厂认为试验、材料和工艺都无法得到保证,再过十年可能也难以实现。事实上,要想实现"双25方案",只有一种可能性,就是把当时苏联和美国最先进的试验手段、材料生产、制造工艺都集中到中国来。不过,在那个"人有多大胆,地有多大产"的特殊时代氛围之中,由一帮没有任何实践经验的狂热的师生所推动的东风113计划,还是付诸实施了。

东风107先后经过两次大的图纸修改和两次送往苏联进行风洞试验,为其配备的红旗2号喷气发动机也于1959年9月上台试车。

从1958年8月开始设计,到1959年1月开始试制,再到9月底上台试车点火成功,前后仅用了一年时间,红旗2号本身的研制速度也是相当惊人的。

红旗2号发动机是吴大观领导设计的中国第一台轴流式加力涡轮喷气发动机。当时,作为歼-6的配套,410厂已经根据苏联提供的PⅡ-9B发动机技术资料,完成了涡喷6的组装。红旗2号的设计思路跟喷发1A一样,只不过喷发1A是对原准机的缩小,红旗2号则是对原准机的放大。

东风107的总体设计两次遭到苏联方面的否定,但红旗2发动机却得到了苏联人的充分肯定,很快生产组装成型,实现了首次运转。四局因此给第二设计室发来了贺电。

对于红旗2号,吴大观本人还是给予了充分的肯定:

"我们搞出来喷发-1A发动机了,但还是小。我记得,当时410厂的生产厂长说:'你们这个发动机就像枕头一样大。'我听后想,你说我们的这个发动机小,我们下次就给你搞个大的。于是就有了后来的红旗2号。"

1959年11月,在东风107已经取得阶段性成果的情况下,有关部门提出,必须加快东风113的试制,争取向党成立40周年献礼。这样,四局便决定,第一设计室暂停东风107的设计工作,与哈军工的东风113设计室合并,组成统一的设计力量,在工厂党委领导下,进行东风-113的设计工作。新的设计机构由哈军工相关人员挂帅。

东风107和红旗2号喷气发动机,就此胎死腹中。但脱离实际的"双25"方案,在当时中国的历史条件下,自然不可能实现。

在经历了一系列重大挫折后,1960年12月27日,中央军委决定成立航空研究院。1961年6月30日,国防部第六研究院正式成立。8月,研究院第一设计研究所(歼击机,601所)和第二设计研究所(发动机,606所)诞生,由徐舜寿和吴大观分别担任技术副所长。

随即,东风113研制任务被移交给六院,教员大都重回教学岗位,学生则被分配到各个单位。这意味着,这个项目事实上已经寿终正寝,只是不需要有人对其失败承担责任而已。

意味深长的是,为了对抗哈军工的东风113,第一设计室曾经提出过一个"东风-109"方案。这个方案中的飞机速度更是达到了3.5马赫,采用的则是核动力发动机。此时,中国连原子弹都没有,研制核动力发动机,无异于天方夜谭。但如果没有这个更"左"的东风109方案作挡箭牌,第一设计室根本就没有可能争取到研发东风107的任何资源。

7
606 所

冲天

六院筹组期间,东风-113终止前夕,中国与苏联之间又达成了一个重要的协议:

1961年3月30日,刘亚楼代表中方与苏方签订了《关于给予中华人民共和国带有K-13导弹的米格-21Φ型飞机的生产许可权、技术资料和关于生产带有K-13导弹的米格-21Φ型飞机方面给予中华人民共和国技术援助的协定》。

这是在中苏两国已经产生重大分歧时,在昙花一现的蜜月窗口期出现的产物。

协议签订的同时,中国空军还将直接购进12架米格-21Φ-13型飞机。这款两倍音速的战斗机装备部队后,被称作"62式歼击机"。这也是中国从苏联引进的最后一种米格歼击机。

62式歼击机后来被改称"歼-7",其仿制生产的发动机则被称作"涡喷-7"。

由于米格-21的引进,吴大观等人的任务再次发生重大变化:

"在二所成立初期,六院领导指示:为了贯彻做设计工作的准备,要执行

'摸着石头过河'的方针,即摸透米格21飞机、涡喷7发动机。并决定将0307基地的试验建设的规模定为以试验涡喷7发动机部件为主。全所的设计人员在此方针的指引下,设计技术得到一定的提高。但是,摸透工作进行不到一年,受到当时的'极左'思潮冲击,又在并不具备设计所需条件的情况下,开始设计歼9飞机需要的大推力加力涡扇发动机——涡扇6发动机,代号'910'。"

从1964年10月开始,根据空军的要求,601所就以米格-21为原准机,提出了装备两台涡喷7的渐改型方案——歼-8,以及装备910发动机的大改型方案——歼-9。这两个方案,后来得到了平行推进和实施。显然,研制歼-9的难度系数比歼-8要高上许多。

为歼-8配套的发动机定型后称作"涡喷-7甲"。

为歼-9配套的"涡扇-6"发动机,是中国第一次设计的大推力飞机发动机。这是一种双轴内外涵混合加力式涡扇发动机,设计最大推力70.6千牛,加力推力121.5千牛,推重比为6。这在当时来说是一种性能十分先进的大推力发动机。

1964年10月,在吴大观和虞光裕两人的牵头主持之下,启动了涡扇-6的初步设计。11月30日,在航空科研规划会议上,涡扇-6发动机被列为六院"三五"规划中的自行研制项目。此时,上校吴大观主持606所的发动机研制工作和试验基地的建设,中校虞光裕则担任总设计师一职。这两个镇江人不仅继续战斗在一起,两个人的家庭也成了好邻居:

"我们两个人相处很融洽,工作中互相支持,在所里宿舍区又是邻居,两家人和睦相处,至今,我还和他的家人保持着联系。让人欣慰的是,他夫人现在生活很好,晚年生活很幸福,他的几个孩子也都很有出息。"

从1957年到1965年,组织上安排吴大观先后访问了英国、苏联、法国、联邦德国、瑞士等国家,安排他两次参加巴黎航展,给他提供了很好的学习、借鉴国外经验的机会。在多次出国考察的过程中,吴大观逐渐把注意力集中在探索发动机研制方法和研制程序的新路子上,并形成了自己的一套方法论:

老话说,开门七件事——柴、米、油、盐、酱、醋、茶。我给自己定下的,在所里的工作也有七件事,也是自己要常想着的:

一是设计队伍建设;二是试验基础建设;三是抓试验仪器的设计、制造;四是试验设备的设计、制造,也就是非标准设备的设计、制造;五是组建加工车间,是一个万能车间,既可以加工非标准设备、测试仪器,又可以加工一些试验件;六是抓图书馆、情报资料室和档案室(为了创造一个好的学习环境,我还设立了产品、零件陈列室,就是通过各种渠道搜集国外产品的残骸,拿来陈列起来,供大家参照学习);七就是抓人才培养。

在上述七件事中,前面五件又被吴大观概括成三大技术支柱:

"我反复强调的是,设计力量、材料工艺技术和试验设备是发动机研制的三大技术支柱,三者缺一不可。"

鉴于研制过程中要进行大量的部件验证和整台发动机调试,吴大观向上级建议,606所必须要建设一个相当规模的试验基地。建设航空发动机试验基地,在中国历史上也是从来没有过的事情,六院领导决策前也很慎重:

"那是我担任技术副所长的时候,跑到北京向六院的唐延杰院长提出的。我感觉到,在我接触到的领导中,有的人虽然是行伍出身,没有搞过技术,但他能够听得进我们的意见。唐延杰院长就是这样的领导干部,他特意要我住在六院招待所,给他讲了三天。我向他再三宣传,搞飞机发动机,没有一个试验基地是不行的,必须要有试验设备,否则发动机根本搞不出来。他听得很认真,而且听明白了,给予了支持,批了5000万元,就在距离606所25公里远的一个地方,原来是金属研究所的一个大车间。那个地方相当大,叫旧站,开始筹建0307基地。"

试验基地的基建工作主要由虞光裕具体负责。基建完成后,吴大观以废铁的价格,从英国一家被兼并的发动机厂购买了一批二手设备,安装于基地之中;又抽调相关技术人员,先后组建了试验设备设计室、仪表设计试验室和强度仪表试验室。

606所曾把吴大观组织设计和建造的第一批试验设备,列了一个清单:

动力方面,有气源站、变电站;发动机部件试验方面,有叶栅风洞试验器、压气机试验器、单管燃烧室试验器、八分之一扇型加力燃烧室试验器、点火试验器、轴承试验器、燃油附件试验器、低疲劳循环试验器、盘轴试验器、静强度试验器、光弹试验器等;整机试验方面,有两个室内试车台和两个露天简易试车台等。

在吴大观的努力下,我国第一个初具规模的航空发动机试验基地诞生了。这些试验基础条件和手段的建设,不仅对当时的型号研制,而且对后来包括"昆仑"和"太行"发动机在内的型号研制都发挥了极其重要的作用。这个试验基地,亦为606所更好地研制发动机,奠定了一个坚实的基础:

"在试验基地,我们不停地进行着大批发动机部件试验,为发动机研制打下了基础。在这一段时间,我们的工作都是非常繁忙的。常常一天工作12个小时以上,很多同志都是以所为家,一干起来都没有节假日。就在这一段时间,我的眼睛出现了问题,视网膜剥落。我那时打篮球,在球场上,我突然觉得,怎么回事?从左边过来断我球的人,我看不到了。"

三大技术支柱中,设计力量的强弱与否,跟是否注重对青年人才和骨干人才的培养息息相关。吴大观深知,培养好一个骨干,就可以带动一大批人;培养好年轻人,中国航空发动机事业就可以薪火相传,生生不息。

1961年10月,严成忠成为第一批毕业分配到606所的大学生。他以见习技术员的身份被选入吴大观组织的"远景工程师组",开始了跟踪世界航空先进技术和动向的工作。这个远景工程师组的成员,无一例外,后来都成为领军人物和优秀的技术带头人。

严成忠后来成为涡喷-14,即"昆仑"发动机的总设计师。"昆仑"发动机定型后,严成忠说了这样一段话:

"我们自行研制发动机好像接力赛,一棒一棒往下传。我很幸运,'昆仑'这根棒传到我手中成功了,这是我们航空几代人智慧和汗水的结晶,不是我个人的功劳。许多人未看到这一天,就过早地走了,留下无法弥补的遗憾,想起他们就心里难过。我义不容辞的责任就是把这根接力棒传下去!"

1962年,一个叫做刘大响的学生成了吴大观的部下。33年之后,1995年,刘大响成为中国航空动力界第一位工程院院士。在刘大响的记忆中,他

与吴大观的初识是这样的:

"当时吴老担任技术副所长,他代表所领导和我谈话,安排我到总体室工作。谈话中,当他得知我患有严重的胃病,不得不中断研究生的学习时,就十分关切地对我说:'你一定要多注意身体,千万不要把身体搞垮了,航空发动机事业将来还要靠你们这一代年轻人挑重担呢。如果有可能,争取安排你出去疗养一下。'后来,所里果真安排我到大连小平岛军队疗养院疗养。经过1个多月的休息和治疗,困扰我多年的严重胃病得到了根治。在那个年代,三年自然灾害刚刚过去,对于一个参加工作还不到一年的年轻人来说,出去'疗养'可是享受了'破格'的待遇。仅仅是第一次见面,吴老就记住了我这位普普通通的年轻人,并给予我莫大的关心。"

1965年,不到28岁的刘大响被吴大观选中担任空军某师"蹲点"小组组长。回来后,吴大观安排刘大响在全所大会上做了一个报告。这也是刘大响有生以来所做的第一个报告,台下坐满了整整1500人。

刘大响有着这样的感慨:"沈阳606所是我国航空发动机设计研究的摇篮,我有幸在那里工作了8年,时间虽然短暂,却是我奠定技术基础的8年,是从'学校门'到'工作门'、从书本到实践的8年,是铸就我动力人生、茁壮成长的8年。"

1970年,为了支援三线建设,刘大响所在的部门被整建制迁去了川西北的624所。三年之后,这批人因项目结束,又迁回了沈阳,但刘大响却被624所留下,担任高空台设计室技术负责人,从事高空台建设工作。

做成一个一流的航空发动机高空模拟试车台,也是吴大观的一个梦想。他觉得在刘大响的身上,有可能实现这个梦想。1980年,吴大观终于有了一个助刘大响一臂之力的机会。刘大响回忆道:

"1980年,我国按引进专利生产的斯贝发动机,需要送到英国去进行高空模拟试验,国家派时任430厂技术副厂长的吴老带队。吴老喜出望外,终于有机会学习外国高空台建设的经验了!在确定出国人员名单时,吴老认为,高空台对于我国航空发动机的自主研制有着重大的意义,就主动提出从430厂拿出5个出国名额给624所,由624所选调5名同志随同他们一起到英国参加高空台考核试验,并指定我担任组长。当时刚刚改革开放,能够出国学习的机会非常少,机会难得。把自己厂里的出国指标分给别的单位,有些同志认为吴老是'胳膊肘往外拐'。但吴老站在国家利益的大局上,为了我国高空台技术的突破和发展,力排众议,坚持正确主张。他特别嘱咐我们:'要抓住这个机会,既要完成斯贝发动机的考核试验,更要学习好英国先进的发动机高空模拟试验技术,回国后将我国自己的高空台建设好,调试好。'"

刘大响说:"回国后,他(吴大观)又立即组织我们编写技术总结,出版了约150万字的'三大'报告,这些资料对我国高空台的建设,特别是对高空模拟试验技术研究和调试试验,起到了十分重要的指导和参考作用。"

刘大响等人经过近30年的努力,终于建成了被誉为"亚洲第一台"的高空台,使我国成为世界上继美、英、俄、法之后,第五个拥有高空台的国家。刘大响因此称吴大观为"我永远的导师"——"他是我一生中最敬仰、最亲近、最知心的导师!"

就在涡扇-6和涡喷-7甲研制工作启动的当年,1965年,有一个叫张恩和的青年学生被分配到了606所。若干年后,他将承担起涡扇-10,即"太行"发动机总设计师的重任。

张恩和饮水不忘挖井人。他说:"没有吴老,就没有新中国航空发动机事业。吴老是现在所有还健在的航空发动机专家的前辈。"

他这样点评吴大观:

"几十年来,在吴老的带领下,我国建立了日趋完善的研制体系,培养了一支过硬的科研人才队伍;先后组织了喷发1A、红旗2、涡喷7甲、涡扇5、涡扇6发动机的研制及斯贝发动机的专利生产,编制了发动机通用规范,吴老用一生在中国航空发动机史上,书写了昨天、赢得了今天、奠定了明天。"

对于在中国航空工业史上具有里程碑意义的涡扇-6,张恩和做了这样的小结:

"涡扇6发动机的研制为日后我国'昆仑'、'太行'发动机的研制,提供了充足的人才和技术储备,积累了丰富的研制经验。"

在涡扇-6的设计之前,606所根据空军的要求,还在吴大观的率领之下,开展了涡扇-5发动机的研制工作。涡扇-5是中国第一次研制的涡轮风扇发动机,开始于1963年的1月,准备用来配套改进型的轰-5轰炸机,当时的代号为"61F"。后来,由于对单发起飞安全的信心不足,再加上配装涡喷-8的轰-6的问世,空军撤销了对轰-5的改进计划,涡扇-5遂于1973年5月停止了研制。

涡扇-5也是虞光裕担任总设计师的最后一款航空发动机。他于1970年5月25日在车间拆卸旧锅炉时,不幸被掉落的通风管道砸伤,经抢救无效,于5月30日去世。

由于对东风107和东风113试制双下马的失败记忆犹新,606所在做涡扇-5时,当时中国仅有的三个能做航空发动机的骨干厂,竟然没有一个愿意尝试一下。吴大观回忆道:

"那是我在沈阳的时候,我们搞了一个涡扇发动机(涡扇5),是在涡喷-6的基础上,加了一个后风扇。总想着能够为国家做一点贡献。六院很支持,批准了计划,给了经费。需要进行加工了,当时刘鼎副部长在西安召开一个技术会议。我就带着一大套图样到西安向刘鼎副部长汇报,讲这个方案,加一个后风扇可以增大推力到3 600公斤,能够提高飞机的速度。刘鼎一听,好啊!

"在一天晚上,把三个厂的总工程师找来,专门开会。哪三个厂呢?一个是沈阳的410厂,一个是哈尔滨的120厂,还有一个是株洲的331厂。刘鼎同志让我把情况作了介绍,一场空,谁也不答应。三个厂的领导一致不同意接受试制任务。理由?很简单,没有这个任务。而且你搞新东西,我也没有经验,太费劲了,不能接受这个试制工作。刘鼎也拿他们没有办法。

"最后还是六院曹丹辉组织,由621、625两个所把主要部件加工出来,在606所车间里加工装配的。这个发动机还是做出来了,在武功的飞机修理厂(5702厂)装在一个轰炸机上,在地面作了滑跑试验。但军方不让试飞,正在'文化大革命'期间,也就不了了之了。"

涡扇-5发动机采用的后风扇—自由涡轮结构,与桨扇发动机有着极大的相似之处,并不属于涡扇发动机技术的主流,但却具有非常优越的经济性。涡扇-5研制所积累的超跨音速风扇设计、压气机可调叶片技术等成果,为中国航发事业的进一步发展,提供了重要的技术储备。

不过，十几年以后，随着歼-9、强-6项目的终止，涡扇-6也停止了最后的研制。

但涡喷-7甲，却随着歼-8战斗机于1979年12月的设计定型而大获成功，标志着中国发动机从仿制到改进定型的一个成功的跨越。涡喷-7甲发动机不仅同歼-8飞机一起荣获了国家科技进步特等奖，还出口到了国外。

涡喷-7甲虽然是一个改型发动机，但它采用的一些技术，却远远超过了原型发动机，推力比原型机增加了14％以上。特别是空心气冷涡轮叶片的使用，使得中国成为世界上第二个在航空发动机上应用此技术的国家。

关于这种叶片的研制，张恩和讲述了这么一个故事：

> 空心气冷涡轮叶片是国际尖端技术，它保证发动机涡轮叶片在熔点以上温度还能可靠工作。谁要掌握了它，谁就掌握了研制先进发动机的"金钥匙"。当时国外刚刚开始应用这种叶片，而我们没有任何经验和基础。吴老和中航工业621所的老专家荣科下定了决心，要在研制的涡喷7甲发动机上，采用这一新技术。在协调会上，两位老专家互相激将。吴老说，"设计难点很多，但我还是怕加工不出来！"荣科激动地说："如果你设计出来了，我们造不出来，就把我荣科的头挂在你们所的门口！"吴老爽朗地笑了，拍案而起回应道："如果我们设计不出来的话，就把我吴大观的头挂在你们所的门口！"关键时刻两位专家的坚定决心，使我们这些年轻的科研人员热血沸腾，我们就是这样攻克了一个又一个的难关，仅用了一年多时间，在1966年4月，装上空心气冷涡轮叶片的涡喷7甲发动机进行了台架试车，当时，全体参试人员既兴奋又紧张，试车现场鸦雀无声，静得大家都能听到彼此的呼吸。随着开车令下，发动机发出隆隆的轰鸣声，起动成功了！发动机的性能一次达到设计指标！现场一片欢腾！

涡扇-5的基础是涡喷-6，涡喷-7甲的基础是涡喷-7，唯有涡扇-6是606所完全自主研发的。这款我国自行设计的第一台大推力级双轴内外涵混合加力式涡轮风扇发动机，命运多舛，四次上马，三次下马，五次转移研制地点，先后生产出了七台试验机，但最终因失去使用对象而终止了研制。

即便如此,涡扇-6发动机仍然是中国自行设计发动机的一个重要里程碑,它所采用的跨音速风扇、气冷高温涡轮叶片、平行进气加力燃烧室、挤压油膜轴承等新技术,采用的钛合金、高温合金、石墨等新材料,采用的钛合金长叶片模锻、薄盘和细长轴加工等新工艺,以及气芯加力燃油泵、高能电嘴等新型附件和一系列关键技术的使用,为中国后续成功研发更新型的航空发动机,奠定了良好的技术、材料和人才基础。

8
最后的涡扇-9

早在1964年8月,跟吴大观有兄弟之谊的徐舜寿就被调到西安,从事大型飞机的设计工作,但不幸于1968年1月6日去世。九年之后,1977年的年底,吴大观也被调到了西安,在430厂当技术副厂长,投身于涡扇-9发动机的研制。这款发动机后来被命名为"秦岭",成为"飞豹"——歼轰-7的标配动力。

这也是吴大观直接参与仿制的最后一款航空发动机。

涡扇-9是中国根据引进的英国"斯贝"军用航空发动机的专利仿制生产的。1975年12月13日,中英两国签订合同,英国同意中国购买军用斯贝发动机专利、发动机整机和发动机辅机。

对斯贝的仿制过程,几乎跟当年引进美国和苏联航空发动机的流程完全相同。

意义最重大的地方在于:通过到英国对生产出来的发动机的试验考核,中国工作组基本摸清了英国高空试车台等试验设备和试验方法,对更好地促进我国航空发动机的科学试验研究的发展,产生了巨大的影响。

可以说,没有这次跟英国人的合作,中国在高空台的建设上,还会走上一段更漫长的道路。而没有一流的高空台,要想研制出一流的大推力、高性能的航空发动机,则无异于痴人说梦。

吴大观仿制过美国人的发动机,也仿制过苏联人的发动机,但在英国人的罗·罗公司,吴大观说比他从苏联人那里学到的东西还要多:

"我到430厂主要是跟英国专家搞装配、试车,专门搞质量,制造我不管。发动机制造出来,要搞考核、验收、持久试车。英国也先后派了六位专家来做考核工作,我们从英国专家那里学到不少东西,一个新的发动机制造出来以后,怎样进行长期试车?有什么要求?经过什么程序?怎么保证质量?资料比较多,学到不少西方的持久试车技术。

"我们就是学,由于没有新机研制经验,很多不懂,学到不少东西。我们问了很多问题,他们也认真地教,可是关键的技术不告诉我们。但就是这样子,也比苏联过去给我们的东西多得多。"

但再怎么学,英国人还是严密封锁自己的关键技术。吴大观自己也心知肚明:

"不管怎么样,人家卖给我们的是制造权,而不是设计权。不能买苹果,把苹果树都买回去了,这是罗·罗公司的那位技术董事胡克先生讲的。他说:'你们中国人真厉害啊!买我们的苹果,还想要连苹果树都买走。苹果树嘛,那是另一回事。'"

这让吴大观再一次深刻地明白:即便花了钱,高新关键技术也是难以买来的。

涡扇-9发动机的制造成功,使中国在20世纪有了一台推力适中的加力涡轮风扇发动机,填补了一项空缺。吴大观为此在英国整整待了半年。

从英国回来,吴大观除了意识到建设高空台的重要性之外,还对预研和标准的重要性有了更深刻的理解。

后来,吴大观在1989年2月专门写了一篇文章,题目就叫做《论发动机预先研究与型号研制的根源关系》。他以涡扇-9的技术消化为例,谈到了研制与预研的辩证关系:

"由于对斯贝MK202发动机的性能、结构设计技术没有消化吃透;对海军提出的过高的性能要求,在发动机上不采取措施;对发动机研制缺乏经验,对舰改设计工作的难点认识不足,把改进改型设计看得过于简单,不做艰苦的研究试验工作,光凭满腔热情。上马以后,就是工厂全力以赴,由于预研工作这个大缺口,研制过程中必然要碰上'暗礁',这也是必然规律。"

他进而对航空发动机的研制历史进行了回顾,得出这样的一个结论:

"大量事实证明,30多年的航空发动机型号研制历程所走的坎坷曲折的道路,主要是由于对发动机预先研究的重要性认识不足,致使型号研制工作遭到多次冲击和干扰。也可以说,30多年的发动机型号研制历史,是一部忽视预先研究,在型号研制上吃了大苦头的历史。如果我们承认这一事实,我们就应该重新认识预先研究的重要性。历史事实是无情的,科学发展规律是不能违背的。我们应该呼吁重视对发动机研制的预先研究,千万不可掉以轻心,不能允许发动机研制总是重蹈覆辙。"

今天,对预研重要性的认识,已基本成为一个常识:

在产品的研发过程中,技术问题会层出不穷。一般来说,在设计或实现阶段,一旦遇到比较大的技术障碍,如果没有技术储备,临时去安排攻关,其代价通常都非常高,不仅其他人的工作无法推进,先期投入的资源被迫闲置,最糟糕的是,如果此技术障碍无法克服,就会不得不改变原来的设计和技术路线,在浪费人、财、物、时间的同时,还会影响到研发团队的稳定。

即便是吴大观这样的"中国航空发动机之父",也是直到1989年才真正搞清楚预研在航空发动机研制过程中的关键作用。

后来,吴大观更深刻地总结说:

"引进、仿制、发展是世界各国任何行业通用的方法,但是,这要有个前提,那就是要认清测绘仿制仅是过渡的手段,不能当作目的。唯有通过引进、消化、吸收进行仿制,然后结合自己的预先研究、技术储备基础、积累的研制经验进行改进、改型,才有可能走上开发先进产品的道路。如果没有自己的科研技术研究基础,将会永远跟在别人后面亦步亦趋地爬行,而不是什么捷径。"

痛定思痛,预研对航空发动机可持续研制的基础性作用,被吴大观上升到了一个战略高度。

巧合的是,也许正是因为意识到了预研的重要性,从上个世纪90年代末开始,中国的航空事业开始进入了一个新的振兴和崛起的历史阶段。

标准既是质量的保证,也是技术攻关的指针。

早在上个世纪70年代末,606所就已经对美国的航空发动机通用规范进行了深入的研究。在此基础之上,在吴大观等人的建议下,1980年11月,三机部正式发文给有关单位,下达了编制自己的航空发动机通用规范的任务。1982年,在主持编写了《英国罗·罗公司斯贝(涡扇-9)发动机总装设计技术资料》以及《斯贝发动机赴英高空台试验、部件强度考核试验结果技术资料》后,吴大观离开了430厂,担任了部科技委常委。在他的主持下,1985年开始编写通用规范初稿,1986年与空军联合讨论,经三次修改后,形成了两本通用规范送审稿,上报国防科工委批准后,于1987年2月颁布:

> 原来在沈阳的时候,在"文化大革命"后期,我恢复自由以后就了解到,美国针对发动机搞出了一个通用规范(MIL-E-5007D,MIL-E-87231USAF)。是作为普通的资料通过628所传过来的。在这个规范里,我发现了我们搞一项设计应该的搞法,一道道关口怎样把关,这是我们在发动机研制中存在的问题,而在他们的规范里作了规定。1983年,我向部里提出要编制我们自己的规范,莫文祥部长批准了同意。以301所为主,从几个单位抽人,先学习、翻译,一步步地基本学通后再编写自己的规范。

涡喷、涡扇和涡桨、涡轴两部航空发动机通用规范的问世,在科研、生产、使用三者之间架起了一座互通的桥梁。它们不仅是航空发动机生产、检验、验收、使用、维护和贸易的技术依据,而且,对于保证和提高航空发动机的质量,提高航空发动机生产和使用的经济效益,具有极其重要的意义。

有了这个桥梁,中国的航发研制将会减少很多探索性成本,少走很多弯路。后来的历史证明,这两个通用规范不仅对中国航空发动机领域的装备发展起着业务指导和技术支撑的作用,而且也是航空发动机领域研发和人才培养的基本准则。

虽然有了通用规范,但在很长的一个时期内,即便是研制发动机的单位,也仍然没有太强的规范意识。吴大观为此付出了艰辛的努力:

"规范规定,如果推力、耗油率达不到要求就不能通过,不能进行下一步。执行规范是有阻力的,所里同志说,我们现在还过不了关呢,你老吴在搞什么名堂!

"我们就作宣传,到处去讲,在我们行业内某个厂参照了这个规范,研制设计工作取得了什么样的进展。

"外国人也帮忙。当时608所在搞法国直升机的专利(海豚),他们买的是阿赫耶-1发动机,是Turbomeca——一个小发动机公司的。这个公司的专家来到608所座谈,讨论怎么搞发动机。外国专家问他们是根据什么规范来设计的?他们还莫名其妙。结果我们搞规范的人说了,就是我们在搞的那个规范。这样一来,大家对这个规范有了一定的认识。

"还有,当时组团到法国参观幻影-2000,作了一个调查,发动机也派人去了,是410厂的副总工程师。在参观考察过程中,听到人家介绍说,我们的发动机是按照×××规范,所以我们的性能如何得到保证等。回国后讲起来,这也提高了大家对规范的认识。

"当时还存在一个与军方关系的问题。这个规范照理说应该由军方提出。美国的规范就是军方制定的。而在我们搞规范的过程中,与军方是有矛盾的。例如,美国的MIL标准,1973年制定的要求是,两台发动机各作两个150小时的持久试车。我们开始建议用一台发动机作150小时的持久试车,军方不同意;改为用一台进行两个150小时的持久试车,经过反复协调,最后才通过了。类似的情况还有很多。但经过努力,最终还是在1987年,经国防科工委批准,编号为GJB 241-87及GJB 242-87的国军标颁布试行。"

为了让大家更好地了解规范对研制的促进作用,吴大观专门撰写了一篇名为《航空发动机通用规范发展概况及对我国发动机研制的作用》的论文,刊登在1995年《军用标准化》杂志的第5期上。

涡喷、涡扇和涡桨、涡轴两部通用规范颁布10年之后,社会上仍然有两种截然不同的看法。吴大观把这两种看法进行了归纳:

"一方面认为通用规范是发动机研制的经验总结,对我国发动机研制起着指导作用,并推动我国发动机研制技术的发展;由于通用规范具有较完善的设计和试验要求,又有严格考核标准,从而能保证产品的高质量。另一方面却认为通用规范中的设计要求和试验考核标准,要求太高,脱离了我国国情,贯彻执行有诸多困难,甚至有的认为这是自寻麻烦,自卡脖子,有的还想降低通用规范的标准,这种意见时而反应很强烈。"

他因此在1996年《航空发动机》第4期上,专门发表了一篇名为《论航空发动机通用规范与型号规范的指导关系》的论文。在这篇论文中,他认为之所以有人把通用规范视作卡脖子和自寻麻烦,主要原因可能由于中国的航空发动机研制虽然有40年的历史,但是研制的型号太少,研制工作还未走完一个全过程,发动机研制的经验仍缺乏。

他总结道:

"正确使用通用规范,将会使航空发动机研制和使用,一定会沿着科学的轨道向前发展,对航空发动机行业起着有效的推动作用。值得强调的是,贯彻通用规范,必须由研制单位与用户(军方)共同合作协商,根据具体发动机型号要求及各种机种主客观条件,加上经费情况,对通用规范进行更改和剪裁,以编制型号规范。应对通用规范是指导性文件有共同认识,它既不是卡发动机行业脖子的绳索,也不能迁就我们过去的落后局面。"

对通用规范的作用,"昆仑"总师严成忠说了这么一句话:"'昆仑'发动机能走到底,就是得益于国军标。'太行'发动机也不例外。"

直到2003年7月,涡扇-9才得以通过国产化工程技术鉴定,获准投入批量生产,研制前后持续了近30年。而早在1985年12月,为了支持走自行研制航空发动机的道路,吴大观、程华明、宁愰、袁美芳、周晓青、张世英、王宏基、康毅、柱云汉9位航空发动机资深专家联名向邓小平同志写信陈言,对自行研制的具体方案和工作安排提出了建议。1986年1月8日,邓小平明确批示支持,从而使"太行"发动机的研制起死回生。

"太行"总设计师张恩和对此感触良多:

"1983年,国家在论证我国自行研制的第三代作战飞机时,围绕是引进国外发动机,还是自行研制的问题,当时意见分歧很大,不少人极力主张引进国外成熟的发动机。在这决定太行发动机前途命运的关键时刻,吴老大声疾呼:'我们一定要走出一条中国自主研制航空发动机的道路。否则,就会永远受制于人,战机就会永远没有中国心!'以吴老为首的9位专家联名上书邓小平同志,引起了党中央的高度重视,太行发动机得以立项。他的高瞻远瞩,为新型航空发动机确定了研制的发展方向。太行发动机经过18年的磨砺,终成大器。2006年初,我到北京出差看望吴老,把太行发动机研制成功的消息告诉了他。吴老激动得老泪纵横,他久久地握着我的手说,我们终于有自己的第三代发动机了……"

从自己几十年亲身经历的航空发动机研制屡败屡战的切肤之痛中,从中国举倾国之力搞"两弹一星"的成功经验里,吴大观认为,"多年国内外的实践经验证明,没有政府的大力支持和大量的投资,航空工业只能是纸上谈兵。"

他开始思考国家层面的科学技术的战略决策问题。1998年8月10日,他在自己的日记中写下了这么一段话:

> 加强政府部门的科学决策能力,关键在于国家的技术决策。"一个落后的国家,可以从无到有地发展高技术产业,一个先进的国家,也可以从有到无地丧失高技术产业。"

吴大观认为:"航空工业是高技术产业,有知识密集、技术密集、资金密集的特点,需要国家列入国家计划,需要综合国力大力支持。"

他作了一个形象的比喻:"我们把发动机比成人的心脏。发动机研制数十年发展不正常,就好比我们的飞机有心脏病,供血不足、心动过速、忽快忽慢、心律失调。"

自此,他把很大一部分精力放在宣传"动力先行"的观点上。后来,他干脆写了一篇题为《为什么飞机研制必须首先解决"动力先行"》的文章,刊登在1999年《航空发动机》第4期上。

在论文的结束语里,他大声疾呼:

"回顾我国航空工业发展的历史事实和我国航空航天行业对待'动力先行'的不同所出现的两种截然相反的结果,难道不足以表明唯有贯彻'动力先行'的方针,航空工业才有可能顺利发展吗!"

究竟是飞机决定发动机,还是发动机决定飞机,今天看来不是个太大问题的逻辑关系,但在以前我国的中长期发展战略上,似乎始终没有梳理清楚,因而在客观上,中国的航空发动机工业长期处于从属于飞机整机的"老二"和配套地位,未被真正列入国家战略高科技领域,始终缺乏充足的资金和长期稳定的政策支持。

  2006年2月,中国发布了《国家中长期科学和技术发展规划纲要(2006—2020年)》。这个规划的制定,前后历时3年,直接参与的专家超过2 000人。这个规划是新世纪中国科学和技术发展的行动指南。根据这个规划,中国"将在重点领域中确定一批优先主题的同时,围绕国家目标,进一步突出重点,筛选出若干重大战略产品、关键共性技术或重大工程作为重大专项,充分发挥社会主义制度集中力量办大事的优势和市场机制的作用,力争取得突破,努力实现以科技发展的局部跃升带动生产力的跨越发展,并填补国家战略空白。"

  重大专项是为了实现国家目标,通过核心技术突破和资源集成,在一定时限内完成的重大战略产品、关键共性技术和重大工程,是我国科技发展的重中之重。首批确定的16个重大专项中,虽然列有大飞机,但在实际实施过程中,其发动机采取的却是外包路线,并没有在根本上解决"心脏"的问题。

  2006年的春天,航空发动机并没有成为国家科技重大专项的一部分。吴大观的情绪依旧也很乐观,仍然对人说:"假如时光倒流,我仍愿意回到沈阳606所做一名航空发动机设计员。"但他的身体状况却急转直下,90岁的吴大观,在200米的上班路上,即便由人搀扶着,也得歇上四次,他不得不宣布以后在家里办公。

  2009年3月18日,一个毕生研究飞机心脏的人——吴大观的心脏,停止了跳动。

  弥留之际的吴大观做的最后一件重要的事情,是把自己积蓄下来的10万元,作为最后一笔党费,交给了党组织;他留下的最后一段清晰的语言则是:"我就要去见马克思了。窗外的蓝天白云多迷人啊,我是看不到我们自己的大飞机装着我们自己的发动机飞上祖国的天空了,但我相信,总有那么一天……"

  这位屡败屡战的"中国航空发动机之父",心脏停止跳动之前,信仰未变,希望未灭……

吴大观去世之后，越来越多的院士和专家发出呼吁和建议，希望能够把航空发动机列为国家重大科技专项。

2015年11月3日，习近平在《中共中央关于制定国民经济和社会发展第十三个五年规划的建议》的说明中，明确指出，中央在已有的16个国家科技重大专项的基础上，"以2030年为时间节点，再选择一批体现国家战略意图的重大科技项目，力争有所突破。从更长远的战略需求出发，我们要坚持有所为有所不为，在航空发动机、量子通信、智能制造和机器人、深空深海探测、重点新材料、脑科学、健康保障等领域再部署一批体现国家战略意图的重大科技项目。"

航空发动机项目终于从战略层面上成为国家的意志。

2016年8月28日，中国航空发动机集团公司成立大会在北京举行。

自此，中国的航空发动机及燃气轮机，翻开了一个自主研发和制造生产的新篇章。

第四章　赴火

一个星期后,直到3月27日,马立颂才到纽约拜访网站的工作人员。网站的工作人员非常热情,向他提供了T700、T800和M55三种型号的碳纤维。这三种碳纤维,T700最便宜,M55最贵。马立颂按一般中国人的习惯,既没有选最便宜的,也没有挑最贵的,而是看中了T800。

马立颂根本不知道,这三种碳纤维,美国当时是禁止向中国出口的。他给了对方400美元,买了1千克的T800样品,随即交给了快递公司,寄往张家港。由于是第一次做碳纤维生意,他并不知道美国人产品的好坏。他告诉对方,他必须在回国后检查一下质量,再决定要不要进货。寄完了T800样品,马立颂按照既定的行程,在美国一直游玩到愚人节。

冲天

被美国特工从洛杉矶押回纽约后,一头雾水的马立颂方才知道,他在美国遭遇了"钓鱼执法":他联系购买碳纤维的网站,事实上是美国移民和海关执法局(ICE)所属的HSI设立的一个钓鱼网站,他们并没有帮他办好碳纤维出口中国的相应执照,也不可能帮他办齐这样的手续。

一般中国人不知道的是,除了追查非法移民活动外,调查高科技武器非法输出、调查重大欺诈和非法军火交易犯罪,也是美国ICE的主要业务范围,而ICE最擅长的便是钓鱼执法。HSI充分利用个别中国人想发大财的心理,一步一步地把他们诱进"走私"的陷阱。

HSI的特工告诉马立颂,他寄往中国的邮件已被截获,他已经违反了美国的《国际紧急经济权力法》。根据这个法案,把T800寄往中国就是违法。

消息传到张家港,东拼西凑,马家花了近4万美元在美国请了律师。5月30日,在跟律师商量之后,在纽约东区联邦法院,马立颂就"非法向中国出口武器级碳纤维"的指控表示认罪。

当天,纽约东区最高联邦检察官林奇(Loretta Lynch)在一份声明中说:"今天的裁决说明,任何人都不应怀疑美国会使用一切手段,包括卧底网络行动来维护我们国家军队的优势。"

林奇后来被奥巴马提名为美国司法部部长,她也是美国历史上第一位非洲裔女性司法部长。

按美国的法律,马立颂的"罪行"最高可被判20年的徒刑。美国人可能也意识到了什么,最终给予的判决是将马立颂关押46个月。

面对儿子的如此遭遇,马立颂的母亲何阿婆对中国有关新闻单位的记者说:"我儿子一直本分地做小生意,也没当过兵,不就去买了一包碳纤维,怎么就成了间谍了?"

由于被禁运的高等级的碳纤维走私到中国可以获得不菲的利润,因此,经不住诱惑的个别中国商人很可能会被美国特工"钓鱼执法"。

就在马立颂被逮捕4个月后,2013年的8月,另一名做塑胶贸易的中国张姓商人亦被"钓鱼执法",被美国法庭判处入狱57个月。最近一起因买卖碳纤维被美国特工用网站"钓鱼执法"的,是2016年4月16日在纽约被逮捕的中国孙姓商人。他被逮捕的过程,跟马立颂几乎完全一样。

一个让中国人不得不面对的现实是,美国等西方国家对中国的技术封锁从来就没有真正解除过。仅在林奇就任美国司法部长的第一年,就有5名出生于中国的美籍科学家被指控盗取贸易机密、充当经济间谍。最终,因证据不足或发现调查有误,美国司法部不得不全部撤销了这些指控。

但被"钓鱼执法"的马立颂等中国人,则不得不承受异国的牢狱之灾。

不仅美国政府对输往中国的碳纤维如临大敌,即便是一衣带水的日本,对输送中国碳纤维的管制,也从来没有手软过。

马立颂被羁押整整两年后,2015年5月26日,日本兵库县警方外事课以涉嫌违反日本《外汇和外国贸易法》,涉嫌"非法向中国出口了可转用于军事目的的碳纤维"的罪名,逮捕了兵库县芦屋市一家贸易公司的董事长近藤正二和进出口中介商种佐真等3人。日本警方认为,近藤正二等人以向韩国光州某企业出口的名义申请到了出口许可证,这些碳纤维材料虽然于2011年确实出口到了韩国,但有总长数千米的碳纤维材料最后却可能流转到了中国的江苏。

一直以来,高强度碳纤维原丝及其生产技术,始终是西方国家对中国严格禁运的技术之一,与这个等级的禁运相提并论的是核武器技术。

那么,为什么西方对向中国出口碳纤维如此敏感?因为,高强度碳纤维除了民用,还是现代航空航天产业发展不可或缺的关键性材料,被称作当代的"新材料之王"。

早在1975年,波音737客机的次承力部件,就用上了碳纤维材料。2009

机场成功首飞。这个代表着国家意志的重大专项,使用的发动机叫做LEAP-1C。非常遗憾的是,这款涡扇发动机并不是中国企业生产的,而是由一个叫做CFM的国际发动机公司制造的。CFM国际发动机公司有两个股权平分的股东,一个是法国的国有企业斯奈克玛(SNECMA)集团,另一个是美国的通用电气(GE)公司。

LEAP-1C是C919目前唯一使用的发动机。LEAP-1C发动机最大的亮点,就是其风扇叶片和风扇机匣等都是由碳纤维复合材料制作而成的。

早在1995年,通用电气公司就已经在自己所产的GE90超大推力发动机上安装了碳纤维复合材料的风扇叶片。这也标志着碳纤维复合材料在现代高性能大涵道比航空发动机上正式实现工程化和商业应用。

进入21世纪后,随着"二维三轴编织"技术和"三维编织预制体＋RTM(树脂传递模塑工艺)成型"技术的出现,特别是真空辅助成型RTM和SRIM(结构反应成型工艺)等技术的成熟,通用、斯奈克玛以及英国的罗·罗公司、美国的普·惠(P＆W)公司,几乎把航空发动机的整个冷端都用上了碳纤维复合材料,除了风扇叶片,还用碳纤维复合材料制造出了风扇机匣、风扇帽罩、出口导流叶片、短舱进气道、风扇整流罩、反推力装置、风扇流道板、轴承封严盖、盖板、降噪蜂窝内衬等一系列的零部件。

碳纤维材料在航空发动机上的大量应用,不仅大大减轻了发动机的重量,而且还将风扇机匣的包容效率提高了30%,让飞机的航行更加安全。

LEAP-1C不仅是碳纤维复合材料的集大成者,更是碳纤维复合材料零部件先进基础工艺的集大成者。目前中国还无法在航空发动机上体现出这样高的先进基础工艺的集成度,因此,只能依靠进口。

从某种意义上讲,碳纤维复合材料的使用比例,已经成为衡量飞机先进程度的一个重要标准。世界先进大型民用客机碳纤维材料使用比例已经超过了50%,世界先进战机碳纤维材料使用比例超过了20%,先进军用直升机碳纤维材料使用超过了40%,先进无人机的使用更是达到了90%。

没有高技术含量的材料肯定不行,有了高技术含量的材料,没有先进的基础工艺,造不出能够商业应用的高技术含量的零件,咽喉还是扼在别人的手里。国际市场用血淋淋的事实告诉中国人,碳纤维复合材料本身的价格只占到飞机零部件成本的8%—20%,而碳纤维复合材料零件的工艺制造和装配,则占了其总成本的80%以上。

材料是基础,但先进基础工艺更是关键。只有当中国人彻底掌握了碳纤维等复合材料成形及连接工艺与模具技术,也就是碳纤维复合材料零件制造的先进基础工艺时,中国才能够真正与世界强国并驾齐驱。

2007年的春天,一个绰号叫做"钱多多"的镇江民营企业家,在规划自己的下一个人生投资目标时,来到北京,征询相关部门权威专家的意见。

中国复合材料协会秘书长吕琴告诉"钱多多",自上世纪60年代起,中国就开始了对碳纤维的研究,但历经国家攻关、整体下马、重新规划等长达40年的历程,仍然没有取得实质性的进展。由于国外的垄断和封锁,即便出了高价,碳纤维也很难买到,甚至严重影响到了我国部分重大国防工程项目的进展。

吕琴的话让"钱多多"深受刺激。他对吕琴说,外国人几十年前就搞出来了,我不相信几十年后中国还搞不出来。他告诉吕琴,他就搞碳纤维,而且还要搞一个"全产业链"的碳纤维的大企业……

几年之后,"钱多多"就有了一个新的绰号——"钱光光"!

见钱云宝铁了心要搞碳纤维项目,作为中国树脂基复合材料第一代权威专家的张贵学,便不再劝阻,决定全力支持这个"公鸡中的战斗鸡"。

此时,中国的碳纤维生产已经从实验室走向了小规模的国产化,钱云宝需要做的应该是碳纤维的大规模产业化。但实现碳纤维大规模的产业化,必须找到一个真正搞过碳纤维工业化生产线的人。而当时,中国国内能够做成百吨级碳纤维生产线的人只有一个。

经过数十年的努力,2007年的时候,在中科院山西煤炭化学研究所研究员贺福、中国工程院院士师昌绪等人的开拓和推动下,中国的碳纤维生产已经具备了国产化的坚实基础。就在钱云宝找到张贵学的几天前,中国刚刚拥有了第一条年产130吨原丝/50吨碳纤维的生产线。

张贵学告诉钱云宝,主持这条中国第一条百吨碳纤维生产线的人,叫做陈光大,是他的好朋友。

陈光大是教授级高级工程师,出生于1941年,曾担任中国石油天然气股份有限公司吉林石化公司研究院总工程师。自1975年开始从事碳纤维的研发工作,在碳纤维领域已经拼搏了30多年。早在1985年,他就完成了国家"六五"重点科技攻关项目——碳纤维用PAN原丝的研制,获得国家科技进步三等奖。随即,他于1991年又完成了国家"七五"重点科技攻关项目——百吨级碳纤维用PAN原丝的技术开发,因此被评为"国家级有突出贡献专家",荣获全国科技大会奖。

张贵学还告诉钱云宝,陈光大退休后,被山东生产钓鱼竿的光威集团请去。中国首条百吨碳纤维生产线,就是陈光大在光威集团试制成功的。

钱云宝问张贵学,这条生产线花了多少钱。张贵学回道,差不多1个亿吧。钱云宝笑了起来,那我们就上一条1 000吨的生产线吧!这意味着钱云宝至少要把10亿元的资金砸向碳纤维。张贵学当时目瞪口呆,根本不相信自己的耳朵,以为自己听错了。

起初,钱云宝是计划用恒宝股份的资金来投资碳纤维生产线的。但当他把他的设想跟董事会成员见面后,6名董事、3名独立董事,除了他一人坚持己见,其他8人都不赞成他冒险,认为贸然进入碳纤维这一陌生领域,风险极大,回报很可能遥遥无期,还不如集中力量做大做强已经拓展了三年的

ATM业务板块,争取做成国内金融自助设备以及智慧银行解决方案的最大供应商。

企业是以营利为目的的,但企业家是有理想的。一个有情怀的企业家,一定是通过努力为社会做贡献的方式,来取得与其贡献程度相匹配的回报,即利润,而不是唯利是图。刚上市的恒宝股份的董事会成员,并不缺乏远大的理想,但有情怀的,显然只有钱云宝一人。

道不同,不相为谋。由于在是否投资碳纤维上产生重大决策分歧,恒宝的董事会形成了事实上的分裂。从2008年起,恒宝高层的产业布局分散成了三个方向:一个是恒宝的传统产业,一个是ATM,还有一个便是碳纤维。

2017年9月20日,由恒宝分离出去的ATM业务板块,成功登陆上海证券交易所,成为主板市场第一家专注于金融自助设备及智慧银行解决方案的上市公司,其金融自助设备的市场占有率,已稳居中国第二。

而在此之前,钱云宝投入巨资的独立的碳纤维业务板块,已于2015年5月8日挂牌新三板,成为当时中国最大的碳纤维企业。

ATM业务板块显然比碳纤维业务板块更加赚钱,但谁对国家的意义更加重大,却也一目了然。因此,2018年12月6日的《解放军报》这样点评钱云宝:"以如山的脊梁主动担当大任。"

无法得到恒宝董事会的支持,钱云宝就决定自己独自干。为了筹集到第一批启动资金,钱云宝做了两件事情:一件是把自己个人名下所拥有的恒宝股份的可流通股减持变现;一件是让妻子、儿子、儿媳妇签下个人无限连带责任担保书,抵押全家两代人的所有财产,从银行贷款。

从2007年开始,钱云宝通过减持自己在恒宝的股份,确保每年有4亿到5个亿的资金砸向碳纤维事业,即便在股市最低迷的时候,他也毫不犹豫地割肉变现。他整整砸了十年,直到他去世前,他砸在碳纤维上的钱已经达到了46亿元。与此同时,他在恒宝的股份,则由75%,断崖似的降至20%。

2007年8月,注册资金12亿元的江苏恒神纤维材料有限公司正式成立。有了资金,企业的办公区和生产区推进神速:2008年2月,恒神办公大楼奠基;一年后,2009年的3月,恒神举行了主厂房建设工程开工典礼。

与此同时,在张贵学的牵线下,钱云宝多次登门拜访,恳请陈光大传经送宝。陈光大不信真的有人愿意一下子就把十几亿元的资金砸在碳纤维

2

创业简史

冲天

钱云宝此人一个最大的性格特征,就是敢为人先。

1975年7月,高中刚毕业的钱云宝,回到生产队当农技员,开始和其他农民一样,挣起了工分。此时的钱云宝,兄妹五人全都在农村,母亲也在生产队务农,只有父亲被招了农村集体工,在镇江前进印刷厂当工人。

当时村民的生活都很清贫,能够就着咸菜,天天喝上大麦粥,囫囵吞枣大麦团子,就已经觉得比上不足,比下有余了。吃根胡萝卜,高兴得如同吃了根人参;偶尔搬块豆腐回家,也被邻居看作开了大荤。

镇江地区毕竟是江南鱼米之乡,即便是在"文革"后期,钱云宝所在的十三生产小队,一天一个工十个工分也可以折算到两角七分钱左右,能够买到9块烧饼,也可以买到三两半的猪肉。这样的收入,填饱肚子不成问题,但要想过上更好的日子,就很难指望了。

高中毕业的钱云宝,偏偏是个想过上更好日子的人。秋收分红之后,眼看着十三小队的收入在全大队又是后进,18岁的钱云宝竟然毛遂自荐,大大咧咧地给大队交上了一份申请:当生产队长,一年之后让大家收入翻倍。

收到申请,大队书记钱文祥吓了一跳,抓革命促生产搞了这么多年,收入再翻倍,谈何容易?不过,因为十三小队实在是拖全大队的后腿,如果有人真的把收入搞上去了,岂不是一件大好事?

有了变革十三小队的念头,钱文祥就格外关心起了十三小队的人和事。到第二年秋收的时候,见十三小队仍然起色不大,他就果断下了决心。1976年10月,钱文祥当着全大队几百名社员的面宣布,由钱云宝担任十三生产队队长。19岁的钱云宝因此成为全公社最年轻的"娃娃队长"。

"仓里有了粮,心里才不慌;袋里有了钱,家里才不穷。"钱云宝在生产队召开的第一次会议上,就给社员们开出了致富的第一剂药方,具体做法则是:多种经营,兴办副业。

听说西南面20里外的珥陵护国村是个出养鸭能手的村子,钱云宝就想跑一趟。偏偏连续几天阴雨绵绵,耐不住性子的他索性赤着脚,一脚泥一脚水地踩到了护国村。冲着他的这份精诚,护国村给他推荐了最好的养鸭能手。

春天气温回升起来的时候,十三生产队的稻鸭共作,就红红火火地搞了起来:将毛绒绒的雏鸭放入稻田,吃掉稻田内的杂草和害虫,不停在田里活动拨拉的鸭子,不断地浑水增氧,增强了稻苗的抗病性;同时,鸭子的粪便又拉在田里,成了优质的有机肥。到了水稻抽穗时,一直生活在稻田里的鸭子也长得可以卖钱了。

看着鸭子一天一天地长大,队员们都很开心,但钱云宝却有点担心:万一鸭子得了大头瘟呢?他觉得还得搞点别的什么才行。此时,镇江一带的农村已经有不少人搞起了食用菌的栽培,钱云宝决定十三队也种植一些平菇、香菇、银耳、黑木耳什么的。

大量的蘑菇栽培出来了,销路却成了问题。卖给谁呢?钱云宝苦了几天脸,一筹莫展。不过,当他看到来队员家操持红白喜事的担子厨房的时候,终于想出了办法。他让人准备好成麻袋的蘑菇,置办好一套炉子和铁锅,用小板车一拖,就进了城。

他先进了丹阳城,在最繁华的新市口架上锅,点上火,热热闹闹地炒起了蘑菇。鲜香味吸引了很多人。他请围观的免费品尝,觉得好就买回去按他的方法做着吃。没几天,蘑菇就在丹阳城里打开了销路。

随即,钱云宝把眼光瞄向了镇江城。他到镇江前进印刷厂找到父亲,在印刷厂附近的大西路和迎江路交会处,当时镇江城人气最旺的地段之一,把锅铲炒得哗啦响。他的蘑菇又迅速在镇江城里找到了市场。

1977年的金秋时节,又到了分红季。仅只一年,十三生产队就一鸣惊人:全队劳动力一天一个工竟然可以分配到九角六分钱,比上一年增加了三倍多,一举成为整个大队最有钱的小队。

就在十三生产队的队员们算计着来年可以增加更多的收入时,1978年的夏天,国家出台了一项政策:允许工人退休、退职后,其一名子女可以顶替工作。父亲专程回家,跟钱云宝促膝长谈了一次。

在钱云宝的拓展下,十三队虽然可望于当年达到一天一个工1块钱,但与国营厂工人相比,还是存在着巨大的剪刀差。此时,国营厂一个一级工的月工资是28块钱,四级工的月工资是51块钱,八级工的月工资更是超过了百元,有104块钱。这个刚满21岁的年青人,无疑更渴望当上一名国营厂的工人。

1979年3月,钱云宝顶替父亲,进了当时镇江最大的印刷厂。进城前夕,前来送别的社员们情绪都有点低落。钱云宝承诺他们,将来他过上好日子的话,一定不会忘记乡亲们。

因为当过生产队长,又在街头摆过摊推销过蘑菇,钱云宝因此被分到了供销科。他在供销上一跑就将近八年。在这八年里,供销科一分为二,变成了采购部和营销部,他则由普通供销员变成了营销部的经理。

作为改革开放之后中国的第一批供销员,千千万万个钱云宝这样的供销员,有力推动了上个世纪80年代镇江经济的飞速发展,成就了镇江地区的"供销员经济奇迹",也缔造出了闻名全国的"四千四万"精神。

发源于镇江的"四千四万"精神,是从镇江地区近10万供销员身上概括提炼出来的,其具体内容就是:"跑遍千山万水,走进千家万户,说上千言万语,吃尽千辛万苦(历经千难万险)。""四千四万"精神在本质上体现了当时中国人永不满足的追求、百折不挠的坚韧,敢于赢得合同、赢得市场的拼搏。

"供销员经济",本质上就是"订单经济"。正是凭借着"四千四万"精神,凭借着手中的订单,很多小供销员迅速成长为大业务员,大业务员又华丽变身为小老板,小老板最后变成了大老板。

如果说八年的供销员生涯让钱云宝真正知道了什么叫做市场和订单，那么，随后而来的一个机遇则让他了解了什么叫做专业化和技术含量。

1987年的2月，钱云宝被任命为新成立的镇江市信息记录纸厂副厂长。

此时，中国历史上的第一次微机热潮，已经席卷了几乎所有的大学和中学，一个镇江重点中学的中学生如果不学习BASIC语言和五笔字型，对自己的未来就会觉得非常惶恐。踏着时代潮流的浪头应运而生的信息记录纸厂，就是专门向社会提供电脑打印纸、信息纸、复印纸的特行企业。

随着中华学习机、国产286和386微机的迅速普及，信息记录纸在很长的一段时期内都供不应求。担任销售副厂长的钱云宝就此明白了一个道理，只要产品是市场需要的，闭着眼睛也能在家里数钱。更让他感慨的是，信息记录纸厂的纸张，并不是自己直接生产的，而是从镇江本地的纸厂买来的，经过专业加工，就能卖出高价，获取比纸厂更高的利润。他第一次开始思考产业链的问题。

1992年春天，邓小平南巡讲话后，随着气温的不断上升，钱云宝创业的冲动也越来越强烈。此时，乡镇企业和校办企业在苏南的发展正处于顶峰时期，钱云宝决定取二者之所优，结合自己之所长，回老家重新创办一家信息记录纸厂。

七月流火的江南，丹阳市信息记录纸厂在横塘中心小学内挂牌成立了。企业名义上属于学校，实际上是挂靠性质，学校提供闲置的房屋，工厂每年交纳一定的管理费，经营的资金、设备和产品的销路，全部由辞职下海的钱云宝自己负责。钱云宝把自己在国企跑供销挖到的第一桶金——30万元，全部投进了这个企业。

从1992年的夏天，持续经营到1996年的秋天，钱云宝个人和丹阳市信息记录纸厂都积累起了一大笔财富，并成为当地的一个亮点。不过，由于乡镇企业内在产权制度上的先天缺陷，以"能人经济"为主要特征的苏南模式，较之纯粹的民营企业，并不能更好地激发起经营者更大的创业热情，丹阳市信息记录纸厂的发展遇到了瓶颈。如果按照老的模式继续下去，丹阳市信息记录纸厂势必和逐渐式微的苏南模式一样，不可能再有辉煌的未来。

唯有改革，才有未来。钱云宝决定采用温州模式，把企业真正地民营化。此时,国务院正把城市企业的"优化资本结构"试点由18个城市扩大到50个城市,镇江虽然不在其中,但地方政府的危机意识和改革意识都很强烈,率先在许多领域进行了积极探索,甚至在职工医疗保障制度改革上,形成了"镇江经验",向全国推广。因此,钱云宝的想法,立即得到了各方面的大力支持。

1996年的9月,一家叫做"江苏现代安全印制有限公司"的企业,在震耳欲聋的鞭炮声中,正式开业。现代安全印制有限公司注册资本500万元,其中,钱云宝以房产折资200万元,横塘镇政府出现金25万元,原丹阳市信息记录纸厂的全部设备和资产则折抵275万元。

把几乎全部家当投进现代安全印制的钱云宝,在专业化的基础之上,已经领悟到了"科学技术是第一生产力"的真正含义,决定通过提高产品的科技含量来增加产品的附加值,同时拉开同竞争者之间的距离。他果断地进入金融票证、票据、存单等高端印务,不到两年,竟然成了国内同行业的领跑者之一。

1998年,就在公司的存折和票据的市场占有率不断扩大之际,钱云宝没有沾沾自喜于如日中天的发展业绩,而是居安思危,思考着产品的升级换代问题。一个偶然的机会,他了解到上海的银行将要进一步自动化,规划把原来的普通存折升级为贴磁条带号码的存折,就立即敏感地意识到,这将是一个巨大的市场,更是自己的企业再次转型的一次绝佳机会。

兵贵神速。他立即在上海住下,请来专家会商,随即决策:立即购买专业设备运回厂里调试,立即重金聘请上海造币厂退休的印刷师傅来公司进行技术指导。几个月后,他亲自到上海向有关银行送上了磁条存折。在几乎没有竞争对手的情况下,钱云宝拿下了银行的磁条存折业务。

磁条存折业务给公司带来了可观的利润,现代安全印制的规模迅猛扩张。就在这一年,钱云宝把公司更名为"江苏恒宝实业发展有限公司"。

虽然在磁条存折产品市场上抢得了先机,但钱云宝却相信,将来智能卡的市场将会更大,银行卡、手机卡,有可能会人手一卡。他再次拍板,投资8 000万元,专门成立制卡部,上制卡项目。当时,向中国市场提供智能卡的企业,不是外企,就是大型国企,对于一个小小的民营企业投入巨资搞制卡项目,业内人士都有点担心。创新,在某种意义上讲,就是突破传统的思维和既定的技术路线的束缚,进而获得成功。钱云宝的敢为人先,再次奠定了他成功的基础。

中国当时智能卡产品的生产工艺、生产设备,都是从国外引进的,而国外的智能卡生产技术仍然处在不断的演变之中,尚有许多不完善的地方。钱云宝虽然不是芯片专家,但他却非常熟悉印刷工艺。他根据自己了解的丝印工艺,结合喷码技术,创造性地提出,将国外生产率不高的单卡生产工艺改为产量极高的大张生产工艺,既降低了成本,又保证了质量。

跨入21世纪的第一年,钱云宝三喜临门:喜事之一,制卡项目顺利竣工,成为业界的一匹"黑马"。此后,企业的智能卡接单量将达到每年2亿张。喜事之二,公司获得"江苏省高新技术企业"称号。喜事之三,在政府的支持下,江苏恒宝实业发展有限公司被改制为"江苏恒宝股份有限公司"。

智能卡项目的巨大成功,让钱云宝更加坚信,没有科技投入,就不会有更好的产品。他因此为恒宝股份确立了一个崭新的发展思路:"以科技创新促进发展,以技术领先引导市场。"

在这一思想的引领之下,2001年,钱云宝与北京邮电大学合作,成立了"北邮恒宝智能卡研究开发中心"。以此为开端,恒宝把大笔资金投入了软件开发,于2002年获得"江苏省软件企业"称号,陆续拥有了金融、通信、税控、社保等130多项软件著作权,以及30项软件产品登记证书、105项国家发明专利和实用新型专利,20个产品获得国家密码管理局颁发的证书,并获得多个国际组织的体系认证。

恒宝的产品市场迅速从银行卡扩张到通信卡、税控卡,恒宝个别嵌入式软件产品的国内市场占有率,超过了20%。2006年结束的时候,恒宝的资产规模已经超过了5.4亿元,当年的营业收入2.5亿元,利润总额6 000万元。仅仅十年的时间,一个资产只有500万的小企业,正好扩张了108倍。最吸引人眼球的还在于,2个多亿的营收,竟然赢利6 000万。

没有人不认为恒宝是个摇钱树,而栽这棵摇钱树的人偏偏也姓钱。

2007年,是恒宝发展史上最值得关注的一个里程碑。

这一年的年初,恒宝在深交所上市。这一年,恒宝获准组建"江苏省智能卡工程技术研究中心"。也就是说,恒宝的智能卡研发力量代表着江苏省的最高水准,江苏最先进的智能卡研发机构就在恒宝。这一年结束的时候,恒宝的资产规模近 5.8 亿元,营收 3.5 亿元,利润总额更是达到了 8 700 万元。

这一年,恒宝几乎没有人会认为,钱云宝会脱离他一以贯之的可持续的产品升级换代的发展思路,而支撑这个发展思路的三根支柱,就是他自己反复强调的市场化、专业化和高科技化。人们可以轻易地理解钱云宝的融合式的跨界发展思路,但很难理解他另起炉灶式的跨界发展决策。

通常来说,企业的跨界发展,并不是简单地跨越两个完全不同、完全陌生的产业领域,而是基于对市场新需求的精准把握,以企业自身所拥有的新科技和新平台为依托,将自己所掌控的要素资源重新整合,进而实现产业价值链的延伸或突破。因此,企业的跨界发展,一般都会选择服务业与制造业的融合、实业投资与金融投资的融合、传统产业与智慧产业的融合。

从加工信息记录纸,到生产金融票证、票据和存单,再到向市场提供磁卡、智能卡,进而发展到金融自助设备,都是标准的融合式的跨界发展之路,恒宝的董事会当然理解支持,但当钱云宝打算去搞所有人都陌生的碳纤维产业链时,恒宝的董事会当然没有一个人会赞同他。

明知山有虎,偏向虎山行。为什么会有九马拉不回的执着于投资碳纤维产业的犟劲?除了敢为人先外,关键在于,钱云宝还有着另外一个鲜明的性格特征——浓郁的家国情怀。

3

大钱村

钱云宝生于斯长于斯的地方叫做大钱村。大钱村是镇江丹阳一个有着近800年历史的自然村。目前,这个村子有居民约360户,近1 400人,基本上姓钱,罕有他姓。这是一个人文积淀非常厚重的村子,因为这个村子的钱姓村民,都是五代十国时吴越王钱镠(852—932年)的后人。

建炎三年(1129年),金兵南击,宋高宗赵构驻跸镇江。随其南下的官兵中,有一个叫做钱伯乙的殿前点校都太尉。赵构离开镇江后,钱伯乙便奉命驻防镇江。钱伯乙是"纳土归宋"的末代吴越王钱弘俶(929—988年)的第九世孙。就此定居于丹徒的钱伯乙,为镇江钱氏始祖,其后裔亦称"吴越钱氏京江分支"。后来,钱伯乙的曾孙钱理卿又由镇江迁居丹阳横塘,是为大钱村钱氏的始祖。因此,大钱村祠堂的堂号和镇江的钱氏一样,均为"述古堂"。

按钱氏家谱算来,钱云宝已是钱镠的第37世孙。

少年时代的钱云宝,有一个十分尊崇的人物。这个人物就是大钱村的"五爷爷"。五爷爷叫做钱鳌魁,因为排行第五,被人尊称为"五爷爷"。

钱鳌魁于上个世纪初走出大钱村,经商做生意。若干年后,竟成巨富。

全面抗战爆发后,富甲一方的钱鳌魁回到大钱村,隐居故里。钱鳌魁并不是个守财奴,他对地方的公益事业十分热心。他先创办了丹阳乡村第一所小学——大钱小学,后来又创办了大钱初中补习班。除了修路筑桥,还两度出资兴建大钱水电站,灌溉面积2.8万亩,惠及横塘和珥陵两个乡。

钱鳌魁更为传奇的故事,是他与新四军的交往。

自新四军挺进江南,成功开辟茅山抗日根据地后,大钱村四周广袤的原野,就成了新四军江南指挥部的游击区。同情革命的钱鳌魁,因此与江南指挥部指挥陈毅、江南抗日义勇军挺进纵队司令管文蔚等共产党人建立了联系,暗中给予支助。直到抗战胜利结束,新四军北撤过长江时,钱鳌魁还将自己的两车皮麦子迅速卖掉,把钱赠予新四军。

钱生坤是钱云宝的发小,他说了这么一句话:"小时候,五爷爷的故事,不知道听大人们讲了多少遍了,我们都羡慕得不得了。钱云宝比我还小上个几岁,更是对五爷爷佩服得五体投地。他曾经跟我们说过,男子汉大丈夫,做事就要做五爷爷一样的大事,做人就要做五爷爷一样的有钱人、大好人。"

1993年的3月,下海回到老家创业才刚半年的钱云宝,给大队书记呈交了一份申请。此时,中国已经撤队改村好多年了,但人们仍习惯把村书记叫做大队书记。就在几天前,国务院转发了国家体改委《一九九三年经济体制改革要点》,确定1993年是中国按照社会主义市场经济体制目标进行改革的第一年。

大队书记本以为钱云宝是来要政策的,笑嘻嘻地展开一看,立马愣住了,因为信笺最上端分明写着这样五个字:"入党申请书"。

上个世纪90年代初,中国社会一个主要的亚文化思潮叫做:"此处不留爷,自有留爷处;处处不留爷,爷当个体户。"很多人在辞职下海聚焦物质利益的同时,信仰也逐渐地淡化甚至异化,不信马列信鬼神的人,如同过江之鲫,比比皆是。发家致富,是当时村里几乎所有人对钱云宝的深刻印象。在国企当干部的时候没有打入党申请书,下海了却追求起了进步,这个钱云宝,葫芦里装的是什么仙丹?

钱云宝在申请书上写道:"我自从高中毕业后,当过农民,做过一位普通工人,直到现在搞企业,所有经历过的风风雨雨,最让我崇拜的、坚信的是党的领导组织,它确实是中国社会主义的领导核心。"

他阐述的入党理由则是:"为了更进一步地锻炼和培养自己,更严格要求自己,得到党组织的关怀和支持,增强事业感和责任感,对人民作出更大的贡献!"

这样的入党理由,千千万万个中共党员都说过。关键在于,钱云宝这样"特殊"身份的人,一个"一心一意想着赚钱的人",能够说到做到吗?他有没有"投机"的嫌疑?他能够担当得起"中共党员"这个称呼吗?

在众人疑忌的目光中,村支部还是接下了申请,开始了对钱云宝的考察和培养。半年后,钱云宝被确定为入党积极分子。再一年,钱云宝成为一名中共预备党员。又一年,钱云宝顺利转正。

成为中共正式党员几个月之后,就在改制筹组江苏现代安全印制有限公司的同时,钱云宝又出人意料地向上级党组织提出了一个新要求——成立企业党支部。上级同意了他的要求。1996年的夏天,恒宝历史上第一任党组织负责人诞生了:钱云宝被选为支部书记。从此,钱云宝多了一个称呼——钱书记。

当上支部书记后回大钱村过第一个春节的时候,路过学校和水电站,钱云宝都会一一观望。若有所思的他告诉随行的家人,他想到了五爷爷。与发小和村干部聚在一起喝酒的时候,大家免不了又谈到了五爷爷。看着屋外高低不平、泥泞不堪的土路,钱云宝对村里人说,先修一条路吧,路好,走得舒服,干事才更有精神。这条路,花了他80多万元。

路修好后,大家经过商量,告诉他,村里准备把这条路叫做"云宝路"。他坚决不同意,说,就是想为村里修条路,用上自己的名字,反倒变得不怎么光明正大了。

村里最后只好把这条路叫做"环村路",以示该路的不同凡响。

后来,钱云宝又捐钱造了两条路,分别花了210万元和60万元。在这些路的两侧,他又捐钱种植了很多树,建成了成片的绿地,陆陆续续花掉了830万元。

钱生坤有一本小册子,上面详细记载着钱云宝对大钱村的付出。

为村民建造别墅,无偿分给村民:

第一批建了98套,花掉1 400万元;

第二批建设村民公共设施配套用房,花掉300万元;

第三批建了134套别墅,花掉8 200万元。

为了让村子漂亮起来,对村庄进行整治,第一次花掉360万元,第二次花掉1 260万元;

为了让村里的水清澈起来,对村里的三个池塘进行清淤改造,花掉440万元;

为了让村子亮起来,架设道路灯花掉136万元,亮化村民文体广场花掉82万元,照明村民新居花掉46万元。

尊敬老人,每年拿出十几万元慰问村里的老人和老党员,累计花掉228万元;

给村里学校,花掉65万元;

给生重病的以救济,花掉380万元;

扶持大钱村艺术团,花掉50万元;

……

钱云宝付出的钱,总计达到了1.63亿元。

2014年12月21日,第二届"镇江最美乡村"评选揭晓。历经提名推荐、网络投票、专家评审、暗访验收等程序后,大钱村以排名第一,获得了镇江市文明办和住建局的联合命名表彰。评语中这样写道:

> 漫步在村间小道,花卉、草坪、曲径小道、休闲长廊等布局合理,错落有致,相互映衬,全村实现了"远看像公园,近看像花园,农民生活在乐园"的别样情趣。沿路的理发店、浴室、饭店、超市、篮球场、公厕等一系列生活设施配套齐全,村民足不出村也能满足日常生活需求。
>
> 村中心位置,一座气势宏伟的现代化中心广场面积达12 000平方米,夜幕降临,广场便成了全村最热闹的活动场地,它让村民在家门口就可以和城里人一样去品味去享受惬意的生活。每晚,周边村民如赶集般前来跳广场舞。广场北侧的一座造型别致的整体建筑是该村的综合服务中心,其总面积达1 600平方米,集服务、娱乐、卫生、办公于一体,是云阳镇目前规模最大、功能最齐全的村级综合大楼。

钱云宝几乎是以一己之力,建成了一个江南的"最美乡村"。

在钱红军的印象中,除了关心大钱村的行、住、娱、美,钱云宝还有着一颗"豆腐心",看不得别人受苦受难:

"他对待村民,特别是贫困、患有重大疾病的村民时,更是有求必应,雪中送炭。我们村的钱新忠,当时得了肝癌,父亲又去世了,家里条件很困难。钱云宝得知情况后,马上送去3万块,还在上海给他联系医院和医生,叫他安心治病,不要为费用担心。还有我们邻村有一位女孩得了白血病,他知道情况后,马上送去10万块。20多年吧,我仔细统计过,他先后帮助过109名身患疾病的村民,其中本村73人,外村36人,共计资助380多万块!"

钱红军说的女孩,叫做钱群,是双合洪甲村的。2015年年初,还不到30岁的她,被诊断出患了白血病。钱群的父亲早年去世,家中只剩她和母亲相依为命。虽说凭着自己的双手,平日里也不愁吃穿,但治病的钱,却让母女俩愁得相拥痛哭。

"五一"劳动节期间,有好心人把钱群的事"无意"中告诉了钱云宝。第二天,钱云宝便驱车直接去了双合村。拿到钱的钱群当时情不自禁地泪流满面,她怎么也想不到,会有一个与自己从未有过交集的人,好像从天而降,一下子就解决了她的困难。第二年的8月,钱群的病基本治愈。她特地找到钱云宝,一者当面致谢恩人,二者想把没用完的钱退还。钱云宝见她身体没大问题了,开心地笑了起来,随即对钱群说:"钱就不要退啦,你回家买点营养品,把身体补补好才最重要。"

尤其让村民们念念不忘的是,在对大钱村的统一规划和建设过程中,钱云宝无偿拆除了自家在村里的祖屋。一提到钱云宝,大钱村村委会副主任钱红军就忍不住要掉眼泪:"捧着一颗心来,不带一根草去。钱云宝先后为大钱村民捐建了232套别墅,却没有为自己和家人留下半间。"

钱云宝虽然没有带走大钱村的一根草,却从大钱村自己的祖屋里,带走了几本书。这几本书,一套是《毛泽东选集》,一本是《钱氏家训》。

4
本 色

冲天

    实事求是，群众路线，独立自主。这是毛泽东思想活的灵魂。在1991年6月版的一至四卷的《毛泽东选集》上，钱云宝用钢笔画了很多语句，还点滴写下了自己的感悟。

    一个人是否有信仰，不仅要看他是否真学、真懂某种思想理论，更要看他是否真信、真用某种思想理论。如果只是学一套信一套、懂一套用一套，这种人还算不上什么真正的仁人志士，充其量只是个双面人而已。

    2009年的秋天，恒神办公大楼落成。在布置办公室时，一般的企业家都会挂上一幅名人字画，或者陈列上几件名贵瓷器。但这些东西钱云宝觉得都没有太大的价值，都不够庄重，他要找一件更加珍贵的东西，布置在自己的办公室里。

    他花了近两个月的时间，终于把自己想要的东西找到了。这件东西，就是一幅毛主席像，当年家家户户都张贴于中堂的。有人跟钱云宝开玩笑，你这是搞偶像崇拜，把毛主席当作神仙来供啊！钱云宝每次都会这样解释：这是崇敬，不是崇拜——看到毛主席像，就会想到人民领袖缔造的共和国是属于人民的，就会想到共产党领导的社会主义政权是人民的政权，就会重温一遍"得民心者得天下"的道理，就会想到做奸商绝不可能有好下场……

悬挂毛主席像的那天，他在办公室里亲自指挥，并对身边的人说："我始终坚持这个信念，听党的话，跟党走。我钱云宝就是要为国家、为社会服务。"

除了《毛泽东选集》，钱云宝经常翻看的一本书，就是《钱氏家训》。

《钱氏家训》总共只有635字，分个人、家庭、社会和国家四个部分，堪称字字珠玑、句句锦绣，不仅是钱氏家族的瑰宝，更是中国人宝贵的精神遗产。对于《钱氏家训》，钱云宝已经到了倒背如流的地步。钱云宝说过这样一句话：

"家训就是训诫，就是做人的一种道德底线，也是我个人立身处世的一部准则。"

价值观是人的行为的"定向器"，人的思想和行为总是受其价值观支配的，钱云宝当然也不能例外。《钱氏家训》，本质上是一部个人的道德修养指南，它的厉害之处在于，一个人如果真的遵照其自我修炼，就有很大的可能性达到一个极高的境界。在这部家训的熏陶之下，近代以来，钱氏家族仍然源源不断地为国家贡献了许多杰出人才，其中，最为著名的便是"三钱"——钱三强、钱学森和钱伟长。

对于这本老祖宗传下来的中国传统文化的精髓，钱云宝口中提得最多的则是："家训中的'修桥路以利从行，造河船以利众渡'，是我牢记于心的一句话。"

深受家训影响的钱云宝，自然将其中的这些警句铭记于心：

——持躬不可不谨严，临财不可不廉介，处事不可不决断，存心不可不宽厚。

——读经传则根柢深，看史鉴则议论伟，能文章则称述多，蓄道德则福报厚。

——勤俭为本，自必丰亨；忠厚传家，乃能长久。

——信交朋友，惠普乡邻；恤寡矜孤，敬老怀幼；救灾周急，排难解纷。

——私见尽要铲除，公益概行提倡；不见利而起谋，不见才而生嫉。

……

2016年的春天，有记者在采访时，曾询问他为什么要回报社会。钱云宝是这样解释的:"小平同志讲,要'先富带动后富',但很多商人在'先富'后可能做不到、也顾不上带动'后富'。我记着家训,努力将邓公的这一句话变成现实。"他强调:"企业家回报社会,不忘父老乡亲,是我的一项人生事业。"他承认,他之所以这么做,也是他这个贫苦出身的农家子弟,向钱氏先祖们办"义塾"、设"义田"等扶贫助学善举的一种追慕和致敬。钱云宝认为,一个封建时代的有钱人都能做到的事情,他一个共产党员,有钱了,凭什么做不到回报社会呢?

口言之,身必行之。自我道德修炼,意味着言行必须合一。言而不行,言无信也;不信之言,为上则败德,为下则危身。这是唐代《贞观政要》中所说的。意思是说,做事和说话要相一致,你说了却不按说的去做,叫做言而无信。一个领导者,经常说一套做一套,那么,对这个领导者来说,叫做败坏了品德;对他影响范围内的普通人来说,则会一天天精神疲惫下去,丧失了自己的创造力和理想追求。这个问题的本质,按现代管理的术语,叫做"组织文化建设"。

组织文化不是组织领导者的文化,但一定是组织领导者率先垂范的文化,所谓"正人必先正己","其身正,不令而行;其身不正,虽令不从"。周竹生是恒神总裁办的副主任。在他的记忆里,钱云宝从来没有大吃大喝、挥霍无度的生活:"自从恒神成立后,董事长的车子就没有换过。董事长喜欢穿布鞋,手机用的都是国产的;在吃饭上也不讲究,都是烂糊面、豆腐、毛豆、小杂鱼、苋菜、空心菜之类的。"

道德修炼有了一定的基础,个人的理想追求才不会成为水中月、镜中花。如果说在壮大恒宝的过程中,钱云宝更多的还是以《钱氏家训》为道德准绳,那么,在创建和发展恒神的日子里,他已经完全是自觉地以《中国共产党章程》中的第二条和第三条,一丝不苟地来严格要求自己了。

2008年2月,恒神办公楼的奠基仪式上,钱云宝这样说道:"为人民谋幸福是党的根本宗旨,兴办企业不是为了我个人发家致富,而是创造条件更好地为国家作贡献,为人们谋福利。"有人以为他唱高调,他也不生气,只是请人家多看看党章的第二条。这是一段早已被个别中共党员淡忘了的文字:"中国共产党员必须全心全意为人民服务,不惜牺牲个人的一切……"

恒神公司创办后,在钱云宝的积极申请下,2011年,丹阳市委组织部同意成立中共恒神党委。钱云宝随即提出,恒神的每一个车间、每一个部门都要有党支部。他认为:只要有党员的地方,都应该有党的组织;事实已经证明,在他的企业里,工作最好的是共产党员,秩序最好的是有党小组和支部的车间部门。他相信,在企业中成立和健全党组织,只会更有利于企业的发展,能够更好地团结和凝聚员工的战斗力,更好地促进企业的健康发展。

在他的全力推进下,恒神前后共组建了九个党支部。

"经济工作跟着市场走,党建工作跟着中央走"。2013年的春天,在恒神全体党员会议上,他在要求全公司140多名党员必须牢记宗旨、铭记身份、高举旗帜、做出样子的同时,还自我宣示:"我是一名接受组织多年培养教育的老党员,十八大一系列新思想、新观点、新论断,符合国情,契合民意,具有强烈的时代气息,是我今后工作的行动指南。我要坚定听党话、跟党走的思想信念,永葆共产党员的政治本色。"

钱云宝特别青睐党员技术骨干,求贤聚才时,总是党员优先,最终形成了具有恒神特色的"三进三有""三感三有""三励三有"党建模式。

具体而言,"三进三有"是指恒神党委的基本工作要求:党的宗旨和意志要走进高管的心里,高层决策有方向;党的规章制度要走进支部和党小组的活动里,生产经营有质量;党的政策文件要走进党员的学习里,共享发展有目标。

"三感三有"是说恒神党委承担的基本任务:必须让技术骨干在企业里有信任感、获得感、成就感,使他们在恒神有知己、有机会、有待遇,最终有用武之地。

"三励三有"则是讲恒神党委培养年青人的指导思想:从大学生入职企业的第一天起,党组织对他们就要做到在生活上关心勉励,在信念上激发鼓励,在成就上褒奖激励,确保建功立业的优秀年青员工有岗位,有作为,更有地位。

"三进三有""三感三有""三励三有",如春风化雨,润物细无声般地增加了恒神各层各级员工的获得感,进而增强了他们的归属感。恒神党委把这种归属感归纳成了五根支柱,分别叫做组织归属、信念归属、职业归属、文化归属、成长归属。

面对众人,钱云宝常常会自问自答:归属感是什么？就是人心所向。

《毛泽东选集》中的《在延安文艺座谈会上的讲话》,是钱云宝熟读于心的一篇。讲话中有着这样一段话:"许多同志爱说'大众化',但是什么叫做大众化呢？就是我们的文艺工作者的思想感情和工农兵大众的思想感情打成一片。"

跟大众感情打成一片的能力,在心理学上叫做"共情能力"。践行群众路线,一个中共党员能否真正做到全心全意为人民服务,跟其共情能力的强弱息息相关。持续的党性修养、道德修养和人文修养,让钱云宝拥有了非同一般的共情能力。强大的共情能力,决定了钱云宝对他人的关怀程度不可能低弱。

中国共产党之所以视群众路线为其生命线和根本工作路线,正是因为深刻认识到了群众路线的背后,蕴藏着的是关怀的力量,而关怀的力量,恰恰是这个世界上最柔软、最不可抵挡的人性的力量。没有关怀,便没有真正的群众路线;没有一定强度的共情能力,便谈不上真正的关怀。

周竹生跟随钱云宝多年。他回忆说,钱云宝是把自己的员工当作亲人来对待的。"员工的工资不得拖欠一天！"这是钱云宝从办厂之初就定下的铁律。在资金最紧张的时候,为了保证员工能按时足额拿到钱,钱云宝甚至借过高利贷。2011年吧,有一个月发工资的时间刚好是星期天,就因为迟发了一天,钱云宝立即让人力资源部写了一份致歉函张贴在全公司最醒目的地方,并扣除了当事人的当月奖金。2014年年底,发放年终奖时,公司业绩系数少算了,钱云宝第二天一早就召集领导开会,张贴致歉通知,并于当天补发了少算的年终奖。

在周竹生的印象中,钱云宝的兜里总是揣着一个小本子,上面记着刚入职大学生的生活点滴。周竹生说,年青人的心思,他比爹妈看得还清楚。周竹生列举了这样一件事:

一位刚进公司不久的青年人陪同钱云宝外出洽谈业务,到了目的地城市,钱云宝没有直接去见客户,而是让司机开车去了商场。这位年青人当时很纳闷,为什么去商场呢？原来,钱云宝是为了给他买衣服,亲自为他挑选了一套正规着装,从上衣、裤子到领带、皮鞋。年青人不好意思收下,对钱云宝说,我刚来公司,没给公司做出什么贡献,更何况我没给您送过东西,怎么能要您送东西给我呢?钱云宝根本不听他的解释,直接命令他当场换上。没有一句严格要求的话,更没有什么丑话在先,一身新衣服,带给新入职的年青人的却是新的温暖、新的感受、新的希望。

王怡敏已经成长为恒神的复合材料事业部总经理。他说,所有来公司的大学生,只要一谈起钱总,总觉得欠他点什么,因为他实在对大家太好了。他至今还清楚地记得,有一年到法国出差,钱总亲自到机场把他们接到宾馆,还特地安排他们吃火锅,因为钱总知道他们都吃不惯西餐。

在青工李国明的脑海里,董事长就像一个暖炉子,只要贴近了,就能够感受到温暖。他说,有一次,董事长跟他们这一批大学生座谈,跟他们约定说,小伙子们,好好干,我那里还有几瓶好酒,到时候我请你们喝酒!到了年底,董事长真的把大家召集起来了!和老板一起喝上几杯酒,说说掏心窝子的话,这是一顿丰盛的精神大餐啊,要多舒心有多舒心!

正因为把员工看作自家人,钱云宝在恒神专门建造了"员工之家"。恒神员工之家由11幢大楼组成,大楼里的每套公寓均配备电视机、空调、热水器、沙发、家具等生活设施,拎包即可入住。整个员工之家,可供1 000多人入住。

俞敏夫妇大学毕业后就进了恒神,女儿才4岁,两个老人也和他们住在一起,帮着带孩子。他们都住在恒神的员工之家。这是一个真正的家,有客厅,有房间,有厨房,上有老,下有小。俞敏说,员工之家的配套设施也很齐全,楼下就有超市,日常用品都能买到,不想吃食堂了,楼下还有湘菜馆啊什么的小饭店,想K歌了,还有练歌房,可以唱唱歌。

作为钱云宝的得力助手,恒神的工会负责人景云华说:"近年来,我们关注职工生活、精神、自身实现需求,着力打造实体职工之家、和谐职工之家、活力职工之家,工会工作受到了广大职工的普遍好评。"2016年"五一"期间,江苏恒神股份有限公司工会荣获"江苏省模范职工之家"称号。

因为企业党建工作卓有成效,钱云宝被推荐为两届镇江市和两届江苏省党代会代表。成为两级党代表后,钱云宝没有简单地把代表身份视作一种荣誉,而是看作了一份更加沉甸甸的责任。

关怀,需要沟通;沟通的本质,在于倾听别人的声音。为了履行好党代表的职责,钱云宝干脆专门设置了一个党代表工作室,还在自己掌管的企业和共建联系点设置了专门的"红信箱"——党代表信箱。

红信箱设在公司醒目处。钱云宝因为忙于业务,经常出差,但是回到公司,第一件事情就是掏出钥匙,打开红信箱,收集员工提交的信件。钱云宝说,我人不在公司,但是我的心在公司,设置党代表信箱就是架设一座党组织与群众联系的桥梁,凡是党员和群众有意见、有心声、有需求我都要认真倾听,认真对待。

党代表信箱钱云宝共设立了三个:一个在恒神,一个在恒宝,一个在他的共建联系点大钱村。对凡是渴望党组织的青年,对党建有建议的党员他都要把他们请进党代表工作室,与他们交流意见,促膝谈心。

每次召开党代会,钱云宝都要提交加强基层党建工作的专题文章,交流党建工作的心得体会。

恒神的党代表信箱和党代表工作室,在员工的心目中,从来就不是一个抽象的东西,从来就不是一个冷冰冰的物理空间,而是有温度、情感和关怀的生命综合体,这个生命综合体的代言人,就叫做钱云宝。因为钱云宝,那一抹本色的红,更加滚烫、更加贴心、更加值得信赖……

5
队 伍

企业咨询专家杜迷永为国内许多知名企业提供过服务。他讲述了他跟钱云宝的一段难以忘怀的往事。

2013年的秋天，为了进一步提升恒神的运营管理水平，杜迷永被钱云宝请到了恒神。钱云宝是通过一个朋友找到杜迷永的。

第一次见面，稍稍寒暄后，钱云宝便直接介绍了恒神的发展战略和自己的设想。听完后，杜迷永也不客气，单刀直入，不客气地指出了恒神的不足。

半个月后，杜迷永被再次请到了恒神。

此次，钱云宝请杜迷永帮他看一看恒神的供应链。

杜迷永花了一天时间，把恒神的计划、采购、制造、配送、退货五大节点详细了解了一遍，逐一查看了恒神的订单管理系统、生产派工系统以及库存管理系统。晚饭后离开恒神的时候，杜迷永就把自己的意见反馈给了钱云宝。

意见中除了批评，当然还有建议：为与恒神的全产业链相匹配，恒神的供应链也应扩展为一个由供应商、制造商、分销商和客户共同组成的整体价值链，采购和供应的效率要更多地考虑成本与质量间的协调。

杜迷永特别建议:恒神在进行新品开发时,应尽可能地将客户整合在一起。没有客户便没有订单,没有订单便没有真正的市场,没有真正的市场便没有新品的生命力。

此时,对恒神来说,进行新品开发已经不是太大的问题,最大的问题恰恰是如何做大市场,培育和赢得更多的客户。杜迷永的建议,精准地击中了钱云宝的最痛处。

钱云宝不只需要有人给他提出更好的建议,他更需要有人跟他一起落实这样的建议。他当即握住杜迷永的手,诚恳地说,恒神正需要一位像他这样的经营者。

闲云野鹤惯了的杜迷永,自然是大吃一惊,本能地婉拒。但钱云宝仍然真诚地说,再考虑个两天吧!

两天后,杜迷永相当客气地发出了这样的一条短信:

尊敬的钱董事长,我是杜迷永,非常感谢您的接待。这两天不断地查询咱们的行业资料,也不断地了解咱们恒神。经过家人商量和思考,一是感觉个人从业经历没有涉及到碳纤维行业,对碳纤维的产供销的了解不多;二是感觉个人脾气性格急躁,可能和现有团队人员不能兼容,非常担心如果入职会影响恒神的发展和壮大。所以,非常抱歉地和您汇报,我不能到咱们公司上班。对此,我感到非常难过。在此恭祝钱董事长身体健康,祝福我们恒神公司持续发展壮大,实现产业报国梦想。

钱云宝并没有气馁,继续邀请和劝导。他回复的短信也不短:

杜迷永,您好!信息收到。关于你提到对碳纤维行业的产供销不够了解,我认为并不是难点。隔行不隔理。我认为,要不了两个月,就能完全掌握。现时,还有我们在。关于你脾气性格急躁问题,这个就要怎么看了。跟你讲实话,我的性格脾气也是很急躁的,在我一生工作当中,遇到脾气性格急躁的人也不少。但,只要讲道理,只要能听得进别人的正确意见,我认为是好事,某种程度上讲,是工作抓得紧、跟得紧,也就是说，没有一点个性是抓不好工作的。总之，一切只要为了工作、有利于工作，都好办。任正非、张近东脾气也很不好的。任正非开会还用脚踢人呢！张近东开会还经常摔茶杯呢！这说明，有的时候，下属工作做不到位，工作拖拉时，还必须发发脾气来震撼震撼大家。但是，如果遇事就急起来发脾气，甚至骂人，或不讲道理，那就不行了。杜总，我认为，只要不是最后这一点，我认为你就不要怕，我会支持、帮助你的工作。敬请考虑！

钱云宝的短信，那天竟然让杜迷永的心动了一下。杜迷永老家是内蒙古的，虽然主要的业务在江南，但毕竟已过知天命之年，对家的情结已经愈加浓郁。他的底线是，如果家人不坚决反对，倒也愿意跟着钱云宝搏一回。他因此回短信给钱云宝："非常荣幸能够得到钱董的指点，我会和家人认真考虑您的建议。谢谢您！"

约一周后，钱云宝又给杜迷永发来一则短信："杜总，您好！来恒神工作的事，和家人沟通得如何？关键在你本人噢！恒神确实是一个很好的、难得遇到的发展平台，敬请认真分析考虑！有可能的话，你可以和你家属一起来恒神，我们再聊聊，你看如何？"

杜迷永因为有好多天一直在外出差，还没有机会跟家人坐下来商量此事，只好跟钱云宝说声抱歉。

又一个星期过去了。杜迷永再次接到钱云宝的短信："杜总，您好！最近考虑得如何？"

杜迷永自己觉得不能再拖延下去了，赶紧跟家人电话沟通，定好了第二天在镇江碰头的时间。

第三天，犹豫再三，杜迷永还是发出了这样的短信：

您好，钱董事长！我前天接到您的短信，非常感动！昨天上午回到镇江后，开了家庭会议，全家人讨论了我是否到恒神工作？是否能适应恒神的经营节奏？身体是否能顶住创业期的压力等，一致认为我不适宜到恒神工作。钱董，小杜我真诚感谢您的邀请，但非常遗憾，我不能到恒神工作，再次说声抱歉！祝您早日找到更佳的经营者，祝您身体健康,祝恒神有更大更好更快的发展!谢谢您!"

直到傍晚,杜迷永才收到钱云宝的回复:"好的,知道了。同祝您身体健康,事业成功!"

杜迷永知道他的回绝一定会让钱云宝大失所望,因此总觉得欠钱董一份情。后来,因为业务繁忙,两人再也没有见过面。再后来,得知钱云宝病逝的那天晚上,他把自己关在书房里,一边默默地翻看手机,翻看钱云宝留给他的一条又一条的信息,一边悄悄地流泪……

聚天下英才而用之。虽核心在用,首要却在于聚。

如何聚?《钱氏家训》上有着"信交朋友"的训言,钱云宝深谙:欲得人才者,必先得其心,以诚待人。

镇江至今仍有不少干部记得,2008年,过完春节上班的第一天,镇江市委安排钱云宝在全市干部动员大会上发言。钱云宝谈到了人才对碳纤维和企业发展的巨大作用,他因此激昂地表态:

"为了搞出碳纤维,只要是人才,帮他拎包我都干!"

正是发自肺腑地尊重人才、爱惜人才、关心人才,在人才身上舍得下大功夫、大本钱、大感情,即便有不少像杜迷永这样的人因为种种原因未能为恒神所用,但在其内心,还是深深折服于钱云宝的人格魅力的。

恒神初创,如果没有张贵学、陈光大和沈真这三位老专家,其筚路蓝缕之艰难,可想而知。正因为有了这"恒神三老"的辅佐,极短的时间里,恒神便异军突起。

经过多年的发展,2014年前后,除了到处物色经营人才外,钱云宝再次感觉到了碳纤维生产技术和产品升级的压力。生产技术和产品的升级,人才同样不可或缺。

2014年6月4日,到恒神已近三年的沈真,突然喷射性呕吐,头痛、眩晕不止,急送医院后,诊断为脑中风。钱云宝闻讯后,说:"去最好的医院,请最好的医生,用最好的药,住最好的病房,费用全部由公司承担。"

沈真住院期间,钱云宝多次看望,请他安心养病。6月25日,沈真出院,竟然没有什么后遗症,与发病前无异。庆幸之际,沈真不想让自己成为恒神的负担，准备告老还乡。但没想到的是，他刚刚回到丹阳，钱云宝就立即与他见面并告诉他：你哪里都不要去，我负责你养老。

经沈真的牵线搭桥，一个叫做陈志平的专家，被钱云宝瞄上了。

此时的陈志平，正担任着中国商飞北京民用飞机技术研究中心某一核心项目的研发负责人一职。他所在的研发团队，主攻民用飞机复合材料结构的材料、工艺、设计、强度分析、试验验证，以及新材料、新工艺及新结构形式的设计研究，重点是解决该领域的关键技术，突破复合材料结构的应用技术。具体来说，他的团队已经申请获批了中国商飞北研中心的第一个国家"863"项目，实践着北研中心的第一个IPT（互联网团队协作）办公模式，最终要拿下复合材料机翼研制的攻关项目。

陈志平是国家"千人计划"引进的海外高层次人才。出生于1960年的他，原籍江西，在国内读完硕士后，赴澳大利亚攻读材料工程专业博士，毕业后进入波音澳大利亚分公司的研究与技术高级研发部门工作，一干就是16年。

C919大飞机项目启动后，陈志平决心回国发展。为此，他远离了在澳洲的妻儿："我是国家培养的，一直想为国家干点事，后来国家要造自己的大飞机，我就回国了。当时回国就想踏踏实实做点实事，为祖国的民用飞机事业尽一份力，把积累的经验传授给热爱飞机的年轻人。"

沈真懂钱云宝，也了解陈志平。他把陈志平竭力推荐给钱云宝，他觉得这两人一定会合得来，形成更大的合力。

陈志平的印象中，2012年他在商飞主持第一个863项目时，因为需要用到碳纤维材料，除了用国外的碳纤维做实验外，他也想试试国产碳纤维，曾亲自来恒神取过一些材料。

此时的陈志平，在国内还没有太大的名气，而恒神的全产业链战略，自然也没有被陈志平所充分了解。但当钱云宝和陈志平二人真正互相注意到对方的时候，他们发现，双方竟然有着许多共同的东西。

陈志平说："恒神股份虽然是一家民企，但是公司的经营理念、企业文化和我的观念比较契合，在项目运作、人才培养等方面给予的自主权也更多，为我提供了一个很好的发展平台。"

在钱云宝的盛情邀请下，2014年10月，陈志平从北京来到丹阳，正式担任恒神的副总裁兼首席技术官。

在恒神走马上任后,陈志平果然不负众望,先后组建了三个研发团队。

到恒神的第一个月,陈志平就领衔成立了"低成本航空级复合材料研发及产业化"创新团队,并排名第一,成功入选镇江市"331"计划(创新创业领军人才培育行动计划),得到了300万元的专项资金。随即,他再接再厉,又领衔成立了"轨道交通轻量化碳纤维复合材料技术应用研究"项目小组。2016年年底,"轨道交通轻量化碳纤维复合材料技术应用研究"项目入选镇江"金山英才"顶尖人才专项计划,获得了1 000万元的专项扶持资金。

志在冲天的陈志平,对大飞机自然不会放过。他组建的"民用宽体客机国产碳纤维复合材料应用研究"团队,重点就是研发下一代大飞机的窗框。

陈志平的撒手锏是:先进复合材料液体成型工艺技术,以及应用计算机模拟进行工艺优化技术。他所掌握的这一核心关键技术,能够低成本、高质量地制造出高端的大型航空复合材料结构产品。

在他的率领下,恒神承担的T700级碳纤维及先进复合材料产业化建设项目,获得了江苏省2015年度的科技进步二等奖。

说到底,用人就是用人之智、集众之思。"大智兴邦,不过集众思",《钱氏家训》上的话,被钱云宝在队伍建设上,活用成了"大集成"发挥"大智慧"的战略。钱云宝深知,民企与国企相比,在人力资本的管理上,其优势在于两点:一个是更加灵活的用人机制,另一个是更加市场化的薪酬待遇。他把这两个优势运用得炉火纯青,形成了招贤聚才的三字诀,即:挖、抢、泡。

具体而言,"挖"主要针对的是战略性人才,就是碳纤维及其相近领域的领军人才,碳纤维全产业链的关键性、开拓性人才,钱云宝会不惜重金,千方百计把人才挖过来;"抢"主要针对的是战术性人才,就是对于特定的瓶颈岗位,钱云宝会开辟特别通道,紧急引进,只争朝夕地把急需的人才抢进来;"泡"主要针对的是战略性储备人才,对于那些一时来不了恒神的,钱云宝抱持不离不弃的心态,以滴水穿石的精神,长期与之交流联系,不断释放求贤若渴的诚意,经过持续不断的泡磨,最终打动人才。

挖也好,抢也好,泡也好,根本的目的是实现人才的引进,为恒神所用。用的前提,则是能够留住人才。钱云宝是如何留人的呢?

求同存异,尊重个性,相安无事。钱云宝认为,高端人才来自五湖四海,有的甚至来自五洲四洋,他们的思想意识、观念理念、思维方式、行为习惯都有其地域、学历、职业的背景,有的甚至有鲜明的个性风格。这些都不是问题,如果他们唯唯诺诺,惟命是从,那请来的就不是人才而是伙计。对于特殊人才,钱云宝的策略是,用特别的气量和特殊的规则来应对,找到恒神和人才双方的共同点,一个用其才能,一个施展才能,除此之外,互不干涉,互相包容。

磨合相契,交流相知,融入团队。人才使用的最高境界是相知相交,把人留下来,把劲使出来,最终把他们用顺了,用好了,真正成为恒神人,而不是来来去去,周而复始。所以恒神用人是多尊重、多理解、多包容、多交流、多引导,求同存异而不求全责备,来日方长而不急功近利,宽宏大量而不斤斤计较,用其所长而不挑其所短。

融心就是融和、融合。"治天下必先治己,治己必先治心;争天下必先争人,争人必先争心"。相较于融资和融智,融心更难,更需要投入真诚,投入情感,将心比心,以心换心,以情感暖人,以机遇用人,以待遇留人。

解决了留人的问题,如何用人,便水到渠成。钱云宝用人的标准只有一个:人才大作为,产业大发展。

人才不是用来摆设的,人才是用来发挥作用的。实用、有用、管用是恒神人才引进的终极目标。人才只有在具体的工作中检验能力,价值才能发挥出来。让人才在企业中发挥自己的最大优势,恒神所做的工作就是知其能力,扬其所长,做到疑人不用,用人不疑,充分信任,大胆任用。技术过硬的聘用为首席技术官、战略顾问。管理擅长的,担任总裁助理、副总裁、总裁等领导职务,做到有职有权。

正因为有着高技术人才的强力支撑,恒神在模式、技术、产品、机制、研发等方面很快自成一体,在业内影响日著。

人才资源是企业真正的第一资源。企业发展过程中,其创新活动中最为活跃、最为积极的因素便是人才资源。前后将近十年时间,正是因为拥有了一支结构合理、素质优良的人才队伍,恒神的技术创新能力从一个台阶走上另一个台阶,不断攀高。

发展到 2017 年的春节，恒神已经掌握 T700S、T800S、T1000G，以及高模量 M40J 等碳纤维技术，建成国内第一条千吨级碳纤维生产线、第一个碳纤维及复合材料全产业链，承担国家和省级科技计划 16 项、国防重大装备配套项目 14 项，参与 863 计划 2 项。

仅从人才储备和技术研发的角度来评判恒神，在中国的碳纤维行业，恒神无疑已经跻身于一流行列。

但一个战略性行业的可持续发展，不仅取决于人才储备和技术研发，还受制于资金和市场。如果有足够的市场订单，资金自然不是问题。但如果没有足够的市场订单来支撑呢？那只有靠不停地输血来维系，一直坚持到市场能够产生足够的订单为止。

事实上，在钱云宝的经营下，恒神的营收确实呈年年攀升的趋势：2014 年，营收为 1.2 亿元；2015 年，营收达到 1.5 亿元；2016 年，营收超过 1.94 亿元；2017 年，预计突破 2 亿元。

但这点营收与每年投入的 4 亿多元相比，只能算是小巫。因此，到 2016 年的最后一天时，恒神的总资产规模虽然达到了 41.58 亿元，但负债也有 25.65 亿元，资产负债率已达 61.68%。而同期中国规模以上工业企业的资产负债率则为 56.1%，广东规模以上工业企业的资产负债率则为 56.25%，江苏规模以上工业企业的资产负债率更低，仅有 52.4%。

借钱付息，天经地义。负债率越高，还本付息的风险越高。一般情况下，如果一个企业的利润总额不能够覆盖掉它的借款成本的话，就意味着这个企业必须靠输血来维持生存了：要么借新债还旧债，要么靠投资人追加投资。但要想获得别人源源不断的输血，得有一个前提条件，就是经营者的信用要很高。钱云宝个人的信用，无疑，也是恒神的巨大财富。

就在 2016 年一年，各级政府补助恒神的现金就达到了 2 250 万元。人民政府并没有忘记这个为中国的军民融合发展做出特殊贡献的民营企业。

张贵学后来成了恒神的战略顾问。他回忆钱云宝当年承受的压力时，这样解释："搞国产碳纤维，困难之大，不可想象。十年来，恒神已经累计投入 46 亿元，平均每天投入 126 万元。创立恒神时，钱云宝持有恒宝股份 75% 的股权，而在他去世时，持有的股权只剩下 20.6%，变现的钱，都投入碳纤维事业上了。"

一边是巨大的研发投入,一边是巨额的负债成本,钱云宝承受着一般人难以想象的巨大压力。在保留下来的一段录像中,钱云宝说了这样一句话:"不搞碳纤维不知道什么叫精神崩溃,不搞碳纤维不知道什么叫呕心沥血。"

录像中的他满面笑容,语气显得有点轻描淡写,似乎曾经承受的巨大压力与他自己无关。钱云宝仍然非常自信,自信自己有足够的融资能力,能保证恒神的正常运营;自信自己有足够的战略定力和坚韧的毅力,能等到市场大单出现的那一天。

但老天却不想给他又一次彻底成功的机会,他的身体也不愿意给他留下更多从容的时间……在他停止呼吸之前,他的梦想,注定是他人生的一个无法圆满的遗憾!

6

向死而生

冲天

2017年3月30晚上,恒宝股份向社会发布了一则公告:"公司董事会近日收到董事长、总裁钱云宝先生递交的书面辞职报告。董事长、总裁钱云宝3月24日因病导致昏迷,3月29日苏醒,但因为身体健康存在重大不确定性,已无法正常履行公司董事长、总裁的职务。董事会决定由钱京副总裁代理总裁职务,直到董事会聘任新的总裁为止。"

两个星期不到,4月13日,恒宝和恒神同时公告:"公司董事会于2017年4月12日收到公司实际控制人钱云宝先生家属的通知,钱云宝先生因长期带病工作,劳累过度,于2017年4月12日治疗无效,不幸逝世,享年60岁。"

4月12日的上午,温暖的春风轻拂着江南镇江,水是青的,天是蓝的,丘陵山岗上的云朵是白色的,窗外的温度宜人,正是烟花三月骑鹤三吴大地的好时光。10时58分,钱云宝的碳纤维之梦,停止了延续。

早在2014年的秋天,钱云宝的肺部就被发现有结节。当年10月,不太愿意在手术上花过多时间的他,选择了微创手术。随后的很长一段时间里,他也没有把肺部的事情太当一回事,继续全力拓展着他的碳纤维全产业链。

2012年,恒神在突破T300、T700、T800级湿法纺丝碳纤维制造技术的基础上,启动了T800S碳纤维干喷湿纺制造技术的开发。攻关两年多,2014年9月,干喷湿纺专用原丝生产线和碳化生产线正式建成。又打磨一年多,2015年12月,完成了高强中模型T800S碳纤维的中试。2016年年初,恒神实现了T800S的稳产量产,一举成为当时中国唯一一家同时具备湿喷湿纺和干喷湿纺生产技术及生产能力的碳纤维企业。

掌握了T800S碳纤维的生产技术后,钱云宝便拉开了建成中国最具规模、技术领先的复合材料园的序幕,复合材料园里的树脂、预浸料、织物、制件,将共同构成他心目中的碳纤维全产业链,进而成为中国军民融合产业的重要基地。

T800S的稳产量产初战告捷后,江南路旁的荠菜花儿已经赛牡丹了。总裁办提醒钱云宝,已是3月底了,还有三件要事等着他:一是回临安祭祖,二是大钱村二期新农村建设,三是体检。

2016年4月4日清明这一天,钱云宝携夫人第一次到临安寻根问祖。这既是他的一次朝圣之旅,也是精神上的一次还乡之旅。

在临安,他重温了《钱氏家训》,感慨万千:"临安不仅是吴越钱氏后裔的根,也是所有钱氏族人的根。因为在这里既有老祖宗,又能在精神层面找到一种寄托。"

他告诉临安的钱氏族人,2016年,他将再拿出8 000万元,用于大钱村村民们的老旧房屋的新建,把它们都改造成别墅,让父老乡亲住得更舒服些。

从临安返回镇江两周后,4月23日,大钱村的第二期村民新居正式破土动工。这一天是个星期六,许多在外地的大钱村村民都赶了回来,热热闹闹的大钱村跟过节似的。面对父老乡亲,钱云宝在动工仪式上的讲话免不了有些动情:"这一次是专门请的苏州设计院的人来设计的,就是想把大钱村打造成一个一百年不落后的新村子!就是想大家生活在像画卷一样的那个江南里!"

大钱村第二批134套别墅动工的第二天,4月24日的上午,钱云宝按约定的时间准时去医院体检。对恒神所有的员工来说,这是一个"黑色的星期日":钱云宝的肺部再次发现问题,只不过这次发现的不再是结节,而是恶性肿瘤。有关医疗专家的结论非常残酷：已是肺癌晚期，两年生存率≤5%。

我们已无法得知钱云宝最后的心路历程，我们知道的只是，在晓得自己的生命已经很难长过730天时，他并没有显得跟往常有什么太大的不同，他仍然是那个经常赶往机场、车站的那个忙碌不停的钱云宝。

最大的变化是，钱云宝更加惜时了，他甚至一边输液一边开会。他开始尽可能地简政放权，几乎杜绝了所有一般性的日常事务。他必须把他认为最重要的事情，尽可能地多完成几件。

他最放心不下的，其实还是人才。6月24日下午，钱云宝召集恒神的青年技术骨干，认认真真地开了一个座谈会。

此次座谈会，钱云宝亲自点了16名青年技术骨干参加，涉及碳纤维事业、工程技术、中间产品事业、复合材料事业等关键部门。

他不再是个董事长，更像是名慈爱的家长。面对恒神的未来，他整整讲了一个多小时。他仔仔细细地分析中国碳纤维产业发展的现状，比较恒神和业内其他公司的特点，在指出恒神的优势和发展潜力的同时，也剖析了恒神的短板和劣势。

他特地让人准备了一块白色的活动黑板，时不时站起身来，用彩笔写下关键词语。座谈会结束的时候，他变得有点婆婆妈妈，但还是那么语重心长。他希望眼前的这批技术骨干，一定要立足实际、创新开拓，早日成为公司的年青少帅！他给这批恒神青年才俊的最后赠语是："宰相必起于州部，猛将必发于卒伍。"

人才资源是企业的第一资源，订单则是企业真正的有效市场。

青年技术骨干座谈会刚刚结束，钱云宝又想到了市场营销，让人赶紧张罗一个大会，要求越快越好。

6月27日上午，恒神2016年度上半年营销总结鼓劲大会，正式召开。

这是一场恒神历史上规模空前的营销会议，开了整整两天。

两天的时间里，各产品线的负责人对照上半年的营销计划，逐一报告任务完成情况，提出并拟制下半年的营销计划。

钱云宝则耐心地坐在会场，逐一听取汇报，逐一进行点评。

他的精神还是那么旺盛,他的语气还是那么铿锵,但言辞却变得越来越恳切。

他把最后的落脚点放在了时代的进步上,放在了供给侧结构性改革上:一代工艺,一代装备,一代产品,一代市场……

供销员出身的钱云宝,哪里是在简单地点评恒神产品线的营销,分明是在授课,分明是在批改学生的作业。

人才的培养使用也好,市场的培育开拓也好,关键还在于对各种资源的有机整合,并让这些资源在企业的发展过程中发挥出最大的效用。这种永不停歇的整合过程,就是企业管理。钱云宝因此吩咐总裁办,准备召开一次管理专题会议,完善和出台一批管理规范。

7月30日,管理专题会议正式开始。这个准备了近一个月的会议,连续开了两天,既是专题讨论,也是专题培训,全体恒神中层以上干部都参加了。

他一个部门一个部门地过堂,一个部门一个部门地探讨更加高效的管理办法。他研讨的重中之重,则是营销中心、科技战略事业部、工程技术中心以及人力资源部这四个部门的管理和优化。

管理专题会议结束的时候,钱云宝做了一个总结性讲话。

他谈到了管理对恒神的重要性:

"企业的生存和发展,不仅靠市场、技术、人的能力,关键还要靠管理。在世界上任何东西都能买得来,唯有管理是买不来的。"

谈到了讲管理必须理论联系实际:

"因为每个企业发展的阶段不一样,管理的方法就不一样;人员结构和素质不一样,管理方法也是不一样的;企业的大小不一样,管理也是不一样的。为此,我们必须按照自己企业各方面的实际情况,建立一套符合企业实际情况的科学、严谨、合理的制度和管理办法。"

也谈到了管理的执行力:

"办法既定,公司上下要以人心齐、泰山移的齐心协力,以努力工作、为企业作贡献的主人翁意识,认真贯彻,坚决执行。"

一个星期后,8月6日,钱云宝把自己关于管理的讲话浓缩成了六句话:

"科学管理、服从管理、规范管理、重视管理、改进管理、强化管理。"

又给这六句话列了一个标题：

"统一步调，统一管理"。

这八个字，是钱云宝对自己一生管理经验的最后概括。

恒神几乎所有人都以为管理专题会议结束之后，钱云宝会好好休息一下，但出乎意料的是，钱云宝竟然又布置各个部门讨论目标管理的问题。

钱云宝深信，所有管理活动的出发点和归宿，都是目标管理。

8月24日下午，钱云宝亲自召集主持了恒神的目标管理工作会议。按惯例，这是个常态化的第四季度的工作任务会议，钱云宝却要求各部门负责人未雨绸缪，在汇报季度任务的同时，必须汇报2017年度的目标任务。提前近四个月就要求部门规划下一年度的目标，这在恒神的历史上是从来没有过的事情。

钱云宝已经不是希望，而是渴望恒神的所有部门负责人都能够在目标管理上真正地独当一面了。

这次会议的时间并不长，只有半天。钱云宝的话也并不多，只是重点给大家讲了分层管理的问题。他结合恒神的实际，再次强调了恒神未来几年的战略目标和主攻方向：

"恒神的战略目标就是高举高打，瞄准世界一流同行企业，打造国内行业第一、世界知名的、产业链最完整的现代化企业。实现这个战略目标必须抓住产量、质量、销售三大关键词，保证实现这个战略目标的三大举措就是引进人才、能力建设、企业管理。"

为此，三天后，8月27日，按照钱云宝的要求，恒神成立了特别管理办公室。这个阶段性的职能机构，将承担起进一步完善恒神的岗位目标、职责定位、流程制定的三大任务，同时行使督查、指导、考核问责等职责。

特别管理办公室的成立动员大会上，钱云宝的讲话，已经越来越像一个经济管理专业的导师：

"恒神公司从事的碳纤维行业，市场前景好，发展空间大，未来发展快，但是要推进产业发展一定要通过科学规范的管理来衔接支撑。如果管理不善，岗位的职责不清，流程没有建立执行，激励措施没有跟上，企业做好做坏一个样，工作相互不能支撑，如果这些问题不加以解决，将给企业带来不利的影响。成立特管办,就是以此为契机,以专职的人员,专业的任务,专门的分工,特别授权的管理领导权限,以目标核定任务,以考核落实奖惩,以管理优化工作。"

开完了上述几个会议,钱云宝事实上也向恒神交代了人才、市场、管理、目标、绩效五个企业运营上最关键的要务。随后,他一丝不苟地完成了上级交代承办的两件要事:一件是安排好在恒神举行的新材料座谈会,一件是参加好第二届军民融合发展高技术成果展。

关于在恒神举行的新材料座谈会,2016年9月25日的新华社电讯稿是这样报道的:

> 9月20日至23日,马凯在浙江、江苏深入碳纤维、石墨烯、特种合金、先进高分子材料等企业和科研机构调研,并召开座谈会听取意见建议。马凯指出,新材料产业是国民经济的战略性、基础性产业,是建设制造强国的重要支撑。近年来,我国新材料产业创新成果不断涌现,应用水平持续提高,整体实力明显提升,有力支撑了经济社会发展和国防科技工业建设,但与世界先进水平相比仍有较大差距,发展中还存在创新能力薄弱、装备工艺落后、市场培育不足、支撑体系不健全等突出问题。马凯强调,当前和今后时期,是我国制造强国建设的关键时期,要下大力气把新材料产业搞上去,为中国制造实现由大变强提供基础保障。

座谈会是9月23日下午在恒神召开的,参加的共有江苏、浙江、上海三地的15家新材料企业的负责人。钱云宝是座谈会上第一个发言的。他不仅如实汇报了恒神在发展过程中的艰辛、无奈与困惑,也就国家在产业政策、技术创新、市场引导、资金配套等方面对新材料企业给予的支持,提出了自己的看法。

2012年7月7日,马凯曾经陪同当时的国务院总理温家宝视察过恒神,此次是他第二次来恒神考察,对恒神的历程相当清楚。

时隔四年之久,马凯在恒神颇有感触地说:

"材料创新是推动人类文明进步的重要动力之一,可以有效促进技术发展和产业升级,但新材料的研发应用过程往往漫长而艰辛。恒神把国产碳纤维的研发生产当成关乎国家利益和民族未来的事业锲而不舍地干,体现了高度的历史责任感和民族使命感。"

20多天后,钱云宝的身影出现在北京第二届军民融合发展高技术成果展上。此次成果展上,钱云宝亲自向观展的来宾介绍碳纤维产品,见到了几乎所有的国家领导人。

他还见到了许多熟悉的朋友,包括那么多的将军。他和这些将军们已经结下了深厚的情谊。将军们并不知道,他们面前的这位朋友,在这世上的时间已经屈指可数了。五个多月后,他们中的不少人将会以个人的名义,对这位中国新材料领域领军者的去世表示哀悼,对他的家属表示慰问。

中国人民解放军没有忘记,也不会忘记钱云宝对军民融合事业的贡献。2017年的2月3日,《解放军报》以半个版面的篇幅,刊登了一篇通讯:《"钱多多"变形记——一位挑战碳纤维企业家的"参军"梦》。

《解放军报》上的文字,对所有立志报国、立志强军的企业家来说,都是一种肯定和安慰:

"恒神公司的'参军'路上,得到了更为广阔的市场需求和更加有力的技术支持,军方也得到了质量可靠、技术先进的碳纤维复合材料产品。这种双赢对加快我军装备的更新换代,缩短与发达国家的差距有着重要意义。"

文字中还有这么一段话:

"去年,神舟十一号载人飞船发射成功,举国欢庆。值得关注的是,神舟十一号载人飞船的'动力之源'——太阳翼,首次采用了国产碳纤维复合材料。"

这意味着,中国已经打破了以往太阳翼基板结构的高性能碳纤维材料依赖进口、受制于人的局面,为实现中国空间站工程自主可控奠定了坚实的基础。

这也意味着,钱云宝十年前的一个梦,已经成真。

北京之行,某种意义上亦是钱云宝悄悄向友人们的告别之旅。

从北京返回镇江,钱云宝已经没有太多的牵挂,唯一的牵挂便是家人。

老伴老伴,老来才是伴。老伴陪着他近170天,他也陪着老伴近170天。只不过,大部分时间,他是在床上躺着的。

2017年的2月26日,二月初一,钱云宝住进了医院。进医院的时候,他还摸了摸自己的光头,跟身边的人开了个玩笑,说明天就是二月二,过了龙抬头,就好剃头了。

3月24日,春分之后的第四天,钱云宝,这位"公鸡中的战斗鸡",轰然倒下,不再能战斗了。

弥留之际的他,在暖暖的本命年的春光中,似睡似梦,残存的那一点意识,仍然游走在现实的边缘。

19天之后,钱云宝的传奇,在丁酉年的三月十六日,画上了句号。

上苍留给他的最后一晚,是一轮满月。

"大钱……大钱……"是他留给这个世界最后的喃喃自语。

他走的这一天,叫做"望"。

他诞生于大钱,灵魂亦回归于大钱。

时任中共江苏省委书记的李强,在阅读完钱云宝的事迹后,在材料上情不自禁地写下了这样一句话:

"钱云宝同志的这种家国情怀和无私奉献精神值得学习。"

2017年9月18日,第六届江苏省道德模范评选揭晓,钱云宝被授予"敬业奉献模范"的称号。

2017年12月4日,江苏省委宣传部在南京举行发布仪式,追授钱云宝江苏"时代楷模"的荣誉称号:

"乘改革东风,你艰苦创业,敢为人先,登上成功之巅;担国家使命,你呕心沥血,无私奉献,用生命兑现产业报国的诺言;你不忘初心、回报乡梓,'一人致富、造福一方',书写一名共产党人的家国情怀,壮志未酬身先去,留得清香满人间。你是新时代优秀企业家的楷模。"

7

恒 神

冲天

"恒工经纬,神行天下。"

这是钱云宝当年取名"恒神"时的初心。

恒工经纬,为中国的冲天事业强基,钱云宝算是做到了;但神行天下,一定是说的这个企业能够不垮掉,能够存活于世,能够可持续发展下去。

恒神显然还没有做到"神行天下":

钱云宝去世后,恒神很快便面临巨大的生存危机。

这个危机,不是因为人才,不是因为技术,也不是因为产品,而是因为资金。

资金就是企业运行的血液。一个发展到一定规模的企业,一旦财务风险管控能力和现金流的控制能力缺失,就会带来资金链断裂的危险,进而直接导致企业经营的失败。

保证企业有足够血液的途径,归根结底只有两种:一种是自我造血,一种是外部输血。

自恒神创立伊始,其经营性现金流和投资性现金流就始终是负数,短期内不可能实现盈亏平衡,因此,其自我造血功能根本无法支撑企业的运营。

作为企业家的钱云宝,当然明白这个道理。他既然坚毅地选择了恒神,他就别无选择,只能靠输血来保证恒神的活力。

最初,他是单枪匹马,想以一己之力打造一个中国的碳纤维全产业链,靠变现恒宝的股权、抵押家庭的财产,甚至以个人信用的担保来筹集资金,源源不断地注入恒神。

但冲天事业,不仅是一个梦想,更是一个复杂、艰巨、长期的工程,没有滴水穿石的坚韧,就很难收获硕果。钱云宝懂得坚守的含义,他因此把对恒神的坚守,当作了一种信仰、一种考验。

其实,早在2014年的春天,对钱云宝的考验就进入了一个严峻的阶段。

春暖花开的季节,恒神的原丝5号线厂房竣工,预浸车间日产量首次突破1万平方米。但随着碳纤维全产业链的迅速延伸,恒神的流动资金也陷入了弹尽粮绝的困境。更要命的是,几笔银行的贷款也已到期,急需借新还旧。

没有三四个亿的资金输入,恒神在劫难逃。束手无策的钱云宝,把自己独自关在办公室里,一根接着一根地抽烟。从下午抽到晚上,又从晚上抽到凌晨,还是找不到融资的好办法。无奈之下,只好于凌晨3点向丹阳市委和市政府求救。

他向丹阳市委、市政府报告,除非有一家国有企业肯为恒神担保,否则……钱云宝的声音在电话中竟然有点哽咽。

丹阳市委、市政府立即被惊动了,但急切之间,在丹阳本地却怎么也排不出一家符合条件的国有企业。经紧急研究,丹阳市委、市政府立即将此情况报告给了镇江市委、市政府。对恒神这样的民营企业,镇江市委、市政府当然不会见死不救,便指示镇江市国有资产监督管理委员会商讨对策。

结果是:镇江最大的国有企业——镇江城市建设产业集团紧急召开董事会并形成决议,向国家政策性银行——中国进出口银行提供了额度5亿元的担保函,期限自2014年6月8日至2024年6月8日。

暂时走出困境的钱云宝,对恒神进行了反思:隔行如隔山,一行不知一行难。碳纤维的技术创新程度非常高,市场培育周期相当长,一路走下去,免不了要经历"九九八十一难"。资金会不会断档,已经成为恒神面临的首要问题,银行的压力、社会的压力、这么长时间还没有钱赚的压力、活下去的压力……这些压力,他一个人真的能独自承受吗?

三年前,2011年的9月21日,镇江、丹阳两级政府为航空航天企业发展重点打造的扶智工程——"江苏省丹阳航空航天产业院士工作站"正式揭牌,14名中国工程院院士会定期来这里为丹阳的航空航天产业发展把脉。

就在这天的揭牌仪式上,钱云宝与中国工程院院士、北京航空航天大学教授刘大响签订了一个协议,刘大响将同恒神一起,共建"江苏省碳纤维及复合材料重点实验室"。这位称吴大观为"我永远的导师"的院士,愿意再为导师家乡的冲天梦,奉献自己的智慧。

在与恒神签订共建协议的同时,刘大响还在丹阳吕城的江苏图南合金股份公司成立了"企业院士工作站"。在刘大响的技术指导下,图南合金承担并完成了多项国家重点型号航空发动机关键部件的研制生产任务,已成为中国航空发动机超纯净高温合金材料、大型复杂薄壁高温合金精密铸件的重要供应商,中国飞机和航空发动机用高温合金、不锈钢无缝管的主要供应商,其掌握的燃气轮机叶片铸造关键技术,系国内首创、世界第三。图南合金也因此成为美国通用电器公司精密铸件的一级供应商。

目前世界上仅有美国、英国、俄罗斯和中国形成了自己的高温合金体系。图南合金在高温合金母合金及精密铸造方面,与中国少数几家企业一道,支撑着中国先进航空发动机、燃气轮机等产品型号的发展。

碳纤维及复合材料重点实验室的建立,让恒神的技术突飞猛进:2013年6月,高拉伸强度、高密度的HF40-6K碳纤维研制成功;2014年1月,比HF40-6K密度高一倍的HF40-12K碳纤维亦研制成功……

如果没有政府的扶智工程,恒神在技术的研发上,只会付出更多的探索性成本,走更多更远的弯路。钱云宝决心在政府的帮助下,把私营性质的恒神尽快变成公众公司,引入社会资金和国有资金。

镇江、丹阳两级政府的逻辑判断是:超高强度的碳纤维生产技术是一项关键核心技术,航空航天、新材料都是镇江坚定不移进行补链强链的特色产业,高质量的发展需要更加稳固的实体经济支撑和更有担当的实体经济企业。

由此,镇江、丹阳两级地方政府在认识上取得了高度一致:金融是血脉,科技是核心,高技术有了金融的支撑,才能够真正做大做强;恒神承载着中国民营企业家的一种深厚的家国情怀,没有条件创造条件也要全力支持恒神发展直接融资,特别是股权融资,为这家发展潜力大、带动作用强的高科技企业,注入更多的活水。

既然钱云宝有"功成不必在我"的宽广,镇江、丹阳两级政府亦有"一张蓝图绘到底"的坚毅、"功成必定有我"的历史担当。

镇江、丹阳两级政府用7个月的时间,迅速完成了对恒神的股份化改造。2015年1月,恒神更名为"江苏恒神股份有限公司";由丹阳投资集团有限公司控股的江苏盛宇丹昇创业投资有限公司,亦正式成为恒神的股东。

四个月后,2015年5月8日,恒神正式在北京全国中小企业股份转让系统,即俗称的"新三板"挂牌。这意味着恒神可以实施定向增发股份,股东的股权也可以以比较高的价格转让和流通,资本结构将有机会得到进一步的优化。

市场起决定性作用的资源配置,一定是最有效率的配置。

当镇江、丹阳两级政府同钱云宝一道,把恒神成功公众化并在"新三板"挂牌后,就已经把恒神的命运彻底交给了市场:即便遇到再大的生存危机,一家有巨大发展潜力的高科技企业,估值可能会被缩小,但绝不会缺乏有战略眼光的投资者。

2016年,镇江、丹阳两级政府继续支持有关企业对恒神注资,国企丹阳市和鑫源资产投资管理公司成为恒神的股东,恒神因此募集到了3.1亿元的现金,波澜不惊地度过了一年。

不过,钱云宝的去世,还是不可避免地带给恒神一个艰危时刻:恒神2017年度继续资本优化的计划戛然而止,再次面临流动资金断流的危机。

艰危时刻的恒神,最需要的是雪中送炭。

事实上,就在钱云宝倒下的第二天,2017年的3月25日,丹阳市委书记陈可可就叫上丹阳市市长黄春年,一起去看望钱云宝。就在钱云宝的家里,陈可可召集恒神的部分高管,开了一个临时会议,会上只提了一个要求——稳住!

陈可可一再叮嘱恒神的高管:"关键时刻,一定要沉住气,抱成团,共度时艰!"为了给恒神上下提振信心,也为了预防万一,陈可可特地指定一名副市长,全力协同恒神做好相关的必要工作。

4月3日,清明长假的第二天,从外地出差刚回来的陈可可放心不下特殊时期的恒神,没有招呼,直接驱车进了厂区。当他看到工人正常上班,企业正常生产,这才离开恒神,请司机把自己送回镇江市区的家里。

4月5日,清明假期结束上班的第一天,陈可可便安排人通知相关部门,第二天跟他一起去恒神。

4月6日下午,陈可可在恒神主持召开了一个特别的暖企会议,参加会议的有发改经信、财政、国土、环保、消防、住建等丹阳政府部门的负责人。

恒神最大的艰危,就是流动资金不足的问题,但恒神眼前最需要做的,就是稳定生产。关于稳定生产,陈可可一反平时简练快捷的风格,变得有点碎碎叨叨:

"一定要公司强化定力,提振发展信心,抢抓发展机遇,让企业发展得更好。老钱倾其所有搞碳纤维,曙光就在前面了。眼下老钱病重的特殊时期,你们在座的各位公司领导一定要坚守信念,坚守岗位。这样企业稳定了,投资者有信心了,恒神的股票就能保值,老钱开创的事业就不会付诸东流。"

单纯的讲话是不可能完全稳住人心的,必须有非常之举措。最简单的,往往是最有效的。陈可可直接讲出了丹阳市委、市政府研究决策的思路:

"恒神全产业链经营方针不变!董事长钱云宝树立的产业兴邦、实业报国,矢志攻克国产碳纤维技术的精神不灭!确定的高举高打,要做就做国内领先、世界一流碳纤维的旗帜不倒!市委、市政府全力帮助恒神可持续发展的决心不改!"

"四不"精神迅速得到传达。

恒神上下,至此按部就班,波平浪静。

决心好讲,做到很难。

此后的大半年,陈可可的很多精力都用在了恒神的输血上。

2017年,通过借款的方式,丹阳市开发区新农村发展建设有限公司等多家国有控股投资公司,为恒神前后共提供资金6.4亿元。

恒神的研发因此在延续,恒神的生产因此正常运转,恒神的员工因此安心于工作。

在输血的同时,重组恒神的战略工作也紧锣密鼓地铺陈开来。

但重组恒神谈何容易,寻找到一个对眼的战略合作伙伴的难度,不亚于大海捞针。镇江市委、市政府,丹阳市委、市政府,在一年多的时间里,在恒神的重组上扮演的角色有点类似于月老媒婆,其曲折坎坷,自是一言难尽。

时至2018年7月,重组恒神的战略工作终于有了重大突破:

陕西煤业化工集团决心并购恒神。陕煤集团是特大型国企,世界500强之一,号称"中国西部能源航母"。陕煤集团之所以愿意重组恒神,一是立足于自身的转型发展,二是看好恒神的发展潜力:

> 恒神股份位于我国经济最发达的江苏地区,且在英国、澳大利亚等国设有研发中心。此次并购走进发达省份,在我国高端制造技术中心直接布局,有利于未来跟踪经济最发达、科技最前沿的长三角地区产业发展动态,服务好集团公司转型发展。本次并购创新性的采取了"增资+债转股+战略合作伙伴跟投"的重组架构,并引进了业绩承诺和股权激励等创新机制,提升了集团通过资本运作培育产业的能力,也为被并购企业未来良好的财务状况、地企关系和运营环境创造了坚实基础。
>
> 恒神股份是一家布局碳纤维全产业链的高新技术企业,于2015年5月在新三板挂牌,是碳纤维行业的领军企业之一,入选国家科技部发布的《2017中国独角兽企业发展报告》,在164家独角兽企业中以10亿美元估值位列第107位,是新材料领域唯一的上榜企业。陕煤集团此次重组恒神股份跳出集团当下较为传统的化工业务布局,跨越到高端、精细化的细分领域,将是集团化工板块提升整体科技实力、强化竞争资源要素、促进产业升级的有益探索。陕煤集团将借助恒神股份长期在碳纤维领域的市场深耕和技术储备,为集团化工板块培育一个有较大发展潜力的新业务方向。

这是一次真正的强强联合:恒神拥有先进而关键的核心技术,而陕煤2017年的销售收入就已超过了2600亿元,利润105亿元,拥有强大的现金流。

8月20日,恒神因此向社会发布了《关于重大事项暂停转让进展公告》。

9月30日,丹阳市委、市政府对涉及恒神的国有股权、债权人进行战略重组,指定丹阳投资集团旗下的丹阳市天惠投资发展公司持有恒神的债权和股权。

12月28日,恒神向社会发布公告,宣布陕煤旗下的陕西化工、天惠投资拟通过参与认购恒神股份定向发行的方式收购恒神。

重组全部完成后,陕西化工直接持有恒神40%的股份,成为第一大股东;天惠投资则持有恒神23.70%的股份,成为第二大股东。这两家一致行动人持有的恒神股份共计为63.70%。而另外一家国企上海悦达新实业集团公司亦拥有恒神2.42%的股权,丹阳投资集团控股的盛宇丹昇的股份则为0.9%。所有4家国有控制的企业拥有的股份,正好超过了2/3,达到了67.02%。

重组给恒神募集的资金总额达到了25.59亿元,恒神在相当长的一段时间内,将不会再有现金流之虞。恒神,就此奠定了自己历史进程上的第二块里程碑,又一次开始了神行天下的旅程。

2019年1月5日上午,陕煤集团、镇江市人民政府、丹阳市人民政府、悦达集团、天惠投资、恒神股份合作签约仪式在丹阳举行。

签约仪式上,钱云宝的长子钱京,声音哽咽,动情地告白:

"我想代表我父亲,向陕煤集团、悦达集团各位领导鞠躬,说声谢谢!是你们在恒神和碳纤维产业最困难的时候,以战略性长远的眼光支持恒神和这个产业的发展。我同时代表我父亲,向在座的镇江市、丹阳市各位领导鞠躬,说声谢谢!是你们在恒神最困难的时候,不离不弃,带领恒神走出困境!我将继续努力拼搏,为股东利益,为恒神,为碳纤维及其复合材料这个产业贡献自己所有的力量!"

就在一个多月前的12月7日下午,镇江市市长张叶飞主持了一个航空航天产业现场推进会。会上,他言辞恳切:

"政府一定要全心全意为企业服务,真正做到为企业雪中送炭!航空航天产业在国内仍处于培育和发展阶段,要科学理性务实地来看待这一产业的发展,切实破解制约产业发展的瓶颈问题。各部门要积极支持航空航天产业的发展,加大政策资金对产业的支持力度,进一步完善支持产业发展的政策措施,着力营造产业发展的良好环境,真正把航空航天产业打造成镇江的优势产业,助推镇江高质量发展。"

早在恒神资本结构重组尘埃落定之前,中共镇江市委书记惠建林就说过这么一段话:

"在钱云宝身上,我们深切地感受到了一名企业家产业报国、实干兴邦的爱国情怀,迎难而上、坚忍不拔的拼搏精神,重视人才、着眼长远的战略眼光,关爱员工、回报社会的责任担当。冲天强国之梦,不仅是钱云宝的,也是全部镇江人的,更是所有中国人的!"

签约仪式上,惠建林备感欣慰:

"陕煤集团、悦达集团与恒神股份达成投资合作,陕煤集团与镇江、丹阳市政府签署战略合作协议,是苏陕合作的又一新的成果,也是顺应制造业高质量发展要求,推动国企、民企融合发展、互利共赢的新探索,必将为镇江深化改革开放、实现跨越赶超注入新的动力,必将为我国民生和国防事业作出更大的贡献。"

无论遇到什么艰难险阻,对航空航天产业的发展,不仅是镇江市,包括江苏省委、省政府的态度都是惊人的一致:处于滚石上山阶段的中国冲天事业,必须一步一个脚印,一棒接着一棒,坚定不移地朝前走。

不骛于虚声,添一柴亦是温暖;不驰于空想,走一步也是收获。点滴之间,便汇成冲天的磅礴气象……

尾 声

冲天

2008年的春天,杖国之年的中国工程院院士王礼恒,回到了故乡镇江。

王礼恒是镇江东乡大港的祝赵村人。此时,大港已隶属镇江新区。

站在镇江新区的旷野上,王礼恒向家乡的政府官员抛出了一个问号:"中国的威奇托在哪里?"

威奇托是美国堪萨斯州阿肯色河畔的一座小城,人口不到50万,但却是美国最主要的飞机制造中心,拥有波音、比奇、雷神等五家飞机制造企业,是美国通用航空制造业的"心脏",被称为美国的"航空首都"和"世界通航之都"。

王礼恒曾任中国航空航天部的总工程师,时为中国航天科技集团科技委主任、中国工程院工程管理学部副主任。他提出的问题,让在场的几乎所有人都陷入了沉思:

镇江能不能成为中国的威奇托?

时荏苒而不留。六年多的时间很快过去了。

经过三年多的建设,2014年12月26日,镇江新区大路通用机场迎来首飞。随着一架蓝色大棕熊100腾空而起,镇江这座城市的通航产业,也跨入了全产业链、全价值链的发展里程。

这架大棕熊100属于德扬航空工业(江苏)公司所有。成立半年不到的德扬航空,与美国有关企业合作,希望成为亚太地区最大的综合性通航服务企业。为此,德扬在镇江新区投资建设了整机组装产业基地。

再次回到家乡的王礼恒,心情多少有些激动。这一次,他给了家乡的政府官员两个省略号：

"低空开放之后，这个产业正酝酿着迅猛发展的势头。镇江在通航产业中已经抢占了先机,具有相对的优势……"

他特别强调：

"镇江目前多家企业参与 C919 大飞机项目,大飞机项目一定能带动镇江许多中小企业研发新产品,切入大飞机项目产业链中的某一部分……"

王礼恒的省略号,给了镇江,尤其是镇江新区领导班子以无限创新和创造的遐想。

镇江新区的"360"计划就此水到渠成。

所谓"360"计划,就是研发投入占 GDP 比重达到 3%,高新技术产业产值占比达到 60%,单打冠军、隐形冠军企业数超过 60 个。

尾声

2018 年 10 月 20 日 8 时 51 分,中国湖北荆门漳河机场的水上跑道,一架被命名为"鲲龙"AG600 的大型水陆两栖飞机,在水雾弥漫中,如蛟龙般,从蓝色的水面腾空而起。

直插云霄的"鲲龙",在天空中自由翱翔两周后,于 9 时 05 分盘旋而下,轻盈入水,平稳地降落在漳河的水面上。

时为世界最大的水陆两栖飞机,成功实现了水上首飞。

中共中央总书记、国家主席、中央军委主席习近平立即致电：

"大型灭火/水上救援水陆两栖飞机 AG600 水上首飞圆满成功,是我国航空工业坚持自主创新取得的又一重大科技成果。全体参研单位和人员奋勇拼搏、攻坚克难,项目研制实现重要突破。我向同志们表示衷心的祝贺。"

此时,离 1919 年 8 月 29 日甲一号水上飞机的试飞成功,已经整整过去了 99 年。

在此之前,中国已列装了大型运输机"鲲鹏"运-20,试飞成功了大型客机 C919。"鲲龙""鲲鹏"和 C919 一道,被人们昵称为新时代中国大飞机的"三剑客"。

"三剑客"相继冲天,标志着中国的航空工业进入了一个崭新的时代,意味着中国从制造大国向制造强国迈出了更为坚实的一步,印证了中国更加日趋完善的工业体系,充分体现了中国持续发展的科技水平和经济实力。

早在2017年的5月,镇江市经济和信息化委员会公布的材料就点明:

"镇江共有30多家企业参与C919首架机、运20、蛟龙600、ARJ21、AC313等国家重大工程的研制配套,其中,11家跻身C919协作配套供应商行列。"

材料上所说的"蛟龙600",即"鲲龙"AG600。

2014年的5月23日,习近平曾专程考察调研中国商飞设计研发中心。那天,他登上C919铁鸟综合试验台——飞控液压系统综合试验台架,详细了解了飞机多系统的验证能力。随后,他又登上C919的1∶1展示样机,坐在驾驶舱主驾驶的座位上,向技术人员询问速度表、高度表、航迹图等有关仪器仪表情况。穿过飞机客舱时,他还两次在座位上坐下,体验国产座椅的舒适度。

就在商飞设计研发中心,习近平对大家说了这样一段话:

"大型客机研发和生产制造能力是一个国家航空水平的重要标志,也是一个国家整体实力的重要标志。制造大飞机承载着几代中国人的航空梦。我们的事业刚刚起步,前面的路还很长,但时间紧迫,容不得半点懈怠,要一以贯之、锲而不舍抓下去,用前进的目标激励自己,用比较的差距鞭策自己,力争早日让我们自主研制的大型客机在蓝天上自由翱翔。"

他语重心长:

"我们要做一个强国,就一定要把装备制造业搞上去,把大飞机搞上去,起带动作用、标志性作用。中国是最大的飞机市场,过去有人说造不如买、买不如租,这个逻辑要倒过来,要花更多资金来研发、制造自己的大飞机。"

冲天之梦,承载着中国人太多的艰辛和拼搏。

"要花更多的资金来研发、制造自己的大飞机。"习近平的这句话,对镇江的航空产业人来说,可谓直透心底,总能引发一种不可自抑的共鸣。

从1929年起,至1949年止,镇江为江苏省省会。但即便贵为江苏省的政治中心,发展到1949年时,镇江的工业基础仍然非常薄弱,仅有106家工业企业,其他的只能算是手工作坊。在工业企业中,既没有一家冶炼加工厂,也没有一家真正的现代机械生产企业,电子工业更是无从谈起,技术含量最高的机器翻砂厂,生产出的最高端的产品,也仅是手摇铡草机和脚踏玉米脱粒机而已。

因此,在相当长的一个历史时期内,镇江这个城市的工业根本无法与航空产业结缘。

1966年的秋天,镇江市机关实验工厂承接到了一个任务:为南京511厂(今金城集团)生产的战斗机油泵车加工配套零件。由于零件的质量过硬,第二年的春天,上级就指令511厂把油泵车转给实验工厂生产。第三年,第三机械工业部(后改称航空工业部)拨专款在镇江建设厂房,对油泵车进行改进升级,并把机关实验工厂改名为"镇江跃进机械厂"。

镇江跃进机械厂就此成为镇江历史上第一家涉航企业。

紧接着,1970年,镇江铸钢厂开始为610工程的坑道机库提供特种铸钢件。610工程是当时南京军区在大别山区的战备后方建设工程。为坑道机库提供铸件,勉强也算得上是涉航企业。

进入20世纪70年代后,由第四机械工业部(后改称电子工业部)投资建设的镇江无线电厂,开始为中国的导弹、卫星和核试验工程生产多种配套设备。由于为中国第一次向太平洋海域发射运载火箭试验配套成功,镇江无线电厂收到了中共中央、国务院、中央军委发来的贺信。

同时为运载火箭发射试验配套的镇江企业,还有镇江接插件总厂。镇江接插件总厂后来还为中国水下运载火箭的发射试验进行配套,并获得了中共中央、国务院和国防科工委的嘉奖。

到了上个世纪80年代,镇江半导体厂引进当时世界上最先进的扩散炉、光刻机、划片机等设备,形成了塑封晶体管生产线,产品质量达到美国摩托罗拉公司同类产品的标准,迅速拥有了包括航空领域在内的600多个用户。

在跨入21世纪之前,镇江的涉航企业仅此5家而已。

2008年5月11日,中国商用飞机有限责任公司在上海正式揭牌成立。

这家集中央、地方以及中航、中铝等行业中坚之力的公司,将成为中国民用飞机产业化的主要载体,正式成为中国大型客机研制项目的主体。

中国商飞落户上海的冲击波,把整个长三角冲击得兴奋无比,镇江自然也不例外。

冲天之梦,再一次让许许多多的镇江人热血沸腾起来。

在此之前,钱云宝已经如飞蛾投火般成立了恒神碳纤维公司。

如果说钱云宝涉足航空航天事业更多的是一种个人理想,那么爱励鼎胜铝业有限公司在镇江的奠基,则是基于历史的渊源。

中铝成为中国商飞的股东之一,第一时间就让镇江的京口区委、区政府和京口工业园区绷紧了神经。

早在上个世纪80年代,中国有色金属工业总公司就与镇江市政府一道,共同投资建设了大型铝材综合加工厂——华东铝加工厂。2003年,华东铝加工厂改制为民企,并于当年8月重新注册为镇江鼎胜铝业有限公司,入驻镇江京口工业园区。

中国商飞挂牌后,由鼎胜和京口区相关人员组成的恳谈团,在商飞遇到了另一支恳谈队伍——美国的爱励国际。

爱励国际是全球第三大航空板材生产商。此时,爱励国际已在中国设有一个生产基地,主要提供铁路、交通运输方面的铝制品。面对中国航空业潜在的巨大市场,爱励国际决定在中国投资建立一个能够做大规格、高强度航空板材的生产中心,不仅满足波音、空客的需求,也同时服务于中国的商飞。

结果,在商飞的撮合下,鼎胜和爱励一拍即合,决定共同在镇江投资30亿元,建设一条世界上最先进的航空板材生产线。

2011年1月18日,爱励鼎胜铝业有限公司在京口工业园区正式奠基。

爱励鼎胜成为世界上最领先的航空板材生产中心之一,不仅完全复制了爱励国际在德国科布伦茨的最先进的生产线,还在生产流程和生产工艺上,与德国工厂精确地保持一致。

爱励鼎胜很快就拿到了中国商飞的认证。

中国商飞同意在C919飞机主承力结构——机翼结构件、机身和机翼壁板上,使用爱励鼎胜的大规格高强度铝合金板。

C919在上海成功首飞后,爱励鼎胜收获了一尊特殊的荣誉杯,上面刻写着:

"中国商飞C919大型客机首飞先进集体。"

受地域文化传统的影响,许多怀揣屠龙之技的镇江籍寻梦者,亦把家乡看作是实现冲天理想的桃花源。

事实上,进入21世纪后,镇江第一家涉航企业,既不是恒神,也不是爱励鼎胜,而是一个叫做"江苏豪然喷射成形合金有限公司"的企业。

2008年6月3日,张豪从上海回到了镇江新区,在家乡正式注册了江苏豪然公司。此时,距中国商飞在上海正式挂牌的日子只有23天。

和王礼恒一样,张豪也是出自上海交通大学的铁中铮铮者。

早在1992年,张豪便师从黄培云和陈振华。黄培云是中国粉末冶金学科的奠基人、中国工程院院士。陈振华则是中国自行培养的第一个粉末冶金学博士。

张豪钻研的领域叫做喷射成形技术,又被称为喷射铸造。这是一种通过特定手段将金属雾化,进而使这些雾化的金属液滴运动到指定的接收基底上,最终凝固成形的技术。同样成分的合金零件,经喷射成形工艺生产的,与传统铸造和粉末冶金技术生产相比,强度、韧性、塑性、耐疲劳性都大幅提高,致密度可达98%以上。

张豪因此成为中国喷射成形学科的第一位博士、博士后。

2000年,张豪从上海交大博士后出站,受到学校的高度重视并重点培养,当年即获聘副教授。

2006年12月28日,上海交通大学举行了隆重纪念中国冶金学泰斗周志宏110周年诞辰纪念活动。从这位家乡人的身上,张豪发现,这位中国研究金属内部组织的开拓者,更大的贡献其实还在于将技术产业化,还在于科技成果在工厂生产中的实际应用。

喷射成型是一种小众的领先一代合金凝固技术,在中国处于实验室阶段,尚未真正实现产业化。把喷射成形技术产业化的想法,在张豪的心中油然而生。

如此,豪然喷射成形合金公司便横空出世,成为中国第一家实现喷射成形技术研究及产业化应用的企业。

豪然喷射成立的第三年,2011年12月4日,在镇江召开的国家"千人计划"工程与材料专业委员会年会上,中国商飞的有关负责人宣布:

"江苏豪然喷射成形合金公司的高强韧铝合金材料,将在国产大飞机项目上运用。"

飞机骨架中的主要骨骼部分叫做长桁，分为机翼长桁和机身长桁。豪然喷射承担的便是机翼长桁项目。

除了C919机翼长桁外，豪然喷射生产的诸多合金材料已成功用于若干国家航天重大项目，填补了中国在高端合金领域的许多空白。

如今，豪然喷射已开发出了喷射成形工艺和成套生产装备，建成了4条喷射成形生产线，其中的一条已经获得江苏省首台（套）重大装备认定，在喷射成形产业化领域居于全球领先地位，实现可工程化生产当前国际上最高强度的铝合金、最高综合性能的铝锂合金。

与此同时，豪然喷射不仅创建了自己的企业技术标准，还创建了一部行业技术标准《铝合金喷射成形圆锭》，主起草了《喷射成形锭坯挤制的铝合金挤压型材、棒材和管材》《喷射成形锭坯锻制的铝合金锻件》和《热等静压铝硅合金板材》3项国家标准。

张豪说："有了行业标准、产品标准、生产标准，中国的喷射成形行业才得到了从无到有的创建，使行业更成熟、更具标准化。"

中国合金工业打开了一扇新门，张豪也因此成为中国喷射成形技术产业化开篇的第一人。

豪然、恒神、爱励鼎胜是镇江新世纪的涉航"三剑客"。新世纪"三剑客"之前，镇江并没有航空航天产业园。"三剑客"之后，镇江的航空航天产业骤然开始加速度爆发。

如果说2008年春天的王礼恒之问是一粒神奇的火种，那么，把镇江人新世纪的冲天之梦彻底燃烧起来的那阵劲风，则是一年半后开始的一场学习活动。

吴大观去世后，2009年7月14日，中组部、中宣部、中央深入学习实践科学发展观活动领导小组和国务院国资委，联合发出了《关于开展向吴大观同志学习活动的通知》。

当年的12月17日，吴大观事迹报告会在镇江举行。

这是一次将毕生奉献给航空发动机事业的吴大观精神的还乡之旅！

报告会上，许多镇江人潸然泪下，亦为这位家乡人一生只为一个冲天之志所激励。

就在几个月前,2009年的5月,镇江新区就已经与南京航空航天大学一道,完成了《镇江新区航空产业园规划研究报告》。吴大观被誉为中国的"航空发动机之父",对镇江上下坚定不移地搞航空产业,起到了极大的助推作用。

2009年的12月25日,镇江市委召开第五届第九次全体会议,要求动员全市广大干部群众砥砺奋进,推进跨越发展,实现后发先至。当时的镇江市委认为,要想实现后发先至,就必须依靠大投入、勇于走新路。发展航空产业,因此成为镇江的重中之重。

随后,新材料产业、航空制造产业被列入镇江市的五大新兴产业,镇江新区在镇江经济技术开发区内正式设立了"镇江航空材料科技产业园"。

镇江的航空材料和航空部件产业以令人瞠目结舌的速度发展起来:

2010年3月1日,江苏金航程航空科技公司成立。这家中国一流的生产高速汽车儿童安全座椅的企业,立志于专攻航空座椅,其产品很快就得到了中国商飞的认可。

2010年3月8日,江苏省科技厅审核确认公布:

镇江航空材料科技产业园成为江苏省唯一一家航空材料科技产业园。

2010年9月13日,江苏省发展和改革委员会正式授牌:

镇江市经济技术开发区为"江苏省飞机零部件高技术特色产业基地"。

2011年6月13日,江苏美龙航空部件有限公司在镇江新区注册成立。这是一家专业的飞机装饰公司,致力于使用先进的复合材料,研发和制造飞机的客舱、货舱的内饰件。美龙后来成为C919的骨干"装修公司"。

三个月后,总投资14亿元的菲舍尔航空部件(镇江)有限公司成立。三年后,菲舍尔向用户交付了首件产品。菲舍尔的主要产品为航空复合材料结构件和内饰件,不仅与中国商飞签订了内饰工作包,还与世界上所有的大飞机公司签有合作协议。这是一个具有大飞机复合材料部件总装厂定位的企业。

又过了三个月,由镇江彤明集团和美国捷科合资的江苏捷科彤明航空电器生产基地竣工。捷科彤明研发生产的PSU控制面板、探冰灯以及标志灯,最终将成为C919照明系统的一部分。

至此，C919 的客舱里，旅客目光所及的内饰，90% 已为镇江涉航企业所提供，不仅是座椅、壁板、照明，还包括马桶。

伟大的事业始于梦想、基于创新、成于实干。C919 内饰上的连下三城，不仅让镇江新区人有了更多的信心，自然也有了更大的雄心。

2011 年 8 月 29 日，镇江航空产业园科技发展有限公司成立，立足于贴心、快捷、方便，开始为园区内的涉航企业提供全方位的一条龙服务。

2012 年 2 月 15 日，江苏省十一届人大五次会议通过的江苏省政府工作报告中，明确了加快镇江新型材料基地建设的战略部署。

2012 年 5 月 12 日，在江苏省科技厅的全力推动下，江苏省航空材料和部件产业技术创新战略联盟在镇江新区成立。镇江及苏州、常州等地的 51 家涉航实力型企业成为联盟的首批会员。联盟秘书处设在航天海鹰特种材料（镇江）有限责任公司。

2013 年 4 月 25 日，国家发改委发布了《关于印发苏南现代化建设示范区规划的通知》，在苏南五个地级市中，唯独对镇江提出了这样的要求：

"依托镇江通用航空基地，建设航空产业产学研联合创新平台。"

短短四年，镇江新区就已拥有航空新材料科技产业园等 3 个省级产业平台，与航空产业相关的企业 30 余家，10 多个与航空产业相关的产品及技术，处于国内"唯一"或"第一"的位置。

人们因此把镇江涉航产业的发展速度，称之为"超音速"。

中国商飞最终确定的 C919 机体供应商，总共有 9 家。

其中，中国航空工业集团旗下入围 7 家：成都飞机工业集团、哈尔滨飞机工业集团、西安飞机工业集团、沈阳飞机工业集团、江西洪都航空工业集团、昌河飞机工业集团以及中航济南特种结构研究所；

浙江一家：西子航空工业公司；

江苏一家：航天海鹰（镇江）特种材料有限公司。

航天海鹰（镇江）特种材料有限公司能够最终成为 C919 的机体供应商，多少有些"侥幸"。

2009 年，经过全球竞标，中国航天科工集团旗下的 306 所成为 C919 机体供应商之一。经慎重研究,306所决定创建一家产业公司来承担具体的研发生产任务。经多方比选后,新企业最终落户于镇江新区的镇江航空航天产业园内,由中国航天科工三院、306所和镇江新区高新技术产业投资有限公司三方共同出资成立。

海鹰特材诞生和成长的速度惊人:

2011年9月公司打下第一根桩;2012年10月一期厂房即建成;2012年11月26日,306所大飞机项目组团队就由北京整体搬迁到了镇江。

最初,海鹰特材担任的仅是919机体后机身后段复合材料零件工作包供应的B角,属于预备队性质。后来,承担主供应任务的A角企业,在零件的研发上迟迟没有突破性发展,海鹰特材这才转为A角,并迅速交付出了首套产品,成功地配套于首架C919。后机身后段,是整个C919机体构件中复合材料比例最高的部分,高达60%,技术含量和难度系数可想而知。

关键时刻,一战成名,海鹰特材就此成为C919机身后段的临时独家供应商。

中国商飞也因此陆续跟海鹰特材签订了后机身前段的复合材料部分、垂尾的复材结构件等研制合同,把翼梢小翼、扰流板、副翼、后机身尾椎等若干个工作包的研制工作交给了海鹰特材。

所有这些项目的研制任务,海鹰特材所使用的复材产品,已经占到C919复合材料机体构件的40%。海鹰特材成为C919名副其实的机体复材构件主要制造商,并连续多次获得中国商飞颁发的"合作突破奖"和"优秀供应商银奖"的荣誉称号。

中国商飞给予了很高的评价:

"海鹰特材作为航天企业的代表参与C919大型客机项目,可谓是入行最晚,但你们成长最快,按时保质履行了承诺。这是一份完美的答卷!"

中国商飞公布的有关海鹰特材的材料中,有着这么一段话:

"在他们研制C919后机身后段过程中,无时不透露着'特别能吃苦、特别能战斗、特别能攻关、特别能奉献'的航天精神。"

2018年2月初的一天,海鹰特材飞机铆装钳工特级技能专家王巍正在开会,突然收到一条短信:"你当选全国人大代表了。"

接受采访时,这位三年前方才来到镇江的东北汉子说,我的工作就像是在搭积木！近千个零件靠钉拼接在一起，复合材料超过了一半，特别是碳纤维材料零件，是类似布一样一层一层铺出来的，要有几十层，加工过程中如果劈裂了，就会导致产品整体不合格。

王巍强调："我们做的是技术，更是良心！"

随着一家家涉航企业的入驻和壮大，镇江人希望镇江新区就是"中国的威奇托"。

2013年的5月21日，镇江新区航空航天产业园管理委员会正式成立。两天后，5月23日，镇江航空产业园科技发展有限公司和镇江大路通用机场管理有限公司划归镇江新区航空航天产业园管理委员会管理。

一个航空小镇的轮廓已经清晰可见：

10平方公里的土地，分为南北两区。南区6平方公里，主要发展航空航天新材料和零部件产业；北区4平方公里，配套有大路通用机场，主要发展大飞机部件组装、通用飞机制造总装以及通用航空关联服务业等。在此基础之上，加大产学研联合创新平台建设，着力提升园区及产业的核心竞争力。

2016年1月14日，中国工业和信息化部公布镇江的航空产业（零部件）产业基地为第七批国家新型工业化产业示范基地，这也是江苏省首个国家级航空产业示范基地。

至此，镇江的涉航企业已经达到77家，仅为C919的总装就提供了约10%的零部件。

"中国的威奇托"，在镇江新区人的心目中，不再显得遥不可及。

涉航企业劳动生产率的提高，主要是通过技术进步来创新推动的。没有可持续提供的多层次、多类型的高素质的涉航职业人才，镇江的涉航企业就难以从根本上获得强有力的人力资本的支撑，航空小镇就很难做大做强。

打造高素质技术技能人才培养基地的构想，瓜熟蒂落：

2016年6月20日，江苏航空职业技术学院在镇江新区正式挂牌成立。

江苏航院是一所全日制专科层次的普通高等学校，亦是江苏省首家航空类专业高职院校。开办伊始，就开设了六个专业：飞行器制造技术、飞机机电设备维修、航空电子电气技术、无人机应用技术、空中乘务、航空物流，随后又增开了三个专业：通用航空器维修、飞机电子设备维修、机场运行，涉航专业达到了九个。

一年不到，2017年4月28日，镇江航空教育小镇正式在镇江新区奠基，正式拉开了中国第一个以航空人才培养为主，融校区、园区、社区、景区为一体的示范性航空教育小镇全面建设的帷幕。整个航空教育小镇规划面积3平方公里，计划总投资100多亿元。

几天之后，2017年的5月4日，江苏省发改委公布，镇江新区的大路通航小镇为江苏省首批25家省级特色小镇之一，亦是江苏省唯一的通航特色小镇。小镇分航空主业、小镇客厅和文化小镇三块功能区，最终要成为一个三位一体的小镇，即：航空产业示范小镇、航空创意体验小镇、山水文脉休闲小镇。

2017年12月21日，镇江新区的大路通用机场获批A1级通用机场使用许可证，这也是江苏省第一家A1级通用机场。

一年之后，2018年12月16日，江苏省经济和信息化委员会发文通知镇江有关方面，经过初审推荐、现场考评和社会公示，决定授予镇江经济技术开发区为"江苏省军民结合（航空航天与新材料）产业示范基地"。

航空航天产业，事实上已经成为镇江产业发展的一张亮丽的"名片"。

不过，航空制造业毕竟是集制造业大成的战略性制造业，虽然有系统集成度高、产业带动性强、发展机遇巨大的优势，但在一个相当长的时期内，还是一个不得不连续性投入巨资的产业。

因此，发展航空产业，既是一场需要锲而不舍精神的滴水穿石的攻坚战，更是一场需要八风吹不动的战略定力的滚石上山的持久战，既不能一口吃成个胖子，也不能松懈一下，半途而废。

为了保证航空产业的重点投入和持续投入，为此，一个企业家、一个城市甚至需要牺牲掉眼前短期的经济发展利益，不再唯GDP马首是瞻，不再把发展简单化为增加生产总值，不再一味地以生产总值排名论英雄。钱云宝如此，镇江这座城市同样如此。

2014年12月13日，习近平总书记视察镇江。站在长江中的绿岛世业洲头，面对滚滚东去的京江怒涛，习近平殷切寄语：

"镇江很有前途！"

就在半年前,习近平在中国商飞说的话语,犹回响在镇江人耳畔:

"大型客机研发和生产制造能力是一个国家航空水平的重要标志,也是一个国家整体实力的重要标志。制造大飞机承载着几代中国人的航空梦。我们的事业刚刚起步,前面的路还很长,但时间紧迫,容不得半点懈怠,要一以贯之,锲而不舍抓下去,用前进的目标激励自己,用比较的差距鞭策自己,力争早日让我们自主研制的大型客机在蓝天上自由翱翔。"

镇江人辜负了习近平总书记的希望了吗?

何处望神州?满眼风光北固楼!

2018年11月13日,江苏省发展改革委批复镇江市发展改革委:

一、原则同意将镇江大路通航小镇名称更改为镇江航空(教育)小镇。

二、要按照调整后的小镇四至范围,尽快提交小镇控制性详规。

三、镇江航空(教育)小镇产业定位为高端制造类小镇,继续列首批省级特色小镇创建对象。

镇江新区的大路通航小镇和航空教育小镇,因此实现了航空产业资源整合,两个小镇完全融为一个有机小镇——镇江航空(教育)小镇,成为一个集通用机场运营、航空制造、航空教育、航空文化、航空旅游五位一体的全国综合性全产业链航空产业集聚区。

星空浩瀚无比,探索永无止境,只有不断创新,中华民族才能更好地走向未来。

2019年2月20日下午,中共中央总书记、国家主席、中央军委主席习近平在北京人民大会堂会见探月工程嫦娥四号任务参研参试人员代表。

习近平说,太空探索永无止境。中国广大科技工作者、航天工作者要为实现探月工程总目标乘胜前进,为推动世界航天事业发展继续努力,为人类和平利用太空,推动构建人类命运共同体贡献更多中国智慧、中国方案、中国力量。

张豪聚精会神地看完了这条新闻。江苏豪然生产的诸多合金材料,除了已成功应用于国产大飞机机翼长桁、直升机主框锻件和机轮外,在若干中国航天重大项目的关键部位也得到了应用。

张豪非常期盼嫦娥五号探测器的成功发射。这将是中国首个实施无人月面取样返回的航天器,当然,也凝聚着张豪的心血。他愿意做个自豪的无名英雄。

一天后,中国航空发动机集团的负责人再次到镇江,察看中航发北京航空材料研究院镇江项目。这是个于2017年5月23日在镇江新区奠基的项目,主要承载粉末高温合金盘件的工程化和批量生产,保障航空发动机的需要。

自主研制高性能发动机是提升国家核心竞争力的重中之重,而航空发动机的"一盘两片",即涡轮盘、导向器叶片、工作叶片,其承温能力的大小,是衡量发动机先进程度的重要标志。

这是个冲天的命脉工程:粉末高温合金涡轮盘是"一盘两片"中的"一盘",没有先进的粉末高温合金涡轮盘就没有先进的军民用航空发动机。

中航发航材院的前身是621所。当年,为了研制成功涡喷－7航空发动机,621所的荣科与吴大观的悬首之赌,早已成为中国冲天史上的一段佳话。

无疑,把这个中国最大的粉末高温合金涡轮盘项目建在镇江,是对吴大观和荣科这两位冲天先驱最好的纪念。

中国的威奇托在哪里,还有悬念吗?

主要参考书目

1. 刘亚洲、姚峻主编:《中国航空史》(第二版),长沙:湖南科学技术出版社,2007年。
2. 中国航空工业史编修办公室:《中国近代航空工业史》,北京:航空工业出版社,2013年。
3. 中国航空工业史编修办公室:《中国航空工业大事记》,北京:航空工业出版社,2011年。
4. 唐学峰:《中国空军抗战史》,成都:四川大学出版社,2000年。
5. 陈应明、廖新华编著:《浴血长空——中国空军抗日战史》,北京:航空工业出版社,2006年。
6. 镇江市政协文史资料研究委员会编:《镇江文史资料》(第九辑),1985年。
7. 镇江市政协文史资料研究委员会编:《镇江文史资料》(第十七辑),1990年。
8. 福建省政协文史资料研究委员会、福州市马尾区政协编:《福建文史资料(船政史料专辑)》(第十五辑),1986年。
9. 何绍章等:《光绪丹徒县志》,南京:江苏古籍出版社,1991年。
10. 爱仁采访、张宗俊校:《重修京口八旗志》,1927年。
11. 王铁崖编:《中外旧约章汇编》(第二册),北京:生活·读书·新知三联书店,1982年。
12. 王铁崖编:《中外旧约章汇编》(第三册),北京:生活·读书·新知三联书店,1982年。

13. 程道德等:《中华民国外交史资料选编一(1911—1919)》,北京:北京大学出版社,1988年。

14. 程道德等:《中华民国外交史资料选编(1919—1931)》,北京:北京大学出版社,1985年。

15. 秦俊峰主编:《青岛日德战争丛书》,福州:福建教育出版社,2016年。

16. [日]重光葵著、齐福霖等译:《日本侵华内幕》,北京:解放军出版社,1987年。

17. 《中美关系资料汇编》(第一辑),北京:世界知识出版社,1957年。

18. 薛衔天、金东吉:《民国时期中苏关系史(1917—1949)》,北京:中共党史出版社,2009年。

19. 杨志本主编:《中华民国海军史料》(上、下),北京:海洋出版社,1987年。

20. 刘传标:《船政人物谱》(上、下),福州:福建人民出版社,2017年。

21. 张作兴主编:《船政文化研究》,北京:中国社会出版社,2003年。

22. 龚自珍,王佩诤校:《龚自珍全集》,上海:上海古籍出版社,1999年。

23. 魏源:《魏源集》,北京:中华书局,1976年。

24. 魏源:《海国图志》,长沙:岳麓出版社,2011年。

25. 马克思、恩格斯:《共产党宣言》,北京:人民出版社,1964年。

26. 毛泽东:《毛泽东选集》(第一卷),北京:人民出版社,1991年。

27. 邓小平:《邓小平文选》(第三卷),北京:人民出版社,2001年。

28. 习近平:《习近平谈治国理政》(第二卷),北京:外文出版社,2017年。

29. [美]斯图尔特·施拉姆著,中共中央文献研究室编译:《毛泽东》,北京:红旗出版社,1987年。

30. 中国科学技术协会编:《中国科学技术专家传略(工程技术编)》(冶金卷1),北京:中国科技技术出版社,1995年。

31. 中国科学技术协会编:《中国科学技术专家传略(工程技术编)》(航空航天卷1),北京:国防工业出版社,1999年。

32. 张秀章编著:《蒋介石日记揭秘》,北京:团结出版社,2007年。

33. 黄炎培著、中国社会科学院近代史研究所整理:《黄炎培日记》(第6

卷),北京:华文出版社,2008年。

34. 沈来秋:《沈来秋文集》,武汉:华中师范大学出版社,2002年。

35. 杨惠敏:《八百壮士与我》,(台湾)博爱出版社,1979年。

36. 吴大观口述:《我的中国心》,北京:航空工业出版社,2009年。

37. 中共中央组织部组织局等编著:《中国航空发动机之父吴大观》,北京:党建读物出版社,2010年。

38. 顾诵芬等编、师元光主笔:《中国飞机设计的一代宗师徐舜寿》,北京:航空工业出版社,2008年。

39. 师元光等:《中国航空事业先驱王士倬》,北京:航空工业出版社,2007年。

后 记

最想说的话,其实就是封面上的三句话:

一个梦想的高度,一个精神的高度,一个历史的高度。

我们从哪里来? 我们往何处去?

1948年,面对中国的内战,云铎问自己:

"几十年过去,回忆我们的航空工业,从马尾开始,起步不晚,技术人员,为数逾万,奋发图强精神,赤子爱国之心,绝不后人,何以蹉跎岁月,进步缓慢?"

他明白了一个道理:

中国必须走正确的道路,必须要有一个先锋队的引领。

此后,他对自己选择的信仰,终生不渝。

一个当代中国人,理解了云铎之问,也就可基本理解我们为何曾经苦难,今天又为何能够复兴,为何能够再次走向辉煌。

龚自珍说:"欲知大道,必先为史。"

无历史思维,便不能总结历史经验,难以把握历史规律,进而增强自己开拓前进的勇气和力量。

上溯180年,中国110年的历史用于谋求民族解放,70年的历史用于谋求民族新生,谋求民族伟大复兴的新时代,才刚刚启航。

我们不能不把《义勇军进行曲》,继续激昂地唱下去:

"把我们的血肉,筑成我们新的长城……"

和我以前所有作品不同的是,这本书里写得最多的,是死亡：

巴玉藻之死、陈怀民之死、戴荣钜之死、吴大观之死、云铎之死、钱云宝之死……

他们真的死了吗？他们其实是向死而生。

他们用生命冲击的,仅仅是航空器的高度吗？

奔波于一个个人生的终结现场,我知道他们的精神不死,只是,他们的肉体毕竟已经消逝,我又不能不感伤。但我心里最感伤的,却是那些我虽知道他们的名字,却无法在书中叙述他们事迹的烈士。

在我居住的小区南门外,是一条宽敞的柏油马路。马路的中间,有一座桥,一直没有名字,时间久了,我们都以为这是座无名桥。

去年的秋天,枫叶红了的时候,我偶尔路过无名桥,竟然发现桥身已描上了鲜艳的红漆,有了一个名字——"国荣桥"。桥的西端,静静地立着一个男人的半身像,用纯洁的汉白玉雕成,头戴飞行头盔,敬着一个永恒的军礼。他身下的基座上镌刻着沉重的标宋："张国荣烈士。"

此后,只要与国荣相遇,我都会默默地在他身边停顿一会儿,凝视着他的双眸,看看他有没有什么变化,陪他聊一聊过去。

1978年1月11日,国荣出生于镇江丹徒区宝堰镇后亭村。小时候,家里虽然住的是土墙草房,但他学习却异常刻苦,年年拿到奖状。1996年8月,国荣考取了空军飞行学院。毕业前,他入了党。后来,历任飞行员、中队长、副大队长。他不仅是试飞员,亦是中国空军一级飞行员。2012年11月13日下午,国荣奉命在南昌青云谱机场执行科研试飞任务,不幸因公牺牲,年仅34岁。他牺牲的时候,女儿刚刚8岁。

为了中国的冲天事业,他成为烈士,被追记一等功。

他也因此成了我的近邻,让我有了关注他的机会。

历史,会因我们的凝视而变得生动、鲜活、亲切起来,不再陌生而遥远,但也会因我们的关切,而带给我们感伤。

这种感伤,会触动我们心底深处的一根弦。

这根弦,叫做精神。

重温中国近代以来的冲天史,亦是我个人的一种"精神还乡"之旅。

一个民族,一定要有民族精神;一个时代,一定要有时代精神。

如此,精忠报国之魂不灭,改革创新之魄不散,凝心聚力的中国精神,才会得以永续。

以五千年历史为背景,以近现代复兴历程为积蕴,中国精神晕散开来,就是中国文化的灵魂,亦是中华民族的灵魂。

政治是骨骼,经济是血肉,而文化则是灵魂。每一个中国人,都应该有一种精神和文化上的归属感。

这种归属感,会让我们产生一种自信,一种文化上的自信。正是这种文化自信,铸就了一代又一代中国人的勇敢、执着、奉献,汇成了一个民族生生不息的伟大原动力,一种万众一心、奋发图强、与时俱进的磅礴动力,飞蛾赴火,也无惜无畏、无怨无悔。

最初,我是想写一部以陈怀民和杨惠敏为主角的抗战纪实。但写着写着,发现了一个问题:我们有这么勇敢的空军战士,为什么全面抗战初期竟然连一艘日军的主力军舰也无法击沉?我必须思考中国的航空工业为什么会落后。

是没有人才吗?通过对巴玉藻等人的历史考察,我进而发现,中国的航空事业起步并不晚,人才亦是当时世界一流的,制造出来的飞机也并不落后,但中国的航空工业就是没有发展起来。

基础材料、基础件、基础制造工艺,靠什么才能与世界同步?

单单一个碳纤维材料,就能把中国的冲天事业卡得难以喘息!

我不得不更深地思考其他问题。

三年前,经过深思熟虑,我最终决定写一部更加宽广的,能够浓缩中国近两百年动荡变迁和历史发展轨迹的纪实,并定名为《冲天》。

本书能够顺利完成,与江苏省作家协会、中共镇江市委宣传部、镇江新区党工委宣传部、丹阳市委宣传部等单位和部门的全力支持密不可分,在此谨致谢忱。特别是王德加、陶伟、刘昱、周佳峰、刘广跃、卢志锋、干光磊、张莉、赵涵安、王以玫等人,提供了资料搜集方面的热情帮助,在此深表谢意。

镇江档案馆的馆藏资料,让我梳理清了许多历史悬案;写作中参考了大量专家、学者的研究成果,未及在书中一一标注;江苏人民出版社的张晓薇、刘葶葶,一如既往地呈现出她们的专业精神,奠定了本书的质量标准,在此一并表示感谢。

  最后需要说明的是,对书中可能存在的讹误之处,欢迎大家给予批评指正。

作　者

2017 年 3 月 24 日